Die junge Anwältin Naila McDermott ist seit kurzem mit ihrem Traummann verlobt, Hayden Barrack - Immobilientycoon, Multimillionär, Gentleman. Sie ist am Ziel ihrer Träume. Denkt sie. Denn auf einmal erscheint sein vermeintlicher Bruder Keats auf der Bildfläche und der ist für sie kein Unbekannter. Hin- und hergerissen zwischen den beiden Männern, stößt Naila nach und nach auf ein Geheimnis, das etwas mit dem Fall zu tun zu haben scheint, an dem sie gerade arbeitet. Und bald schon weiß sie überhaupt nicht mehr, wem von Beiden sie eigentlich trauen soll. Sind die charmanten Worte ihres Verlobten nur vorgetäuscht oder ist es Keats, der sie mit seiner Leidenschaft nur manipulieren will?

Bonnie Sharp ist das Pseudonym der Autorin Alexandra Fischer, unter dem sie Dark Romance / Romance Thrill veröffentlicht. Weitere Romane von ihr in diesem Genre sind: Black Shamrock - du gehörst uns (BOD, 2018), Black Shamrock - du gehörst mir (Rebel Stories, 2019), Heart of War (Rebel Stories, 2019), Rose in the Darkness (BOD, 2020)

THE MILLIONAIRE'S *Brother*

BONNIE SHARP

Bibliografische Information der Deutschen Nationalbibliothek:

Die Deutsche Nationalbibliothek verzeichnet diese Publikation in der Deutschen Nationalbibliografie; detaillierte bibliografische Daten sind im Internet über dnb.de abrufbar.

1. Auflage, 2020

Herstellung und Verlag: BoD – Books on Demand, Norderstedt

ISBN: 9783751959360

Love hath made thee
a tame snake

(WILLIAM SHAKESPEARE)

»Ich verpasse meinen Flug!« Naila stieß die Beifahrertür auf und bemühte sich, aus dem tiefergelegten Sportwagen zu steigen. Ihre beste Freundin Jen krabbelte kichernd vom Rücksitz.

»Warte!« Sie hielt Naila am Ärmel fest und zupfte ihre Haare in Form. »Du siehst aus, als hättest du die Nacht durchgefeiert.«

»Das habe ich ja auch. Schon vergessen? Du warst dabei.« Naila nahm den Koffer entgegen, den Jens Freund Eddie ihr reichte. Er schlug den Kofferraumdeckel zu.

»Wie könnten wir letzte Nacht vergessen?« Er grinste schief. »Mir brummt der Schädel. Viel Spaß bei deiner Familie. Und ein wundervolles Thanksgiving«, wünschte er ihr.

Naila streckte ihm die Zunge heraus. »Du weißt, dass ich die Hölle vor mir habe. Vier Tage mit meinem Vater reichen aus, um mich nervlich zu ruinieren.«

»Und ich dachte, du hast Angst vor deinem Bruder«, neckte Jen sie und umarmte Naila. »Lass dich nicht unterkriegen, Süße. Das Wochenende geht rum wie nichts.«

»Du hast leicht reden, du begleitest Eddie zu seinen verrückten Schwestern. Einer Thanksgiving-Gin-Party wäre ich ebenfalls nicht abgeneigt.«

»Wir sind eine progressive Familie«, kommentierte Eddie spöttisch. »Wir ersetzen den Truthahn durch Tofurky und den Eggnog durch Gin.«

»Herrlich!« Naila lachte und löste sich von ihrer Freundin. »Ich beneide euch.« Sie schnappte sich den Koffer und lief los. »Bis bald, ihr beiden! Ich hab euch lieb.« Winkend eilte sie davon und wich all den Menschen aus, die aus dem Zentralgebäude des John F. Kennedy Flughafens in New York drängten. Es schien, als sei die halbe Ostküste auf dem Weg zu ihrer Verwandtschaft und vermutlich war das auch so. Im Inneren des Terminals blieb Naila stehen und scannte die Abflugzeiten. Sie war zu spät, verdammt! Nachdem sie die Sicherheitskontrolle passiert hatte, suchte sie hektisch nach einem Wegweiser zu ihrem Gate und hastete los, kaum hatte sie sich orientiert. Die hohen Absätze ihrer Schuhe hinderten sie daran zu rennen, aber sie gab ihr Bestes. Warum zum Teufel hatte sie sich bloß für das elegante Kostüm und diese unbequemen Jimmy Choos entschieden? Um ihrem Vater zu imponieren, weil sie in dem Outfit aussah wie eine richtige Anwältin? Sie war so dämlich! Naila betrat eines der Laufbänder und knickte prompt um.

»Scheiße«, fluchte sie leise und drängte sich an all den Leuten vorbei, die sich entspannt durch die langen Gänge zwischen den Gates tragen ließen.

»Entschuldigung«, murmelte Naila immer wieder. »Tut mir leid. Ich habe es eilig.«

Insgeheim hoffte sie jedoch, den Flug zu verpassen. Es war ein halbes Jahr her, dass sie ihre Familie zuletzt gesehen hatte und sie konnte nicht behaupten, dass sie außer ihrer Mutter jemanden vermisst hatte. Ihr Vater, John McDermott, Inhaber einer der größten Wirtschaftskanzleien Kaliforniens, war ein ehrgeiziger und selbstüberzeugter Mann. Selbst innerhalb der Familie gab er stets den Ton an. In seinem Schatten existierte Nailas Mutter Ayda, die früher ebenfalls als Anwältin gearbeitet hatte. Inzwischen repräsentierte sie nur noch. Ihren Ehemann, ihr Äußeres und ihr Golf-Handicap. Ihr Gesicht war durch regelmäßige Botox-Spritzen so glatt wie ihr Charakter und Naila konnte ihr diese Schwäche nicht einmal verübeln. Ihr Vater war zu dominant. Niemand schaffte es, neben ihm zu bestehen. Außer Nailas perfektem Bruder Zak. Er war bereits Partner in der Firma ihres Vaters und galt als Koryphäe für Kartell- und Steuerrecht.

»Vorsicht!« Am Ende des Laufbandes kreuzte jemand ihren Weg und Naila stürzte vor lauter Hektik über den Rollkoffer, den der Mann hinter sich herzog. Sie fiel der Länge nach zu Boden.

»Das kann doch nicht wahr sein.« Peinlich berührt sah sie sich um. Eine Hand schob sich in ihr Blickfeld.

»Alles in Ordnung?«

Sie ergriff die Hand und ließ sich wieder auf die Beine ziehen. Dann erst musterte sie ihr Gegenüber. Grünbraune Augen, ein markantes Gesicht mit Dreitagebart und dunkle Haare, in denen eine Sonnenbrille thronte.

»Hast du dir wehgetan?«

»Nein, alles okay.« Betreten nahm sie den Fremden in Augenschein, während sie ihr Kostüm in Ordnung brachte. Er trug eine teure Lederjacke, allerdings wirkte das einfache Shirt darunter etwas zu lässig für ihren Geschmack. Um sein Handgelenk wanden sich Lederarmbänder anstatt einer goldenen Armbanduhr. Und war das an seinem Hals etwa der Ansatz eines Tattoos?

Naila lächelte höflich. »Mein Flug ...«, entschuldigte sie sich, ließ den Mann stehen und eilte weiter.

In Gedanken hörte sie Jen lachen. Niemand konnte sich so ungeniert über das Unglück anderer amüsieren wie Jen. Wäre sie dabei gewesen, hätte sie Naila lauthals ausgelacht. Bevor sie sich darüber ausgelassen hätte, wie sexy der Typ gewesen war, über dessen Koffer Naila gefallen war. Schluss damit, rief sie sich selbst zur Ruhe und folgte den Hinweisschildern zu ihrem Gate. Männer hinderten sie nur daran, sich auf ihr Studium zu konzentrieren. Und das war ihr schließlich am wichtigsten.

Die Lautsprecher knacksten, dann ertönte eine Durchsage: »Das ist der letzte Aufruf für Passagiere des American Airline Fluges 341 von New York nach Los Angeles. Bitte finden Sie sich an Gate 42 ein! Ich wiederhole: alle Passagiere, gebucht auf den American Airlines Flug 341 von New York nach Los Angeles ...«

»Ja, doch!« Naila blieb stehen, zog ihre High Heels aus und rannte barfuß weiter. Weshalb hatte sie nicht gleich daran gedacht? Gate 39, Gate 40, Gate 41. Naila keuchte. Warum zum Teufel ging sie eigentlich zweimal die Woche ins Zumba Training, wenn ihre Kondition so miserabel war? Sie winkte der Dame zu, die am Gate stand.

»Sie sind zu spät.« Die musterte sie von oben bis unten, als Naila atemlos vor ihr stehenblieb.

»Ich weiß. Tut mir leid.« Naila schlüpfte wieder in ihre Schuhe und fischte ihr Handy aus der Tasche, um darin nach ihrem elektronischen Ticket zu suchen. Als sie es fand, legte sie es auf den Scanner. Das Licht blinkte grün und die Schranke öffnete sich.

»Guten Flug«, wünschte ihr die Angestellte und Naila eilte

im Laufschritt die Gangway hinunter. Der Koffer ratterte hinter ihr her.

»Einen schönen Nachmittag!« Die Stewardess am Eingang des Flugzeugs warf einen Blick auf Nailas Handy und deutete nach links. »Platz 3A. Willkommen in unserer First Class, Ms McDermott.«

Naila nickte freundlich und schnappte sich zwei der kostenlosen Magazine, die vor dem Durchgang auslagen. In der ersten Klasse gab es nur einen Sitz auf jeder Seite des Ganges. Er stand schräg zum Fenster, sodass man ein wenig Privatsphäre hatte und optimal arbeiten konnte, so wie es die meisten Geschäftsreisenden taten, die auf dieser Route unterwegs waren. Naila ging zu ihrem Platz, verstaute den Koffer im Staufach über ihrem Kopf und sank auf den komfortablen Einzelplatz. Sechs Stunden Flug lagen nun vor ihr. Sechs Stunden, in denen sie sich auf das Zusammentreffen mit ihrem Vater vorbereiten konnte. Sie lehnte den Kopf gegen die gepolsterte Rückenlehne und schloss die Augen. Noch immer klopfte ihr Herz, inzwischen jedoch vor Aufregung, weil es kein Zurück mehr gab. Dieses Wochenende war nicht nur eine Herausforderung wegen der unterschiedlichen Charaktere ihrer Familie, sondern vor allem wegen ihres Vaters. Er würde sie testen. Jede Minute des Tages. Nächstes Jahr machte sie ihren Abschluss in Yale und anschließend würde sie in die Kanzlei von John McDermott miteinsteigen. Es war sein Wille, aber in letzter Zeit fragte sie sich immer öfter, ob es auch der ihre war.

»Hey, schön, dich wiederzusehen.«

Naila öffnete die Augen. Gegenüber des Ganges stand der Typ von vorhin und räumte seinen Rollkoffer, über den sie gefallen war, in das Gepäckfach. Das durfte nicht wahr sein! Wie hatte er das nur geschafft, ohne zu rennen? Er grinste, ließ sich in seinen Sitz plumpsen und beugte sich vor, um sie anzusehen. »Ich dachte mir gleich, dass du aus Kalifornien bist.«

»Ach ja?« Sie hob eine Augenbraue, so wie sie es immer tat, wenn sie jemandem zu verstehen geben wollte, dass sie kein Interesse an einer Konversation hatte, und schlug eins der Magazine auf.

»Äußerlich bist du New York, aber deine Haare sind Los Angeles. Zu viel gefeiert gestern?«, hörte sie seine Stimme und strich intuitiv ihre störrischen Locken glatt. Sie hatte alles in ihrem Leben unter Kontrolle, außer ihre Haare. Sie waren blond wie die ihres Vaters und geringelt wie die ihrer Mutter. Ein Erbe des türkischen Teils ihrer Familie. Die gesamte Schulzeit hatte man Naila wegen ihrer wilden Frisur geärgert. Und warum zum Teufel wusste der Kerl, dass sie gestern gefeiert hatte?

»Ich fliege nach Hause«, fuhr er unbeirrt fort, als würden sie sich schon ewig kennen. »In welchem Teil von L.A. wohnst du?«

Naila warf ihm einen abschätzigen Blick über das Magazin zu und schwieg.

»Hidden Hills?«, mutmaßte er.

Bingo! Wer war dieser Typ?

»Hab ich mir gedacht.« Wieder dieses selbstgefällige Grinsen. Sollte ihr das imponieren?

Sie beobachtete, wie der Kerl seine Lederjacke ablegte. Er war gut trainiert, das erkannte sie sofort, denn das verwaschene Langarmshirt verbarg nur wenig. Sein Blick bohrte sich in den ihren. Es kam ihr vor, als würde er ihre Gedanken erraten und sie spürte, wie ihr das Blut in die Wangen schoss. Verärgert blätterte sie durch die Seiten. Es war noch nie vorgekommen, dass sie sich von einem Mann hatte verunsichern lassen.

»Mein Name ist Keats.« Er gab nicht auf. »Wie heißt du?«

Sie schwieg weiter und tat so, als würde sie sich auf die Sicherheitshinweise konzentrieren, die auf dem Bildschirm vor ihr abgespielt wurden.

»Naila McDermott«, übertönte er die Ansage. »Das stand zumindest auf dem Schild an deinem Koffer.«

Sie drehte den Kopf und starrte ihn an. »Ich warne Sie. Noch ein Spruch und ich erstatte Anzeige wegen Stalking.«

Er lachte und rieb sich das Kinn. »Es ist keine Straftat, eine attraktive Frau zu googeln, die einem vor die Füße fällt. Dein Daddy ist Experte für Wirtschaftsrecht, nicht wahr? McDermott, Jones & Wardwell, die Nummer eins für feindliche Firmenübernahmen.«

Naila schnaubte. Sie hatte keine Lust, mit diesem Keats über die Kanzlei ihres Vaters zu reden.

»Sauer auf Daddy?«, hakte er nach. »Hast du deshalb die Nacht durchgefeiert?«

»Ich habe nicht …« Sie biss sich auf die Zunge. Erst denken, dann reden. Wie oft hatte sie das in ihrem Debattierkurs schon zu hören bekommen? Doch manchmal war sie einfach zu impulsiv.

»Du hast den Hass auf deinen Vater runtergespült, habe ich recht?« Er krempelte die Ärmel hoch und Naila erhaschte einen Blick auf seinen tätowierten Unterarm, den die Lederarmbänder fast überdeckten. »Ich kenne das. Mein Vater war ein Arschloch. Zum Glück ist er tot.«

Sie bemühte sich, die Bemerkung zu übergehen, auch wenn sie geneigt war, ihm von ihren Sorgen über das bevorstehende Wochenende zu erzählen. Aber natürlich besprach man sowas nicht mit einem völlig Fremden.

»Als ich früher diese Strecke geflogen bin, habe ich die ganzen sechs Stunden überlegt, wie ich meinem alten Herrn am besten aus dem Weg gehen kann. Hat nie funktioniert.« Keats nickte ihr zu. »Guten Flug.« Dann beugte er sich zum Fenster und ignorierte sie.

Naila redete sich ein, froh darüber zu sein, auch wenn sie einen Hauch von Enttäuschung spürte. Es war lange her, dass sie sich einen Flirt erlaubt hatte. Die letzten Jahre hatte sie sich den Hintern aufgerissen, um Beste ihres Jahrgangs zu werden. Sie lernte wie eine Besessene, um ihrem Bruder Zak nachzueifern, der sein Jurastudium in Yale mit *summa cum laude* abgeschlossen hatte. Jeder ihrer Professoren hatte hohe Erwartungen an sie, denn allein ihr Nachname stand für ganze Generationen an herausragenden Juristen. Bereits ihr Großvater hatte in Yale Jura studiert. Das Erbe, das sie antrat, lastete schwer auf ihren Schultern und manchmal kam es ihr vor, als könnte sie ihm nicht gerecht werden, ganz egal, wie sehr sie sich bemühte.

Das Flugzeug dockte vom Gate ab und rollte zur Startbahn. Naila schielte zu Keats hinüber und fragte sich, warum er zuerst so hartnäckig gewesen war und sie plötzlich links liegenließ. Wollte er gar nicht mehr wissen, weshalb sie gestern gefeiert hatte, obwohl sie das gesamte letzte Jahr kaum auf einer Party gewesen war? Resigniert ließ sie den Kopf zur Seite sinken und starrte aus dem Fenster.

Die Flugzeuge reihten sich vor der Startbahn aneinander und der Kapitän machte eine Durchsage, in der er die Passagiere informierte, dass sie mit einer halben Stunde Verspätung starten würden. Naila sah wieder zu Keats hinüber und hoffte insgeheim, dass er ihr wegen der Nachricht wenigstens einen kurzen Blick zuwarf. Das hätte ihr die Möglichkeit gegeben, ihn anzulächeln und sich damit für ihre abweisende Art zu entschuldigen. Aber er tat es nicht und sie ärgerte sich über sich selbst. Das war genau der Grund, warum sie keine

Männer kennenlernte. Jen hatte es ihr wieder und wieder vorgehalten.

»Du bist eine typische Yale-Studentin«, schimpfte sie bei jeder Gelegenheit. »Zugeknöpft bis obenhin und Paragraphen anstatt Hormonen im Blut. Die einzigen, die du damit beeindrucken kannst, sind deine Professoren und die sehen alle aus, als hätten sie die Mammuts noch persönlich gekannt.«

So sehr es Naila schmerzte, diese Worte aus dem Mund ihrer besten Freundin zu hören, so wusste sie doch, dass Jen Recht hatte. Trotzdem hatte sie momentan keine Zeit für eine Beziehung.

»Sex ist keine Beziehung.« Jen hörte nicht auf, in Nailas Kopf zu reden. »Du solltest mal gehörig flachgelegt werden, meine Liebe. Ein guter Orgasmus fegt dir die Paragraphen aus dem Blut.«

Aber ein Orgasmus war derzeit so weit entfernt wie die Tatsache, Beste ihres Jahrgangs zu werden. Eine Neuigkeit, die sie ihrem Vater noch nicht gebeichtet hatte und die das kommende Wochenende in jeder Hinsicht ruinieren würde. Naila sah bereits das überhebliche Lächeln ihres Bruders, den mitleidigen Blick ihrer Mutter und den undurchdringlichen Gesichtsausdruck ihres Vaters vor sich, mit dem er ihr zu verstehen gab, dass sie seiner Familie nicht würdig war. Sie kickte sich frustriert die High Heels von den Füßen und wackelte mit den Zehen. Warum nur hatte sie nicht einfach Medizin studiert? Oder Psychologie? Dann hätte sie zumindest in der Juryberatung tätig sein können. Das wäre wenigstens etwas gewesen, von dem ihre Familie keine Ahnung hatte und bei dem sie keine Vergleiche scheuen musste. Dann hätte sie mit Jen an der NYU studieren können, hätte jede Menge Spaß und vor allem Gesellschaft gehabt. Und vielleicht sogar einen Freund wie Eddie. Einen reichen, gutaussehenden und, wie Jen es ausdrückte, sexuell experimentierfreudigen Mann, der darüber hinaus auch noch ein Herz aus Gold besaß. In diesem Punkt beneidete Naila ihre beste Freundin glühend. Eddie war der Typ Freund, den man überall hin mitnehmen konnte. Er bewegte sich auf einem Galaempfang ebenso sicher wie auf einer feucht-fröhlichen Studentenparty. Eddie war immer gut gelaunt, charmant und hilfsbereit. Es gab ihn nur einmal auf der Welt, sagte Jen, und damit hatte sie vermutlich recht.

Naila blätterte durch das Magazin auf ihrem Schoß und blieb an ihrem Horoskop hängen.

Heute stehen einige Pflichten an. Aber Sie fühlen sich eigentlich gar nicht danach, diese zu erfüllen. Am besten, Sie finden einen guten Kompromiss: Kümmern Sie sich um Wichtiges und Dringendes, dann aber wieder um sich selbst. Heute sollten Sie sich etwas Schönes nur für sich gönnen.

Sie sah auf und fing Keats' Blick auf. Das kam so unvermittelt, dass sie sofort wieder wegsah, bevor sie sich schließlich doch traute, seinen Blick zu erwidern. Er deutete ein Lächeln an, indem er den rechten Mundwinkel anhob, aber seine Augen blieben ernst und Naila fragte sich, was er dachte. Hielt er sie für eine zugeknöpfte Yale-Studentin oder sah er etwas anderes in ihr?

Mutig musterte sie das Tattoo auf seinem Unterarm. Es sah aus, als würden sich zwei Schlangen umeinander winden. Ihr Herz schlug schneller. Erneut verhakte sich ihr Blick mit seinem und endlich gelang es ihr, ihn ebenfalls anzulächeln. Er drehte den Kopf, um wieder aus dem Fenster zu sehen, und Nailas Lächeln fror ein. Sie hatte einfach den Charme eines Kühlschranks, es war nicht zu leugnen.

Enttäuscht zählte sie die Flugzeuge, die sich vor ihnen in der Warteschlange befanden. Es begann zu regnen. Die

Tropfen bildeten verzerrte Muster auf der Scheibe. Naila fuhr sie mit dem Finger nach. Die Zeit zog sich in die Länge, endlich war ihr Flugzeug an der Reihe. Die Motoren heulten auf, die Maschine beschleunigte. Das Terminalgebäude zog an ihr vorbei, dann kam der Moment, in dem sie abhoben. Naila atmete tief durch. In vier Tagen würde sie wieder hier landen. Was würde in dieser Zeit alles geschehen sein?

Mit einem Rumpeln wurde das Fahrwerk eingezogen und Naila genoss den Moment, als die Maschine die Wolken durchstieß. Sie liebte es zu fliegen. Es hatte etwas Befreiendes an sich. Für einige Sekunden spürte sie wieder jenes Glücksgefühl, das sie schon als Kind empfunden hatte, wenn sie mit ihren Eltern in den Urlaub geflogen war. Das waren ihre schönsten Erinnerungen. Damals hatte noch niemand Erwartungen an sie gestellt.

Das Flugzeug ließ die Wolken unter sich zurück und drehte in Richtung Westen ab. Die Sonne streifte Nailas Gesicht, bevor die Maschine sich wieder gerade ausrichtete. Nach einer Weile erloschen die Anschnallzeichen und Naila nahm die kuschlige Decke aus der Ablage neben sich, um sich darin einzuhüllen. Die Stewardessen gingen herum und reichten den Gästen der ersten Klasse Champagner. Naila bemerkte, dass Keats den Kopf schüttelte, und bedauerte augenblicklich, dass sie ihm nun nicht zuprosten konnte.

Herrje, was war nur mit ihr los? War sie tatsächlich derart durcheinander wegen des bevorstehenden Wochenendes, dass sie jetzt schon einen tätowierten Kerl anhechelte, nur um ihrem Vater eins auszuwischen? John McDermott verachtete Menschen mit Tattoos. Er hielt sie für subversive Underdogs, die versuchten, die Werte der USA zu untergraben. Sie waren eine Schande für das Wirtschaftssystem, für ihre Mitbürger und für das Gesundheitswesen, sagte er. Tätowierungen waren schlecht für die Haut und Gift für den Körper. Naila war mit diesen konservativen Ansichten aufgewachsen, doch je älter sie wurde, desto öfter fragte sie sich, wo all die Kranken waren, die mit ihren volltätowierten Körpern dahinsiechten, um so absichtlich der Wirtschaft und den Krankenhäusern zu schaden. Sie trank ihren Champagner leer und bat um ein zweites Glas. Sie brauchte das heute, verdammt!

Nachdem das Essen serviert worden war, zog sie ihre Beine an und machte es sich unter der Decke gemütlich. Dank der vier Gläser Champagner, die sie inzwischen getrunken hatte, fühlte sich ihr Kopf angenehm leicht an und ihre Gedanken kamen zum Stillstand. Sie sah aus dem Fenster und genoss es, nicht in Panik zu geraten, wenn sie daran dachte, dass sie nur noch dreieinhalb Flugstunden vor sich hatte. Aus den Augenwinkeln bemerkte sie eine Bewegung. Keats stand auf und streckte sich. Dabei zog es ihm das T-Shirt nach oben und man konnte den Ansatz eines Sixpacks erkennen. Dann ging er in Richtung Toilette. Nailas Blick folgte ihm als sei er magnetisch. In ihrem Zustand gefiel ihr die Art, wie er sich bewegte. Wie ein Panther. Selbstbewusst und kraftvoll. Und sein Hintern in dieser Jeans war auch ziemlich knackig. Sie schüttelte den Kopf und musste über sich selbst lachen. Wäre sie nicht über seinen Koffer gefallen, hätte sie ihn niemals wahrgenommen. Er war nicht die Art Mann, die ihr normalerweise gefiel. Sie stand auf Kerle in maßgeschneiderten Anzügen. Mit perfekt gebundenen Krawatten und gutsitzenden Hemden mit Manschettenknöpfen. Männer, die teure Uhren trugen und ordentlich geputzte Schuhe anhatten. Auf keinen Fall hatte sie einen Hang zu tätowierten Typen in Boots und Schlabbershirt. Mit Sixpack und Muskeln an den richtigen Stellen ... Gut, das wäre vielleicht nicht das Problem. Naila bekam ihr Grinsen kaum noch aus dem Gesicht. Dieser blöde Champagner!

Keats kam zurück und nahm sie sofort ins Visier. Naila sank in ihrem Stuhl ein Stückchen nach unten. Es kam ihr vor, als könnte er in ihrem Gesicht lesen, was gerade in ihr vorging. Er kam den Gang herunter und hielt direkt auf sie zu. Naila schluckte. Anstatt sich wieder hinzusetzen, ging er an ihr vorbei und warf ihr im Vorübergehen einen auffordernden Blick zu. Sie drehte sich um und sah ihm hinterher. Er blieb an der kleinen Bar stehen, die den Passagieren der ersten Klasse zur Verfügung stand, und bestellte sich etwas. Naila rang mit sich selbst. Sollte sie zu ihm gehen? Sie drehte sich wieder nach vorne, nur um dann erneut über ihre Schulter zu blicken. Keats wirkte amüsiert und Naila fühlte sich ertappt. Sie führte sich auf wie eine Sechzehnjährige! Verunsichert sank sie noch weiter in ihrem Sitz nach unten, bevor sie sich einen Ruck gab und aufstand. Sofort vergewisserte sie sich, was die anderen Passagiere taten, doch die meisten von ihnen saßen vor ihren Laptops oder schliefen. Niemand kümmerte sich um sie. Naila straffte ihre Schultern, setzte ein unverbindliches Lächeln auf und ging zur Bar.

»Hey«, sagte sie und wusste mit einem Mal nicht mehr, wohin mit ihren Händen. Einer Eingebung folgend, stützte sie sie in die Hüften.

Keats runzelte die Stirn. »Warum so entschlossen? Hast du vor, mich zu verklagen?« Er machte einen Schritt auf sie zu. »Ich habe nichts getan, Frau Anwältin.«

»Ich bin noch keine zugelassene Anwältin«, murmelte sie und bereute, zu ihm gegangen zu sein. Sein gesamtes Auftreten wirkte so selbstbewusst und überlegen, dass sie nicht wusste, wie sie darauf reagieren sollte. Sie war geübt in juristischen Wortgefechten, aber das hier war etwas ganz anderes.

»Whiskey?«, fragte er und hielt ihr ein Glas unter die Nase.

»Oh Gott, nein!« Naila verzog den Mund.

»Zu hart? Lieber einen Champagner?«

»Ich denke nicht, danke.«

Ein breites Grinsen überzog sein Gesicht und machte zwei Grübchen sichtbar. »Dein Mut verlässt dich bereits wieder, hm?« Er beugte sich vor. »Dabei wolltest du doch Daddy ärgern.«

Es machte sie wütend, dass er immer so genau erriet, was ihre Intention war. »Ich habe kein Problem mit meinem Vater«, log sie.

»Natürlich nicht.« Eine Strähne seiner dunklen Haare fiel ihm in die Augen. »Du bist die perfekte Tochter.«

Der Satz gärte in ihr und sie hob herausfordernd das Kinn. »Ich hätte doch gerne einen Whiskey.«

Er bestellte für sie, reichte ihr das Glas und stieß mit ihr an. »Auf diesen Flug!«

»Das ist ein merkwürdiger Trinkspruch.« Naila nippte an dem Drink. Der Whiskey glitt ihr scharf über die Zunge und brannte in ihrem Rachen. Sie zwang sich, nicht zu husten.

»Glaub mir, du wirst ihn nie vergessen.«

»Ist das so?« Ihr Blick fand den seinen über den Rand des Glases hinweg. In ihrem Bauch begann es zu kribbeln.

»Ich weiß, dass du gestern gefeiert hast, um deinen Besuch in Los Angeles zu verdrängen. Und ich weiß das, weil es mir früher ebenso erging.«

»Tatsächlich?«

Er brummte und dieses Geräusch sorgte für ein zusätzliches Prickeln in ihrem Magen. Sie fixierte die Schlangen auf seinem Unterarm und Keats rückte noch ein Stück näher an sie heran, senkte den Kopf und flüsterte: »Hast du Angst vor Schlangen?«

Naila blinzelte. »Nein.«

»Das solltest du aber.« Er machte ein zischendes Geräusch. »In vielen Kulturen stehen sie für Tod und Zerstörung. Oder für Verführung.«

Sie spürte seinen Atem auf ihrem Gesicht und bekam eine Gänsehaut. Für einen kurzen Moment fragte sie sich, was sie hier gerade tat, doch dann brachte sie den warnenden Gedanken mit einem weiteren Schluck Whiskey zum Schweigen. Keats hörte nicht auf, sie anzusehen, und Naila gelang es endlich, seinen intensiven Blick zu erwidern.

»Du willst etwas tun, das dein Daddy verachten würde«, bemerkte er und strich ihr mit dem Daumen sanft über den Hals. Es war nur eine kurze Berührung, doch sie entfachte ein Feuer in Naila.

Sachte schüttelte sie den Kopf, obwohl sie genau das tun wollte. Sie hatte es so satt, sich von ihrem Vater ständig anhören zu müssen, dass sie seine Familie nicht ausreichend repräsentierte. Dass sie zu wenig Ehrgeiz besaß und am Ende ihres Studiums gerade einmal gut genug sein würde, um in seiner Kanzlei den Kaffee zu servieren.

»Lass uns etwas tun, wofür dich dein Vater verachtet.« Keats sagte es so leise, dass Naila ihn kaum verstand. Sie hielt den Atem an.

»Er wird es nie erfahren«, flüsterte er in ihr Ohr und Nailas Blut geriet in Wallung. »Es bleibt ein Geheimnis. Aber es wird dir helfen, deinen Hass auf ihn unter Kontrolle zu bringen.«

Sie atmete schwer aus, weil sie sich fragte, ob sie gerade an dasselbe dachten. Ihre Augen fanden die seinen.

»Der Mile High Club«, hörte sie seine heisere Stimme. »Lass uns eine dieser Geschichten werden.«

Naila versagten beinahe die Knie. Natürlich hatte sie bereits davon gehört, dass Passagiere es auf den Flugzeugtoiletten trieben, um diesem legendären Club anzugehören, aber bis zum heutigen Tag hätte sie nicht einmal im Traum daran gedacht, etwas derart Dummes zu tun. Rechtlich gesehen war das zwar eine Art Grauzone, denn sollte man erwischt werden, kam es auf die Reaktion des Flugpersonals an. Meldeten sie eine Störung des Flugverkehrs, die der Kapitän an die Zieldestination weitergab, dann erwartete einen bei der Landung die Homeland Security und die verstand seit den Attentaten des 11. September keinen Spaß mehr mit Menschen, die den Flugverkehr störten.

»Wir werden nicht erwischt.« Keats' Daumen berührte erneut ihren Hals. Es war unheimlich, dass er jeden ihrer Gedanken erriet. Und erregend. Denn wenn er beim Sex genauso war ...

»Wir gehen auf unsere Plätze zurück. Du stehst auf, wenn du bereit bist. Ich folge dir ein paar Minuten später.«

Nailas Herz raste. Sie wusste nicht, ob sie bereit sein würde. Andererseits ... Keats beugte sich vor. Seine Lippen berührten ihr Ohr und sie glaubte zu verglühen. Es war zwei Jahre her, seit sie das letzte Mal Sex gehabt hatte. Zwei verdammte Jahre! Wie hatte sie nur vergessen können, wie heiß sich allein die Berührungen eines Mannes anfühlen konnten?

»Kriegst du das hin?« Seine Zunge berührte die weiche Haut unterhalb ihres Ohrläppchens.

»Ja.« Es klang mehr wie ein Stöhnen und Naila räusperte sich. Die Stewardess hinter der Bar unterhielt sich mit einer Kollegin und Naila stürzte den Rest des Whiskeys hinunter. Sie sah Keats fest in die Augen. »Bis gleich«, sagte sie beherzt und ging zurück zu ihrem Platz. Erst jetzt fiel ihr auf, dass sie ihre Schuhe dort zurückgelassen hatte und barfuß zu Keats an die Bar gegangen war. Sie war völlig durch den Wind! Das Gefühl fing an, ihr zu gefallen.

Keats setzte sich ebenfalls wieder auf seinen Platz. Er wirkte so entspannt, als hätte das Gespräch zwischen ihnen nie stattgefunden. Doch Nailas Herz klopfte wild. Sie spürte die Erregung in ihrem Inneren und dachte an Jen. Was würde ihre beste Freundin zu alldem sagen? Vermutlich würde sie applaudieren. Naila grinste. Ja, ganz sicher würde sich Jen auf einen der Sitze stellen und sie anfeuern. *Go, Naila, go! Lass dich von einem Fremden durchvögeln!*

Naila stand auf. Überrascht von ihrer Spontanität verharrte sie für einen kurzen Augenblick, bevor sie zielstrebig zur Toilette ging. Dort schloss sie sich ein und spürte kurzzeitige Panik. Was tat sie denn nur? Wollte sie tatsächlich Sex mit einem völlig Fremden haben? Was war mit der Verhütung? Hatte sie sich überhaupt die Beine bis über die Knie rasiert?

Es klopfte leise und Naila drehte sich in dem winzigen Toilettenraum im Kreis. Guter Gott, was sollte sie tun? Ihr Herz pochte so heftig, dass sie es bis in ihre Ohren spürte. Dann entriegelte sie die Tür und Keats glitt geschmeidig zu ihr ins Innere. Obwohl die Toilette der ersten Klasse komfortabler war als die für die anderen Passagiere, war sie definitiv zu eng für zwei Leute. Keats presste seinen Körper gegen ihren, sperrte ab und lächelte auf sie hinunter.

»Ich dachte schon, du hast es dir anders überlegt«, sagte er in gedämpftem Tonfall.

Naila legte abwehrend ihre Hände auf seine Brust. »Ehrlich gesagt weiß ich nicht, ob wir das wirklich ...« Weiter kam sie nicht, denn er küsste sie. Und was war das für ein Kuss! Naila schoss die Hitze zwischen die Beine. Keats mochte nicht ihr Typ sein, aber sein Kuss war ebenso schmutzig wie seine

Boots. An ihm war nichts, absolut gar nichts auf Hochglanz poliert und er benahm sich auch nicht wie ein Gentleman, sondern kam sofort zur Sache.

»Es gibt nur zwei Positionen in einem Flugzeugklo«, murmelte er zwischen seinen Küssen. »Entweder klappe ich den Deckel der Toilette runter und setze mich drauf.« Seine Hand fuhr unter ihre Bluse, löste geschickt den Verschluss ihres BHs und umfasste ihre Brüste. »Dann kannst du mich im Reverse Cowgirl Style reiten. Oder ...« Er hielt inne, weil Naila aufkeuchte. Die Art, wie er ihre Brustwarzen zwischen seinen Fingern rollte, entsandte nicht nur einen elektrischen Blitz direkt in ihre Muschi. Allerdings hatten sie seine Worte verunsichert. Sie hatte es noch nie in der Reverse Cowgirl Position getan und wusste nicht, ob heute der richtige Tag war, um damit anzufangen.

Keats lächelte wissend, während er mit seiner Massage fortfuhr. »Oder wir setzen dich hier aufs Waschbecken und machen es auf die gute alte Art.«

»Gute alte Art klingt hervorragend«, ächzte Naila.

»Hm.« Keats hob sie hoch und setzte sie sanft auf dem Waschbecken ab. Seine Muskeln hielten sie in Position und er schob ihren Rock nach oben. Seine Finger massierten sie kurz durch das Höschen, bevor er es zur Seite drängte. Was Naila nun fühlte, war tatsächlich jenseits aller sexuellen Empfindungen, die sie je gehabt hatte. Sie wusste nicht, was Keats genau tat, aber verdammt, es war das Paradies! Sie warf den Kopf nach hinten und stöhnte.

Keats legte ihr die Hand auf den Mund. »Kein Geräusch, Babe, und kein Anlehnen der Wand. Du willst doch nicht, dass wir durchbrechen und dein nackter Hintern auf dem Laptop eines Passagiers landet, oder?«

Sie schüttelte den Kopf, auch wenn sie keine Ahnung

hatte, wie sie seine Berührungen ertragen sollte, ohne es herauszuschreien.

Seine Finger kehrten zu ihrer Klitoris zurück und sie öffnete die Knöpfe seiner Jeans. Sie war so heiß auf diesen Mann wie auf keinen vor ihm. Kein Jason, Eric, Peter oder Barry hatte diese Gefühle in ihr ... ah, was tat Keats da nur? Was tat er? Naila verdrehte die Augen und presste die Lippen aufeinander, während sie himmlische Wellen durchströmten. Sie spürte, wie er ihre Hand um seinen Schwanz legte und drückte zu. Er war hart und er fühlte sich so gut an. Niemals zuvor hatte sie es genossen, den Schwanz eines Mannes in ihrer Hand zu halten, aber dieses Prachtexemplar war es wert, erkundet zu werden. Doch Keats ließ ihr keine Zeit. Energisch zerrte er ihre Hüften zu sich heran und zog sich ein Kondom über. Woher hatte er das auf einmal? Er war ja vorbereiteter als die Feuerwehr! Ehe Naila fragen konnte, drang er in sie ein und sie biss sich in den Handballen, um nicht laut aufzuschreien. Es war so heiß, so heiß, *so heiß*! Warum nur hatte sie zwei Jahre keinen Sex mehr gehabt? Vermutlich weil kein Kerl wie Keats in der Nähe gewesen war. Naila ergab sich ihrer Erregung. Er stieß sie derart gefühlvoll, dass sie glaubte, augenblicklich zu kommen. Und seine Finger, herrje, was taten die nur? Es war so ... so ... erfüllend, göttlich ... Naila gab ihre Zurückhaltung auf.

»Fick mich«, flüsterte sie und sein Blick törnte sie an. Seine Stöße wurden härter und kürzer, seine Küsse grober, doch seine Finger vollführten nach wie vor jenen wahnwitzigen Tanz zwischen ihren Schamlippen, der sie dahinschmelzen ließ. Sie spreizte ihre Beine so weit es nur ging, denn zum ersten Mal in ihrem Leben wollte sie nicht die Kontrolle haben. Sie wollte sich in ihren Trieben verlieren und sich komplett gehenlassen. Dieser Fremde gab ihr in diesem

Moment all das, was sie nie zu träumen gewagt hatte. Er entfesselte eine Gier, von der sie nicht wusste, dass sie sie in sich trug. Sie fickten wie die Tiere, stumm und wild. Ihre Zungen wanden sich umeinander, es fühlte sich an, als wollte er sie verschlingen. Sein Schwanz bearbeitete sie. Die Heftigkeit des Orgasmus traf Naila völlig unvorbereitet und brachte ihr zu Bewusstsein, dass sie bisher noch nie einen gehabt hatte. Hilflos klammerte sie sich an Keats, der sie zu weiteren Höhen antrieb, bevor er ebenfalls kam. Schweratmend presste er seine Stirn gegen die ihre.

»High Mile Club«, flüsterte er und gab ihr einen letzten, intensiven Kuss, bevor er das Kondom abzog und es in die Toilette warf. »Und jetzt sollten wir gehen.«

Gehen? Naila blinzelte sich in die Wirklichkeit zurück. Sie wollte auf keinen Fall gehen!

Er zog sich die Jeans über die Hüften. »Und? Hast du deinen Daddy vergessen?«

»Du bist mein Daddy.« Sie grinste anzüglich und spürte, wie sie bei den Worten knallrot anlief. Dirty Talk klang aus ihrem Mund einfach unnatürlich.

Keats lachte breit. »Das wollte ich hören.« Er hob sie vom Waschbecken herunter und strich ihr fürsorglich eine ihrer Locken hinters Ohr. »Ich gehe zurück auf meinen Platz. Warte noch zwei Minuten, bevor du nachkommst.« Ehe sie etwas erwidern konnte, sperrte er auf und glitt nach draußen.

Naila sah sich im Spiegel an und erschrak. Ihre Haare waren noch wilder als sonst, sie sah aus wie ein explodiertes Küken. Überall blonde Locken und darunter ein Gesicht voll roter Flecken. Die bekam sie immer, wenn sie aufgeregt war, allerdings nicht in diesem Ausmaß. Keats' Bart hatte auf ihrer zarten Haut seine Spuren hinterlassen. Sie sah aus, als hätte sie einen tödlichen Ausschlag.

»Scheiße!« Naila drehte den Wasserhahn auf und befeuchtete ihre Haut. Sie glühte. Überall. Und ihre Knie zitterten. Jeder würde sehen, was sie getan hatte. Wie peinlich! Hektisch bemühte sie sich, ihre verwischte Wimperntusche in Ordnung zu bringen. Anschließend richtete sie ihren BH und zupfte ihr Kostüm in Form. Sie roch Keats' After-Shave an sich und glaubte, seine Hände noch überall zu spüren.

»Okay, du schaffst das«, versicherte sie ihrem Spiegelbild und lächelte sich aufmunternd zu. »Du gehst da raus und bist selbstbewusst.«

Nachdem sie tief Luft geholt hatte, ging sie zurück in den Passagierraum und tat so, als wäre es das Normalste der Welt, barfuß in einem Kostüm und mit knallrotem Gesicht über den Gang zu laufen. Sie erreichte ihren Platz, setzte sich und warf Keats einen verstohlenen Blick zu. Er zwinkerte ihr zu, bevor er sich nach hinten fallen ließ und die Augen schloss. Naila jubelte innerlich. Sie hatte noch nie über die Stränge geschlagen. Es endlich einmal zu tun, fühlte sich gut an. Der Orgasmus hatte sich gut angefühlt, verdammt! Sie spürte das Nachhallen zwischen ihren Beinen und nahm sich vor, Keats nach seiner Handynummer zu fragen, wenn sie in Los Angeles gelandet waren. Dann schloss sie die Augen, um in den erregenden Erinnerungen zu schwelgen.

»Miss McDermott!« Jemand rüttelte sie an der Schulter und Naila schrak hoch. »Wir sind bereits gelandet.«

»Wie bitte?« Naila sah sich um und blickte in das freundliche Gesicht einer Stewardess. Sie spürte, wie ihre Zunge schwer an ihrem Gaumen klebte und wusste, das lag am Champagner und dem Whiskey, den sie getrunken hatte.

»Die Passagiere gehen von Bord.« Die Stewardess holte Nailas Koffer aus dem Fach über ihrem Kopf und stellte ihn auf den Gang. Naila erhob sich eilig. Sie war inzwischen die Einzige, die sich noch in der ersten Klasse aufhielt. Ihr Kopf brummte.

»Danke«, murmelte sie, zog ihre Schuhe an und trat auf den Gang. Keats' Platz war leer. Warum hatte er sie nicht geweckt? Naila schnappte sich ihren Koffer, verließ die erste Klasse und mischte sich unter die übrigen Passagiere, die aus dem Flugzeug strömten. Während sie die Gangway hinaufging, streckte sie den Hals, um nach Keats Ausschau zu halten, aber sie sah ihn nirgends. Enttäuschung machte sich in ihr breit. Hatte er sie nur angebaggert, um sie zu ficken? War sie vielleicht bloß ein weiteres Mädchen, mit dem er dem High Mile Club beigetreten war?

Naila beschleunigte ihre Schritte. Da sie nur mit Handgepäck gereist war, musste sie nicht zur Gepäckausgabe und hielt direkt auf den Ausgang zu. Endlich erkannte sie seine Gestalt.

»Keats!« Sie lief los. Er zwängte sich durch die Menschenmassen, die vor dem Gate warteten, und ging zielstrebig in Richtung Ausgang. Naila folgte ihm, rief wiederholt seinen Namen, doch er reagierte nicht. Sie erkannte, wie sich die Glastüren öffneten und hinter ihm wieder schlossen, und Keats am Bordstein verharrte. Er setzte sich die Sonnenbrille auf und Naila beschleunigte ihre Schritte.

»Schätzchen!« Jemand hielt sie am Arm fest. »Wo willst du denn hin?«

»Mama!« Naila blieb stehen. Ihr Blick flog zwischen ihrer Mutter und Keats hin und her. »Ich muss kurz …«

Ein schwarzer Porsche Cayenne mit roten Felgen hielt am

Straßenrand und Keats stieg ein. Das durfte nicht sein! Warum wartete er denn nicht auf sie?

»Was ist los?« Nailas Mutter betrachtete sie besorgt. »Ist alles in Ordnung mit dir? Du siehst schrecklich aus.«

Der Porsche Cayenne fuhr an und verschwand aus Nailas Blickfeld. Resigniert strich sie sich durch die Haare. Keats war fort. Er war einfach gegangen. Die Enttäuschung schmerzte, bohrte sich glühend zwischen ihre Rippen und machte ihr das Atmen schwer.

»Naila!« Die Stimme ihrer Mutter wurde schärfer. »Du benimmst dich unmöglich. Was ist denn nur in dich gefahren?«

»Nichts.« Naila wandte sich ihrer Mutter zu. »Hallo Mama, schön, dich zu sehen.«

Ihre Mutter runzelte die Stirn. »Hast du etwa getrunken? Wenn dein Vater das erfährt, wird das ein furchtbares Thanksgiving. Reiß dich bitte zusammen, Liebes.«

»Tue ich das nicht immer?« Naila folgte ihrer Mutter in Richtung Parkgarage und spürte, wie die euphorische Stimmung des Fluges allmählich schwand. Sie war zurück in der Realität. Und in dieser musste sie in Kürze ihrem Vater gegenübertreten.

Ein letztes Mal blickte sie zum Ausgang, doch Keats blieb verschwunden. Naila schluckte das bittere Gefühl hinunter, das diese Erfahrung in ihr hinterließ. Warum war sie nur so dumm gewesen? Dabei hätte sie sich doch denken können, dass ein tätowierter Kerl in Boots nichts anderes als ein Arschloch sein konnte. So etwas würde ihr kein zweites Mal passieren! Naila hob den Kopf und lächelte ihre Mutter an. »Bei welchem Catering hast du unser Thanksgiving-Dinner bestellt, Mama?«

1

NAILA

aila räkelte sich auf der Liege vor ihrer Suite und blickte versonnen auf den tiefblauen Pazifik. Sie seufzte. Dieser Urlaub war in jeder Hinsicht perfekt. Sie befand sich seit knapp einer Woche im luxuriösen *Four Seasons Lanai Resort* auf Hawaii, residierte in einer prachtvollen Suite und das mit dem vollkommensten Mann, den sie je getroffen hatte. Ihr Blick heftete sich auf ihn und was sie sah, entlockte ihr ein Lächeln. Hayden stand unter dem künstlichen Wasserfall des nahegelegenen Pools und strich sich in Modellmanier die Haare aus dem Gesicht, während das Wasser von seinem gutgebauten Körper abperlte. Er war einfach ein Traumtyp! Naila hob ihre Sonnenbrille. Wer hätte gedacht, dass sich all die Qualen ihres Studiums eines Tages doch auszahlen würden? Seit zwei Jahren arbeitete sie nun schon in der Kanzlei ihres Vaters und bereits kurz darauf war sie ihm begegnet: Hayden Bren Barrack, Immobilientycoon, Multimillionär, Gentleman und ehemaliger Playboy, der nun in festen Händen war. In ihren.

Er war ein Mandant von McDermott, Jones & Wardwell.

So waren sie sich zum ersten Mal über den Weg gelaufen. Hayden führte einen Streit gegen eine in Los Angeles ansässige Baufirma. Mit Hilfe ihres Vaters gewann er ihn und ganz nebenbei gewann er dabei Nailas Herz.

Sie biss sich auf die Unterlippe, als Hayden aus dem Pool stieg, sich das Badetuch über die Schulter warf und zu ihr schlenderte. Gott, er war so sexy! Seine dunkelblonden Haare trug er normalerweise zu einem ordentlichen Seitenscheitel frisiert, aber in diesem Urlaub wurden sie von Wind und Wasser aus der Form gebracht. Seine Figur war durchs jahrelange Rudern geformt worden. Hayden war vor zwei Jahren nicht nur Vizeweltmeister im Männer-Einer geworden, sondern war seit einiger Zeit auch im Vorstand des *Rowing Club* von Los Angeles tätig. Naila wusste nicht, wie er das alles neben seiner Arbeit schaffte, aber sie bewunderte Hayden. Er war faszinierend. Und reicher als ihr Vater, was ein zusätzlicher Bonus war. Denn auf diese Weise gewann sie wenigstens auf einer Ebene. Sie mochte nicht die herausragende Juristin sein, auf die ihr Vater immer gehofft hatte, aber immerhin hatte sie einen Mann an Land gezogen, der weit über ihrer Familie stand. Das war ein Trumpf, den sie mit Genugtuung in der Hand hielt, um ihn eines Tages gegen ihren allmächtigen Vater auszuspielen.

»Na, Schneckchen, genießt du den Ausblick?« Hayden beugte sich zu ihr herunter und das Wasser aus seinen Haaren tropfte auf ihren Bauch. Naila quiekte.

»Er war nie besser«, sagte sie und zog seinen Kopf zu sich heran. Sie küssten sich. Langsam erst, dann immer stürmischer.

»Miss McDermott«, murmelte Hayden. »Sie bringen mich in eine peinliche Situation.«

Naila sah auf seine Badehose und erkannte, dass er ziemlich erregt war. Sie kicherte. »Dann lass uns nach drinnen gehen und das wilde Ding befreien.«

»Das ... Ding?« Er schnaubte empört. »Ein bisschen mehr Respekt!«

Sie sprang auf, um in die Suite zu gehen, doch Hayden hielt sie an der knappen Bikinihose fest und zog sie ihr über den Hintern.

»He!« Naila schrie auf und bedeckte ihre Blöße mit den Händen. »Bist du verrückt? Man kann uns sehen!«

»Na und?« Hayden schob sie vor sich her ins Innere, seine Finger zwischen ihren blanken Pobacken. »Du verklagst jeden, der sich beschwert, und ich kaufe zur Not den ganzen Laden, damit wir unsere Ruhe haben.« Er biss sie in den Nacken. »Und jetzt auf die Knie, Miss McDermott!«

Naila schlüpfte aus dem Höschen und ließ es zu Boden gleiten. Hayden verschloss die Tür zur Terrasse und zog die Vorhänge zu. Dann entledigte er sich seiner Badehose. Naila ging auf die Knie und sah zu ihm auf. Hayden liebte es, einen geblasen zu bekommen, bevor sie zur Sache kamen und auch wenn es nicht unbedingt Nailas Ding war, so tat sie ihm doch jedes Mal den Gefallen. Alles an Hayden war ästhetisch und weil sie ihn liebte, wollte sie ihn glücklich machen.

»So ist es gut.« Genießerisch legte er den Kopf in den Nacken und Naila absolvierte ihr Programm nach Lehrbuch. Ganz zu Beginn ihrer Beziehung mit Hayden, als er ihr erzählt hatte, dass er auf Oralsex stand, hatte sie sich ein Buch darüber zugelegt, in dem erklärt wurde, mit welchen Finessen man seinen Traummann im Bett befriedigen konnte. Inzwischen war sie ganz gut darin. Sie nahm seine Eier in ihre Hand und leckte die Unterseite seines voll erigierten Schwanzes. Gemächlich arbeitete sie sich bis nach oben zur Spitze. Sie ließ ihre Zunge mehrmals kreisen, bevor sie ihre Lippen darum schloss. Hayden stöhnte auf. Er griff in ihre Haare und gab ihr so zu verstehen, dass sie weitermachen sollte.

Nailas Hand wanderte von seinen Eiern weiter nach oben, umschloss den Schaft und passte sich den Bewegungen ihres Mundes an. Ihre feuchte Zunge hüpfte wieder und wieder über die Spitze, während ihre Hand sanft auf und ab glitt. So ging es weiter, bis seine Eichel anschwoll und er ihren Kopf zurückzog.

»Knie dich aufs Bett!«

Sie stand auf und positionierte sich auf dem großen King Size Bett. Beine weit gespreizt, Oberkörper nach unten gebeugt. Es erregte sie, so auf ihn zu warten, auch wenn es immer nach Schema F ablief. Hayden war im Schlafzimmer nicht besonders experimentierfreudig. Er wollte bestimmen und die meiste Zeit wollte er es im Doggy Style tun. Ab und zu, üblicherweise wenn er zu viel getrunken hatte, liebten sie sich in der Missionarsstellung.

Naila spürte, wie er mit den Fingern prüfte, ob sie nass genug war. Dann rieb er seinen Schwanz zwischen ihren Schamlippen, um ihn zu befeuchten.

»Ich will dich.« Er drang in sie ein, umklammerte ihre Hüften. Naila stöhnte im Rhythmus seiner Stöße. Es gab Tage, an denen es ihr gelang, sich auf den Sex zu konzentrieren, und sich von Hayden davontragen zu lassen. An anderen Tagen wiederum dachte sie dabei an einen ihrer Fälle in der Kanzlei. Alles war besser, als auf diese eine Erinnerung in ihrem Inneren zu stoßen, die ihr vor Augen führte, dass Sex auch anders sein konnte. So wie sie ihn in ihrem Leben nur einmal erlebt hatte. Auf einer Flugzeugtoilette während eines Fluges von New York nach Los Angeles. Naila führte die Hand zwischen ihre Beine. Sie wollte, dass ihre Beziehung mit Hayden in jeder Hinsicht perfekt war, aber um es mit Jens

Worten zu formulieren: Hayden war alles andere als ein Sexgott.

»Ja, verdammt. Das ist gut.« Seine Ausrufe wurden lauter, ein Zeichen, dass er bald kam. Naila schloss die Augen und konzentrierte sich darauf, sich selbst Genuss zu verschaffen, doch Hayden war schneller. Mit einem letzten tiefen Stoß spritzte er ab, sank auf ihren Rücken und riss sie mit sich zur Seite. Schwer atmend umklammerte er sie von hinten und Naila gab auf. Sie würde heute nicht mehr kommen.

Hayden küsste ihren Hals. »Du bist wunderbar, Schneckchen.«

Sie drehte sich zu ihm herum und berührte seine Lippen mit den ihren. Sie liebte diesen Mann. Ihre Beziehung lief super. Was machte es da schon aus, wenn der Sex eher suboptimal war?

»Ich habe heute im *Nobu* reserviert«, flüsterte er in ihr Ohr. »Unser letzter Abend hier soll etwas ganz Besonderes werden.«

Naila legte ihre Hand auf seine glattrasierte Wange. »Diese ganze Woche war etwas Besonderes. Wir haben zuhause immer so viel zu tun. Es war die perfekte Auszeit.«

»Wir werden uns bald wieder eine nehmen. Versprochen!« Er küsste sie, bevor er aufstand. »Ich gehe kurz unter die Dusche, dann gehört das Bad dir.«

Naila blieb liegen und sah Hayden hinterher, der nackt im Badezimmer verschwand. Sie streckte sich und konnte sich nicht vorstellen, dass sie übermorgen wieder im Büro sein musste. Auf ihrem Schreibtisch hatten sich schon die Unterlagen gestapelt, bevor sie losgeflogen war. Sie wollte nicht wissen, wie es aussah, wenn sie wieder zurückkam. Vermutlich würde sie mehrere Nachtschichten einlegen müssen, um all die Arbeit aufzuholen. Aber die Zeit mit Hayden war jede Überstunde wert gewesen.

Naila setzte sich auf und griff nach dem Handy auf ihrem Nachttisch.

Wie läuft's bei meinem Lieblingsliebespaar?, hatte Jen geschrieben. Es folgten Herzen, ein Ring und ein Fragezeichen. Naila schüttelte amüsiert den Kopf und antwortete ebenfalls mit Emojis. Ein Ring, ein rotes X und ein Smiley umgeben von Herzchen. Sie hoffte, dass ihre Freundin so verstehen würde, dass sie auch ohne Heiratsantrag sehr glücklich mit Hayden war. Selbst wenn sie sich ein wenig unter Zugzwang fühlte, seit Jen und Eddie letztes Jahr im Frühjahr geheiratet hatten. Es war eine schrecklich romantische Hochzeit gewesen. Das Brautpaar hatte im *Ritz Carlton* oberhalb der Half Moon Bay gefeiert. Der Empfang und die Trauung fanden im Freien statt, gegessen wurde drinnen, bevor die Gäste später wieder nach draußen gingen, um neben Dutzenden von Fackeln unter dem Sternenhimmel zu tanzen. Es hätte nicht schöner sein können, und Naila hatte sich an diesem Abend geschworen, dass sie eines Tages auch so romantisch heiraten wollte. Was das anging, war sie altmodisch. Sie wünschte sich einen rührseligen Antrag, eine riesige Hochzeit mit allem Drum und Dran und ein Kleid, das ihren Bräutigam in Tränen ausbrechen ließ, wenn er sie zum ersten Mal darin sah. Als sie an Jens Hochzeit mit Hayden über die Tanzfläche geschwebt war, hatte sie kaum zu hoffen gewagt, dass ihre Beziehung mit ihm von Dauer sein könnte. Nun, ein Jahr später, war es zwischen ihnen so vertraut, wie Naila es sich immer gewünscht hatte. Manchmal konnte sie ihr Glück kaum fassen.

»Wovon träumst du?« Hayden kam aus dem Bad und rubbelte sich die Haare trocken. Er war noch immer nackt.

Naila war versucht, ihn wieder zu sich ins Bett zu ziehen, aber sie wusste, dass er darauf nicht eingehen würde. Zweimal hintereinander gab es mit Hayden nur, wenn er es vorschlug.

»Zieh dein rosafarbenes Kleid an«, sagte er in diesem Moment und sein Blick heftete sich auf ihre Muschi. »Und zieh nichts darunter.«

Naila grinste und rekelte sich wohlig vor ihm. Er war ein Voyeur, sah sie gerne an. Manchmal wollte er, dass sie sich vor ihm befriedigte. Vermutlich schaute er auch heimlich Pornos. Naila hatte kein Problem damit. Sie wollte es nur nicht wissen. Lieber erregte sie ihn mit der Erfüllung seiner Wünsche. Sie stand auf und berührte seinen Bauch, als sie an ihm vorüberging. »Ich werde mich rasieren und absolut gar nichts darunter tragen«, wisperte sie dabei und verschwand im Badezimmer.

Eine Stunde später betrat sie an Haydens Arm das *Nobu*. Es war ein Ableger der berühmten Niederlassung in Los Angeles und befand sich direkt im Hotel. Das Licht war gedämpft und die Terrasse des Restaurants geöffnet. Ein leichter Wind wehte herein und Naila spürte, wie er unter ihr Kleid fuhr und ihre nackte Haut streifte. Hayden drückte ihre Hand, als ahnte er, was sie dabei empfand. Das pastellfarbene Prada-Kleid hatte breite, zu einer Schleife gebundene Träger und fiel unterhalb der Brüste locker bis zu den Knöcheln. Die Seide raschelte bei jeder ihrer Bewegungen. Naila trug hohe Louboutin Sandalen dazu, die laute Geräusche auf dem Marmorboden verursachten.

»Mr Barrack, es freut mich sehr.« Der Restaurant Manager

eilte auf sie zu und begrüßte sie. »Ihr Tisch ist bereit. Wollen Sie mir bitte folgen?«

Naila schritt an den anderen Gästen vorbei auf die Terrasse. In den hohen Fenstern erkannte sie ihr Spiegelbild. Sie und Hayden sahen aus wie das perfekte Paar. Er im Anzug mit offenem Hemd, sie in ihrem Kleid, die wilden Haare mit Wachs und einem rosafarbenen Haarband gebändigt und im Nacken zu einem Knoten geschlungen. Zu ihrer gebräunten Haut trug sie nur eine feine Kette aus Rotgold, ein dazu passendes dünnes Armband am Handgelenk und schlichte Diamantohrringe. Mit den hohen Schuhen waren Hayden und sie beinahe gleich groß. Zum Glück überragte er sie um ein kleines Stückchen. Das ließ ihren gemeinsamen Auftritt makellos erscheinen.

»Bitte sehr.« Der Restaurant Manager geleitete sie nach draußen. Auf der weitläufigen Terrasse stand an diesem Abend nur ein einziger Tisch. Er war für zwei Personen gedeckt und unzählige Laternen in verschiedenen Größen umrahmten ihn. Darüber hingen Lampions in den Bäumen.

»Ich hoffe, es gefällt Ihnen.« Der Restaurant Manager zog einen Stuhl zurück und wartete, bis Naila sich hingesetzt hatte.

»Es ist wunderschön.« Begeistert schweifte ihr Blick über die Kerzen auf dem Tisch und die Rosenblätter, die auf die Tischdecke gestreut worden waren. »War das deine Idee?«

Hayden setzte sich ebenfalls und lächelte ihr zu. »Höchstpersönlich«, erwiderte er. »Ich habe ein Menü für unseren letzten Abend zusammenstellen lassen.« Er nickte dem Restaurant Manager zu. »Und ich habe dafür gesorgt, dass wir es völlig ungestört einnehmen können.«

Naila wartete, bis der Manager sich entfernt hatte, und ergriff Haydens Hand. »Wenn ich nicht schon in dich verliebt wäre, dann wäre ich es jetzt.« Sie küsste seine Finger. »Das ist ein Traum!«

Sie hörte die Wellen, die an den Strand rollten, das Rascheln der Äste über ihnen und die sanften Klavierklänge aus dem Inneren des Restaurants.

Hayden reichte ihr die Karte. Auf die Vorderseite waren ihre ineinander verschlungenen Namen gedruckt. Naila runzelte überrascht die Stirn. »Was hast du vor?«, fragte sie. »Willst du mir einen Antrag machen?«

Haydens Blick bohrte sich in den ihren und sie erstarrte. Das war es! Genau das hatte er vor! Ihr Herz pochte wild in ihrer Brust. Hatte sie mit ihrer unbedachten Frage jetzt etwa alles verdorben?

»Naila Coraline McDermott, Frau meines Herzens und Schneckchen meines Lebens ...«, er stand von seinem Stuhl auf und ging vor ihr auf die Knie, »... du bringst meine gesamte Planung durcheinander, weil du wie immer zu viel redest. Aber ich hoffe, du verstummst jetzt nicht, denn ich möchte eine Antwort auf meine Frage hören.« Er machte eine bedeutungsvolle Pause, holte eine kleine Schatulle mit dem Aufdruck von Tiffany's aus der Anzugtasche und öffnete sie. »Möchtest du mich heiraten?«

Naila schlug sich die Hände vor den Mund. Tränen drängten heran. »Und ob ich das will!« Sie schluchzte auf. »Ja! Tausendmal ja!«

Er nahm lächelnd ihre Hand und ließ den Verlobungsring auf ihren Ringfinger gleiten. Naila betrachtete ihn verzückt im Kerzenschein.

»Ein Zweikaräter umgeben von einer Platinfassung mit kleinen Diamanten«, erklärte Hayden. »Gefällt er dir?«

»Ob er mir gefällt?« Naila blinzelte die Tränen fort. »Ich

liebe ihn. Ich liebe dich!« Sie fiel ihm um den Hals. »Ich kann nicht glauben, dass wir heiraten werden.«

»Ich dachte an das *St. Regis Resort* auf Bora Bora.« Hayden küsste sie und setzte sich wieder auf seinen Platz. »Wir lassen alle einfliegen, feiern vier Tage und dann fahren wir mit einer Yacht zu den Cook-Inseln, um dort unsere Flitterwochen zu verbringen.«

»Oh, du hast schon alles geplant.« Naila war irritiert über seinen neutralen Tonfall.

»Du arbeitest so viel, da dachte ich, du freust dich über Vorschläge.«

»Du arbeitest doch auch viel.« Naila schluckte die aufkeimende Enttäuschung herunter. Hayden wollte ihr nur eine Freude machen. Er hatte gerade um ihre Hand angehalten! Die Euphorie kehrte zurück. »Bora Bora klingt fantastisch«, sagte sie mit einem strahlenden Lächeln. Dann biss sie sich auf die Unterlippe und fügte mit mitleidigem Unterton hinzu: »Mein Bruder hat nur in Florida geheiratet.«

»Du schamloses Wesen!« Hayden zwinkerte ihr zu. »Es wird mir eine Freude sein, die Hochzeit deines Bruders zu toppen.«

»Wir werden sie nicht nur toppen, wir werden Zak so neidisch machen, dass er an seinem nächsten Plädoyer erstickt.«

Hayden lachte. »Ich mag es, wenn du böse bist.«

»Ach ja?«

»Das macht dich sexy. Besonders wenn ich daran denke, dass du keine Unterwäsche trägst.«

»Heute Nacht werde ich außer diesem Ring gar nichts tragen.«

Hayden knurrte genießerisch. »Wenn wir morgen in Los

Angeles landen, fahren wir sofort zu deinen Eltern, um ihnen von unserer Verlobung zu erzählen.«

Naila hob eine Augenbraue. »Du hast es ja eilig.«

»Ich dachte, das wäre ganz in deinem Sinn.«

»Das ist es.« Sie studierte die Menükarte und las sich durch, was Hayden für sie zusammengestellt hatte. Hummersalat, Jakobsmuscheln an Jalapeño Salsa, getrüffelte Edamame, Wagyu Gyoza und als Dessert Bananen Toban-Yaki. Sie wusste, es würde ihr schmecken, auch wenn sie sich manchmal wünschte, wieder einmal selbst entscheiden zu können, was sie aß oder anzog, wohin sie abends ausging oder welchen Drink sie zu sich nahm. Hayden war diesbezüglich sehr dominant. Andererseits war es genau das, was sie an ihm mochte.

Naila sah auf und betrachtete sein Gesicht, während er konzentriert die Weinkarte studierte. Vor gerade einmal fünf Minuten hatte er um ihre Hand angehalten. Müssten sie jetzt nicht vor Glück tanzen, weinen und sich in den Armen liegen? Doch Nailas Tränen waren versiegt und Hayden hatte erst gar keine gezeigt. Sie verdrängte den unangenehmen Gedanken und lächelte, als er den Kopf hob und sagte: »Zur Feier des Tages werde ich eine Flasche 1995er Château Lafite Rothschild bestellen.«

»Das klingt großartig.«

»Du bist großartig.« Er legte die Weinkarte zur Seite und griff nach ihrer Hand. »Ich bin der glücklichste Mann von Los Angeles.«

»Nicht von der ganzen Welt?«

Hayden legte den Kopf schief. »Was ist los, Schneckchen? Habe ich was falsch gemacht?«

»Nein«, versicherte sie schnell. »Ich bin einfach nur so glücklich. Es ist, als würde ich träumen.«

»Eigentlich wollte ich dir den Antrag erst am Ende des Menüs machen, aber deine Frage hat mich aus dem Konzept gebracht.«

»Du lässt dich aus dem Konzept bringen?«, neckte sie ihn.

»Normalerweise nicht, aber jetzt weißt du, wozu du fähig bist.« Er sah ihr tief in die Augen. »Wenn meine Mutter noch leben würde, wärst du für sie die Tochter, die sie nie hatte.«

Naila war gerührt. Haydens Eltern waren vor einigen Jahren beim Brand ihrer Villa ums Leben gekommen. Es war eine der größten Gasexplosionen gewesen, die es je in den Hollywood Hills gegeben hatte. Sämtliche Zeitungen hatten damals darüber berichtet. Den Ermittlern zufolge war ein Leck an der Hauptgasleitung der Auslöser gewesen. Anschließend hatte man alle Hausanschlüsse in der Nachbarschaft überprüft, jedoch keine weiteren Lecks entdeckt. Es war ein tragisches Unglück, über das Hayden niemals sprach. Naila hatte es selbst herausgefunden, als sie ihn vor ihrem ersten Date gegoogelt hatte. Es hatte Monate gedauert, bis er ihr von sich aus davon erzählt hatte. Doch genaue Details kannte sie bis heute nicht. Seine Eltern blieben ein ebensolches Rätsel wie Haydens jüngerer Bruder Sebastian. Naila hatte ihn nie kennengelernt. Angeblich hatte Hayden keine Ahnung, wo er sich aufhielt, und in seiner gesamten Villa gab es kein einziges Foto seiner Familie. Weder von seinen Eltern noch von seinem Bruder.

»Wir sollten es auch Sebastian sagen«, flüsterte sie und drückte Haydens Hand.

Er schnaubte. »Keine Sorge, der taucht schon auf, wenn er wieder Geld braucht.« Sie hörte den harten Unterton heraus und fragte nicht weiter nach. Die paar Male, an denen sie versucht hatte, Hayden etwas über Sebastian zu entlocken, hatten unschön geendet. Aus irgendeinem Grund schien

Hayden sein Bruder gleichgültig zu sein und Naila fragte sich manchmal, warum das so war.

»Eine Hochzeitseinladung wirst du ihm doch sicher zukommen lassen«, sagte sie besänftigend und Hayden entzog ihr seine Hand.

»Warum sollte ich ihn einladen?« Er stockte und bemühte sich um Ruhe. »Mein Bruder hat auf unserer Hochzeit nichts verloren«, fuhr er genervt fort. »Mehr gibt es dazu nicht zu sagen.«

Naila presste die Lippen aufeinander. Es enttäuschte sie, dass es in Haydens Leben Dinge gab, die er nicht mit ihr besprechen wollte. Sollte eine Ehe nicht auf Vertrauen aufgebaut sein? Auf dem Wissen, dass man sich gegenseitig alles erzählen konnte? Hayden kannte sämtliche Probleme, die sie mit ihrem Vater hatte. Er hörte sich ihre Sorgen an, redete mit ihr über ihre Angst, nicht gut genug zu sein, und bemühte sich, ihr den ständigen Druck zu nehmen, den sie in der Kanzlei ihres Vaters spürte. Warum erzählte er ihr im Gegenzug gar nichts über sich?

Der Restaurant Manager erschien wieder und Hayden gab seine Bestellung auf. Nachdem der Wein serviert worden war, hob er sein Glas und stieß mit Naila an. »Auf uns«, sagte er. »Und auf unser gemeinsames Leben.«

»Auf unser gemeinsames Leben«, wiederholte Naila und spülte den bitteren Beigeschmack, den sie plötzlich verspürte, mit Rotwein hinunter.

AM NÄCHSTEN TAG landete die Maschine der United Airlines pünktlich am frühen Abend in Los Angeles, wo sie eine Limousine vom Flughafen abholte.

»Willst du gleich zu deinen Eltern fahren?«, fragte Hayden und sah auf die Uhr. »Wenn wir zuerst zu mir fahren, wird es vermutlich zu spät.«

»Ganz wie du möchtest.« Naila lehnte sich zurück und schlug die Beine übereinander. Obwohl sie sich freute, ihren Eltern von ihrer Verlobung zu berichten, war ihre Stimmung gedämpft.

Hayden beugte sich zum Fahrer vor. »Bonneville Road, Hidden Hills«, sagte er, bevor er die Scheibe, die den Fahrerraum vom Rest der Limousine abtrennte, hochfahren ließ. Er sah Naila an.

»Was ist los?«

Sie senkte die Lider. »Ich bin glücklich, Hayden, wirklich. Aber manchmal ...«

»Ja?«

»Du bist oft so abweisend, wenn es um einige Dinge deines Lebens geht. Ich weiß zum Beispiel gar nichts über deine Familie.«

»Das liegt daran, dass ich keine habe.«

»Aber das hast du. Dein Bruder ...« Sie verstummte, weil er sie warnend ansah.

»Ich verstehe dein Problem nicht.« Er legte die Fingerspitzen aneinander. »Meine Eltern sind tot und mein Bruder sucht mich nur auf, wenn er Geld braucht. Ich bin froh, ihn nicht zu sehen. Ansonsten gibt es nichts, was es wert wäre, erzählt zu werden.«

»Aber deine Eltern waren vermögend. Hat Sebastian denn gar nichts geerbt?«

Hayden spannte sich an. »Er hat es vorgezogen, mir die Firma meines Vaters zu überlassen, und ist seines Weges gegangen.«

Das war nicht die Antwort auf ihre Frage. Naila hob den

Kopf. »Was ist zwischen euch vorgefallen? Standet ihr euch nicht einmal als Kinder nahe?«

»Standest du deinem Bruder Zak als Kind nahe?«

»Das ist eine defensive Gegenfrage.«

»Ich stehe hier nicht vor Gericht, Naila. Warum kannst du nicht akzeptieren, dass ich mit meiner Vergangenheit abgeschlossen habe? Ich bin glücklich in der Gegenwart. Mit dir. Alles andere ist unwichtig.« Er zog sie in seine Arme. »Habe ich meinen Antrag gestern tatsächlich so vermasselt?«

»Nein!« Sie küsste ihn. »Das hast du nicht. Ganz und gar nicht. Es tut mir leid.«

»Okay, dann muss ich dir also nichts schenken, um es wieder gutzumachen. Oder doch?« Er zog ein längliches Etui aus der Jackentasche.

»Was ist das?«

Er machte es auf und enthüllte eine Kette mit einem herzförmigen Diamantenensemble als Anhänger.

Naila schüttelte ungläubig den Kopf. »Bist du wahnsinnig?«, flüsterte sie. »Erst der Ring, dann das.«

»Ich lege es dir an.« Er drehte sie von sich weg und Naila hob ihre Haare, damit er ihr die Kette anlegen konnte.

»Sie ist wunderschön.« Andächtig berührte sie den Anhänger, der perfekt zu ihrem Verlobungsring passte. »Aber das wäre nicht nötig gewesen. Du weißt, dass ich dich nicht wegen deines Geldes liebe.«

»Und doch hast du kein Problem damit.« Er küsste sie hinter das Ohrläppchen. »Du darfst nie vergessen, wie wertvoll du für mich bist.«

Naila schmolz dahin. »Das tue ich nicht.« Sie genoss seine Finger, die über ihren Hals fuhren.

»Fass mich an!« Er öffnete den Reißverschluss seiner Hose, nahm ihre Hand und führte sie zu seinem halb erigierten

Schwanz. Naila umschloss ihn. Es war nicht das erste Mal, dass sie es ihm in der Limousine besorgte. Sie massierte ihn zuerst, bevor sie sich hinunterbeugte und zu lutschen begann. Hayden lehnte sich zurück und stieß in ihren Mund. Keine fünf Minuten später war er fertig und reichte ihr ein Taschentuch.

»Wenn dein Vater wüsste, was wir auf dem Weg zu seinem Haus getan haben, würde er mich an den Eiern aufhängen.«

Naila wischte sich den Mund ab und klappte den Schminkspiegel herunter, um ihren Lippenstift nachzuziehen. »Du bist einer seiner besten Kunden. Mein Vater hängt seine wertvollen Klienten nicht an ihren goldenen Eiern auf.«

Hayden lachte. »Ich habe nachgedacht«, sagte er. »Du solltest endlich mehr Präsenz im Huang-Fall bekommen. Das steht dir zu! Seit ich dich kenne, schuftest du wie ein Pferd für diesen Fall und bleibst trotzdem im Hintergrund. Jetzt, wo es auf die Entscheidung zugeht, solltest du auch endlich die Lorbeeren für all die Arbeit ernten dürfen.«

Naila schüttelte den Kopf. »Das wird niemals geschehen! Zak und mein Vater behalten gerne die Kontrolle. Besonders bei einem Fall, der sich schon so ewig hinzieht.«

»Aber du bist die Expertin für Immobilien- und Grundstücksrecht. Du solltest auch vor Gericht sprechen dürfen.«

»Mein Vater ist der Held des Gerichtssaals. Nicht ich.« Naila sah Hayden an. »Du weißt doch, dass dieser Fall politisches Glatteis ist. Wir verteidigen die Stadt Los Angeles gegen einen Immobilienspekulanten. Wenn wir verlieren, geht das aussichtsreichste Baugebiet der Gemeinde an eine chinesische Heuschrecke.«

»Manchmal denke ich, dein Vater will genau das. Er hat sein Geld immerhin durch Firmenübernahmen gemacht.«

»Die Zeiten ändern sich und mein Vater denkt inzwischen

nur noch an den guten Ruf seiner Kanzlei. Das macht sich besser im Golfclub. Glaub mir, er will diesen Fall gewinnen!«

»Dann sollte er dich nicht völlig vernachlässigen. Du bist sein Ass im Ärmel. Das muss er endlich einsehen.«

»Lieb, dass du das sagst.« Sie lächelte ihm zu. »Aber dazu wird es nicht kommen. Die Stadt Los Angeles will auf dem Grundstück eines der modernsten Krankenhäuser der USA errichten. Die andere Partei will dort ein Kasino bauen. Das macht den Fall hochbrisant und extrem interessant für die Presse.«

Hayden lächelte milde. »Du sagst das, als wäre es etwas Widerwärtiges.«

»Nun ja, du weißt, wie die Presse ist. Sie stecken ihre Nase in alles und suchen nach schmutzigen Details über die Streitparteien. Willst du etwa in den Schlagzeilen stehen?«

»Ich stehe andauernd in den Schlagzeilen.« Er strich ihr beruhigend über den Rücken. »Es ist aber schön zu sehen, dass du deine Integrität nicht verloren hast.«

»Dazu arbeite ich noch nicht lange genug als Anwältin.« Sie schmunzelte, presste die Lippen aufeinander, um die Farbe des Lippenstifts gleichmäßig zu verteilen, und klappte den Spiegel wieder hoch. »Welches Interesse hast du eigentlich an dem Fall?«

»Gar keins.« Er zog sie in seine Arme und küsste sie auf die Stirn. »Ich finde nur, es ist langsam an der Zeit, dass dein Vater dich ernst nimmt.«

»Darauf kannst du lange warten.«

»Hm.« Er hielt sie fest, bis sie vor Nailas Elternhaus vorfuhren. Der Fahrer meldete sich am Tor an und es wurde geöffnet. Die weitläufige Villa war im texanischen Stil gehalten, der Heimat von Nailas Vaters. Das Haupthaus und die Nebengebäude wirkten äußerlich wie eine Ranch, auch wenn es hier überhaupt keine Tiere gab. In den vermeintlichen Stallungen standen verschiedene Oldtimer-Traktoren. Es mutete widersinnig an, dass ihr Vater, der spießige Anwalt, antike Traktoren sammelte, aber das war sein Hobby. Jedes Wochenende polierte er sie und tuckerte mit ihnen über sein Anwesen. Als Naila noch klein gewesen war, hatte sie ihn stets zu überreden versucht, die Stallungen auch als solche zu nutzen, doch ihr Vater war kein Tierfreund. Zu viele Haare, sagte er immer. Zu viel Gestank.

Auch als sie an diesem Abend auf dem Grundstück vorfuhren, wirkte alles wie aus einer exklusiven Hochglanz-Wohnzeitschrift. Jeder Baum und jeder Strauch waren ordentlich gestutzt, kein Grashalm war höher als der andere. Selbst die Blumen blühten, als sei ihnen vorher erklärt worden, wie sie am vorteilhaftesten aussahen. Die Kissen der Sitzbank vor dem Haus passten farblich zu den Blumenarrangements in den hohen Töpfen neben dem Eingang, aus dem ihre Mutter trat, um sie zu begrüßen.

»Warum hast du nicht angerufen?«, sagte sie zu Naila, als diese aus dem Auto stieg. »Jetzt bin ich völlig unpassend gekleidet.«

»Was hättest du statt des Chanel-Kostüms angezogen?«, flüsterte sie, bevor sie ihre Mutter küsste. »Dior?«

»Ach, Schätzchen, nimm doch nicht alles so ernst, was ich sage.« Ayda McDermott lachte und umarmte Hayden. »Du siehst wie immer umwerfend aus, mein Lieber. Kommt rein! Wie war euer Urlaub auf Hawaii?«

»Es war toll«, murmelte Naila und folgte ihrer Mutter, die sich bei Hayden untergehakt hatte und mit ihm vorausging.

»Naila.«

Sie fuhr herum. »Dad!«

Ihr Vater kam um die Ecke. Sein Blick wanderte über die

Limousine, dann blieb er an ihr hängen. Sofort erfasste er die Situation und fixierte den Ring an ihrem Finger. »Wann ist die Hochzeit?«, brummte er, bevor er an ihr vorbei ins Innere des Hauses ging.

»Danke, Dad, ich freue mich auch für mich.« Naila folgte ihm und beobachtete, wie ihr Vater Hayden die Hand schüttelte.

»Bist du gekommen, um mir eine teure Weinflasche für die freudige Nachricht aus den Rippen zu leiern?«, wollte er wissen. Hayden verneinte lächelnd, sein Blick fand den von Naila.

»John!« Ayda McDermott wirkte pikiert und sah Naila verständnislos an. Dann schien auch ihr zu dämmern, was vor sich ging. Naila hob ihre Hand und präsentierte den Ring.

»Ich wollte es euch eigentlich anders sagen, aber Dad kam mir mit seiner unglaublich charmanten Art zuvor.« Der Sarkasmus in ihrer Stimme war nicht zu überhören.

»Ich freue mich ja so für euch!« Ihre Mutter umarmte zuerst sie und dann Hayden. »Willkommen in unserer Familie«, rief sie. »Was für eine wundervolle Überraschung.«

»Wundervoll, in der Tat.« Nailas Vater stützte die Hände in die Hüften. »Ihr seid erst seit zwei Jahren zusammen. Ist es nicht etwas früh für eine Verlobung? Ich hoffe, ihr macht wenigstens einen Ehevertrag.«

»Dad! Können wir nicht einfach zuerst darauf anstoßen, bevor wir über andere Dinge reden?«

»Ich hole Champagner.« Nailas Mutter eilte davon und ihr Vater deutete in Richtung Wohnzimmer. »Setzt euch, ich komme gleich.«

Naila ging zu Hayden und nahm seine Hand. Gemeinsam schlenderten sie in den Raum, den Naila seit ihrer Kindheit liebte. Auch wenn inzwischen alles moderner geworden war, stand noch immer der massive Steinkamin im Mittelpunkt, über dem ein riesiger Bisonschädel hing. Schwere Ledersofas, edle Kissen, teure Teppiche und ein bombastischer Kronleuchter rundeten das Design ab, für das ihre Mutter jedes Jahr aufs Neue Unsummen ausgab, um das Anwesen trotz seiner Größe gemütlich wirken zu lassen.

»Lief doch ganz gut.« Hayden grinste und Naila stieß ihn in die Seite.

»Dad sah aus, als käme ihm das Abendessen wieder hoch.«

»Weil du ab jetzt in einem schickeren Haus leben und ein schnelleres Auto fahren wirst als er.«

»Werde ich das?« Naila lehnte sich an ihn und Hayden küsste sie.

»Du bist ohnehin die meiste Zeit bei mir. Gib deine Wohnung auf.«

Naila zögerte. Sie mochte ihr Appartement am Hancock Park. Von dort hatte sie einen kurzen Weg zur Arbeit und konnte sich ungestört mit Jen auf ein Glas Wein treffen und über all die Dinge quatschen, die sie bewegten.

»Ist das ein Ja?«, hakte Hayden nach.

»Es ist ein ›ich überlege, weil ich wirklich sehr an der Wohnung hänge‹.«

»Okay, wir haben ja noch Zeit. Aber wenn wir erst verheiratet sind, wirst du keine Nacht mehr getrennt von mir verbringen.«

»Natürlich nicht.« Naila setzte sich und zog Hayden mit sich. Er betrachtete den Bisonschädel.

»Das Ding ist abartig«, flüsterte er und lächelte Nailas Mutter an, die ein Silbertablett mit gefüllten Champagnergläsern und einem Teller *Hors d'œuvre* hereintrug.

»Unsere Hausangestellte ist schon gegangen. Ich musste mich selbst um ein paar Häppchen kümmern«, entschuldigte sie sich und stellte das Tablett auf dem Eichentisch in der Mitte des Wohnzimmers ab.

»Die Mikrowelle ist eine prima Erfindung, nicht wahr, Mama?«

»Schätzchen«, ermahnte sie ihre Mutter. »Lass das nicht deinen Vater hören.«

»Er ist nicht da ...« Naila verstummte, denn in diesem Moment trat ihr Dad auch schon ein. Seine breite Gestalt füllte den gesamten Türrahmen aus. Nicht umsonst nannten ihn seine Anwaltskollegen *Chunks*. Seine Präsenz im Gerichtssaal war legendär, seine Stimme ließ Wände vibrieren.

»Ruinierst du jetzt meine Kanzlei?«, fragte er Hayden und nahm sich ein Glas Champagner.

»Warum sollte ich das tun?« Der stand auf und tat es John McDermott gleich.

»Weil du meine Tochter schwängerst und mir damit eine Arbeitskraft entziehst.«

»Dad!« Naila stand ebenfalls auf. »Ich bin nicht schwanger. Wir haben uns nur verlobt.«

»Ich weiß doch, wie das läuft.« Ihr Vater nahm einen Schluck, ohne mit allen anzustoßen. »Du heiratest, kriegst eine Menge Kinder und wir sehen dich nie wieder in der Firma.«

»Vielleicht sollten Sie dann etwas tun, um Naila zu halten.« Hayden legte den Arm um sie. »Im Huang-Fall behandeln Sie sie wie eine ihrer Praktikantinnen, die Ihnen nur zuarbeiten darf, ohne eine wesentliche Rolle zu spielen. Dabei ist sie viel mehr als das und das wissen Sie. Zeigen Sie Naila endlich, was ihr Wert in der Kanzlei ist.«

Nailas Vater verengte die Augen. »Ich soll sie bei einer politischen Angelegenheit verheizen, nur um ihr zu zeigen, wie groß meine Wertschätzung für ihre Arbeit ist?« Er schmunzelte. »Würdest du einem Trainee im zweiten Jahr eine Immobilie anvertrauen, die hochriskant ist, Hayden?«

»Ich bin kein Trainee«, protestierte Naila und trank einen Schluck. »Ich bin eine zugelassene Anwältin.«

»Wollen wir nicht endlich auf eure Verlobung anstoßen?« Ayda schob sich zwischen die Streithähne und hob ihr Glas. »Auf Naila und Hayden. Ich wünsche euch alles erdenklich Gute!«

»Danke, Mama.« Naila übersah absichtlich das Glas ihres Vaters und nahm drei große Schlucke, um sich wieder zu beruhigen. Warum musste es immer so enden?

»Wir werden auf Bora Bora heiraten«, sagte sie. »Im *St. Regis.*«

»Ach, wie wunderbar! Ich war noch nie auf Bora Bora.« Ayda strahlte. »Hast du schon eine Idee, wie dein Kleid aussehen soll, Schätzchen?«

»Nein, Mama, aber vielleicht möchtest du mich zum Shoppen begleiten?«

»Das würde mich sehr freuen!« Ihre Mutter so gerührt zu sehen, versöhnte Naila ein wenig.

Hayden und ihr Vater sahen sich noch immer an wie zwei Alpha-Wölfe, die ihre Stärke testen wollten.

»Du denkst tatsächlich, dass ich meiner Tochter nichts zutraue?«, hakte John McDermott nach und Hayden nickte nachdrücklich.

Es machte Naila stolz, wie ihr Verlobter sich für sie einsetzte und ihrem Vater die Stirn bot. Etwas, das ihr bisher noch nie gelungen war.

John McDermott trank sein Glas in einem Zug aus und stellte es zurück auf das Tablett. Er starrte Naila ins Gesicht. »Komm morgen Nachmittag in mein Büro«, murrte er. »Ich habe noch zu arbeiten. Schönen Abend.« Er verließ das Wohnzimmer.

»Denk dir nichts, Schätzchen.« Ayda berührte Nailas Arm. »Du weißt, wie er ist. Tief in seinem Inneren freut er sich für dich.«

»Du musst ihn nicht in Schutz nehmen, Mama. Ich weiß, dass er sich *nicht* für mich freut.« Es tat weh, es auszusprechen, doch Haydens Arm um ihre Schulter stützte sie und gab ihr Kraft. »Wie geht es Zak?«

»Es geht ihm gut. Er und Elise waren dieses Wochenende in ihrem Haus am Lake Tahoe. Soll ich ihm von deiner Verlobung erzählen oder willst du das selbst tun?«

»Wie ich Dad kenne, übernimmt er das. Vermutlich telefonieren sie schon miteinander.«

Ayda warf ihrer Tochter einen mitleidigen Blick zu und deutete auf die Vorspeisen. »Esst noch ein wenig, bevor ihr nach Hause fahrt.«

Naila und Hayden setzten sich wieder und plauderten eine Weile mit Ayda, bevor sie aufbrachen. Im Hauseingang umarmte Naila ihre Mutter. »Danke, Mama. Ich melde mich wegen unseres Shoppingtermins.«

»Nimm Jen mit«, schlug Ayda vor. »Zu dritt ist es bestimmt lustiger.«

»Gute Idee!« Naila küsste ihre Mutter auf die Wange. »Ich freue mich darauf.«

»Ich auch, Schätzchen.«

Naila ging auf die Limousine zu. Es dämmerte bereits und die Außenbeleuchtung warf einen warmen Schimmer auf den Weg vor dem Haus. Der Chauffeur war ausgestiegen und hielt ihnen die Tür auf. Ein letztes Mal drehte sie sich um, hob die Hand und erstarrte für einen kurzen Moment, als sie ihren Vater bemerkte, der im oberen Stockwerk hinter dem Vorhang stand und sie ansah. Sie lächelte, doch er zog sich rasch zurück und Naila folgte Hayden zum Auto.

»Manchmal bin ich ganz froh, dass du keine Familie hast«, sagte sie und rutschte neben ihn ins Innere. »Das erspart mir weitere peinliche Momente.«

»Ich sage dir ja, dass es weniger Probleme macht, wenn einen die Familie nicht belästigt.« Er küsste sie und klopfte gegen die Scheibe. »Zu mir nach Hause, bitte.«

Naila lehnte ihren Kopf gegen Haydens Schulter und sah aus dem Fenster, während sie über den Ventura Freeway in Richtung Beverly Hills fuhren. Obwohl sie Haydens Villa bisher immer als steril empfunden hatte, freute sie sich mit einem Mal, dorthin zurückzukehren. Alles wirkte so perfekt und unpersönlich wie in einem Hotel und das war im Moment genau das, was sie brauchte. Das gesamte Anwesen bestach durch einen schlichten Bauhausstil. Es bestand aus einem quadratischen Gebäude aus Glas, Beton, Stahl und weißem Antolini-Marmor, das einen Innenhof mit bizarren Olivenbäumen und einem Pool umrandete. Obwohl man meinte, durch die Glaswände ständig alles im Blick zu haben, gab es auch Überraschungen, wie etwa ein hinter einem Mahagoni-Buchschrank verstecktes Kino, eine Sauna, einen Fitnessraum und ein rundum verglastes, kubistisch anmutendes Spa. Naila kam sich jedes Mal vor, als betrete sie das Guggenheim Museum, wenn sie Hayden besuchte. Überall standen abstrakte Skulpturen und an den wenigen Wänden, die nicht aus Glas waren, hingen Gemälde von Andy Warhol und Keith Haring. Es gab sieben Schlafzimmer und zehn Bäder und die gigantische Küche war von Fendi. Hier kochte Haydens persönlicher Koch einmal am Tag nach seinen Vorgaben. Den Kühlschrank befüllte seine Hausangestellte. Sie putzte auch und bewegte sich jeden Vormittag so lautlos durchs Haus, dass Naila oftmals erschrak, weil sie vergaß, dass sie da war. Die Garage fasste sieben Autos und war bis auf den letzten Platz besetzt. Hayden liebte seine europäischen Sportwagen. Mercedes, Porsche und Audi waren seine bevorzugte Wahl. Jeder von ihnen parkte auf einer Drehscheibe, damit man mit den wertvollen Fahrzeugen nicht rangieren musste und sich dabei womöglich den Lack verkratzte.

»Wir sind da.« Haydens Worte rissen sie aus ihren Gedanken. Naila sah auf und wartete ab, bis das Stahltor den Weg freigab. Dann fuhren sie über die Allee mit den kugelförmigen Buchsbäumen. Das niedrige Haus duckte sich hinter eine kunstvoll angelegte Felsformation, die mit Kakteen bepflanzt war und von hohen Palmen gesäumt wurde. Die Limousine hielt vor dem hell erleuchteten Haus und der Fahrer stieg aus, um ihnen die Tür zu öffnen. Kleine LEDs waren in die weißen Marmorstufen vor dem Eingang eingelassen, die Naila nun emporstieg. Hayden öffnete die Haustür mittels Fingerprint und trat ein. Der Chauffeur trug die Koffer ins Haus. Während Hayden ihn bezahlte, kickte sich Naila die hohen Schuhe von den Füßen und ging in die Küche. Sie hatte Durst und das Erlebnis bei ihren Eltern saß ihr noch in den Knochen. Auf der Theke fand sie einen Zettel vor, den die Haushälterin hinterlassen hatte. *Ihre Antipastiplatte, wie gewünscht.* Naila runzelte die Stirn, denn sie sah keine Antipastiplatte. Kopfschüttelnd legte sie den Zettel zur Seite, trank etwas von dem elektrolysierten Wasser, das Hayden mithilfe eines Aufbereitungsgeräts selbst herstellte, und holte eine Flasche Weißwein aus dem Kühlschrank. Mit zwei Gläsern bewaffnet ging sie in Richtung Pool.

»Ich warte auf dich«, rief sie in die unendlichen Weiten des Glashauses und blieb stehen, als sie feststellte, dass die Tür zum Innenhof offenstand. Naila sah sich um. Hatte die Hausangestellte womöglich vergessen, sie zu schließen?

»Hayden?« Sie trat ins Freie. Der gesamte Innenhof war mit abgerundeten weißen Kieseln bedeckt, die die Fußsohlen massierten. Das Wasser des Pools schimmerte in einem intensiven Azurblau und warf bizarre Muster auf die Betonwände um sie herum. Überall funkelten Stahl, Glas und Marmor um die Wette. Naila atmete tief durch und sah in das quadratische Stück Himmel über sich. Neben den vier Olivenbäumen, die den Pool umrahmten, war er das einzig natürliche in dieser glanzvollen Umgebung.

»Ich dachte, ihr kommt gar nicht mehr nach Hause.«

Naila fuhr herum. Jemand saß in der Loungeecke neben der Outdoor-Küche. Sie stieß einen Schrei aus und ging rückwärts. »Wer sind Sie?«

Der Fremde stand auf und hob beruhigend die Hände. Dann trat er ins Licht. »Hey, Babe.«

Sie schrie erneut, dieses Mal jedoch wegen der Erkenntnis, die sie überkam. Keats! Sie hatte ihn aus ihrem Gedächtnis gestrichen, doch, wie sie nun feststellte, nicht endgültig genug. Er sah aus wie vor drei Jahren, als sie am Flughafen von New York über seinen Rollkoffer gefallen war. All die Erinnerungen kehrten wie eine Lawine zurück und lähmten sie. Die Weingläser fielen zu Boden und zerschellten auf dem Kies.

»Naila!« Hayden eilte herbei. »Du hast geschrien. Was ist los?«

Sie konnte nichts erwidern. Ungläubig starrte sie Keats an, der langsam auf sie zuging. Er trug ein schlichtes weißes T-Shirt und vergilbte Canvas Workerpants. Sein Bart war ein bisschen voller, als sie ihn in Erinnerung hatte, und seine Haare nicht mehr so lang, sondern zu einem seitlichen

Undercut geschnitten. Sie wich einen weiteren Schritt zurück und stieß dabei gegen Hayden.

»Was hast du hier verloren?« Die Stimme ihres Verlobten klang abweisend.

Du kennst ihn? Die Frage verhallte in ihrem Kopf.

Keats zuckte die Schultern und blieb stehen. »Freust du dich gar nicht, mich zu sehen, großer Bruder?«

Großer Bruder? Wie viele Brüder hatte Hayden? Naila wandte den Kopf, um ihn anzusehen, und bemerkte seinen reservierten Gesichtsausdruck. Er und Keats starrten einander an. Erst nach einer Weile gab Hayden nach und senkte die Lider. Er umfasste Nailas Taille.

»Das ist Sebastian, mein Bruder«, sagte er. »Sebastian, das ist meine Verlobte Naila McDermott.«

»Verlobte. Tatsächlich?« Keats kam näher und hielt ihr die Hand hin. Es fiel ihr schwer, sie zu ergreifen, doch um Hayden nicht misstrauisch zu machen, tat sie es.

»Freut mich, dich kennenzulernen.« Keats' Stimme war tiefer als Haydens und setzte ungewollt noch mehr Erinnerungen in ihr frei. Sie starrte auf das Schlangentattoo auf seinem Unterarm. *Verführung* ...

»Ich freue mich auch.« Die Worte blieben Naila beinahe im Hals stecken. Was sollte sie tun? Sie schielte zu Hayden und spürte, dass Keats ihre Hand nicht losließ. Hitze schoss ihr in die Wangen und in sämtliche anderen Teile ihres Körpers. Ihr Blick wanderte zurück zu ihm. Hatte er vor, sie zu verraten?

»Sora hat mich reingelassen«, erklärte Keats und löste seine Finger endlich von Nailas. »Außerdem hatte ich Hunger und hab mir erlaubt, die Antipastiplatte aus der Küche zu nehmen. Es ist noch was da. Wollt ihr?«

»Sora?«, wiederholte Naila.

»Haydens Hausangestellte.« Keats' Augen richteten sich auf sie. »Hast du sie nie nach ihrem Namen gefragt?«

»Schluss mit dem Scheiß!« Ehe Naila etwas erwidern konnte, schoss Hayden nach vorne. »Nimm dein beschissenes Essen und verzieh dich!«

Keats spannte sich an. »Gastfreundlich wie immer, Bruder.« Es klang wie eine Drohung.

»Wir reden morgen.« Hayden wich keinen Schritt zurück. »Und jetzt lass uns allein! Das Haus ist groß genug.«

Für einige Sekunden glaubte Naila, die Brüder würden sich an die Gurgel gehen, doch dann senkte Keats den Kopf und ging wortlos davon. Sie sah ihm hinterher.

»Was war das?«, fragte sie leise und griff nach Haydens Arm.

»Gar nichts«, fuhr er sie an. »Mein Bruder besucht mich immer zum falschen Zeitpunkt. Aber du wolltest ihn kennenlernen, nun hast du ihn kennengelernt. Zufrieden?«

»Ich kenne ihn doch gar nicht wirklich ...« Sie verstummte und räusperte sich. »Wird er länger bleiben?«

»So lange wie ihm der Sinn danach steht. Vielleicht solltest du morgen doch zurück in deine Wohnung fahren.«

»In Ordnung.« Der Gedanke beruhigte und wühlte sie gleichzeitig auf. Was war, wenn Keats seinem Bruder verriet, dass sie sich heute nicht zum ersten Mal begegnet waren?

Hayden sah sie prüfend an. »Ist alles okay?«

»Ja, ich ... ich hab vor Schreck die Weingläser kaputtgemacht.«

Er betrachtete die Scherben zwischen den Kieseln. »Darum kümmert sich morgen die Hausangestellte. Komm!« Er nahm ihre Hand. »Lass uns ins Bett gehen. Mir ist der Appetit vergangen.«

Naila folgte ihm ins Innere des Hauses, wo sie die schwebende Treppe in den oberen Stock hinaufstiegen. Haydens Schlafzimmer befand sich am Ende des Flurs. Per Sprachbefehl entzündete er den Gaskamin, der sich über die gesamte linke Seite des Zimmers erstreckte. Das Bett stand vor einer grauen Betonwand, in die leuchtende Glaswürfel eingelassen waren. Hayden ließ sie als einzige Lichtquelle brennen und setzte sich in den weißen Ledersessel vor der durchgehenden Glasfront, die die gesamte Stirnseite des Zimmers einnahm. Wenn man im Bett lag, hatte man das Gefühl, im Freien zu schlafen.

Naila trat zu ihm. Sofort umfasste er ihre Oberschenkel und drückte seinen Kopf gegen ihren Bauch. »Tut mir leid, dass du das miterleben musstest«, murmelte er. Sie starrte in den erleuchteten Garten des Hauses. Hohe Thujenhecken umrahmten das Grundstück. Vor ihnen plätscherte ein künstlich angelegter Bach, der in ein Wasserspiel neben dem Pool mündete. Naila glaubte, dort einen Schatten zu sehen. War das Keats, der dort stand und sie beobachtete?

Haydens Hände wanderten zu ihrem Po und drückten zu. »Ich brauche Ablenkung«, sagte er heiser. »Bring mich ein wenig auf Touren.«

»Was soll ich tun?« Nailas Finger fuhren durch seine Haare. Sie war zu durcheinander, um jetzt an Sex denken zu können, aber sie wusste, dass Hayden keine Ruhe geben würde, bevor er nicht bekam, was er wollte.

»Besorg es dir.« Seine Hand glitt zwischen ihre Beine. »Nimm den Vibrator. Ich will sehen, wie du kommst.«

Naila nickte und ging zum Bett. Sie knöpfte ihre Bluse auf und ließ die weiße Leinenhose von ihren Hüften gleiten. Zum Glück hatte sie ihre *Guia la Bruna* Lingerie angelegt. Höschen und BH waren beinahe durchsichtig. Naila drehte sich um. Ihre Finger fuhren über ihren Körper und verschwanden in ihrem Slip. Ihr Blick fand den von Hayden. Er lehnte sich zurück, öffnete seine Hose und nahm seinen Schwanz in die Hand. Im Hintergrund glaubte Naila, den Schatten im Garten zu sehen. Sie sank aufs Bett, schob das Höschen zur Seite, spreizte die Beine und spielte mit sich selbst. Noch war sie nicht richtig feucht und beförderte sich in Gedanken zurück in die Flugzeugtoilette. Sie spürte Keats' Hände auf ihrem Gesicht, auf ihren Brustwarzen, zwischen ihren Beinen. Der Orgasmus, den sie mit ihm gehabt hatte, hatte sie in dieser Intensität nie wieder erlebt. All die Zeit hatte sie sich verboten, an ihn zu denken, doch an diesem Abend war er mit einer Wucht in ihr Leben zurückgekehrt, die sie mehr verwirrte, als sie zugeben wollte. Sie spürte die eigenartige Stimmung, die plötzlich zwischen ihr und Hayden herrschte, doch ihr Anwaltsinstinkt sagte ihr, dass Keats sie nicht verraten würde. Sonst hätte er es längst getan. Sie dachte an sein Verhalten zurück und war sich mit einem Mal sicher, dass er bereits vorher gewusst hatte, dass sie die Freundin seines Bruders war. Der verfluchte Mistkerl! Was für ein Spiel spielte er?

Ihre Wut auf ihn erregte sie. Ihre Klitoris wurde empfindsam für die Streicheleinheiten und Naila verteilte die plötzliche Nässe auf ihren Schamlippen, bevor sie ihre Finger ins Innere gleiten ließ. Haydens Blick war starr, er fixierte jede ihrer Bewegungen wie ein Raubtier.

Ich hoffe, du siehst mich. Naila sah zu dem Schatten im Garten. Sie wollte sich rächen. Dafür dass Keats einfach gegangen war und dafür, dass er sich nie bei ihr gemeldet hatte, obwohl er wusste, wie sie hieß. Es war ihr eine Genugtuung, dass er sie nun mit seinem Bruder sah und sie wollte seinem Voyeurismus etwas bieten. Sie war nicht länger das zugeknöpfte Mädchen, das sich an seinem Vater rächen wollte. Sie hatte gelernt, sich selbst Spaß zu verschaffen.

Elegant streifte sie ihr Höschen ab und räkelte sich aufreizend auf dem Bett, während sie nach dem Vibrator in der Nachttischschublade angelte. Sie schaltete ihn an und fuhr damit über ihren Körper. Als sie die Ungeduld in Haydens Gesicht bemerkte, ließ sie ihre Knie auseinanderklappen. Nun hatte er volle Sicht und die Bewegungen seiner Hand wurden schneller. Naila führte den Vibrator zwischen ihre Beine und zwang sich, nicht zu kichern. Die ersten Sekunden waren immer ungewohnt und voll von Reizüberflutungen, bevor schließlich jenes Gefühl einsetzte, nach dem sie gierte. An diesem Tag kam es heftiger zu ihr, als gedacht und sie legte den Kopf in den Nacken, um es auszukosten. Sie führte den Vibrator ein, bewegte ihn, platzierte ihn so, wie es ihr guttat. Alles konzentrierte sich auf den Punkt in ihrem Inneren.

»Schneller«, befahl Hayden. »Komm schon, besorg's dir!«

Sie gehorchte und dieses Mal erregte die Geschwindigkeit sie tatsächlich. Ihr Blick glitt erneut in den Garten, wo er hängenblieb, als sie zum ersten Mal kam. Es war anders als sonst. Intensiver. So als ob Keats bloße Anwesenheit etwas in ihr auslöste. Erstaunt keuchte sie auf, machte weiter. Schneller. Tiefer. Ein weiteres Prickeln. Sie stöhnte auf. Hayden schnellte in die Höhe.

»Dreh dich um!« Wieder gehorchte sie, ließ sich von ihm von hinten ficken, während sie sich mit dem Vibrator weiterhin stimulierte. Dabei sah sie die ganze Zeit aus dem Fenster, in dem sich ihre und Haydens Silhouette spiegelte und den Schatten draußen allmählich überlagerte.

2

KEATS

Mit voller Wucht schlug Keats gegen den Boxsack. Er hatte schon vier intensive Runden Power Boxen hinter sich und absolvierte zum Abschluss *Punch Out Drills*, Schläge in maximierter Schnelligkeit und ohne Pause. Präzise knallten sie auf den Boxsack, brachten ihn zum Schwingen. Im Hintergrund lief *American Storm* von Bob Seger in Dauerschleife und auf voller Lautstärke. Als der Song zum wiederholten Mal verklang, hörte Keats auf, umfasste den Boxsack, um ihn zum Stillstand zu bringen, und langte schweißgebadet nach dem isotonischen Getränk, das neben ihm auf dem Boden stand. Es tat gut, sich zu verausgaben. Das lenkte ihn von seinen Gedanken ab.

Das Geräusch hoher Absätze auf dem Walnussboden ließ ihn aufblicken. Naila betrat den Fitnessraum und blieb im Türrahmen stehen.

Keats drehte die Musik per Sprachbefehl leiser. Dann sah er Naila an. »Mein Bruder findet es sicher nicht gut, dass du seinen wertvollen Boden mit deinen Stilettos quälst«, sagte er anstatt einer Begrüßung und nahm ein Handtuch von der Wand, um sich den Schweiß aus dem Gesicht zu wischen.

»Überlass deinen Bruder mir.« Sie kam näher. Selbstbewusster als am Tag ihrer ersten Begegnung. Er musterte sie. Offenbar war sie auf dem Weg ins Büro, denn sie trug eines dieser konservativen Kostüme und hatte ihre wilden Locken geglättet und zu einem Pferdeschwanz gebunden. Sie sah heiß aus. Das hatte sie immer getan. Auch wenn sie ihm in einer natürlichen Aufmachung und mit explodierten Haaren besser gefallen hätte.

»Sebastian«, murmelte sie, als sie vor ihm stehenblieb. »Wie viele Namen hast du noch?«

»Nur diesen einen.«

»Und was ist mit Keats?«

»Das ist der Nachname meiner Mutter.« Er legte sich das Handtuch um den Hals und erwiderte ihren prüfenden Blick. Sie schien zu überlegen, was das bedeutete.

»Du bist gar nicht Haydens leiblicher Bruder«, kam sie zu der richtigen Schlussfolgerung.

»Nope.« Er ging an ihr vorbei zu der verglasten Dusche, die sich am anderen Ende des Fitnessraumes befand. Naila folgte ihm.

»Dann hat deine Mutter Haydens Vater geheiratet, als du schon auf der Welt warst?«

»Möglich.«

»War Haydens Vater auch derjenige, den du so gehasst hast?« Sie stockte. »Oder war das alles eine Lüge, um mich rumzukriegen?«

Er verzog den Mund. »Dieser Mann war der einzige Vater, den ich je gekannt habe.«

»Kann Hayden dich deshalb nicht leiden? Weil du seinen Vater nicht mochtest?« Sie hielt Abstand zu ihm, als er stehenblieb. Das amüsierte ihn. Ebenso wie ihn ihr neckisches Spiel am gestrigen Abend amüsiert hatte. Sie hatte genau gewusst, dass er im Garten gestanden war. Und er verwettete alles darauf, dass sie keinen Orgasmus gehabt hatte, als sein Bruder sie gefickt hatte.

»Wieso kommst du nie, wenn Hayden dich besteigt?«, wollte er wissen und bemerkte, wie ihr das Blut in die Wangen schoss. »Oder sollte ich das nicht fragen?«, hakte er nach, zog sich das verschwitzte T-Shirt über den Kopf und warf es achtlos zu Boden.

»Meine Beziehung zu deinem Bruder geht dich nichts an.«

»Schon klar.« Er löste das Band seiner Trainingshose und bemerkte, wie sich ihre Augen weiteten. Um sie zu ärgern, machte er bewusst langsam weiter.

»Hast du ihm ...« Sie biss sich auf die Unterlippe und er spielte mit dem Gedanken, sie einfach zu küssen.

»Nein.« Keats sah ihr in die Augen und riss sich zusammen. »Genieß dein Glück mit ihm.« Er hoffte, dass sie an seinem ironischen Unterton hörte, was er dabei dachte.

»Wann fährst du wieder?«

»Das kommt auf die Umstände an.«

»Welche Umstände?«

Um nicht weiter antworten zu müssen, ließ Keats seine Trainingshose nach unten rutschen. Er trug nichts darunter und brachte Naila damit endgültig aus dem Konzept. Sie war doch nicht so selbstbewusst, wie sie ihn glauben lassen wollte.

»Ich muss zur Arbeit«, flüsterte sie und wandte sich rasch ab.

»War schön, dich zu sehen.« Er tippte auf das Bedienfeld neben sich und die Regendusche mitsamt wechselndem Wellnesslicht sprang an.

»Was ist das eigentlich mit diesem Song?« Naila war auf

dem Weg zum Ausgang nochmal stehengeblieben. Sie drehte sich nicht zu ihm um, aber sie schüttelte den Kopf. »Hörst du nichts anderes?«

Er zuckte die Schultern. »Ich mag Bob Seger.«

Ohne eine weitere Erwiderung rauschte sie ab und Keats atmete tief durch. Er hatte nicht damit gerechnet, dass es ihm unter die Haut gehen würde, mit ihr zu reden. Und er war erstaunt, dass sie gar nicht gefragt hatte, warum er damals am Flughafen einfach abgehauen war. Wenn er darüber nachdachte, war er jedoch froh, dass diese Frage an ihm vorübergegangen war. Seine Antwort wäre zwar nur eine weitere Lüge gewesen, die sein Leben belastete, aber je weniger er Naila anlügen musste, umso besser. Sie hatte es nicht verdient, in diese ganze Scheiße hineingezogen zu werden.

Rasch stieg er unter die Dusche, ließ sich das warme Wasser über den Körper laufen und seifte sich ein. Das Training hatte seine Anspannung gelöst. Er hasste es, in Haydens Villa zu sein. Jedes Mal wieder setzte es ihm zu, zurückzukehren, aber so war nun einmal der Deal, den er und sein Bruder miteinander hatten.

Nachdem er geduscht hatte, schlenderte er nackt zurück in sein Zimmer. Als er die Tür öffnete, saß dort Sora auf seinem Bett.

»Du bist zurück«, sagte sie und brachte ihn damit zum Grinsen. Sora war wie ein Geist in diesem Haus und Keats' Blick schweifte über ihren Körper. Sie war sexy. Ihr Gesicht hatte japanische Züge, ihre Brüste dagegen waren alles andere als japanisch zurückhaltend. Auch an diesem Tag quollen sie beinahe aus dem weißen T-Shirt mit dem V-Ausschnitt. Keats hatte immer gedacht, dass Hayden sie deshalb eingestellt hatte, aber wie er irgendwann herausfand, hatte sein Bruder absolut kein Interesse an seiner Hausangestellten. Sora machte einen unsichtbaren Job. Sie war da, verhielt sich dabei jedoch so unauffällig, als wäre sie es eigentlich nicht. Sie putzte, machte Haydens Wäsche, kaufte ein und sorgte dafür, dass der Koch, der jeden Tag kam, all das zubereitete, was Hayden notiert hatte. Sie und Keats hatten sich im Sommer vor zwei Jahren angefreundet, wenn man das überhaupt so nennen konnte. Es war der Abend, an dem Hayden Naila das erste Mal zu einem Date ausgeführt hatte, und Keats brauchte Ablenkung. Wie aus dem Nichts war Sora aufgetaucht und sie hatten sich unterhalten. Später hatten sie auch gevögelt. Diese Art von Arrangement hatten sie beibehalten, wenn er zu Besuch war. Sora forderte nichts und Keats hatte keine Ahnung, ob sie nicht vielleicht sogar einen Freund hatte. Er wusste kaum etwas über sie. Ihre Gespräche blieben immer an der Oberfläche, wobei Keats vermutete, dass sie in diesem Haus mehr mitbekam, als sie alle dachten.

»Schön, dich zu sehen.« Er beobachtete, wie ihr Blick an seinem Schwanz hängenblieb.

»Ich hab die Bob Seger Songs gehört.« Sie stand auf und kam zu ihm. »Da wusste ich, dass du wieder da bist.«

»Hm.« Er ließ zu, dass sie sich an ihn schmiegte. Der Sex mit Sora war genau das. Sex. Es berührte nichts in ihm, aber es war geil. Irgendwie stand er auf ihre Arbeitsuniform. Weißes T-Shirt und weiße Jeans. Darin wirkte sie so unschuldig wie eine Zahnarzthelferin.

»Was ist los?« Sie nahm seine Hand und führte sie unter ihr T-Shirt. »Hast du ein Gespenst gesehen?«

Genauso hatte er sich gefühlt, als er Naila gestern wiedergesehen hatte, selbst wenn er das nie zugeben würde. Er spielte mit Soras Brustwarzen und genoss es, wie sich seine Eier unter der Stimulation ihrer Fingernägel zusammenzogen.

»Ich kann Ablenkung gebrauchen«, brummte er und hoffte, dass er auf diese Weise seinen Kopf freibekam.

Sora gab ihm einen Schubs und er fiel rücklings aufs Bett. Von dort beobachtete er, wie sie sich vor ihm entkleidete. Sie zog immer nur ihre Hose aus, wenn sie fickten. Er hatte sie nie völlig nackt gesehen. Auch dieses Mal trug sie noch ihr T-Shirt, als sie sich auf ihn setzte. Die Hitze ihrer Muschi machte ihn ganz benommen und sein Schwanz wurde bretthart bei der Dehnung, die Sora auf ihn ausübte, als sie sich nach hinten beugte. Während sie ihn ritt, fuhr sein Daumen über ihre Klitoris. Sora war selbstbewusst, was den Sex anging. Sie nahm sich, was sie brauchte. Küssen war nicht so ihr Ding und das war Keats nur recht.

»Warum bist du hier?«, keuchte sie. Ihre Hände stützten sich auf seiner Brust ab.

»Geschäfte.« Er krümmte die Zehen. Sora war gut, in dem, was sie tat.

»Für deinen Bruder?«

»Hm.«

»Und wie lange bleibst du?«

»Du bist schon die Zweite, die mich das heute fragt.« Er hob ihre Hüften an und stieß in sie. Sora untermalte ihre Lust mit leisen Schreien.

Kaum hatte sie sich wieder gefangen, grinste sie. »Anscheinend bist du ein Mann von Interesse.« Ihre Hüften kreisten und brachten ihn damit um den Verstand. »Dann habe ich dieses Mal länger was von dir?«

Keats schüttelte den Kopf. »Ich will so schnell wie möglich wieder weg.«

»Schade.« Sora lehnte sich zurück und dehnte ihn erneut. Es war schmerzvoll und erregend zugleich. Ihre Hand umschloss seine Eier und zog sie sanft von seinem

Körper weg. Verdammt! Er stöhnte. Soras Rhythmus wurde schneller. Ihr Oberkörper kam wieder nach vorne, sie krallte sich in seine Oberarme. »Ich könnte das stundenlang mit dir tun«, gurrte sie und er spürte die Kontraktionen in ihrem Inneren.

»Gewöhn dich nicht dran. Das ist mein letzter Besuch hier.«

Ihre Augen weiteten sich und er wusste nicht, ob es wegen des Orgasmus war oder wegen seiner Worte. »Du gehst?«

»Bin ich das nicht immer?« Er ergab sich ihren Bewegungen, spürte ihre Nässe auf seinem Bauch. Ihre Finger fuhren leidenschaftlich über seine Brust.

»Hat es einen Grund, dass du nicht mehr wiederkommst?«

»Es liegt nicht an dir, solltest du das denken.« Keats legte den Kopf in den Nacken. Sora ritt ihn wie eine Besessene. Gemeinsam steuerten sie auf den Höhepunkt zu. Als es so weit war, schrie sie auf, während er heftig die Luft zwischen den Zähnen einsog. Er genoss den Orgasmus. Für einen kurzen Moment gab es nur das in seinem Leben. Es war befreiend.

Soras Bewegungen wurden langsamer, ihre Seufzer leiser. Schließlich stieg sie von ihm ab. »Das war der Hammer.« Sie ging ins Bad.

Keats setzte sich auf und sah in den Garten hinaus. Die Realität kehrte zurück. Naila. Hayden. Er rieb sich das Gesicht.

Nach einer Weile kam Sora wieder ins Zimmer. »Noch eine Runde?«, fragte sie.

Der Anblick ihrer gestutzten Schamhaare machte ihn an, doch er schüttelte den Kopf. Sex war eine Flucht, die ihm nicht weiterhalf.

»Wir können auch nur reden.« Sie zog sich ihren Slip und die weiße Jeans wieder an.

»Ich denke, im Ficken sind wir besser.« Keats fuhr sich durch die Haare.

»Wir haben noch nichts anderes versucht.« Sie lächelte ihm aufmunternd zu, aber er ging nicht darauf ein.

»Alles klar.« Sora zog ab. »Wir sehen uns.«

Keats blieb zurück. Er verharrte noch eine Weile nachdenklich auf seinem Bett, dann zog er sich seine Workerpants und ein frisches T-Shirt an. Anschließend ging er in die Küche. Sein Bruder saß dort in einem dunklen Anzug an der schwarzgelackten Theke, las Zeitung und trank eine Tasse Kaffee. Neben ihm stand ein unangerührter Obstsalat. Als Keats eintrat, warf er ihm einen kurzen Blick zu.

»Netter Auftritt gestern«, bemerkte er. »Hat die kleine Naila beeindruckt.«

»Deiner war auch nicht schlecht. Sehr glaubwürdig.« Keats öffnete den Kühlschrank und holte den Orangensaft heraus. »Wie läuft das Geschäft?«

»Läuft.« Hayden deutete auf den Obstsalat. »Willst du?«

Keats schüttelte den Kopf. »Gibt's keine Omelettes?«

»Nein. Ich denke, Sora war zu beschäftigt.« Hayden grinste anzüglich. »Du bist der Einzige, für den sie kocht. Ist dir das noch gar nicht aufgefallen?«

»Nope.« Keats nahm ein Glas aus dem Schrank, goss sich Saft ein und setzte sich Hayden gegenüber. »Wie geht's jetzt weiter?«, wollte er wissen.

Hayden musterte ihn. »Lass mich nur machen.«

»Du weißt, dass das mein letztes Mal ist.«

»Das sagtest du bereits.« Hayden vertiefte sich wieder in seine Zeitung. »Was macht deine Galerie?«

Es klang spöttisch und Keats ignorierte es. »Die Ausstellungen letztes Jahr liefen gut.«

»Und trotzdem verschlingt dein Geschäft mehr Geld, als es

einbringt.« Hayden schnalzte mit der Zunge. »Du solltest wirklich in etwas anderes investieren.«

»In Immobilien?«

»Zum Beispiel.«

»Nicht mein Ding.«

»Gegen das Geld daraus hast du nichts einzuwenden.«

»Das verdiene ich allein durch Schweigen.«

Hayden nahm ihn ins Visier. »Und das solltest du nie vergessen, kleiner Bruder. Schweigen ist Gold.«

»Und Gold ist teuer.« Keats stand auf. »Ich werde jetzt an den Strand fahren.«

»Nimm nicht den ...«

»Ich nehme den Porsche Stinger, danke.« Keats wandte sich ab, dann blieb er noch einmal stehen. »Musstest du ihr einen Antrag machen?«, stellte er die eine Frage, die ihm auf der Seele brannte.

Hayden rückte seine Krawatte zurecht. »Sie wollte genau das von mir hören. Es dient nur unserem Plan.«

»Sie wird dich durchschauen.«

»Das wird sie nicht. Niemand durchschaut mich.«

Keats schluckte eine boshafte Bemerkung hinunter. »Wir sehen uns.«

»Wird sich nicht vermeiden lassen, kleiner Bruder.«

Keats ging wortlos davon, holte sich den Autoschlüssel aus dem Schlüsseltresor im Flur und betrat die Garage. Hier parkten Haydens Schätze. Ein Audi R8 Spyder, ein Mercedes-AMG GT S Coupé, ein Mercedes G63, ein Porsche Cayenne Coupé, ein Porsche Panamera Turbo S und ein Porsche 991 Stinger GTR. Letzterer war Keats' Liebling. Er betätigte das Touchpanel neben dem Eingang und drehte den Porsche auf der Drehscheibe um 180 Grad, sodass er mit der Schnauze zur Einfahrt zum stehen kam. Dann drückte er einen weiteren

Knopf und öffnete so das Garagentor. Andächtig fuhr er mit den Fingern über den dunkelgrauen Lack des Wagens. Der Porsche Stinger war eine Limited Edition eines in Los Angeles ansässigen Tuners. 90% der Teile waren ausgetauscht worden. Stahl war nun Carbon, normales Leder war durch feinstes, abgestepptes Nappa ersetzt worden und die Akzente im Innenraum glänzten in Gold. Der Porsche 991 hatte früher einmal Keats' Mutter gehört. Nach ihrem Tod hatte Hayden ihn tunen lassen. Er sah jetzt nicht mehr aus wie das dunkelblaue Fahrzeug, das Keats einst gekannt hatte. Trotzdem war er der einzige Wagen, den Keats sich auslieh, wenn er seinen Bruder besuchte.

Er stieg ein und ließ den Motor an. Das vertraute Geräusch ging ihm durch und durch. Sein Handy verband sich mit dem Soundsystem und Keats wählte den Song *The Fire Inside* von Bob Seger, bevor er losfuhr. Er rollte aus der Garage, fuhr die Auffahrt entlang und wartete am Ende, bis sich das Stahltor geöffnet hatte. Dann gab er Gas. Das Röhren erfüllte seine Ohren und gab ihm kurzzeitig ein fantastisches Gefühl. Das berauschte ihn so lange, bis er eine halbe Stunde später den Friedhof erreichte. Er parkte das Auto, kaufte im Blumenladen an der Straße eine einzelne, weiße Rose und spazierte unter den schlanken Palmen entlang durch das gebogene Eingangstor. Vor ihm breiteten sich die schlichten Grabsteine aus. Meile um Meile zogen sie sich über den Hügel, wo sie sich aus dem ordentlich gestutzten Gras erhoben. Die Anonymität, welche die einzelnen Gräber ausstrahlten, setzte ihm zu, und doch hatte dieser Platz etwas Friedliches an sich. Am höchsten Punkt des Hügels blickte man auf Downtown L.A., deren Skyline an diesem Tag wieder hinter einer Wand aus Smog verschwand. Keats versuchte, sich zu orientieren. Er kam nicht oft hierher und jedes Mal hatte er erneut Probleme, das Grab seiner Mutter zu finden.

Nach einigen Minuten, in denen er konzentriert die Grabreihe abschritt und die Namen studierte, fand er es endlich. *Barbara Keats, loving mother, a life measured in memories.* Er ging vor dem Grabstein auf die Knie.

»Hey, Mum.« Mit ihr zu reden erschien ihm albern. Trotzdem fühlte er sich ihr an diesem Ort näher als irgendwo sonst. Vielleicht weil sie eine Angelena gewesen war, eine Tochter von Los Angeles. Sie war hier geboren und aufgewachsen. Sie hatte ihr L.A. geliebt, kannte Ecken, die Touristen fremd waren und hatte nie woanders leben wollen. Keats legte die weiße Rose auf den Grabstein. In Gedanken sah er seine Mutter vor sich, wie sie durch die Küche sprang und sich den Kochlöffel wie ein Mikrofon vor den Mund hielt, um ihre Lieblingssongs von Bob Seger zu intonieren. Dabei flogen ihre blonden Locken nur so, was Keats regelmäßig zum Lachen gebracht hatte. Sie hatte sich nie anmerken lassen, wie hart es als alleinerziehende Mutter bisweilen für sie gewesen sein musste und trotzdem war der Spaß nie zu kurz gekommen. Barbara Keats war stolz und schön und selbstbewusst. Bis sie Bren Barrack traf, Haydens Vater.

Keats stützte das Gesicht in seine Hände. Er verstand bis heute nicht, was seine Mutter an dem Ekel gefunden hatte, auch wenn er schon als Kind immer diese Ahnung gehabt hatte, dass es in ihrem Leben Dinge gab, die er gar nicht wissen wollte. Bis heute weigerte er sich zu glauben, dass es tatsächlich Verlangen gewesen war, das sie in Barracks Arme getrieben hatte. Das und die Idee, ihrem Sohn ein aussichtsreicheres Leben bieten zu können.

»Wir hätten es auch ohne ihn geschafft«, murmelte Keats und legte seine Hand auf den von der Sonne aufgewärmten

Grabstein. »Du warst zu gut für ihn ...« Er stockte. All die Erinnerungen, die er den Großteil des Jahres an jenen Ort verbannte, der tief in seinem Inneren lag, drängten nach oben wie Öl, das an die Erdoberfläche sprudelte. Physische und seelische Narben waren das Erbe, das Bren Barrack ihnen allen hinterlassen hatte.

»Du solltest nicht denken, dass es dir hier besser geht«, hatte Hayden zu Keats gesagt, nachdem sie in die Villa in den Hollywood Hills gezogen waren. »Mach dich unsichtbar, wenn mein Vater da ist.«

»Warum?« Keats war fasziniert von all dem Reichtum gewesen und deshalb auch unbeeindruckt von der Warnung. Er kam aus dem Valley, wo man die Reichen und Schönen stets bewundert hatte. Außerdem fand er Haydens Vater ganz okay.

»Weil es eben so ist. Frag nicht weiter.« Hayden hatte ihn stehengelassen. Er war damals vierzehn Jahre alt gewesen, Keats zwölf. Ein Alter, in dem Jungs genau das taten, was sie eigentlich nicht tun sollten. Und Haydens Worte hatten Keats neugierig gemacht. Er wollte herausfinden, welches Geheimnis Hayden zu verbergen versuchte. Auf einem seiner Streifzüge durch die Villa entdeckte er eines Tages einen verschlossenen Raum im Keller. Er bemühte sich wochenlang, den Schlüssel zu finden, aber so sehr er sich auch anstrengte, er hatte kein Glück. Als er Hayden fragte, was sich in diesem Raum befand, zuckte dieser nur mit den Schultern. Keats glaubte ihm nicht, doch irgendwann dachte er nicht weiter darüber nach. Es gab so viele andere spannende Dinge zu entdecken.

Etwa zwei Monate nach ihrem Einzug saßen sie alle beim Abendessen und Bren Barrack nahm seinen Sohn ins Visier.

»Deine Lehrerin hat mich angerufen«, sagte er zu Hayden.

Sein Tonfall war sanft, aber dahinter lag etwas, das wie das Grollen eines Vulkans klang.

»Deine Noten haben sich verschlechtert«, fuhr Bren Barrack fort. »Warum?«

»Ich weiß es nicht, Vater.« Hayden starrte auf seinen Teller.

»Du weißt es nicht?«

»Vielleicht ist es die Umstellung«, kam Barbara ihm zu Hilfe. »Wir müssen uns erst alle aneinander gewöhnen.«

»Ich denke nicht.« Bren Barrack faltete seine Serviette zusammen und legte sie neben den Teller. »Komm mit!«

Hayden sah auf und Keats erkannte Panik in seinem Gesicht.

»Komm mit«, wiederholte sein Vater. Er besaß eine angeborene Autorität und duldete keinen Widerspruch. Hayden gehorchte und folgte ihm mit gesenktem Kopf aus dem Esszimmer.

»Wo bringt er ihn hin?«, fragte Keats, kaum dass die beiden verschwunden waren.

Seine Mutter warf ihm einen eigenartigen Blick zu. »Das geht uns nichts an«, murmelte sie und begann, den Tisch abzuräumen, obwohl sie alle noch gar nicht fertig gegessen hatten und die Haushälterin normalerweise dafür zuständig war.

Keats verdrückte sich unauffällig. Einer Ahnung folgend ging er in den Keller. Er hörte nichts und doch wusste er, dass Hayden mit seinem Vater in dem Raum war, der sonst immer verschlossen war. Er drückte sein Ohr gegen die Tür, aber es blieb still. An diesem Abend sah er Hayden nicht mehr.

Am darauffolgenden Sonntag saß Keats' Mutter blass und schweigsam am Frühstückstisch. Bren Barrack hatte bereits frühmorgens das Haus verlassen. Als erfolgreicher Geschäftsmann arbeitete er auch am Wochenende.

68

»Wir sollten zusammen ans Meer fahren«, sagte sie. »Nur wir drei.«

Das hatten sie oft getan, als sie noch allein gelebt hatten. Der Strand war immer ihr gemeinsamer *happy place* gewesen, jener Ort, an dem sie vergaßen, wo sie lebten und was für Probleme sie hatten. Sonntage am Strand waren eine Tradition und obwohl ihnen auf dem Grundstück der Villa ein riesiger Pool zur Verfügung stand, sehnte sich Keats nach dem Ozean. Allerdings hatte er keine Lust, Hayden dabei zu haben.

»Wir drei?«, wiederholte er deshalb und hoffte, seine Mutter hatte es nicht so gemeint.

Doch sie nickte nachdrücklich. »Wir fahren zu dritt. Hast du Lust, Hayden?«

Der Junge zögerte. »Zu welchem Strand fahren wir?«

»El Matador Beach. Bei Malibu.«

»Den kenne ich nicht.« Hayden wurde neugierig. »Nehmen wir die Bodyboards mit?«

»Du hast Bodyboards?« Mit einem Mal war Keats ebenfalls interessiert.

»Ja.« Hayden nickte. »Wir könnten sie ausprobieren.«

»Cool.«

»In Ordnung.« Keats' Mutter stand auf. »Packt eure Sachen, wir brechen in einer Viertelstunde auf.«

Sie verbrachten einen herrlichen Tag am Strand und hatten so viel Spaß miteinander, dass sie den Ausflug am nächsten Wochenende wiederholten. Über die Zeit entstand daraus eine neue Tradition. Jeden Sonntag fuhren sie zu dritt ans Meer, jedes Mal an einen anderen Strand.

So verging das erste halbe Jahr, in dem Hayden und Keats sich langsam anfreundeten und Barbara immer stiller wurde.

Warum hatte er es nicht gesehen? Keats schüttelte den Kopf und brachte sich zurück in die Gegenwart. Er hätte

69

aufmerksamer sein müssen, doch er hatte sich von all dem Luxus blenden lassen. Von den teuren Klamotten, den Videospielen, den Autos und der neuen Schule, in der er von den Sprösslingen berühmter Hollywood-Stars umgeben war. Sein Leben war wie ein Traum. Ein Traum, in dem er nicht erkannte, was in der Villa vor sich ging. Bis zu jenem Tag ... Er wollte sich nicht erinnern! Seine Faust bohrte sich in die Wiese neben dem Grabstein. Er wollte den Horror nicht wieder durchleben. Aber die Erinnerungen überfielen ihn wie Blitze, schickten ihm Bilder, die er kaum ertragen konnte. Er stöhnte, rieb sich die Augen und kehrte in die Vergangenheit zurück.

Seine persönliche Hölle begann an einem Sonntag. Wie jeden Sonntag hatten sie an den Strand fahren wollen, doch seine Mutter war nirgends zu sehen gewesen. Je länger sie auf sie warteten, desto ungeduldiger wurde Keats.

»Hat sie verschlafen?«, fragte er Hayden. »Was denkst du?« Er wollte endlich aufbrechen, denn er hatte in der Schule ein Mädchen kennengelernt, Hannah, die er an diesem Tag beeindrucken wollte. Er hatte regelmäßig im Fitnessstudio trainiert und war inzwischen ziemlich gut mit dem Bodyboard. Sie hatte ihm versprochen, ebenfalls zum Strand zu kommen, und nun galt es nur noch, seine Mutter zu überreden, dass sie zum Hermosa Beach fuhren.

»Sie kommt sicher gleich.« Hayden drückte sich in der Küche herum und kratzte mit den Fingernägeln an den Fugen der Fliesen.

»Mum hat noch nie verschlafen.« Keats wurde langsam wütend. Er hatte sich mit Hannah mittags am Pier verabredet. »Ich gehe sie holen.«

»Nein!« Hayden schoss nach vorne und hielt ihn am T-Shirt fest.

Keats schüttelte ihn ab. »Was ist dein Problem? Willst du nicht an den Strand?«

»Doch, aber wir sollten noch etwas auf sie warten. Vater ist heute zuhause.«

»Na und? Chill mal.« Keats lief ins erste Stockwerk und klopfte an die Schlafzimmertür seiner Mutter.

»Mum«, rief er. »Wir sind spät dran.«

Es rührte sich nichts und Keats trat ein. Das Zimmer war leer. Ratlos hob er die Schultern.

»Wo ist sie denn bloß?« Er drehte sich zu Hayden um, der ihm gefolgt war und erkannte an dessen Gesichtsausdruck, dass er es wusste. Es dauerte ein paar Sekunden, bis auch er es realisierte. Der Raum im Keller. Er hatte keine Ahnung, wie er darauf kam. Es war wie eine düstere Eingebung, die ihn überfiel. Die ganze Zeit hatte er nicht mehr an diesen Raum gedacht, aber an diesem Tag wusste er mit Sicherheit, dass er seine Mutter dort finden würde. Er stürmte an Hayden vorbei und rannte die Treppen hinunter.

»Mum!« Im Keller angekommen, joggte er über den Flur. »Mum!«

»Warte!« Hayden holte ihn ein und riss ihn zurück. »Hör auf zu schreien.«

»Warum?« Keats schielte zu der verschlossenen Tür. »Was ist in diesem Raum?«

»Das willst du nicht wissen.« Hayden klang aufgewühlt. »Komm, lass uns wieder nach oben gehen.«

»Auf keinen Fall!« Keats wehrte sich, aber Hayden war stärker und irgendwann gab Keats vor aufzugeben. »In Ordnung«, erwiderte er. »Lass uns gehen.«

Kaum lockerte Hayden seinen Griff, riss Keats sich los, lief zur Tür und drückte die Klinke herunter. Der Raum war nicht verschlossen. Er stolperte hinein und erstarrte. Was er sah, brannte sich in sein Gedächtnis ein, als hätte dort jemand eine Napalm-Bombe gezündet. Er stand in einem fensterlosen Zimmer, das an eine mittelalterliche Folterkammer erinnerte. Bänke, Stricke, Messer, Stöcke, Fesseln, Knebel, Geißeln. Sein Blick flog umher und heftete sich auf seine Mutter. Barbara war völlig nackt. Sie blutete aus Schnittwunden und hing gefesselt an einer Vorrichtung von der Decke. An ihren Brustwarzen baumelten Kabel, die mit einer Art Batterie verbunden waren. Bren Barrack betätigte sie wieder und wieder und Keats' Mutter schrie jedes Mal auf. In ihrer Vagina und ihrem Anus steckten Dinge, die Keats noch nie zuvor gesehen hatte. Aber das schlimmste war, dass seine Mutter dabei weinte. Sie flehte Haydens Vater an, er solle Erbarmen mit ihr haben. Doch er machte weiter. Er drehte den Strom auf und ließ sie schreien. Dabei lachte er. Es dauerte, bis Keats aus seiner Starre erwachte.

»Aufhören!«, schrie er und stürzte auf seine Mutter zu. Hektisch riss er an der Vorrichtung, wollte sie befreien, doch Bren Barrack richtete seine Faust gegen ihn. Sie traf ihn im Gesicht, machte ihn noch wütender.

»Lass das, bitte!« Seine Mutter versuchte, Barrack zu beruhigen, bevor sie ihrem Sohn zurief: »Geh, Sebastian! Verschwinde. Sofort!«

Doch er hörte nicht auf sie. Alles, was er sah, waren das Blut und die Tränen. Er realisierte die Einschnürungen, welche die Fesseln auf ihrer Haut hinterließen, und ging gegen Bren Barrack vor. Mit seinen Fäusten hämmerte er auf den Mann ein, der doppelt so groß und breit war wie er selbst.

»Lass sie in Ruhe!« Seine Wut reichte nicht aus, um die Kraft seines Gegenübers zu kompensieren. Bren Barrack packte ihn und schleuderte ihn gegen die Wand.

»Sie will es doch so«, brüllte er, bevor er Hayden, der im

Türrahmen stand, an den Haaren hereinzerrte und ihn schüttelte.

»Warum fährst du sonntags an den Strand?«, fuhr er ihn an. »Du solltest lernen, um deine Noten zu verbessern. Aus dir wird ein Versager, wenn du nicht hart arbeitest. Und ich erlaube keinem Versager, in mein Geschäft einzusteigen!«

»Es tut mir leid, Vater!« Hayden versuchte wimmernd, sich zu befreien, doch Bren Barrack stieß ihn voran.

»Ich werde dich wieder knebeln müssen.« Er nahm etwas von der Wand und stopfte es seinem Sohn zwischen die Zähne. Er sah aus wie ein Pferd, dem man eine viel zu große Trense angelegt hatte. Dann zog Bren Barrack ihm das T-Shirt über den Kopf und fesselte ihn. Hayden wehrte sich nicht länger und sackte in sich zusammen.

»Lass die Jungen in Ruhe«, flehte Barbara und Keats war nicht in der Lage, sie anzusehen. Die Frau, die dort von der Decke hing, konnte unmöglich seine starke und lebenslustige Mutter sein, die sonntags am Strand mit ihnen lachte.

Er krabbelte rückwärts, als Bren Barrack auf ihn zukam.

»Ihr werdet jetzt zusehen, damit richtige Männer aus euch werden«, grunzte er und packte Keats wie einen jungen Hund im Genick, um ihm denselben Knebel anzulegen wie Hayden. Keats glaubte, das Ding würde ihm das Gesicht spalten. Es tat höllisch weh und er würgte trocken.

»Im Leben geht es nicht um Spaß, sondern einzig um Erfolg und Macht. Erfolg und Macht. Erfolg und Macht«, grollte Barrack. »Das dürft ihr niemals vergessen. Ebenso wenig wie die Tatsache, dass ich euer Herr bin. Sagt es!«

»Du bist unser Herr.« Haydens Stimme übertönte die von Keats und seiner Mutter.

»Nochmal!«

Sie wiederholten es. Wieder und wieder. Dann band

Barrack Keats und Hayden an der Wand fest, von wo aus sie zusehen mussten, wie er Barbara weiter missbrauchte. Die Schreie seiner Mutter hallten in seinen Ohren.

»Ich habe nicht nur L.A. in meiner Hand, sondern auch euch.« Die dunkle Stimme seines Stiefvaters verankerte sich in Keats' Gedächtnis, während die Ereignisse dieses Sonntagvormittags verschwammen. Er wusste, seine und Haydens nackte Brust waren am Ende mit Sperma besudelt, Barbara fiel regungslos zu Boden, als Bren Barrack sie endlich losband und sie alle schafften es kaum aus eigener Kraft, den Raum zu verlassen.

Sie fuhren nie wieder sonntags an den Strand.

3

NAILA

Gedankenverloren stand Naila am Fenster ihres Büros und nippte an ihrem Kaffee. Sie starrte auf die Springbrunnen des California Plaza, der sich am Fuße des verglasten Hochhauses befand, in dem die Kanzlei ihres Vaters das gesamte obere Stockwerk einnahm. Es war kurz vor Mittag und sie konnte sich auf nichts konzentrieren.

Entschlossen griff sie nach ihrem Handy und wählte Jens Nummer.

»Störe ich?«, fragte sie, kaum dass ihre Freundin abgenommen hatte.

»Warte mal kurz …« Naila hörte, wie Jen einen Raum verließ, dann wurde ihre Stimme lauter. »Du hast mich gerettet. Ich war in dem langweiligsten Meeting aller Zeiten.«

»Worum ging es?«

»Asphalt.«

»Wie bitte?« Naila musste lachen.

»Straßenbelag. Wusstest du, dass es zwanzig verschiedene Arten von Asphalt gibt? Und mindestens nochmal so viele unterschiedliche Deckschichten? Ich hoffe, dass meine Chefin den Auftrag dieses neuen Kunden nicht mir aufs Auge drückt.«

»Ich dachte, ihr betreut nur all diese Bling-Bling Kunden aus der Film-, Hotel- und Schmuckindustrie.«

»Asphalt sind die neuen Diamanten des Digital Marketing, Baby!«

»Apropos Diamanten ...« Weiter kam Naila nicht, denn ihre Freundin begann zu schreien.

»Hayden hat dir einen Antrag gemacht«, quietschte Jen. »Habe ich recht?«

Naila zögerte. Seit dem Wochenende war so viel passiert, dass sie gar nicht wusste, wo sie anfangen sollte zu erzählen. »Ja«, sagte sie deshalb nur und ließ weitere Begeisterungs-quietscher über sich ergehen.

»Wie hat er dich gefragt? Hast du geweint? Hattet ihr danach richtig heißen Sex? Und wo wollt ihr heiraten? Hast du schon eine Idee, wo du dein Brautkleid kaufen willst? *Grace Bridal Couture* hat die wundervollsten Kleider. Da müssen wir hin!« Jen feuerte ihre Sätze auf Naila ab wie ein Sturmfeuergewehr.

»Machen wir.«

»Du klingst merkwürdig. Ist alles in Ordnung? Hast du womöglich nein gesagt?«

»Natürlich nicht! Ich habe ja gesagt.«

»Und jetzt bereust du es? Was ist los, Süße?«

»Ich habe gestern Abend Haydens Bruder kennengelernt.«

»Diesen Sebastian? Wie ist er?«

»Es ist Keats.«

»Keats?« Stille entstand, bevor Jen sich wieder fing. »Mega-orgasmus-Keats?«

»Genau der.«

»Ach du Scheiße!«

»Du sagst es.«

»Wie kann er Haydens Bruder sein? Und warum wusstest du das nicht?«

»Wie hätte ich das denn wissen sollen?«

»Sehen die zwei sich gar nicht ähnlich? Auch untenrum nicht?«

Naila kicherte. »Du bist unmöglich, Jen! Sie sind gar keine richtigen Brüder. Keats' Mutter hat Haydens Vater geheiratet, als die beiden schon auf der Welt waren.«

»Und du hattest keine Ahnung?«

»Nein! Es traf mich wie ein Schlag. Ich stehe immer noch unter Schock.«

»Und wie hat Keats reagiert?«

»Er schien gewusst zu haben, dass ich mit Hayden zusammen bin. Und er hat auch keine Absicht, ihm von uns zu erzählen.«

»Und was ist mit dir?«

»Du meinst, ich soll Hayden beichten, dass Keats und ich ...?«

»Er ist dein Verlobter.«

»Na und? Hast du Eddie von all deinen Verflossenen erzählt?«

»Nein, aber von denen war auch keiner sein Bruder.«

»Was macht das für einen Unterschied? Ich habe Hayden ja nicht betrogen oder sowas. Das mit Keats war ein Quickie im Flugzeugklo und ändert nichts an der Tatsache, dass ich jetzt eine Beziehung mit Hayden führe und ihn liebe.

»Du klingst nicht überzeugt.«

»Das bin ich aber.« Naila betrachtete den funkelnden Ring an ihrem Finger. »Ich liebe Hayden.«

»Aber Keats hat deine Muschi zum Glühen gebracht.«

»Als wenn diese Tatsache das Einzige wäre, was zählt.«

»Nun ja ...«

»Hör auf, Jen! Würdest du Eddie verlassen, nur weil es bei euch im Bett nicht mehr funktioniert?«

»Das wird nicht passieren. Wir üben uns gerade im Anilingus. Und ich sage dir ...«

Naila hörte ein Geräusch und fuhr herum. Ihr Bruder Zak betrat ihr Büro und Naila würgte ihre Freundin ab.

»Ich ruf dich später an.«

»Dein Bruder aus der Hölle?«

»Jap.«

»Ich komme heute Abend bei dir vorbei. Wir müssen reden!«

Naila war sich nicht sicher, ob sie dazu in der richtigen Verfassung war, denn Jen bohrte für gewöhnlich an Stellen nach, über die Naila nicht einmal nachdenken wollte.

»Bis später!« Sie legte auf und sah ihren Bruder an. »Hey, wie geht's dir?«

»Du bist verlobt«, sagte er statt einer Begrüßung, ließ die Tür hinter sich ins Schloss fallen und schlenderte auf ihren Schreibtisch zu. »Nette Überraschung.«

»Du klingst sogar enthusiastischer als Dad. Wahnsinn.« Naila deutete auf die Kaffeemaschine. »Cappuccino?«

»Nein, danke.« Er setzte sich unaufgefordert und legte die Füße auf der Ecke des Schreibtisches ab. Etwas, das er sich nicht erlauben würde, wäre ihr Vater in der Nähe.

»Dad sagte, ihr heiratet auf Bora Bora. Wird ja eine exklusive Party.«

»Neidisch?«

»Warum sollte ich?«

»Weil es dort hübscher ist als im *Isla Bella Beach Resort* in Florida.«

»Ach Schwesterlein, wenn es dir einmal gelingt, mich auszustechen, dann kann ich damit leben.«

Seine Arroganz ärgerte sie. Noch mehr ärgerte sie, dass er ihrem gemeinsamen Vater wie aus dem Gesicht geschnitten war. Strohblond, groß, von leicht fülliger Statur und mit pummligen Wangen, die stets ein wenig gerötet waren. Es war schwer, jemanden zu mögen, der aussah wie der Vater, an dem man sich bereits sein gesamtes Leben rieb.

»Dann bist du glücklich?« Die Frage traf sie, denn sie kam unvorbereitet.

»Natürlich.« Naila setzte sich und spielte mit dem Kugelschreiber, der vor ihr auf dem Tisch lag.

»Okay.« Zak musterte sie. »Dad und ich machen uns nämlich Sorgen.«

»Wie bitte?«

»Nun ja, er hat mir erzählt, was Hayden gestern gesagt hat.«

»Und das wäre?«

»Er schlug vor, dass wir dir mehr Verantwortung im Huang-Fall geben sollen.«

»Du und Dad seid ja schlimmere Tratschweiber als Jen und ich. Aber wen wundert's? Als sein Wunderkind genießt du natürlich besondere Vorzüge.«

»Ich bin einer seiner Partner. Ebenso wie du.«

»Sorry, aber davon merke ich nichts.«

Zak schmunzelte. »Weil du dir in der Rolle des leidenden Loosers gefällst, kleine Schwester.«

»Das schon wieder! Ich kann es nicht mehr hören.« Naila verdrehte die Augen. »Was hat das alles mit Hayden zu tun?«

»Gar nichts. Du hast damit angefangen.« Zak hob beruhigend die Hände. »Ich wollte dich nur warnen.«

»Wovor?«

»Vor deinem Verlobten.«

Naila schnaubte. »Es war klar, dass das irgendwann kommen musste. Was missfällt euch denn? Sein Vermögen? Sein Vertrauen in mich? Oder vielleicht die Möglichkeit, dass er mich schwängern könnte?«

»Alles, um genau zu sein. Aber misstrauisch wurden wir erst, als er mit dem Huang-Fall um die Ecke kam.«

»Herrje, behaltet euren bescheuerten Fall! Ich bin nicht wild darauf, mich da noch mehr reinzuhängen. Ich liefere euch die rechtlichen Fakten und ihr verziert sie mit rosafarbener Scheiße und serviert sie vor Gericht.«

»Schön gesagt. Du hältst dich ja gerne aus den komplizierten Sachen heraus.«

»Okay, Zak, würdest du jetzt bitte gehen? Ich hab wirklich keinen Nerv für sowas. Wenn ihr euch nicht mit mir freuen könnt, dann lasst es einfach.«

»Weißt du, wer Haydens Vater war?« Zak rührte sich nicht von der Stelle und Naila verengte die Augen.

»Er war ein Immobilienmagnat.«

»Ganz richtig, und zwar einer, der da oben nicht rund lief.« Zak ließ den Zeigefinger neben seiner Schläfe kreisen. »Gegen ihn wurde mehrmals wegen sexuellen Missbrauchs ermittelt. Es hieß, er habe sadistische Neigungen. Sein Geld hat ihn jedes Mal vor größerem Schaden bewahrt. Er hielt sich für unbesiegbar. Für den König von Los Angeles.«

Naila war schockiert, doch sie blieb cool. »Und?«, sagte sie. »Wen interessiert das? Er ist tot.«

»Interessanterweise starb er kurz vor einer Gerichtsverhandlung gegen ihn. Es ging um Geschäfte mit den Triaden.«

»Den Triaden?«

»Der chinesischen Mafia.«

»Okay, das klingt jetzt absurd. Was sollte ein Immobilienmagnat mit der chinesischen Mafia am Hut haben?«

»Bren Barrack wollte sich sein persönliches Imperium erschaffen. Er wollte Kontrolle. Und Macht. Und noch mehr Geld. Deshalb half er angeblich den Triaden, ihre Drogengelder zu waschen.«

»Unsinn!« Naila lachte auf. »Davon hätte Hayden mir erzählt.«

»Meinst du wirklich?« Zak runzelte die Stirn. »Hör mir einfach kurz zu und dann kannst du meinetwegen nach Hause fahren, um deinem gottgleichen Verlobten die Füße zu küssen.«

»Ich weiß nicht, ob ich bereit bin, mir so einen Schwachsinn anzuhören.« Naila lehnte sich zurück und verschränkte die Arme vor der Brust.

»Du kannst selbst entscheiden, was du denkst, wenn ich fertig bin.« Zak machte eine kurze Pause, bevor er fortfuhr: »Die Behörden wurden auf Bren Barrack aufmerksam, als die Immobilienpreise in Los Angeles immer weiter anstiegen. Sie forschten nach und kamen dahinter, dass viele Luxusimmobilien in den Händen chinesischer Eigentümer waren. Doch die lebten gar nicht hier, die Immobilien standen alle leer. Bei den Ermittlungen stellte sich heraus, dass sämtliche Verkäufe über Bren Barracks Firma abgewickelt worden waren. Jedes Mal waren zuvor hohe Summen von China auf US-Banken überwiesen worden. Die wurden dann einem Mittelsmann als Darlehen zur Verfügung gestellt, der eine Immobilie von Bren Barrack erwarb. Für einige Monate blieb die Immobilie im Besitz des Mittelsmanns, bevor Bren Barrack sie in dessen Auftrag wieder verkaufte. Auf diesem Weg wurde das Geld gewaschen, floss zurück nach China und Barrack kassierte doppelt ab. Durch die Provision beim Kauf und beim Verkauf. Allerdings hielt er die Immobilienpreise dadurch künstlich in der Höhe. Das war sein Fehler.«

Naila schluckte verunsichert. »Wenn das alles stimmt, warum hat die Presse damals nicht im großen Stil darüber berichtet?«

»Weil das FBI bis zum Prozess ein Berichtsverbot verhängt hatte. Und da das Verfahren wegen fehlender Beweise durch den Tod von Bren Barrack eingestellt wurde, hatte die Presse kein Interesse mehr. Bren Barracks Firma wurde von den Behörden komplett auf den Kopf gestellt und zerschlagen. Der Rest, der übrig blieb, ging an Barracks einzigen Erben.«

»Hayden.« Naila zuckte die Schultern. »Ich verstehe nicht, was das Problem ist. Hayden hat von vorne angefangen. Er macht keine krummen Geschäfte.«

»Natürlich nicht.« Zak schmunzelte. »Weil er zu clever ist, die Fehler seines Vaters zu wiederholen.«

»Das ist Verleumdung und das weißt du!«

»Das ist es nur, wenn ich wider besseren Wissens eine unwahre Tatsache behaupten würde.«

»Und das tust du nicht?«

»Der Huang-Fall ist ein heißes Eisen. Wir bekommen unsere Informationen nicht immer auf legalem Weg.«

»Dann dürft ihr sie auch nicht vor Gericht verwenden.«

»Aber wir wissen, wo wir nachbohren müssen.«

Naila seufzte genervt. »Komm zur Sache, Zak! Ich habe keine Ahnung, worauf du hinaus willst.«

»Unsere Recherche hat ergeben, dass die Huang Corporation, die das Grundstück hält, angeblich Kontakte zu den Triaden hat. Dahinter steht ein Milliardenvermögen. Und der Betrieb eines Kasinos ist die beste Möglichkeit, um Gelder zu waschen.«

»Ich verstehe Haydens Verbindung zur Huang Corporation immer noch nicht.«

»Das Grundstück, um das es geht, wurde von Haydens Vater an den Investor Peter Greenberg verkauft. Der hielt es mehrere Jahre, bis die nötigen Unterlagen vorlagen, die bestätigten, dass es mit einem Kasino bebaut werden dufte. Das rief die Stadt Los Angeles auf den Plan. Sie wollte das Grundstück kaufen, um den Bau des Kasinos zu verhindern und stattdessen ein Krankenhaus darauf zu errichten. Der Investor weigerte sich und die Stadt wartete ab, um eines Tages ihr *right of first refusal*, ihr Vorkaufsrecht, auszuspielen. Aber dazu kam es nicht, denn der Investor tauschte sein Grundstück mit einem anderen, ähnlich großen Grundstück, das die Huang Corporation hielt. Bei einem Tauschgeschäft ...«

»... kann das Vorkaufsrecht nicht ausgeübt werden«, vollendete Naila den Satz. »Und?«

»Jetzt solltest du selbst dein Köpfchen gebrauchen. Nimm all das, was ich dir gerade gesagt habe, und dann zähl eins und eins zusammen.«

Ihr Gehirn ratterte und sie rutschte auf ihrem Stuhl herum. Das war absurd! Und wieso kam Zak damit erst jetzt um die Ecke? »Vielleicht will Hayden einfach nur, dass die Stadt Los Angeles gewinnt, um all diese Gerüchte über ihn endlich zu beseitigen«, sagte sie.

»Oder er steckt in der ganzen Sachen mit drin und verdient Millionen am Bau des Kasinos.«

»So ist er nicht!« Naila schüttelte empört den Kopf. »Ihr habt keinerlei Beweise für eure Anschuldigungen! Alles, was ihr wisst, betrifft seinen Vater, nicht ihn.«

»Wir haben so viele Fälle in unserer Kanzlei, Schwesterlein. Fälle, in denen es um so viel mehr geht als um ein Tauschgeschäft, das angefochten wird. Fälle, hinter denen

Millionen von Dollar stehen. Warum erwähnt er ausgerechnet den Huang-Fall und will, dass du darin mehr Verantwortung bekommst?«

»Weil ich Expertin für Immobilien- und Grundstücksrecht bin und er der Meinung war, dass ich endlich eine Chance verdient habe, um mich zu beweisen.«

»Mhm.« Zaks Blick ruhte auf ihr und er erhob sich. »Dad erwartet dich in einer halben Stunde in seinem Büro.«

»Um mir nochmal dasselbe zu erzählen und meinen Verlobten schlecht zu machen?«

»Ich hätte nie etwas gesagt.« Zak öffnete die Tür. »Aber Haydens Interesse erscheint mir doch ein wenig auffällig.«

»Weil er mir den Rücken stärkt?«

»Weil er über dich an Informationen kommen kann.«

»Du bist ein Arschloch, Zak! Du unterstellst mir, dass ich Hayden zuliebe meine Pflicht zur Verschwiegenheit brechen würde. Du hältst mich echt für die dümmste Kuh auf diesem Planeten, oder?«

»Schön, dass wir geredet haben, Schwesterlein. Es war mir wie immer eine Ehre.« Er drehte sich nochmal um und hob die Hand zum Gruß. »Und danke für das Arschloch. So nennen mich normalerweise nur meine Gegner, wenn ich ihnen wieder einmal bewiesen habe, dass ich besser bin als sie.«

Naila kochte vor Wut. Kaum war Zak aus dem Zimmer, warf sie den Kugelschreiber. Er prallte gegen die Tür und fiel zu Boden.

»Verdammt!« Sie stand auf und tigerte durch den Raum. Seit zwei Jahren war sie nun schon mit Hayden zusammen und in all der Zeit hatten ihr Bruder und ihr Vater kein Wort gesagt. Das war mal wieder typisch! Kaum war Naila am Ziel ihrer Träume, fanden die beiden einen Weg, um es ihr zu versauen. Das war wie damals, als sie endlich ihren Führerschein hatte und ihr Vater ihr ganze drei Jahre lang nicht erlaubt hatte, ohne Begleitung zu fahren. Oder als sie ein Stipendium für ein Auslandssemester in Frankreich erhielt und er ihr verbot, es anzunehmen. Zak hatte stets bekommen, was er wollte, aber sie musste ständig zurückstecken. Sie war Partnerin in seiner Kanzlei und durfte nur Zuarbeit zu all seinen Fällen leisten. Doch ihre Hochzeit mit ihrem perfekten Traummann würde sie sich nicht verderben lassen! Es gab keinerlei Beweise gegen Hayden und sie war nicht gewillt, die Zweifel zuzulassen, die ihr Bruder und ihr Vater versuchten, in ihr zu säen.

Als ihr Handy klingelte, zuckte sie zusammen. Hayden! Sie atmete tief durch und ging dran.

»Hey, Honey«, flötete sie und ärgerte sich über ihre gestellte Stimme.

»Hey, Schneckchen, wie geht's dir? Nach der Sache gestern Abend wollte ich nur nochmal hören, ob alles okay ist. Du warst heute früh schon weg, als ich runter kam.«

»Mir geht's gut.« Sie hasste es, ihn anzulügen, aber am Telefon konnte sie ihm nicht sagen, was vorgefallen war. Im Grunde war sie sich nicht einmal sicher, ob sie ihm überhaupt davon erzählen sollte. All diese Beschuldigungen waren harter Tobak und sie schämte sich für ihren Bruder und ihren Vater.

»Lass uns heute Abend essen gehen«, schlug Hayden vor. Er war am Autotelefon. Sie hörte die Fahrgeräusche.

»Du hast gesagt, ich solle in meiner Wohnung übernachten. Willst du nicht etwas Zeit mit deinem Bruder verbringen?«

»Nein, ich will Zeit mit dir verbringen.«

Naila fühlte sich geschmeichelt. »Eigentlich wollte Jen vorbeikommen ...«, erwiderte sie und hörte an seinem nachfolgenden Schweigen, dass er nicht begeistert davon war. »Ich rufe sie an und sage ihr Bescheid«, fügte Naila rasch hinzu. »Gar kein Problem.«

»Ich habe im *Providence* reserviert.« Im Hintergrund hörte sie das Klacken des Blinkers. »Um sieben. Zieh dir was Hübsches an.«

»Tue ich das nicht immer?« Naila unterdrückte die Enttäuschung, dass er sie wieder einmal nicht gefragt, sondern einfach entschieden hatte, wohin sie gingen. »Eigentlich hätte ich gerne mal das *Little Door* ausprobiert«, bemerkte sie. »Du weißt doch, dass ich französische Küche mag.«

»Mir ist mehr nach Meeresfrüchten.« Haydens Stimme wurde weicher. »Ins *Little Door* gehen wir ein anderes Mal.«

»Okay.«

»Wirklich?«

»Ja, alles gut. Ich freu mich.«

»Ich mich auch. Wie läuft es in der Kanzlei? Hast du schon mit deinem Vater gesprochen?«

»Nein, ich sehe ihn erst später. Und bei dir? Viel zu tun?«

»Das übliche.«

Sie fragte nie nach, was das Übliche war, denn Hayden redete kaum über seine Arbeit, doch plötzlich drängten sich ungewollt Zaks Worte in ihr Bewusstsein. »Und was ist das?«, hakte sie nach und hätte sich dafür am liebsten auf die Zunge gebissen.

Hayden lachte. »Seit wann interessiert dich, was ich tue?«

»Schon immer. Doch du erzählst nie etwas darüber.«

»Weil Immobilien so langweilig sind wie Paragraphen.«

»Aber ich erzähle dir auch von meiner Arbeit.«

»Und ich höre dir gerne zu.«

Naila gab auf. Hayden wand sich wie eine Schlange, wenn er keine Lust hatte, sich von ihr ausfragen zu lassen.

»Bis heute Abend«, murmelte sie.

»Bis später, Schneckchen.« Er legte auf und sie verharrte unschlüssig auf der Stelle. *Verdammt, Zak, warum konntest du nicht dein Maul halten?* Naila warf ihr Handy zurück auf den Tisch. Der Urlaub auf Hawaii war der Himmel gewesen und nun hatte sie das Gefühl, als wäre sie direkt in der Hölle gelandet. Dabei war sie verlobt! Ihr einziges Problem sollte nun sein, ein Brautkleid zu finden, die Gästeliste zu erstellen und passende Einladungskarten auszusuchen. Stattdessen fing sie an, jedes Wort von Haydens Aussagen zu hinterfragen und überlegte, wie sie es schaffen könnte, Keats allein zu erwischen, um ihn nebenbei über seinen Bruder auszuhorchen. Was bitte war nur los mit ihr?

Es klopfte an der Tür und die Sekretärin ihres Vaters, Judith Foster, steckte den Kopf herein.

»Naila.« Sie lächelte. »Wie war dein Urlaub?«

»Herrlich. Paradiesisch. Einfach ein Traum. Ich hatte sehr viel Spaß, danke, Judith.«

»Das freut mich für dich.« Judiths Blick streifte den Ring an Nailas Hand und ihr Lächeln wurde breiter. »Ist das etwa ...?«

»Ja, ein Verlobungsring.«

Judith schob sich zur Tür hinein und schloss sie hinter sich. »Wie wundervoll!«

Naila zwang sich ebenfalls zu einem Lächeln. »Danke dir, ich bin wirklich sehr glücklich.«

»Dein Vater hat keinen Ton gesagt.«

»Wundert dich das?«

»Nein. Lass dich drücken!« Judith umarmte sie. Sie war mit Mitte sechzig das Urgestein in der Kanzlei. Naila kannte Judith schon ihr ganzes Leben lang und konnte sie gut leiden. Sie war fleißig, diskret und warmherzig.

»Dein Vater ist einfach unmöglich! Soll ich vielleicht einen Umtrunk für dich organisieren? Wir sollten das feiern.«

»Nein, ist schon gut. Ich werde die Mitarbeiter irgendwann mit einer E-Mail informieren. Ist ja keine große Sache.«

»Keine große Sache? Lass dir das von deinem brummigen Vater bloß nicht einreden. Als Zak sich verlobt hat, haben wir hier abends eine Party geschmissen.«

»Das ist der feine Unterschied zwischen Zak und mir, Judith.«

»Unsinn! Ich arbeite seit fast dreißig Jahren für den Querkopf und wenn ich eins gelernt habe, dann dass dein Vater dich vergöttert.«

Naila senkte den Kopf. »Es ist lieb, dass du das sagst, aber ich kenne ihn ebenfalls.«

»Nicht verzweifeln.« Judith fasste Naila aufmunternd an den Oberarmen. »Ich freue mich wahnsinnig für dich.«

»Danke dir.« Naila atmete tief durch. »Er will mich sehen, oder?«

»Ja, er ist gerade vom Lunch zurückgekommen und wartet in seinem Büro auf dich.«

»Alles klar.« Naila drückte Judiths Hand. »Schön, dass du hier warst und versucht hast, mich aufzumuntern.«

»Gerne.« Judith trat hinter ihr auf den Flur. »Lass dich nicht unterkriegen.«

»Ich versuch's.« Naila hob den Kopf und lief den Gang hinunter. Die Kanzlei war eine Mischung aus moderner Architektur und spießigem Anwaltsmobiliar. Manche der wuchtigen Schränke und Schreibtische sahen aus, als stammten sie aus der Ära von Wesley E. Brown, der als ältester Richter in die Geschichte der USA eingegangen war. Im Alter von 104 Jahren, einen Monat vor seinem Tod, hatte er noch immer Gerichtsverhandlungen vorgesessen.

Naila ging weiter, vorbei an einem Großraumbüro und mehreren Besprechungszimmern. Das letzte Eckbüro am Ende des Gangs war das von John McDermott. Auf der anderen Seite hatte Zak sein Büro. Die Türen beider Büros waren geschlossen und Naila klopfte bei ihrem Vater an. Als sie sein Brummen hörte, trat sie ein.

»Du wolltest mich sprechen, Dad.«

Er sah von seinen Unterlagen auf. »Setzt dich«, murmelte er und Naila versank in dem ausladenden Ledersessel, der vor seinem Schreibtisch stand.

Geschlagene fünf Minuten ließ er sie warten, bevor er ihr endlich seine Aufmerksamkeit schenkte. »Immer noch glücklich verlobt?«, fragte er und Naila zog es vor, nicht auf diese provokante Frage zu antworten.

»Zak hat mir schon alles gesagt«, erwiderte sie. »Wenn du noch was hinzufügen möchtest, mach's kurz.«

Er schob einen Aktenordner über den Schreibtisch. »Mach dich damit vertraut.«

»Was ist das?« Naila ergriff den Ordner und blätterte ihn durch. Verständnislos sah sie ihren Vater an. »Die Prozessakte zum Huang-Fall? Ist das ein schlechter Scherz?«

»Zak und ich würden dich gerne vor Gericht dabeihaben.«

»Wie bitte?«

»Tu nicht so verwundert.« Er verschränkte die Hände ineinander und legte sie auf den Schreibtisch. »Bisher dachte ich immer, es sei dir ganz recht, im Hintergrund zu bleiben. Du weißt, wie Zak und ich von der Presse zerpflückt werden. Aber wir sind es gewohnt. Möchtest du jeden Tag dein Gesicht auf einem dieser Schundblätter sehen, in dem man dein Privatleben auseinandernimmt?«

»Ich ... weiß nicht.«

»Dein Verlobter offenbar schon. Er denkt, ich würde zu wenig für dich tun.«

»Es kümmert ihn eben, was ich fühle.«

»Und offenbar fühlst du mehr, als du mir gerade sagst.«

»Ich frage mich nur, warum ich von all den Anschuldigungen, die ihr gegen Hayden hegt, nichts wusste. Immerhin arbeite ich an dem Fall.«

»Irrtum, junge Lady. Du arbeitest uns zu. Du hast keine Ahnung, was wir mit den Informationen tun, die wir von dir erhalten. Das wolltest du bisher auch gar nicht wissen.«

»Okay, mein Fehler. Ich war mal wieder zu wenig ehrgeizig, richtig?«

»Korrekt.« Ihr Vater musterte sie. »Aber das könntest du ändern. Wie siehts aus? Bist du bereit für die Hyänen dort draußen?«

»Du nimmst mich auf den Arm, oder?«

»Nein.« Ihr Vater lehnte sich zurück und sah ihr offen ins Gesicht. »Ich kenne Zaks Theorie über Haydens Verbindung zu dem Fall. Aber ich kenne dich ebenfalls. Du bist ein kluges Mädchen, ich vertraue dir. Du wirst uns mit all deinem Wissen auch vor Gericht unterstützen. Allerdings musst du dich noch mit einigen Details vertraut machen.«

Naila runzelte die Stirn. »Warum habe ich das Gefühl, dass das ein Test ist?«

»Vielleicht ist es einer. Na und? Du bist Anwältin. Sei professionell und mach deinen Job.«

»Warum jetzt so kurz vor dem Ende? Wollt ihr über mich an Hayden rankommen? Muss ich ihn für euch ausspionieren? Ist es das?«

Ihr Vater verzog keine Miene. »Heb dir deine Fragen für den Fall auf.«

»Nur wenn du mir versprichst, dass Zak und du keine Spielchen mit mir spielt.«

»Du hast Wahnvorstellungen, Naila.«

»Zak hat Wahnvorstellungen! Er unterstellt Hayden, illegale Geschäfte zu betreiben.«

»Das war nur eine Theorie.«

»Das klang aber ganz anders«, schnaubte Naila und klappte den Aktenordner zu. »Ich habe keine Lust auf so einen Müll!«

»Du gibst auf?«

»Ich gebe nicht auf.« Ihre Stimme wurde lauter. »Aber ich will nicht euer Spielball sein.«

»Wie kommst du auf so etwas?«

»Lass es gut sein, Dad.« Naila schüttelte den Kopf. »Ihr kommt hervorragend ohne mich klar.«

»Schluss damit!« John McDermott beugte sich nach vorne. »Du wirst diese Prozessakte inhalieren. Ende der Diskussion. Und du wirst den Investor unter die Lupe nehmen. Am Freitag erwarte ich eine erste Zusammenfassung und eine Argumentationskette von dir.«

Naila stand auf und presste den Aktenordner an sich. Sie hasste es, wenn ihr Vater ihr Befehle erteilte. »Ich habe noch genug andere Dinge zu tun«, murmelte sie.

»Bis Freitag!« Ihr Vater starrte bereits wieder in seine Unterlagen und Naila huschte aus dem Zimmer.

Aufgebracht lief sie den Gang hinunter. Das war das letzte Mal, dass ihr Vater sie so behandelte. Sie war es leid! Er mochte eine Ikone in seinem Metier sein, aber er war ein miserabler Chef. Sie würde kündigen! Hektisch riss sie die Tür zu ihrem Büro auf, schloss sie wieder und lehnte sich mit dem Rücken dagegen. Genau das würde sie tun!

4

HAYDEN

»Warum willst du kündigen?« Hayden schlürfte eine Auster und sah Naila aufmerksam an. Sie war aufgebracht. Hektische Flecken zierten ihren Hals und er hatte alle Mühe, sie zu beruhigen.

»Ich kann einfach nicht mit meinem Vater und meinem Bruder zusammenarbeiten.« Sie schob den Kaviar auf ihrem Teller von rechts nach links. In ihren Augen standen Tränen.

Hayden seufzte innerlich. Er hatte geglaubt, dass er die Kleine unter Kontrolle hatte, aber sie war unvorhersehbarer als gedacht. Dabei war es in letzter Zeit so rund gelaufen. Er musterte sie, wie sie in dem dunkelblauen Chanel-Kleid, das er ihr gekauft hatte, vor ihr saß und darin sogar recht hübsch aussah. Aber aus irgendeinem Grund war sie völlig durch den Wind.

Er nahm ihre Hand und fuhr mit dem Daumen über ihr Handgelenk. »Was ist denn heute passiert? Vor unserem Urlaub war doch noch alles in Ordnung.«

»Es war noch nie alles in Ordnung! Ich hab nur nicht den Mut gehabt, meinem Vater die Stirn zu bieten, aber allmählich ist es an der Zeit, dass ich meinen eigenen Weg gehe. Ich nehme mir eine Auszeit bis zu unserer Hochzeit, plane alles in Ruhe und bewerbe mich sofort, wenn wir aus unseren Flitterwochen zurück sind.«

»Und du denkst, dein Vater stellt dir ein passables Arbeitszeugnis aus, wenn du einfach so abhaust? Du hast in der ganzen Zeit keinen einzigen großen Fall für die Kanzlei vertreten. Als was willst du dich bewerben? Als Chefassistenz?«

Naila warf ihm einen enttäuschten Blick zu. »Ich dachte, du wärst auf meiner Seite«, murmelte sie und lehnte sich zurück.

»Das bin ich«, versicherte er. »Aber so eine drastische Entscheidung sollte man nicht aus dem Bauch heraus treffen. Bist du verärgert, weil dein Vater denkt, ich könnte dich sofort nach unserer Hochzeit schwängern?«

»Willst du überhaupt Kinder, Hayden? Wir haben noch nie darüber geredet.«

Die Frage brachte ihn aus dem Konzept. »Natürlich«, erwiderte er und bemühte sich um Gelassenheit. »Irgendwann schon.«

»Definiere ›irgendwann‹.«

»Was soll das, Schneckchen? Denkst du an Kinder, weil dich dein Job frustriert? Das ist keine gute Voraussetzung, um Mutter zu werden. Ich bin nicht so konservativ wie dein Vater. Für mich schließen sich Karriere und Mutterschaft nicht aus.«

»Wie war das bei deinen Eltern?« Sie musterte ihn. »Dachte dein Vater auch so modern?«

Hayden hörte das Klingeln in seinen Ohren und spannte die Muskeln an. »Mein Vater war Geschäftsmann. Er kümmerte sich hauptsächlich um seine Arbeit. Schmeckt dir der Kaviar gar nicht?«

»Der Kaviar ist hervorragend, danke.« Sie nahm sich noch

ein Stück Toast und gab demonstrativ die Fischeier darauf. »Ich habe mich nur gefragt, warum du und dein Bruder so verschieden seid. Ihr hattet doch dieselbe Erziehung.«

Er lachte. »Da sind wir ganz sicher nicht die einzigen. Es gibt genug Beispiele aus der Geschichte, wo sich Brüder nicht ausstehen konnten. Kain ermordete seinen Bruder Abel, Romulus ermordete Remus ...« Hayden zuckte mit den Schultern. »Man kann sich seine Geschwister nicht aussuchen. Das solltest du selbst am besten wissen.«

»Ganz genau!« Naila legte das Besteck auf ihren leeren Teller. »Und damit ich nicht eines Tages wegen Brudermordes verurteilt werde, muss ich die Kanzlei meines Vaters verlassen. Verstehst du das gar nicht?«

Es ärgerte ihn, dass sie ihn mit seinen Argumenten geschlagen hatte. »Du gibst auf«, zog er seinen letzten Trumpf. Naila konnte es nicht ausstehen, wenn man ihr das unterstellte. Prompt hob sie eine Augenbraue.

»Das tue ich nicht! Warum sagt das immer jeder zu mir? Ich habe mir in Yale den Hintern aufgerissen, um voranzukommen. Ich schufte seit drei Jahren in der Kanzlei und dann ...« Sie brach ab und Hayden beugte sich aufmerksam nach vorne.

»Was ist heute passiert?«, wollte er wissen. »Du schmeißt doch nicht einfach so alles hin.«

»Nein.« Naila wartete, bis der Kellner abgeräumt hatte. Sie schien mit sich zu ringen und das machte Hayden noch neugieriger.

»Sag es mir«, forderte er sie sanft auf. »Du kannst mir vertrauen, das weißt du doch.«

Naila ließ den Kopf hängen. »Sie wollen mir jetzt tatsächlich mehr Verantwortung im Huang-Fall geben«, erwiderte sie.

»Das ist doch großartig!« Innerlich klatschte er Applaus,

äußerlich ließ er seine Begeisterung nur dosiert erkennen. »Endlich tun sie etwas für dich. Warum regt dich das so auf?«

»Weil sie es erst getan haben, als du es vorgeschlagen hast.«

»Na und? Vielleicht brauchten sie einen Denkanstoß.«

Naila schien hin- und hergerissen zu sein. »Was weißt du über die anderen Fälle in unserer Kanzlei?«, wollte sie wissen.

Er runzelte die Stirn. »Wie meinst du das?«

»Kennst du noch weitere Fälle außer den Huang-Fall?«

»Ich kenne alle Fälle, über die in der Zeitung berichtet wird. So wie jeder andere interessierte Mensch in dieser Stadt.«

»Richtig.« Sie nickte langsam. »Ich weiß auch nicht, ich bin heute durcheinander.«

»Hat dein Vater sonst noch etwas zu dir gesagt?«

»Nein.« Sie senkte die Wimpern und ihn beschlich das ungute Gefühl, dass sie log.

»Bist du dir sicher?«

»Natürlich.« Sie lächelte. »Es war der erste Tag im Büro und gestern ist so viel passiert. Die Reaktion meines Vaters auf unsere Hochzeit und der Besuch deines Bruders ...«

»Mach dir keine Gedanken über meinen Bruder.«

»Seid ihr ...«, sie biss sich auf die Unterlippe, »... eigentlich richtige Brüder?«

Er verengte die Augen. Wie kam sie auf einmal darauf? »Nein«, antwortete er bedacht. »Sebastian ist mein Stiefbruder.«

»Das hast du nie erwähnt.«

»Ist das wichtig?«

»Es sind diese kleinen Dinge, die ich nicht über dich weiß.« Naila stockte. »Wir werden heiraten, Hayden.«

Das schon wieder! Er bemühte sich um ein Lächeln. »Dann frag mich«, forderte er sie auf.

»Was ist mit deiner leiblichen Mutter passiert? Du redest immer von deiner Mum, aber wenn ich das richtig verstanden habe, dann meinst du damit Sebastians Mutter.«

Er biss die Zähne aufeinander und war erleichtert, dass der Kellner erschien, um den Hauptgang zu servieren. Das gab ihm einen Augenblick, um sich zu sammeln. Er hatte noch nie darüber gesprochen und er wollte es auch nicht. Aber um den Schein zu wahren, musste er damit herausrücken. »Ich wurde von einer Leihmutter ausgetragen.« Er sagte es so neutral, wie er es empfand, doch Naila wirkte ehrlich entsetzt.

»Eine Leihmutter? Warum das?«

Hayden zuckte die Schultern und widmete sich seinem Thunfischsteak. »Mein Vater war in diesem Punkt sehr rational. Er wollte einen Sohn, aber eben ohne Frau dazu.«

»Das ist ein bisschen gruselig.«

»Findest du? Ich habe nie darüber nachgedacht.«

»Interessiert es dich gar nicht, wer deine leibliche Mutter ist?«

»Nein, warum sollte es?«

Nailas Augen weiteten sich. »Aber das ist ein ganz natürlicher Instinkt.«

»Vielleicht. Ich gebe nicht viel auf meine Abstammung.«

»Aber du mochtest deinen Vater?«

»Er war okay.«

»Nur okay?« Er hörte heraus, dass sie etwas anderes dachte, und hatte keine Lust auf weitere Fragen.

»Hör mal, Naila, ich hatte eine ganz normale Kindheit. Manchmal war es etwas einsam. Aber dann lernte mein Vater Barabara kennen, Sebastians Mutter. Sie zog bei uns ein und wir wurden eine Familie. Ende der Geschichte.«

»Hast du mit Sebastian um seine Mutter konkurriert, ist es das? Könnt ihr euch deshalb nicht leiden?«

Warum konnte sie verdammt nochmal nicht damit aufhören, ständig nachzubohren?

»Schneckchen«, er nahm wieder ihre Hand und senkte die Stimme, »ich komme mir gerade vor wie beim Psychologen. Wenn du magst, können wir das gerne daheim fortsetzen. Du setzt dich nackt in den Sessel im Schlafzimmer und ich lecke dich, während du mir Fragen stellst.«

Wie zu erwarten war, schoss Naila das Blut in die Wangen. »Hayden!« Sie sah sich um. »Was redest du da?«

»Was denn?« Sein Fuß glitt an ihrem Unterschenkel nach oben. »Willst du nicht, dass ich dich lecke?«

Das tat er sonst nie, aber er musste sie mit etwas aus der Fassung bringen, und wenn es half, dann war er sogar dazu bereit.

»Das ...« Sie nahm einen Bissen von ihrem Oktopus-Risotto. »... das kommt unerwartet.«

»Umso besser. Freu dich drauf.«

Die hektischen Flecken verschwanden unter der dezenten Röte, die sich von ihrem Gesicht auf ihren Hals ausbreitete. Die Fragen über seinen Bruder und seinen Vater waren nicht länger von Bedeutung.

»Du behältst deine hohen Schuhe an, legst ein Bein über die Seitenlehne und überlässt den Rest mir«, lockte er mit heiserer Stimme.

»Das klingt gut.« Wie zu erwarten war, sprang sie darauf an. Frauen waren so vorhersehbar! Wenn man ihnen nur selten etwas gab, lechzten sie nach Aufmerksamkeit. Ließ man sie ihnen dann zuteilwerden, waren sie wie ein sabbernder Hund, dem man einen Knochen vor die Nase hielt.

»Iss auf«, sagte er. »Ich bin schon ganz hart.«

Naila kicherte und beeilte sich, ihr Risotto aufzuessen.

Nachdem sie gezahlt hatten, ließ Hayden den Mercedes-

AMG vorfahren. Er hielt Naila die Tür auf, bevor er selbst einstieg und losfuhr. Bereits nach kurzer Zeit spürte er, wie sie ihn im Schritt massierte.

»Heute bist du dran.« Er nahm ihre Hand und legte sie zurück auf ihren Oberschenkel. Dann zog er das Kleid ein Stückchen nach oben. Sie trug Strapse, das war schon mal ein guter Anfang. Seine Finger fuhren die Innenseite ihres Oberschenkel nach oben.

»Kein Höschen?« Er berührte ihre rasierten Schamlippen und Naila seufzte überrascht auf. Hayden gab Gas, genoss das Geräusch des Motors und zwang sich weiterzumachen. Er war nicht besonders gut im Fingering. Es lag ihm einfach nicht. Er liebte Sex, genoss das Machtgefühl, das er ihm gab. Die Frau musste sich selbst um ihre Erfüllung kümmern und bisher war das bei Naila auch nicht das Problem gewesen. Aber den Gedanken an Kündigung musste er ihr austreiben.

»Oh mein Gott!« Naila klammerte sich an sein Handgelenk. Sie war feucht und heiß darauf, dass er es ihr besorgte. Aber eigentlich wollte er sie einfach nur so ficken wie sonst.

Er riss die Hand zurück und legte sie ans Lenkrad.

»Was ist los?« Es klang atemlos.

»Der Verkehr, entschuldige.« Er durfte nicht ungehalten werden, sondern musste sich zusammenreißen, sonst würde er nicht bekommen, was er wollte. Aber verdammt nochmal, er investierte schon genug Zeit und Geduld in dieses ganze Projekt!

Schwungvoll bog er in die Straße ab, in der sich seine Villa befand. »Geh schon mal in mein Schlafzimmer«, sagte er, nachdem sie vor dem Haus aus dem Auto gestiegen waren. »Ich muss noch kurz mit meinem Bruder reden.«

»Weshalb?« Naila sah ihn misstrauisch an und er ging um

die Kühlerhaube herum, um sie zu küssen. Seine Hände umfassten ihren Po.

»Ich will, dass du nackt auf mich wartest. In genau der Position, die ich dir im Restaurant beschrieben habe.« Er spürte, dass sie nachgab.

Kichernd sprang sie vor ihm die Marmorstufen empor. An der Haustür holte er sie ein und drängte sich von hinten gegen sie. Er presste ihre Knie auseinander und ließ sie seinen Schwanz fühlen, der in seiner Hose zuckte. Naila stöhnte. Er schob ihre Haare zur Seite und küsste ihren Hals. Am liebsten hätte er sie genau hier genommen, brutal und unnachgiebig, aber er wollte sie nicht verschrecken. Sie wusste nicht, wie er war, und sie durfte es auch nie erfahren.

»Rein mit dir!« Er legte seinen Finger auf den Sensor und drückte die Tür auf. Mit einem Klaps auf den Po entließ er Naila und beobachtete, wie sie die Treppe ins Obergeschoss hinaufstieg. Kaum war sie seinen Blicken entschwunden, ging er in die Küche und goss sich ein Glas Wasser ein.

»Sebastian!« Er schlenderte durchs Wohnzimmer, blickte in den Innenhof und folgte schließlich dem dumpfen Rhythmus von Musik in den Fitnessraum. Als er die Tür öffnete, schlug ihm der Song *Rock'n Roll Never Forgets* von Bob Seger entgegen. Hayden betätigte das Kontrollpanel und die Musik verstummte. Sein Bruder, der gerade dabei war, Hanteln zu stemmen, hielt inne und drehte den Kopf.

»Im Ernst?«, fragte Hayden und stützte die Hände in die Hüften. »Immer noch diese bescheuerten Songs? Bist du nicht langsam zu alt dafür?«

»Schönen Abend gehabt?« Sebastian legte die Hantelstange zurück auf die Ablage und richtete sich auf. Seine Muskeln waren definiert wie die eines Gangsta-Rappers.

»Wir müssen reden.« Hayden ging zu ihm und setzte sich neben ihn auf die Hantelbank.

»Was gibt's?« Sein Bruder warf ihm einen fragenden Blick zu.

»Sie will kündigen.«

»Na und?«

»Fuck you!« Hayden stützte die Ellbogen auf den Knien ab. »Du weißt, wie beschissen das wäre.«

»Und was kann ich da tun?«

»Du wirst ihr das austreiben. Rede mit ihr. Fick sie. Und zwar so richtig gut und tief wie nur du das kannst.«

»Vergiss es!«

»Stell dich nicht so an. Du trägst deinen Teil zu der ganzen Sache bei und ich meinen.«

»Unser Deal sah aber anders aus.«

»Unser Deal ist nur einer, wenn wir auch ausbezahlt werden. Das ist dir doch klar, kleiner Bruder?«

»Ich hab's ihr im Flugzeug besorgt. Mehr ist nicht drin.«

»Warum nicht? Macht sie dich nicht an?«

»Nein.«

»Du lügst.« Hayden grinste. »Sie ist genau dein Typ. Und du wirst es genießen, sie noch einmal durchzuficken. Lass dir Zeit. Von mir aus die ganze Nacht. Morgen Abend komme ich nicht nach Hause.«

Sebastian spannte sich an. »Warum ist das nötig?«

»Psychologie, kleiner Bruder. Sie hat bereits ein schlechtes Gewissen wegen dir, aber es sollte noch schlechter werden. Sie muss sich richtig mies fühlen. So kann ich sie besser steuern.«

»Und du denkst, sie betrügt einfach so ihren Verlobten?«

»Dafür werde ich schon sorgen.«

»Hast du vor, ihr wehzutun?« Hayden bemerkte, dass Sebastian seine Hände zu Fäusten ballte.

»Nicht körperlich. Aber ein gewisser Frust weckt Bedürfnisse. Und die wirst du erfüllen.«

Sein Bruder schnaubte. »Du denkst wirklich, du kannst jeden manipulieren.«

»Natürlich.« Hayden grinste. »Deshalb bin ich so erfolgreich.«

»Was ist mit dem Video, das du hast? Spiel es ihr doch einfach vor.«

»Bist du bescheuert?« Hayden schüttelte aufgebracht den Kopf. Manchmal war sein Bruder der größte Volltrottel auf diesem Planeten. »Das Video heben wir uns für den ganz großen Skandal auf.«

»Sorry, ich kenne nicht jeden deiner heimtückischen Schritte.«

»Ist doch nicht das erste Mal, dass wir sowas durchziehen.« Hayden klopfte ihm auf die Schulter. »Bleib cool! Und hab Spaß. Den hattest du bis jetzt immer, oder nicht?«

Sebastian starrte ihn an und Hayden spürte die Verachtung, die sein Bruder gegen ihn hegte. Das war gut. Solche Gefühle trieben einen zu Höchstleistungen an. Das wusste er nur zu genau.

»Alles klar?«, hakte er nach und sah seinen Bruder kaum merklich nicken. Das machte ihn zufrieden.

»Wo bist du morgen Abend?« Sebastian stand auf und streckte sich.

»Willst du das tatsächlich wissen?«

»Vielleicht bin ich ausnahmsweise mal an der Wahrheit interessiert.«

»Die Wahrheit hat noch niemandem geholfen.«

»Du hast recht.« Sebastian stellte die Musik per Sprachbefehl wieder an. »Mach dein Ding.«

»Gott, diese Songs gehen mir echt auf den Zeiger!« Hayden

erhob sich ebenfalls und lockerte seine Krawatte. »Ich widme mich jetzt der kleinen Naila.«

Sein Bruder legte sich wortlos die Boxhandschuhe an und ignorierte ihn. Hayden verließ den Fitnessraum und sprang lässig die Treppe in den ersten Stock empor. Kurz bevor er eintrat, ließ er das zufriedene Lächeln aus seinem Gesicht verschwinden. Er trat ein und erkannte sofort, dass Naila folgsam gewesen war. Sie saß in dem weißen Ledersessel am Fenster und trug einzig ihren Strapsgürtel, schwarze Seidenstrümpfe und die hohen Lackpumps, die er so scharf fand. Ihr rechter Fuß ruhte keck auf der Lehne, das linke Knie fiel zur Seite und gab den Blick auf ihre Muschi frei. Er stellte sich vor, was er alles mit ihr anstellen würde, wenn er sie fesseln und knebeln könnte. Erst dieser Gedanke brachte seinen Schwanz dazu, hart zu werden.

Dramatisch fuhr er sich durch die Haare. »Mein Bruder ist ein Arschloch«, murrte er und machte eine auffordernde Handbewegung. »Ich brauche Ablenkung! Dreh dich um und knie dich auf den Sessel.«

Er bemerkte die Enttäuschung in Nailas Gesicht. Das erregte ihn zusätzlich.

»Dreh dich um!« Dieses Mal sagte er es strenger und sie gehorchte. Ihr knackiger Hintern, der sich über den leicht geöffneten Schamlippen erhob, war eine Offenbarung. Hastig öffnete er seine Hose, ließ sie zu Boden gleiten und entledigte sich seiner Hipsterpants. Er trat zu ihr, fuhr mit den Händen gierig über ihren Po und befeuchtete seinen Schwanz mit ihrer Nässe. Sei vorsichtig, mahnte er sich, und zwang sich zur Ruhe. Er drang in sie ein und zog den üblichen Trott durch. Doch dieses Mal massierte er mit seinem Daumen ihren Anus. Naila zuckte zurück, aber er war unnachgiebig.

»Wehr dich nicht«, flüsterte er. »Ich bereite dich nur vor.«

Sie warf ihm einen ungläubigen Blick über die Schulter zu und er stieß sie ein wenig härter. Naila spannte sich an und sein Daumen glitt tiefer.

»Nicht!« Sie richtete ihren Oberkörper auf. »Ich mag das nicht, Hayden.«

»Okay, okay, machen wir's wie immer.« Er hörte auf, drückte ihren Oberkörper wieder nach vorne und zog seinen Rhythmus durch, bis er kam. Es war nicht besonders weltbewegend, aber immerhin nahm es ihm die sexuelle Anspannung.

»Sorry, Schneckchen.« Er zog sie in seine Arme und spulte das anschließende Knuddelprogramm ab. »Ich dachte, wir könnten mal was Neues ausprobieren.«

»Warum machen wir nicht mal was Neues, bei dem ich auch auf meine Kosten komme?« Sie löste sich von ihm, stand auf, entledigte sich dem Rest ihrer Reizwäsche und warf sich ihren Morgenmantel über.

»Du kommst also nicht auf deine Kosten?«, fragte er und bemühte sich, enttäuscht zu klingen.

Naila drehte sich zu ihm um. »Mir würde ja schon ein Stellungswechsel reichen.«

»Ich dachte, dir gefällt, wie wir Sex haben.« Er legte mehr Enttäuschung in seine Stimme.

»Natürlich ...« Sie sah ihn entschuldigend an. »Ich hatte mich nur auf ein wenig Abwechslung gefreut.«

»War mein Vorschlag zu viel Abwechslung?«

»Ich stehe nicht darauf, es anal zu machen, Hayden. Das weißt du.«

»Vielleicht solltest du es ausprobieren.«

»Nein.« Es klang entschieden. »Aber du könntest mal ausprobieren, dich beim Sex mehr um mich zu kümmern.«

»Tue ich das nicht?« Er merkte, dass er sie mit seiner Reaktion immer wütender machte. »Turnt es dich nicht an, wenn ich es dir von hinten besorge? Hast du die Orgasmen etwa vorgetäuscht?«

Naila warf die Arme in die Luft. »Manchmal wollen Frauen nicht nur bestiegen werden wie Hunde. Manchmal wäre ein wenig Fantasie ganz nett. Warum sehen wir uns nie ins Gesicht, wenn wir Liebe machen?«

Hayden gähnte innerlich. »Wir haben das doch schon ein paarmal ...«

Naila unterbrach ihn: »Ganze vier Mal in zwei Jahren. Woohoo!«

»Genug jetzt!« Er hasste diese Zickerei wegen eines Themas, das dazu da sein sollte, um Spaß zu machen. »Ich hatte einen harten Tag und ich bin müde. Wenn's dir nicht gefallen hat, dann tut's mir leid.«

Sie wirkte, als würde sie gleich in Tränen ausbrechen. Um sie auszubremsen, spazierte er demonstrativ ins angrenzende Bad.

»Ich geh nochmal runter«, rief sie ihm hinterher und er grinste sein eigenes Spiegelbild an. Wenn Sebastian jetzt kein einfaches Spiel hatte, dann wusste er auch nicht.

5

NAILA

Das war nicht ihr Tag! Naila saß am Pool von Haydens Villa und hielt die Füße ins Wasser. Heute war einfach alles schiefgegangen. Erst das Gespräch mit ihrem Bruder, dann das mit ihrem Vater und nun auch noch der missglückte Abend mit Hayden. Ihr war zum Heulen zumute, doch sie riss sich zusammen. Es ärgerte sie, dass sie sich hatte verunsichern lassen und Hayden deshalb Löcher in den Bauch gefragt hatte. Seine Antworten trugen nicht dazu bei, ihr Misstrauen zu beseitigen. Dabei hatte sich nichts geändert. Er war noch immer derselbe Macho, in den sie sich verliebt hatte. Selbst der Sex hatte sich nicht verändert und doch reagierte sie plötzlich so empfindlich. Sie hinterfragte alles, sogar ihre Verlobung. Hilflos stützte sie ihren Kopf in die Hände. Ein Geräusch ließ sie aufhorchen und sie bemerkte gerade noch, wie Keats in den Pool hechtete. Sie fühlte sich schuldig, denn insgeheim hatte sie gehofft, ihn hier zu treffen.

Er tauchte neben ihr auf, strich sich das Wasser aus dem Gesicht und musterte sie. »Ärger im Paradies?«

»Jap«, gab sie zu und biss sich auf die Zunge. Nach dem

Streit mit Hayden war es vermutlich nicht sinnvoll, sich seinem verhassten Bruder anzuvertrauen.

»Wie soll ich dich nennen?«, wollte sie wissen. »Keats oder Sebastian?«

»Keats nennen mich meine Freunde«, erwiderte er, stieß sich vom Beckenrand ab und kraulte zur anderen Seite. Als er wieder zu ihr zurückkam, hielt er inne, als wartete er auf eine Entscheidung von ihr. Naila fixierte das Tattoo, das sich von seiner Brust über seine Schulter bis zu seinem Hals wand. Es war ein Drache, der Feuer spie.

»Ich bin mir nicht sicher, ob wir Freunde sein können.«

»Warum nicht?«

»Weil dein Bruder dich nicht leiden kann.«

»Sagt er das?«

Naila nickte.

»Kannst *du* mich leiden?« Er runzelte fragend die Stirn und Naila ertappte sich dabei, dass sie sich in seinen grünbraunen Augen verlor.

»Ich denke nicht.« Sie musste unwillkürlich lächeln. »Du hast mich nach unserem Quickie einfach sitzengelassen.«

»Richtig.« Er erwiderte ihr Lächeln. »Das lag daran, dass ich dachte, wir beide wollen nur ein bisschen Spaß. Nicht mehr. Aber auch nicht weniger.«

»Du hast recht.« Naila biss sich auf die Unterlippe. »Ich wollte Spaß. Und du bist überhaupt nicht mein Typ.« Es war angenehm, dass sie darüber reden konnten. Das nahm der ganzen Situation die Spannung.

»Ach wirklich?« Er tat, als hätte ihm jemand ins Herz geschossen und ging unter. Naila musste lachen. Es fühlte sich gut an. Nach diesem furchtbaren Tag war es befreiend, mit jemandem zu lachen.

Keats tauchte prustend wieder auf. »Autsch«, sagte er. »So

direkt hat mir das noch niemand gesagt. Ich fühle mich benutzt.«

»Ich hatte das Gefühl, du wurdest gerne benutzt.«

»Das stimmt.« Er sah ihr in die Augen und Naila spürte, dass ihr ganz heiß wurde. Es war nicht richtig, mit Keats zu flirten und doch lenkte es sie auf wohltuende Weise ab.

Sie senkte die Lider und unterbrach den Blickkontakt. »Was tust du, wenn du nicht hier bist?«

»Ich lebe in New York und habe dort eine Galerie.«

»Eine Galerie? Für Kunst?«

»Contemporary Art. Hauptsächlich Fotografien von Künstlern, die mit dem Handy entstanden sind.«

Naila war überrascht. »Ich hätte nie gedacht, dass du Galerist bist.«

»Sondern?«

Sie überlegte. »Rockstar?«

Keats lachte auf. »Wegen der Tattoos? Du bist wirklich eine mit Vorurteilen behaftete Juristin.«

»Schuldig.« Sie grinste. »Fotografierst du selbst?«

»Jede freie Minute, allerdings nicht mit dem Handy, sondern mit einer alten Pentax.«

»Tatsächlich?«

»Willst du Fotos sehen?«

»Klar!«

Er stemmte sich aus dem Pool und Nailas Blick heftete sich auf seine Oberarmmuskeln, bevor sie sich zwang, zur Seite zu sehen. Der Streit mit Hayden hatte sie mehr mitgenommen, als sie gedacht hatte. Sein Unverständnis für ihre Kündigungsidee hatte wehgetan, ebenso wie sein Egoismus beim Sex. Sie drängte die neuerlichen Tränen zurück und blickte Keats hinterher, der sich ein Handtuch überwarf und ins Innere der Villa ging.

Während sie auf ihn wartete, nahmen ihre Schuldgefühle zu. Sie sollte zurück zu Hayden gehen. Es war spät und sie musste morgen zur Arbeit. Doch der Gedanke, sich neben ihren Verlobten zu legen, erschien ihr in der momentanen Verfassung nicht erstrebenswert. Ihr Kopf kam nicht zur Ruhe und sie würde sich nur schlaflos im Bett herumwälzen. Allerdings fürchtete sie sich ein wenig davor, dass Hayden sich auf die Suche nach ihr machte und sie dann hier unten mit Keats fand. Hin- und hergerissen stand sie auf und schlang den Bademantel fester um sich. In diesem Moment kehrte Keats zurück. Er trug ein Tanktop zu einer schlabbrigen Jogginghose, hatte sich eine Mappe unter den Arm geklemmt und balancierte zwei Drinks in den Händen.

»Oh wow!« Naila nahm ihm verunsichert die Gläser ab. »Ich dachte nicht, dass wir jetzt Party machen.«

»Was haben zwei *Old Fashioned* mit einer Party zu tun?« Er setzte sich in die Loungeecke und bettete die Mappe auf den Glastisch. Dann klopfte er neben sich und Naila nahm Platz. Seine Nähe brachte sie völlig aus dem Konzept. Mehr als sie es je vermutet hätte.

Keats schlug die Mappe auf und Naila war sofort fasziniert. »Das sind Bilder von dir?«

»Überrascht?« Er nippte an seinem Drink und sah sie von der Seite an.

»Ich hätte nicht gedacht ...«

»... dass ich so begabt bin?«, vollendete er ihren Satz und brachte sie damit erneut zum Lachen. »Du solltest eigentlich wissen, wie begabt ich bin.«

Seine Worte ließen sie erröten und ohne es zu wollen, dachte sie wieder an ihre Begegnung im Flugzeug zurück. Überdeutlich spürte sie ihre Nacktheit unter dem Bademantel.

»Das hier ist New York. Boston. Miami. Chicago. San Francisco«, fuhr er fort und schien ihre Beklemmung nicht zu bemerken.

Naila konzentrierte sich auf die Fotos. Keats hatte sich auf architektonische Fotografie spezialisiert und spielte geschickt mit Licht und Formen. Seine Schwarzweiß-Bilder gefielen ihr besonders.

»Warum Fotografie?«, wollte sie wissen. »Was fasziniert dich daran?«

»Ich denke, die Tatsache, dass man Momente einfrieren kann. Man kann sie schöner und abstrakter machen, als sie sind. Sie verändern sich nicht mehr und bleiben beständig. Das ist es, was ich daran mag.«

Naila sah ihn nachdenklich an. Sie hätte nicht geglaubt, dass er so tiefgründig sein konnte. »Wo ist das?«, stellte sie die nächste Frage, um sich nicht anmerken zu lassen, dass sie seine Worte berührt hatten.

»Seattle. Das sind die Pacific Science Center Arches.«

»Davon hab ich noch nie gehört.«

»Jeder kennt die Space Needle von Seattle, aber vieles andere ist unbekannt. Ich liebe die Stadt.«

»Regnet es dort nicht sehr oft?«

»Ich liebe Regen.«

Naila schmunzelte. »Ich auch«, gab sie zu und fragte sich, ob sie das Hayden je erzählt hatte. Sie blätterte weiter. »Du reist sehr viel, oder?«

»Ich bin ein unruhiger Mensch. Zu lange an einem Ort zu sein, macht mich nervös.«

»Und du verdienst mit deinen Bildern genug, um dir all diese Reisen zu finanzieren?«

Er schüttelte den Kopf. »Nein, das tue ich nicht.«

»Dann hast du einen Nebenjob?«

»So könnte man's nennen.«

Sie verstand. »Du holst dir das Geld von Hayden. Warum machst du dich so abhängig von ihm, wenn ihr euch nicht leiden könnt?«

»Warum tust du es?«

»Wie bitte?« Empört wich sie von ihm zurück. »Ich bin doch nicht abhängig von ihm.«

»Wenn ich das richtig sehe, tust du, was er dir sagt.«

»Und das wäre?« Sie hielt den Atem an.

Keats sah sie lange an, ohne etwas zu erwidern. Sein bohrender Blick machte Naila ganz verrückt.

»Ich verdiene mein eigenes Geld«, verteidigte sie sich.

»Schon klar.« Er klappte die Mappe zu und hielt ihr sein Glas hin. »Auf die Freiheit!«

Naila stieß zögernd mit ihm an. »Ich konnte deine Trinksprüche noch nie leiden«, murmelte sie. »Auf die Freiheit.«

Er trank und lächelte verschmitzt. »Das letzte Mal haben wir auf den Flug angestoßen und ich weiß, dass du ihn bis heute nicht vergessen hast.«

Naila spürte die Hitze auf ihrem Gesicht und überall auf ihrem Körper. »Warst du nicht überrascht, als du mich wiedergesehen hast?«, wagte sie zu fragen.

»Nein, ich hab vor einem Jahr ein Bild von euch in der Zeitung gesehen. Ihr wart zu Gast auf dem *Chrysalis Butterfly Ball*.«

»Richtig.« Sie erinnerte sich. Das war ihr erster Auftritt in Haydens Welt gewesen und hatte sie schrecklich nervös gemacht. Sie schielte zu Keats hinüber und fragte sich, was er gedacht hatte. War er entsetzt gewesen?

»Ich mochte deine Haare an diesem Abend nicht.«

»Wie bitte?« Sie blinzelte verwirrt.

»Warum glättest du deine Locken?«

»Das können nur Menschen fragen, die selbst keine Locken haben«, lachte sie.

»Das war die Antwort einer Person, die sich für ihre Natürlichkeit schämt. Das ist das Problem in der Welt der Reichen. Man macht etwas aus sich, das man gar nicht ist, um anderen zu gefallen.«

»Das ist nicht nur in der Welt der Reichen so. Du lebst auch kein selbstbestimmtes Leben.«

»*Touché*, Frau Anwältin!«

Naila lehnte sich zurück. »Warum bist du plötzlich so nett?«

»Bin ich das?«

»Heute Morgen warst du recht kühl.«

»Vielleicht war ich doch etwas überrascht, dich im Haus meines Bruders zu sehen. Das musste ich erstmal verarbeiten.«

Seine Ehrlichkeit setzte ihr zu, denn es bedeutete, dass sie ihm nicht gleichgültig war. Verlegen knetete sie ihre Finger. »Darf ich dich was fragen?«

»Das tust du doch schon die ganze Zeit.« Er sah ihr offen ins Gesicht.

»Was bedeuten deine Tattoos?«

Er fuhr über die beiden Schlangen, die sich um seinen linken Unterarm wanden. »Ich mag es, wie unterschiedlich Schlangen gesehen werden. Manche Völker fürchten sie, andere verehren sie wie Götter. In manchen Teilen der Welt verkörpern sie Schlauheit, in anderen Hinterlist. Kein Tier hat eine solche Symbolik wie die Schlange.«

»Und welche Symbolik hat sie für dich?«

»Tut mir leid, wenn ich dich enttäusche, aber ich hatte keinen lebensverändernden Traum oder sowas, bevor ich mir das Tattoo zugelegt habe.«

»Wie kann man sich über etwas, das für die Ewigkeit ist, keine Gedanken machen?«

»Manchmal wollen die Dämonen, dass man sie auslebt.«

Sie musterte ihn. »Und was ist mit dem Drachen?«

»Das ist ein weiterer Dämon.« Er wurde ernst. »Ich habe viele davon.«

»Das tut mir leid.«

»Das muss es nicht. Ich komme damit klar.« Er stützte die Ellbogen locker auf den Knien ab. »Darf ich dich jetzt was fragen?«

»Klar.«

»Warst du sofort in Hayden verliebt, als du ihn gesehen hast?«

Naila runzelte die Stirn. »Das ist eine merkwürdige Frage.«

»Nicht merkwürdiger als deine.«

»Okay.« Sie überlegte. »Nein, das war ich nicht. Es hat etwas gedauert, aber er war … nun ja … hartnäckig.«

»Klingt ganz nach meinem Bruder.«

Naila nickte langsam. »Er weiß, was er will.« Sie zögerte. »Verrätst du mir, wie Haydens Vater war?«

»Warum möchtest du das wissen?«

»Weil ich manchmal glaube, dass er mir etwas verschweigt.«

»Und da hast du dir gedacht, du hörst seinen Bruder aus.«

Sie lächelte peinlich berührt. »So ungefähr. Ich meine, du hast ihn gehasst. Sagtest du zumindest.«

Keats' Gesichtszüge froren ein. »Es gibt kein Wort, um Bren Barrack zu beschreiben. Er war eiskalt, rücksichtslos und ein egoistisches Arschloch.« Es klang, als wollte er noch was hinzufügen, aber er unterließ es.

»Warum hat ihn deine Mutter dann geheiratet?«

In Keats' Augen blitzte etwas auf, das sie nicht deuten

konnte. War es Verachtung? Bedauern? »Jeder Mensch hat seine Gründe, warum er gewisse Dinge tut. Sie hat sich sicher was dabei gedacht, als sie zu ihm gezogen ist.«

»War es keine Liebe?«

»Ich hoffe nicht.«

»Weshalb?«

»Weil es eine sehr kranke Form der Liebe gewesen wäre.«

Naila verstummte. Etwas an Keats' Tonfall ließ sie wieder an die Worte ihres Bruders denken: *Gegen Bren Barrack wurde mehrmals wegen sexuellen Missbrauchs ermittelt. Es hieß, er habe sadistische Neigungen.*

»Hat er euch je wehgetan?«, flüsterte sie.

Keats starrte auf den Pool. »Das sind Dinge, die du mit Hayden besprechen solltest. Nicht mit mir.«

»Okay.« Sie räusperte sich. »Tut mir leid, dass ich gefragt habe.«

»Kein Problem.« Sein Blick verhakte sich mit dem ihren. »Du solltest dir deine Neugierde behalten. Das ist wichtig.« Er sagte es mit einer solchen Intensität, dass Naila das Gefühl bekam, als wollte er ihr damit eigentlich etwas anderes sagen.

Verunsichert nahm sie einen letzten Schluck des Cocktails und hoffte, der Alkohol würde all die Gedanken vertreiben, die durch ihren Kopf schossen. Dann stand sie auf.

»Ich sollte ins Bett gehen«, murmelte sie.

»Klar.« Keats erhob sich ebenfalls. »War schön, mit dir zu quatschen. Auch wenn du mir die meiste Zeit Löcher in den Bauch gefragt hast.«

»Ja, sorry ...« Sie wollte sich nicht verabschieden und er merkte es.

»Ich fahre morgen am späten Nachmittag zur Walt Disney Concert Hall, um dort ein paar Fotos zu machen.«

»Das ist nur fünf Minuten von meinem Büro entfernt«,

entfleuchte es Naila und erkannte an Keats' Lächeln, dass er das bereits gewusst hatte.

»Hast du Lust, nach der Arbeit vorbeizukommen?«, fragte er.

Die Frage schwebte im Raum. Naila kannte die Antwort, die sie ihm geben sollte, und bekam sie doch nicht über die Lippen.

»Überleg's dir, okay?« Er nahm die Mappe an sich. »Gute Nacht.«

»Gute Nacht.« Sie huschte an ihm vorbei, eilte die Treppe in den ersten Stock hinauf und schlich in Haydens Schlafzimmer. Dort war es bereits dunkel. Sie zog den Bademantel aus und glitt neben ihren Verlobten. Ihr Herz klopfte.

»Bist du noch wach?«, wollte sie wissen, erkannte jedoch an Haydens ruhigen Atemzügen, dass er längst schlief. Sie seufzte. Er hatte nach dem Streit nicht einmal auf sie gewartet, um sich mit ihr auszusöhnen. Die Enttäuschung nahm zu und Naila ärgerte sich, dass sie Keats keine Zusage gegeben hatte. Er würde bald ihr Schwager sein. Was machte es da schon, wenn sie Zeit mit ihm verbrachte und ihn ein wenig kennenlernte?

AM NÄCHSTEN TAG saß Naila mittags im *Cherry Pick Café* und wartete auf Jen. Sie hatte kaum geschlafen und sich am Morgen erneut mit Hayden gestritten. Dieses Mal war es darum gegangen, dass er nicht einsehen wollte, dass Intimität für sie nicht nur Sex, sondern auch Nähe bedeutete, und dass sie von ihm erwartete, sich mehr zu öffnen. Er hatte ihre Vorwürfe damit abgetan, dass er nun einmal war wie er war und dass sie sein Verhalten zwei Jahre lang nicht gestört hatte.

Dann hatte er ihr gesagt, dass er an diesem Abend nicht nach Hause kommen würde.

»Ich habe ein geschäftliches Meeting außerhalb der Stadt. Es wird spät, deshalb werde ich über Nacht bleiben.« Er hatte sie auf die Stirn geküsst und war ins Büro gefahren. Naila war noch immer außer sich.

Als sie ihre beste Freundin das Café betreten sah, sprang sie auf und winkte sie zu sich an den Tisch.

»Hey!« Jen umarmte sie, stellte ihre Handtasche auf einen der freien Stühle und setzte sich. »Was ist los, Süße? Du klangst völlig fertig.«

»Das bin ich auch.« Naila holte tief Luft und begann zu erzählen. Sie berichtete ihrer Freundin alles. Jedes Detail ihres gestrigen Tages, ihre Auseinandersetzung mit Hayden und die Unterhaltung, die sie mit Keats geführt hatte.

»Puh!« Jen wirkte völlig überfordert, nachdem Naila fertig war. »Ich weiß gar nicht, was ich sagen soll.«

Naila ließ ihr Zeit, ging zur Theke und bestellte zwei Cappuccino und zwei Eiersalat-Sandwiches.

»Du mochtest Hayden so, wie er war«, gab ihre Freundin zu Bedenken, kaum dass Naila mit dem Tablett an den Tisch zurückkehrte. »Du mochtest seine dominante Art und diese geheimnisvolle Aura, die ihn umgibt.«

»Ich weiß.« Naila faltete eine Serviette auseinander. »Es ist aufregend. Er macht, was er will, und das war okay für mich. Eine Zeitlang.«

»Und jetzt nicht mehr?«

»Was ist, wenn Zak recht hat und er etwas im Schilde führt?«

»Unsinn.« Jen wickelte das Sandwich aus dem Papier und biss hinein. »Warum sollte er das tun? Nur weil sein Vater krumme Geschäfte gemacht hat?«

»Der Apfel und so«, bemerkte Naila. »Vielleicht ist das in seiner Welt einfach so.«

»Manchmal will der Apfel auch ganz weit weg vom Stamm. Hast du Hayden gefragt, ob an der Sache was dran ist?«

»Nein!«

»Warum nicht?«

»Ich weiß nicht.« Naila schüttelte zerstreut den Kopf. »Zak war so überzeugend in seiner Argumentation.«

»Das ist dein Bruder doch immer. Hör auf, dir von ihm so einen Schwachsinn einreden zu lassen.«

»Und warum wollte Hayden dann unbedingt, dass ich mehr Verantwortung im Huang-Fall bekomme? Er war gestern auch nicht begeistert von meiner Idee zu kündigen. Ganz im Gegenteil. Ich habe das Gefühl, als hätte es ihm richtig die Laune verdorben. Vielleicht haben wir uns deshalb gestritten?«

»Ihr habt euch gestritten, weil du endlich mal gesagt hast, was du dir im Bett vorstellst, und das hat deinen Macho gekränkt. Und das mit der Kündigung finde ich übrigens auch eine blöde Idee.«

»Warum?« Naila legte das Sandwich zur Seite und nahm einen Schluck von ihrem Cappuccino.

»Weil du das auch eher hättest haben können. Du hast dich durch dieses bescheuerte Studium gequält, nur um bei deinem Vater einzusteigen. Das hab ich nie verstanden. Aber du wolltest es so. Und jetzt bekommst du endlich deine Chance und rennst davon. Das ist doch gar nicht deine Art.«

»Kommt dir das alles denn gar kein bisschen merkwürdig vor, Jen?«

»Doch, das tut es.« Ihre beste Freundin nickte heftig. »Dein Leben ist gerade ein echt abgefahrener Scheiß!«

»Danke.« Naila grinste. »Das hilft mir wirklich enorm weiter.«

»Gerne.« Jen warf ihr ein Luftküsschen zu und überlegte. »Arbeite dich in diesen Fall ein«, sagte sie dann. »Finde heraus, was dein Dad und dein Bruder vorhaben. Nur so kommst du an die Wahrheit. Und vielleicht klären sich dabei auch einige Fragen aus Haydens Vergangenheit.«

»Keats hat gestern Abend zu mir gesagt, ich soll mir meine Neugierde behalten. Das sei wichtig.«

»Was hat er damit gemeint?«

Naila zuckte die Schultern. »Ich habe keine Ahnung. Dieser Typ ist ein noch größeres Mysterium als sein Bruder.«

»Leuchten deine Augen deshalb, wenn du von ihm sprichst?«

»Tun sie doch gar nicht.« Sie konzentrierte sich wieder auf ihr Sandwich, aber Jen gab nicht auf.

»Wirst du ihn heute Abend treffen?«

»Nein.«

»Das klingt so zögerlich.«

»Ich sollte es nicht tun. Oder?«

»Du willst, dass ich dir dein schlechtes Gewissen nehme.« Jen lachte auf. »Süße, tu, was du für richtig hältst.«

Naila blies sich eine widerspenstige Locke aus dem Gesicht. An diesem Tag hatte sie darauf verzichtet, ihre Haare zu glätten. »Ich würde ihm ja nur bei der Arbeit zuschauen«, bemerkte sie.

»Und dann redest du mit ihm, schaust in seine tollen Augen, bewunderst seine Muskeln und schwups, schon fällst du versehentlich auf ihn und sein Schwanz rutscht in dich rein.«

»Hör auf!« Naila warf die Serviette nach ihrer Freundin. »So blöd bin ich doch nicht.«

»Ach nein?« Jen zerknüllte die Serviette und warf sie zurück. »Du bist verwirrt, Süße. Tu bitte nichts, was deine ganze Situation verschlimmert. Du brauchst jetzt nicht noch mehr Gefühlschaos. Und wenn ich ehrlich sein darf, vertraue ich Hayden, während ich Keats einfach nur merkwürdig finde. Er schnorrt sich durchs Leben und taucht nur dann auf, wenn er Kohle braucht. An Haydens Stelle würde ich ihm den Geldhahn zudrehen.«

»Ja, du hast recht.« Naila seufzte.

»Auch das meinst du wieder nicht ernst.«

»Naja, du warst es doch, die gestern am Telefon die Sex-Frage gestellt hat.«

»Das war Spaß!« Jen grinste. »Ich ärger dich eben gern und ich kann mich noch daran erinnern, wie du wochenlang von nichts anderem als deinem Megaorgasmus im Flugzeug gesprochen hast. Eddie und ich waren erleichtert, dass du endlich mal einen hattest.«

»Freut mich.« Jetzt musste Naila ebenfalls grinsen. »Ich war wirklich enttäuscht, dass Keats mich einfach stehengelassen hat. Mehr als ich je zugegeben habe.«

»Und trotzdem war es nur ein Quickie mit einem Kerl, den du nicht kanntest. Bewerte das nicht über. Es war eine aufregende Abwechslung nach all dem Prüfungsstress und der längst überfällige Ausbruch aus deinem Dasein als brave Tochter.«

»Danke für die Analyse, Frau Marketing-Psychologin.«

»Tja, gelernt ist gelernt.« Jen schlürfte ihren Cappuccino. »Hast du deinen Vater heute schon gesehen?«

»Er war vormittags bei Gericht. Ich wollte mir den Ordner ansehen, den er mir mitgegeben hat, aber ich weiß immer noch nicht, ob ich mir das alles antun soll.«

»Was hast du zu verlieren?«

»Meinen Verstand? Ich hätte Stress bis zu meiner Traumhochzeit und müsste Demütigungen durch meinen Bruder ertragen. Soll ich weitermachen?«

»Das sollte dir doch alles vertraut sein.«

»Ja, richtig, ich bin eine abgebrühte Bitch.« Naila nickte ihrer Freundin amüsiert zu. »Ich bin froh, dass du Zeit hattest, um dir mein ganzes Schlamassel anzuhören.«

»Es tut mir leid, dass gerade alles so kompliziert für dich ist, Süße.« Jen nahm ihre Hand und drückte sie. »Lass dich nicht verunsichern. Du warst so glücklich mit Hayden.«

»Das bin ich noch. Irgendwie.« Es klang nicht überzeugt und Naila schluckte den Kloß in ihrem Hals hinunter. Um sich abzulenken, hielt sie Jen ihren Verlobungsring unter die Nase. »Was sagst du?«

»*Holy moly*!« Jen zerrte Nailas Hand zu sich heran. »Das nenn ich mal einen fetten Klunker. Dieser Ring hat ganz bestimmt den Wert eines Kleinwagens.«

»Ich hab jeden Tag Angst, dass ich ihn verliere.«

»Wetten, dass Hayden ihn versichert hat?«

Naila lachte. »Ganz sicher sogar.« Sie griff nach ihrer Handtasche. »Ich muss los.«

»Warte, ich hol mir ein Uber. Soll ich dich bei der Kanzlei absetzen?«

»Nein, ich laufe.«

»Du läufst?«

»Ich brauche das.«

»Oh Mann, du bist wirklich am Ende, Süße. Das letzte Mal, als du laufen wolltest, hattest du eine wichtige Klausur in den Sand gesetzt.«

»Da siehst du mal.« Naila beugte sich vor und umarmte ihre Freundin. »Lass uns bald mal wieder was zusammen unternehmen.«

»Wir könnten zu viert ausgehen.«

»Klar.« Naila wusste, dass Hayden das nicht gefallen würde. Er war nicht der gesellschaftliche Typ. Sie hatte in der Zeit ihrer Beziehung keinen einzigen seiner Freunde kennengelernt. Genaugenommen wusste sie gar nicht, ob er welche hatte. Er lebte für seine Arbeit, alles andere schien ihm unwichtig zu sein. Die paar Abende, an denen sie mit Eddie und Jen unterwegs gewesen waren, hatten Naila tagelange Überredungskunst im Vorfeld gekostet. »Ich melde mich.«

»Das will ich hoffen.« Jen hauchte ihr rechts und links ein Küsschen neben die Wange. »Ich will Exklusivinformationen, wie es mit Keats weitergeht.«

»Du hast mir gerade erst eine Moralpredigt gehalten! Da wird nichts weitergehen.«

»Ist klar.« Jen verdrehte dramatisch die Augen und hakte sich bei Naila unter. »Lass uns gehen.«

Draußen auf der Straße umarmte Naila ihre Freundin ein letztes Mal, bevor sie die zwei Häuserblocks zurück in ihr Büro lief. Dabei musste sie sich eingestehen, dass Jen recht hatte. Sie wollte Keats treffen. Die Frage war nur: Wollte sie ihn treffen, weil sie hoffte, Hayden dadurch besser kennenzulernen, oder weil sie sich mehr zu ihm hingezogen fühlte, als sie zugeben wollte?

KEATS

Die Sonne spiegelte sich in den gebogenen Metallwänden der Konzerthalle wider und Keats glaubte zu erblinden. Er setzte die Kamera ab und blinzelte die tanzenden Flecken, die vor seinen Augen tanzten, weg. Er musste warten, bis die Sonne tiefer stand, sonst würde er nicht die Effekte erzielen, die er auf seinen Fotos haben wollte. Die Walt Disney Concert Hall war sein architektonisches Lieblingsgebäude in Los Angeles, auch wenn es nicht unumstritten war. Mit seinen gekrümmten Platten aus rostfreiem Stahl wirkte es wie ein Segelschiff und brach mit allen Regeln der Harmonie und Symmetrie. Zu jeder Tageszeit schien es eine andere Farbe zu haben und nachts wurde es in wechselnden Pastelltönen angeleuchtet. Keats war zum ersten Mal in Los Angeles unterwegs, um Architekturfotos zu machen. Er setzte seine Sonnenbrille auf und ließ den Blick unauffällig über den Platz schweifen.

Naila war nirgends zu sehen und er war sich nicht sicher, ob sie noch kommen würde. Er war gestern nicht aggressiv genug vorgegangen. Nicht so, wie er sich im Flugzeug verhalten hatte. Das lag daran, dass er Naila damals nicht gekannt hatte. Zu diesem Zeitpunkt war sie nichts anderes als ein weiterer von Haydens Aufträgen gewesen. Eine blonde Jurastudentin mit einer netten Figur, einem überdurchschnittlich hübschen Gesicht und Haaren, die jedem Jamaikaner Ehre gemacht hätten. Nach ihrem ersten geplanten Zusammentreffen, bei dem sie über seinen Rollkoffer gestürzt war, hatte er sich darauf gefreut, sie zu ficken, zumal er es noch nie im Flugzeug getan hatte. Doch dann war es anders gewesen als gedacht. Sie war anders gewesen als gedacht. Schüchtern und gleichzeitig leidenschaftlich. Er dachte gern an das Erlebnis mit ihr zurück und je länger er Naila anschließend in Haydens Auftrag beobachtet hatte, umso mehr verhaftete sie sich in seinem Kopf. Denn entgegen ihrer Meinung, er hätte sie einfach stehengelassen, hatte er sie nie wirklich aus den Augen verloren, auch wenn er sich inzwischen wünschte, er hätte es getan.

Die letzten Jahre hatte er sie aus der Ferne kennengelernt und nicht alles, was er über sie herausfand, gab er an seinen Bruder weiter. Er wusste, dass sie es mochte, im Regen spazieren zu gehen. Dass sie lieber Champagner als Wein trank, *Passionflix* abonniert hatte und ein Faible für Tulpen besaß. Sie besuchte gerne Museen, war ein Morgenmensch und ging nie ohne einen Becher Kaffee aus dem Haus. Ihr größtes Manko war ihr mangelndes Selbstbewusstsein ihrem Vater gegenüber. Sie tat alles, um ihm zu gefallen. Das war der Punkt gewesen, an dem Hayden und Keats bei ihrem Plan angesetzt hatten.

Dennoch hatte Keats gehofft, Naila würde nicht auf den Charme seines Bruders hereinfallen, als er vor zwei Jahren auf ihrer Bildfläche erschienen war. Aber natürlich hatte Hayden dank seiner Informationen all das verkörpert, was sie sich in ihren Träumen ausgemalt hatte. Bisher hatte sich Keats nie Gedanken um die Frauen gemacht, die er im Auftrag seines Bruders um den Finger gewickelt hatte. Es war ein cooler Job. Er verführte sie, filmte sich dabei und Hayden erpresste sie dann mit den Videos. Auf diese Art hatte sich sein Bruder schon viele Grundstücke unter den Nagel gerissen, an die er ansonsten nicht gekommen wäre. Keats blieb die Figur im Hintergrund. Der schweigende Verführer, den niemand kannte, und der gut dafür bezahlt wurde. Das ermöglichte es ihm, ein Leben abseits von L.A. zu führen. Doch der Deal, bei dem Naila eine Schlüsselfigur war, war größer als alles, was sie bisher durchgezogen hatten. Seit drei Jahren bereiteten sie sich darauf vor und am Ende würde mehr Geld fließen als jemals zuvor. Das reizte Keats. Er wollte absahnen und aussteigen, sobald die Sache über die Bühne war, denn Haydens Geschäfte wurden ihm allmählich zu riskant. Keats kannte nicht jedes Detail, aber er wusste, dass Hayden Kontakte zu den Triaden pflegte. Sie verlangten, dass der Gerichtsprozess der Huang Corporation gegen die Stadt Los Angeles gewonnen wurde. Denn nur auf diesem Grundstück, um das es ging, war es möglich, ein Kasino von der Größenordnung zu errichten, wie Hayden es sich vorstellte. Die Pläne dazu hatte bereits sein Vater, der verrückte Bren Barrack gesponnen, aber er hatte es nicht zu Ende bringen können. Doch Hayden würde es schaffen, dessen war sich Keats sicher.

Sein Bruder war besessen. Das war auch der Grund, warum Keats nicht länger mit ihm zusammenarbeiten wollte, selbst wenn er ihm für immer dankbar dafür sein würde, dass er ihn nicht hängengelassen hatte. Sie waren beide so

verschieden und gleichzeitig verband sie so viel. Die abgrund-
tiefe Abscheu, die sie gegenüber Bren Barrack und dem, was
er ihnen angetan hatte, empfanden, hatte sie zusammenge-
schweißt. Nach dem Tod seiner Mutter war Hayden alles gewesen, was Keats geblieben war. Obwohl sie komplett
unterschiedliche Lebensanschauungen hatten, unterstützten
sie sich. Es war wie eine stumme Übereinkunft, die sie
getroffen hatten und von der sie beide profitierten. Hayden
bekam die Geschäfte, die er wollte, und Keats das Geld, das er
für seine Galerie und seine Reisen benötigte. Wenn Bren
Barrack ihnen eines hinterlassen hatte, dann war es der
gemeinsame Hass, der sie beide antrieb, allerdings in unterschiedliche Richtungen. Keats atmete das zerstörerische
Gefühl weg und wünschte sich, bald wieder aus L.A.
verschwinden zu können. Diese Stadt tat ihm nicht gut. Sie
erinnerte ihn an zu viele Dinge, die er lieber vergessen wollte.

»Hey!« Eine Stimme ließ ihn herumfahren und er blickte
in Nailas große, braune Augen, die ebenso ungewöhnlich
waren wie ihre wilden, blonden Haare.

»Hey, ich dachte nicht, dass du kommst.« Er versuchte, sich
seine Verwunderung nicht anmerken zu lassen. Sie trug an
diesem Tag ein schwarzes Kostüm und beigefarbene High
Heels mit dazu passender Tasche, wirkte jedoch nicht so
zurechtgemacht wie sonst.

»Komme ich ungelegen?« Naila fuhr sich durch die
Locken, die sich daraufhin nur noch ungebändigter um ihren
Kopf bauschten. Er wusste sofort, dass sie so aussah, um ihm
zu gefallen.

»Du störst nicht. Ich habe noch gar nicht angefangen zu
arbeiten. Die Sonne blendet zu stark.«

Sie lächelte und deutete auf das Gebäude. »Viele Leute, die

ich kenne, mögen den Bau nicht besonders. Warum tust du es?«

»Oh, sind wir schon wieder bei der Fragestunde?« Er grinste. »Man nennt diesen Stil Dekonstruktivismus. Ich stehe drauf.«

»Für mich sieht es nach Chaos aus.«

»Das ist es gewissermaßen. Den Dekonstruktivismus erkennt man an den collagenartigen Konstruktionsprinzipien, die keinem strengen Charakter folgen. Dabei werden auseinanderstrebende Bauelemente verknüpft, die ein Ineinanderfließen der Räume realisieren sollen.«

Naila sah ihn an, als würde er chinesisch reden, und er rieb sich den Nacken. »Das klingt etwas abgedreht, oder?«

»Ich wusste nicht, dass du dich damit so gut auskennst.«

»Ich habe viele Talente.«

Der Satz brachte sie durcheinander. Sie hielt ihre Handtasche wie ein Schutzschild vor sich und errötete. »Ich weiß, dass es wegen der Konzerthalle viele Klagen gab. Die Sonne spiegelt sich so stark in der Oberfläche, dass es die vorbeifahrenden Autofahrer blendet. Das führte vermehrt zu Unfällen. Außerdem erhöht die Sonneneinstrahlung die Temperatur in den Wohnungen gegenüber. Es mussten verdunkelte Scheiben eingebaut werden.«

Keats lachte. »Das war mir neu.«

Naila wirkte, als würde sie sich darüber freuen, ihn überrascht zu haben. »Du hast so viele tolle Fotos in deiner Mappe, aber von Los Angeles waren keine dabei«, bemerkte sie.

»Ich schieße hier so gut wie nie Fotos«, gab er zu. »Ich bin jedes Mal froh, wenn ich wieder abhauen kann.«

»Ich hätte da eine Idee.« Es klang schüchtern und er nickte ihr aufmunternd zu. »Kennst du das Bradbury Building?«, wollte sie wissen.

»Klar.«

»Hast du es schon mal fotografiert?«

»Nein.«

»Würdest du gerne?« Sie trat verlegen von einem Fuß auf den anderen. »Es sind nur zehn Minuten von hier und ich bin mir sicher, du wirst das Licht lieben.«

»In Ordnung.« Er zückte seine Kamera. »Gib mir hier noch eine Viertelstunde. Ich will ein paar Einstellungen testen.«

Sie nickte und trat zurück, während Keats seiner Arbeit nachging. Er war erleichtert, sich nicht mehr mit ihr unterhalten zu müssen. Tief in seinem Inneren hatte er gehofft, dass sie nicht kommen würde. Er wollte sie kein weiteres Mal auf Befehl seines Bruders ficken. Sollte Hayden doch selbst sehen, wie er mit ihr fertig wurde.

»Wir sollten jetzt gehen.« Ehe er sich's versah, stand sie wieder neben ihm und er zwang sich, nicht in ihr Gesicht zu sehen. »Bei Sonnenuntergang müssen wir im Bradbury sein.«

»Müssen wir das?« Entgegen seiner Vorsicht blickte er ihr doch in die Augen. »Du bist strenger als ein Feldwebel.«

»Vertrau mir.« Sie ging voraus und er folgte ihr genervt. Für gewöhnlich ließ er sich nicht vorschreiben, was er zu fotografieren hatte.

»Wie war dein Tag?«, begann er ein ungezwungenes Gespräch, während sie nebeneinander herliefen.

»Ganz okay. Ich versuche gerade, eine Entscheidung bezüglich meines Jobs zu treffen.«

»Und wie läuft's?«

»Schleppend. Eigentlich würde ich gerne die Kanzlei meines Vaters verlassen.«

»Was hindert dich daran?«

»Gute Frage.« Sie schob sich eine Haarsträhne hinters Ohr.

»Vermutlich die Tatsache, dass mir dann alle vorwerfen, ich würde aufgeben.«

»Tust du es?«

»Ich weiß es nicht. Es gibt ständig diese Spannungen zwischen mir, meinem Vater und meinem Bruder. Ich bin nie gut genug für sie. Andererseits wollen sie mir jetzt mehr Verantwortung an einem Fall übertragen, der mich durchaus interessiert.«

»Wenn es dich interessiert, solltest du es tun.«

»Denkst du wirklich?«

»Warum bist du sonst Anwältin geworden?«

»Das frage ich mich manchmal auch.« Sie lachte und sein Blick heftete sich auf die Fältchen, die sich dabei neben ihrer Nase bildeten. Es war niedlich.

»Du wirst das gut machen. Davon bin ich überzeugt.«

»Danke dir.« Sie wirkte geschmeichelt und sah ihn von der Seite an. »Gibt Hayden dir das Geld eigentlich einfach so oder arbeitest du für ihn?«

»Ich wusste, du würdest nochmal darauf zurückkommen.«

»Ach ja?«

»Du meinst es ernst mit deiner Neugierde.« Er konnte nicht verhindern, dass er deshalb stolz auf sie war. »Und ja, ich erledige ein paar Dinge für Hayden.«

»Was denn?«

Er schmunzelte. »Kleine Nebenjobs. All das, wofür sich Hayden zu fein ist.«

Sie nagte an ihrer Unterlippe, als wenn ihr noch tausend andere Fragen auf der Seele brannten. »Hast du eigentlich nichts geerbt?«, brach es schließlich aus ihr heraus. Sie war gut. Sie dachte nach.

»Unsere Eltern waren nicht verheiratet und ich war nicht

adoptiert. Damit steht mir von Haydens Erbe kein einziger Cent zu.«

»Nicht verheiratet?« Naila hob den Kopf. »Aber du sagtest ...«

»... dass wir bei Haydens Vater eingezogen sind und bei ihm lebten.«

»Er hat deine Mutter niemals geheiratet?«

»Nope.«

»Aber ...« Naila verstummte, ohne ihren Satz zu Ende zu bringen.

»Ich könnte dir jetzt erklären, dass man auch ohne Trauschein miteinander glücklich werden kann, doch dazu wäre die Beziehung meiner Mutter mit Bren Barrack nicht das richtige Beispiel.«

»Wie haben die beiden sich überhaupt kennengelernt?«

Keats zuckte die Schultern. »Durch Zufall.« Das war eine Lüge, aber er würde den Teufel tun und den Beruf seiner Mutter sowie ihre sexuellen Neigungen zur Sprache zu bringen. Das, was sie für ihr Arrangement bekommen hatte, waren keine harmlosen BDSM-Spielchen gewesen, sondern Misshandlungen, die weit über das hinausgingen, was sie sich vermutlich je vorgestellt hatte.

»Wie alt warst du, als ihr bei Bren Barrack eingezogen seid?«

»Zwölf.«

»Und wann bist du ausgezogen?«

»Als das Haus niederbrannte.«

»Du warst dabei?«

»Nein, ich war am Strand.« Er hatte nicht gedacht, dass sie tatsächlich all diese Fragen stellen würde, aber was hatte er von einer Anwältin anderes erwartet? Doch jetzt musste er sie ausbremsen, denn er hatte absolut keine Lust, über den Tod seiner Mutter zu sprechen. »Mir gefallen deine Haare heute«, bemerkte er deshalb.

»Danke.« Sie fasste sich automatisch in die Locken. »Meine Mama hat dieselben Haare. Wir sind sozusagen Haarzwillinge. Nur sind ihre dunkel.«

»Woher stammt der Name Naila?«

»Ursprünglich aus dem Arabischen. Meine Urgroßeltern sind aus der Türkei in die USA eingewandert. Ich habe keine besondere Verbindung mehr dorthin, aber meine Mama fand den Namen hübsch. Er bedeutet ›die Erfolgreiche‹.« Sie lächelte verkrampft. »Mein Vater hielt das wohl für ein Zeichen.«

»Du solltest damit aufhören, dich ständig so klein zu machen. Du wirst nie wie dein Vater sein. Oder dein Bruder. Du kannst nur du selbst sein. Mit allen Fehlern, die dazugehören. Und manchmal sind Fehler genau das, was einen stärker macht als andere.«

Erstaunt sah sie ihn an. »Das hat mir noch nie jemand gesagt.«

»Dann wurde es mal Zeit.«

»Du kannst richtig nett sein.«

»Dass du je daran gezweifelt hast.« Er erwiderte ihr Lächeln und spürte, wie sie langsam Wachs in seinen Händen wurde. Obwohl er genau das erreichen wollte, ärgerte es ihn.

Naila blieb stehen. »Wir sind da.« Sie unterbrach ihren Blickkontakt und Keats hob den Kopf. Sie standen vor jenem rechteckigen Gebäude aus rotem Backstein, das er in Erinnerung hatte. Äußerlich konnte er dem Bauwerk nichts abgewinnen.

»Du magst es nicht«, bemerkte Naila prompt und Keats war erstaunt, dass sie seine Gedanken erraten hatte.

»Es ist alt. Mehr nicht. Es hat nichts, was mein Auge als Künstler reizt.«

»Es ist das älteste Gebäude in der Innenstadt von Los Angeles. Es hat alle Erdbeben überlebt. Und Lewis Bradbury, der Erbauer, hat den klassischen amerikanischen Traum gelebt. Vom Goldgräber zum Millionär. Ich dachte, das beeindruckt dich.«

»Nicht wirklich.« Keats bemerkte ihren enttäuschten Gesichtsausdruck und riss sich zusammen. »Aber danke, dass du es mir gezeigt hast.«

»Wir sind noch nicht fertig.« Naila hakte sich bei ihm unter und gemeinsam querten sie die Straße. »Ich wollte eigentlich, dass du es von innen siehst.«

Keats spannte sich an. Er verlor schon wieder die Kontrolle und das passte ihm nicht.

»Ich dachte, man braucht eine Führung, um ins Innere zu gelangen.«

»Das oder einen Bekannten, der einen reinlässt.« Naila führte ihn zum Seiteneingang und klopfte dreimal. Es dauerte ein wenig, bis jemand die schwere Eisentür von innen aufstieß. Keats erkannte einen mexikanisch aussehenden Mann, der ihnen freundlich zulächelte.

»Hallo José!« Naila ergriff seine Hand und schüttelte sie. »Danke für deine Hilfe.«

»*No hay problema!*« Er bat sie herein. »Die geführten Gruppen sind schon weg. Ihr habt das Gebäude für euch.« Er zwinkerte Naila zu, bevor er im Gang links von ihnen verschwand.

»Wer war das?« Keats sah sie fragend an.

»José ist Hausmeister in einigen Gebäuden hier. Unter anderem in dem, in dem sich mein Büro befindet.«

»Du kennst also den Namen des Hausmeisters deines

Bürogebäudes, aber nicht den Namen von Haydens Haushälterin?«

»Was hast du mit dieser Haushälterin?« Naila hob eine Augenbraue. »Läuft da was zwischen euch?«

»Geht dich das was an?« Ihre Blicke verhakten sich für mehrere Sekunden und Keats spürte die Spannung, die zwischen ihnen entstand.

Naila durchbrach sie, indem sie sich abwandte und den Gang hinunterging, den José genommen hatte. Sie öffnete die Tür am Ende und Keats blieb staunend stehen. Er setzte seine Sonnenbrille ab, um besser sehen zu können. Das Treppenhaus des Bradbury Building war einfach atemberaubend! Direkt über ihnen wölbte sich eine Glaskuppel und darunter erstreckte sich ein Treppenlabyrinth. Ziegel und geschwärzter Stahl waren die Hauptelemente, die einem sofort ins Auge sprangen. Kunstvolle Geländer und Stuckverzierungen untermalten den Vintage-Stil. Keats drehte sich im Kreis, um sämtliche Eindrücke in sich aufzusaugen. Die Abendsonne entsandte ihre letzten Strahlen durch die Glaskuppel in das Gebäude und zauberte Lichtreflexe an die Wände.

»Wahnsinn!« Keats holte die Kamera aus seiner Schultertasche und fing an zu fotografieren. Wie immer, wenn er sich in den Motiven verlor, nahm er kaum wahr, was um ihn herum geschah. Er irrte durch das Gebäude, erklomm Stufen, legte sich auf den Boden, um durch verschnörkelte Gitterstäbe zu fotografieren und lichtete Naila ab, die versonnen auf dem untersten Treppenabsatz saß und sich die Sonne ins Gesicht scheinen ließ. Keats war nicht zu bremsen. Er schoss Foto um Foto. Manches mutete surreal an, anderes wie ein Gemälde aus dem frühen Industriezeitalter. Erst, als die Sonne verschwand und sich das Treppenhaus verdunkelte, hielt er inne und zog sein Handy aus der Hosentasche. Er aktivierte die Videofunktion und brachte es in Position. Dann ging er zurück zu Naila.

»Das war unglaublich.« Er schenkte ihr ein strahlendes Lächeln. »Woher wusstest du, dass es mir gefallen wird?«

»Vielleicht kenne ich dich ja ein bisschen.«

»Ich denke nicht, dass du das tust.« Er hielt inne. Die Art, wie sie ihn ansah, signalisierte ihm, dass sein Bruder tatsächlich für die Art von Frust gesorgt hatte, die ihre Bedürfnisse weckte. Er dachte an seinen Auftrag und zwang sich, auf ihr Spiel einzugehen, von dem sie noch gar nicht wusste, dass sie es spielte.

»Was tun wir jetzt?«, fragte er heiser. »Wir beide in diesem Gebäude. An diesem Abend. Völlig allein.«

Sie biss sich verlegen auf die Unterlippe und er trat näher an sie heran. »Was ist?«, fragte er leise. »Denkst du manchmal an das, was wir im Flugzeug getan haben?« Ihr Schweigen war ihm Antwort genug und er trat noch einen Schritt nach vorne. »Ich habe es nie vergessen.«

Sie blickte zu ihm auf und es war, als wenn sich die entstandene Spannung entlud und es funkte. Er sah, wie sie zusammenzuckte, und griff nach ihrem Gesicht. Ihre Lippen prallten ungestüm auf die seinen und er spürte, wie sie sich gegen ihn drängte. Sofort überließ er sich dem Feuer, das auf ihn übergriff. Seine Zunge rollte um die ihre, gab ihr zu verstehen, dass er mehr wollte. So viel mehr. All das, was sein Bruder ihm aufgetragen hatte und was sie nie erfahren durfte. Doch er wollte es nicht für Hayden tun, sondern für sich. Es war ihm ein Bedürfnis, ihr zu zeigen, dass Sex etwas anderes war, als das, was sein dämlicher Bruder darunter verstand.

Seine Hände wanderten über ihren Körper, verhedderten sich mit den ihren, die unter sein T-Shirt fuhren. Sie war ebenso wild auf ihn wie er auf sie. Ihr Atem war heftig und er sank auf die Knie und schob ihr Kleid nach oben. Sofort krallten sich ihre Finger in seine Haare. Er rückte ihr Höschen zur Seite, küsste ihre Schamlippen, bevor er sie mit seiner Zunge zerteilte und in ihre Feuchte eintauchte. Nailas Stöhnen hallte von den Wänden des leeren Gebäudes wider, während Keats ihre Klitoris mit kreisenden Auf- und Abwärtsbewegungen stimulierte. Er spürte, wie Nailas Knie nachgaben, und stützte ihren Po mit seinen Händen. Dabei führte er zwei Finger in ihre Vagina ein, um sie zusätzlich anzuheizen. Ihre gedämpften Schreie stachelten ihn an, trieben ihn vorwärts. Er erspürte den Rhythmus, den sie brauchte, und gab ihr, wonach sie verlangte. Ihre Hände dirigierten seinen Kopf und als sie kam, zitterten ihre Oberschenkel. Beruhigend streichelte er sie und richtete sich auf, hielt sie, während sie mit geweiteten Pupillen zu ihm aufblickte.

Diese Frau machte ihn wahnsinnig! Er wollte mit ihr nach Hause fahren, um es die ganze Nacht in der Villa seines Bruders zu treiben. Wieder und wieder. Er wollte sie in seinen Armen halten, wo er ihr all die Dinge zuflüstern konnte, die ihm durch den Kopf schossen. Wo nur sie beide waren, um in jener Gier zu versinken, die einen aus der Realität riss. Aber er musste sich zusammenreißen. Seine eigenen Bedürfnisse zu befriedigen war nicht Bestandteil des verdammten Plans!

Naila spürte sein Zögern und schlug sich die Hand vor den Mund. »Oh Gott«, wisperte sie. »Das hätte nicht passieren dürfen.«

»Ist okay.« Er nahm ihre Hand fort, küsste sie, zwang sich weiterzumachen, um das Versprechen, das er seinem Bruder gegeben hatte, einzulösen. Es war es nur noch dieser eine Deal und er wäre frei.

»Nein!« Naila stemmte halbherzig ihre Hände gegen seine Brust. »Hör auf, Keats!«

Er tat es, sein heftiger Atem vermischte sich mit dem ihren. Für einige Herzschläge verharrten sie voreinander und er spürte ihre Zerrissenheit. Vorsichtig fuhren seine Finger ihren Rücken entlang, erfühlten den noch immer hochgezogenen Rand des Rockes und glitten zwischen ihren Pobacken tiefer hinab. Naila kapitulierte. Sie schloss die Augen und legte den Kopf in den Nacken. So gab sie ihm zu verstehen, dass er weitermachen durfte. Doch er konnte es nicht. Zum ersten Mal konnte er es nicht. Seine Finger zogen sich zurück und er strich ihr einige Locken aus dem Gesicht.

Naila öffnete ihre Augen wieder und Keats zwang sich zur Ruhe.

»Du bist schön«, flüsterte er, wohl wissend, dass er sie mit seinen Worten wieder ins Jetzt zurückholen würde, wo sie das schlechte Gewissen übermannte.

Es kam genauso, wie er gedacht hatte. Naila zerrte ihren Rock nach unten, ihre Wimpern flatterten.

»Ist okay«, beruhigte er sie.

»Hayden ...«

»... wird es nicht erfahren.« Keats küsste sie auf die Stirn, atmete das letzte Mal ihren Geruch ein.

»Es tut mir so leid«, stammelte sie.

»Ich denke nicht, dass wir etwas getan haben, das uns leidtun müsste.«

»Aber ich bin verlobt ...« Wie vorherzusehen war, holte ihr Leichtsinn sie ein und hektische Flecken bildeten sich auf ihrem Hals.

»Vergessen wir's einfach.« Es wunderte ihn selbst, wie ruhig er das aussprechen konnte, obwohl Vergessen das Letzte war, was ihm gelingen würde.

»Wir sollen es vergessen?«

»Ist es nicht das, was du willst?«

»Ich ... keine Ahnung ... ich meine ...«

Bewusst lässig stieß er sich von der Wand ab und drehte sich um. Er konnte ihren gequälten Gesichtsausdruck nicht länger ertragen.

Sie stellte sich neben ihn an das Geländer, krampfte ihre Hände um den Treppenlauf. Ihr Verlobungsring blitzte im letzten Licht des Tages auf.

»Ich habe Hunger«, sagte Keats in neutralem Tonfall. »Gibt es hier irgendwo ein Restaurant?«

»Den Grand Central Market«, murmelte Naila und vermied es, ihn anzusehen. »Wir können uns dort was holen.«

»Cool, lass uns gehen.« Er wusste, er gab zu schnell auf. Das war das genaue Gegenteil von dem, was er an diesem Abend tun sollte, aber zum Teufel, sollte Hayden doch zur Hölle fahren! Nailas schlechtes Gewissen war bereits durch seine harmlosen Zungenspiele ausgelöst worden. Sie schien seinen Bruder mehr zu mögen, als er angenommen hatte.

Schweigend gingen sie zum Ausgang und Keats sammelte unauffällig sein Handy ein, bevor sie das Gebäude verließen. »Dort drüben.« Naila deutete auf die andere Straßenseite.

Er gab den Weg vor und sie folgte ihm in gebührendem Sicherheitsabstand. Das war auch gut so. Er war Gift für sie. Je eher sie das einsah, umso besser.

»Was möchtest du essen?« Er wartete kurz, bis sich die automatischen Türen geöffnet hatten, und trat ein. Der Grand Central Market war eine riesige Fresshalle im Industriestil. Hier gab es alles, was man sich nur vorstellen konnte. Sie passierten Stände mit exotischem Obst, frischem Fisch und Pasta.

»Currywurst.« Naila blieb stehen und deutete mit dem Kinn nach links.

»Currywurst?« Keats folgte ihrem Blick. »Ich dachte, du stehst auf Kaviar.«

»Hayden steht auf Kaviar und da er meistens bestimmt, was wir essen, tue ich, als ob er mir schmeckt.«

Keats schüttelte den Kopf und hielt auf den Stand zu, der original Berliner Currywurst versprach. »Zweimal«, bestellte er und drehte sich zu Naila um.

»Warum tust du alles, was mein Bruder von dir verlangt?«, wollte er wissen.

»Ich mag ihn. Das ist eben so, wenn man in einer Beziehung ist. Man tut Dinge füreinander.«

»Du meinst, man versklavt sich, um den anderen glücklich zu machen?«

Sie warf ihm einen giftigen Blick zu. »Du verstehst das nicht!«

»Richtig.« Er verschränkte die Arme vor der Brust und wartete auf die Bestellung.

»Warum wolltest du, dass ich dich heute Abend begleite? Wolltest du Hayden damit ärgern?«

Er war überrascht, dass ihr schlechtes Gewissen sich auf einmal in Wut auf ihn wandelte. Kühl sah er ihr ins Gesicht. »Selbst wenn es so wäre ...« Er beugte sich vor. »Warum bist du gekommen, wenn du es geahnt hast? Oder war das genau dein Plan, mich in dem leeren Bradbury Gebäude zu verführen?«

Sie lief dunkelrot an und er grinste hinterhältig, bevor er die zwei Pappteller entgegennahm, die ihm über die Theke gereicht wurden. Er kramte einige Dollarnoten aus der Hosentasche, bezahlte und gab Naila ihre Currywurst. »Guten Appetit«, wünschte er ihr und beobachtete, wie sie aß, ohne ihn weiter zu beachten.

Nach zehn Minuten warf sie ihren Pappteller in den Mülleimer. »Ich fahre nach Hause«, sagte sie.

»Soll ich dich mitnehmen?« Er sah, dass sie heftig den Kopf schüttelte.

»Ich fahre in mein Appartement. Haydens Villa gehört dir. Viel Spaß mit Sora.« Sie rauschte ab und er folgte ihr nicht.

»Fuck!« Kaum war sie außer Sichtweite, trat er gegen den Mülleimer und ignorierte die neugierigen Blicke der Umstehenden. Er hatte es gründlich versaut und obwohl er genau das gewollt hatte, tat es ihm überraschenderweise leid.

HAYDEN

*R*ötliches Licht fiel durch die Fensterscheiben und ließ das Haus, das auf einer Anhöhe außerhalb von Ventura lag, wie ein außerirdisches Flugobjekt wirken. Hayden lenkte den Cayenne die kurvenreiche Straße bergauf und spürte die Anspannung, die ihn überfiel, und unter die sich sexuelle Erregung mischte. Er war schon länger nicht mehr hergefahren, doch Lee Shin wollte ihn sehen und Hayden war froh über die Abwechslung. Sein Spiel mit Naila war amüsant, aber auf Dauer auch anstrengend, und er hoffte, dass sich all seine Mühe am Ende lohnte.

Am Sicherheitszaun angekommen gab er über die Sprechanlage das Codewort durch und wartete, bis das automatische Tor zur Seite gefahren wurde. Er fuhr auf das Grundstück, parkte vor dem Haus und übergab die Autoschlüssel nach dem Aussteigen einem Bediensteten, der den Cayenne in eine unterirdische Garage fuhr, deren Einfahrt in der Dunkelheit kaum zu erkennen war. Hayden zupfte seine Manschetten in Form und ging zum Eingang, der von zwei goldenen Drachen flankiert wurde. Er wartete einen kurzen Moment, bevor eine Frau, die wie eine Geisha geschminkt und gekleidet war, die Tür öffnete und ihn wortlos hineinbat.

Hayden verharrte im gedämpft beleuchteten Flur. Sein Blick huschte über die bunten Teppiche, brusthohen Vasen und die gerahmten Werke chinesischer Seidenmalerei, die an den Wänden hingen. Zwei Bodyguards erschienen und bauten sich seitlich vom Flur auf. Einer davon öffnete die Tür am Ende des Gangs. Hayden folgte der unausgesprochenen Aufforderung und betrat das Zimmer, das immer noch so überladen mit Jadefiguren und goldverzierten Statuen war, wie er es in Erinnerung hatte.

»Hayden.« Lee Shin trat hinter seinem wuchtigen Schreibtisch aus Ebenholz hervor. »Es freut mich, dich zu sehen.«

»Mich ebenfalls.« Hayden beugte den Oberkörper nach vorne, um seinem Gegenüber Ehre zu erweisen. »Wie laufen die Geschäfte?«

»Ich kann nicht klagen.« Lee Shin war kleinwüchsig, trug Koteletten, die selbst Elvis vor Neid hätten erblassen lassen sowie eine Brille mit getönten Gläsern. Sein Anzug saß perfekt und war bestimmt teuer gewesen, auch wenn Hayden der schimmernde Stoff nicht gefiel.

Lee Shin bot ihm einen Platz auf der schwarzen Ledercouch an, die gegenüber des Schreibtisches stand. Auf dem niedrigen Tisch davor wartete bereits ein Tablett mit zwei Gläsern und einem goldenen Krug mit Reiswein. Hayden setzte sich und Lee Shin schenkte ein und reichte ihm ein Glas, bevor er ebenfalls Platz nahm. Sie prosteten einander zu, tranken und lehnten sich zurück.

»Wie ist der Stand der Dinge?« Der Chinese kam wie immer schnell zur Sache. Er war der Vertreter des Drachens in dieser Gegend, jenes namen- und gesichtslosen Anführers der Black Shadows, mit denen bereits Haydens Vater Geschäfte gemacht hatte.

»Ich bin zufrieden.«

»Der Gerichtsfall?«

»Wird zu unseren Gunsten entschieden werden.«

»Bist du dir sicher?«

»Ganz sicher.« Hayden verzog keine Miene, denn Unsicherheit war bei den Triaden verpönt. Selbst wenn er manchmal nicht wusste, ob sein Plan aufgehen würde, hieß es, das Gesicht zu wahren. »Das Mädchen bekommt mehr Verantwortung in dem Fall.«

»Das ist gut.« Lee Shin nickte. »Und du hast genug Material, um sie zu denunzieren?«

»Ich werde dafür sorgen, dass ihre Reputation und damit die der gesamten Kanzlei in Frage gestellt wird. Das ist ein gefundenes Fressen für eure Anwälte.«

»Wir warten nur darauf.«

Hayden lächelte verhalten. »Ich werde euch das gesamte Material zu gegebener Zeit zukommen lassen.«

»Zu gegebener Zeit? Wann wird das sein?«

»Wir müssen noch etwas abwarten. Sie muss erst einmal vor Gericht auftreten. Der Richter muss sie kennenlernen. Das steigert die Wirkung erheblich.«

Lee Shin runzelte die Stirn. »Es dauert schon zu lange.«

Beruhigend hob Hayden die Hände. »Ich bereite das alles seit drei Jahren vor. Der Fall wird erst in etwa einem halben Jahr entschieden und je später der große Knall kommt umso besser. Dann bleibt die Erinnerung im Kopf des Richters frisch.«

»Hm.« Der Chinese zog die Nase hoch. »Du weißt, was

passiert, wenn du versuchst, uns zu verarschen? Wir wissen, dass du sie heiraten willst.«

Hayden war überrascht, ließ es sich jedoch nicht anmerken. Es war gerade einmal ein paar Tage her, dass sie aus Hawaii zurückgekehrt waren. Woher wussten die Triaden bereits davon?

»Ich musste diesen Schritt tun, um mehr Einfluss zu bekommen«, erklärte Hayden. »John McDermott ist ein Mistkerl, aber in seinem tiefsten Inneren liebt er Naila. Daran musste ich ihn erinnern. Und wie geht das besser, als wenn man einem Vater seine Tochter nimmt?«

»Du bist klug.« Lee Shin legte die Fingerspitzen aneinander. »Aber bist du auch klug genug?«

»Ich habe eure Ärsche gerettet«, gab Hayden zu Bedenken. »Mein Vater konnte es nicht mehr.«

»Und die Triaden waren dir dafür sehr dankbar. Das Geld, das du bekommen hast, sollte Lob genug sein. Aber dieses Projekt ist von solchem Ausmaß, dass ich mich frage, ob du dafür nicht eine Nummer zu klein bist.«

»Ihr werdet dieses Grundstück behalten und mit dem Kasino mehr Geld waschen, als ihr jemals verdienen werdet.«

»Manchmal bist du zu arrogant.«

»Und deshalb bin ich euer Geschäftspartner. Mein Vater hat ein paar Faktoren nicht berücksichtigt und hat damit sein ganzes Unternehmen gefährdet. Hätte das FBI ihn hochgenommen, wärt ihr ebenfalls aufgeflogen.«

»Zum Glück starb er rechtzeitig.«

»Ein Segen für uns alle.« Hayden und der Chinese sahen einander in die Augen. Keiner senkte den Blick.

»Ich habe Bedenken wegen des Mädchens. Sie ist Anwältin.«

»Und ich bin ihr Verlobter. Das Gesicht eines Menschen erkennst du bei Licht, seinen Charakter im Dunkeln.«

»Konfuzius.« Lee Shin lächelte. »Dann hoffe ich, dass sie nie deine dunkle Seite erkennt.«

»Das wird sie nicht.«

»In Ordnung. Ich vertraue dir, Hayden. Bisher hast du uns nicht enttäuscht.« Der Chinese stand auf und Hayden erhob sich ebenfalls. Für manche mochte dieses Gespräch merkwürdig klingen, weil mehr zwischen den Zeilen geredet wurde als durch Worte, aber Hayden kannte die Art der Triaden schon sein ganzes Leben lang. Dafür hatte sein Vater gesorgt. Das war sein wahres Erbe, das er sich nicht kaputtmachen lassen würde. Bald würde er erfolgreicher als Bren Barrack sein. Der Gedanke daran ließ ihm das Blut durch die Adern schießen.

»Kommen wir zum angenehmen Teil des Abends. Sieh dir unsere neue Ware an, die über deine Lagerräume geschleust wurde.« Lee Shin entließ ihn mit einer einladenden Handbewegung und Hayden zog ab. Er kannte den Weg. Selbstbewusst passierte er die beiden Bodyguards und klopfte an eine goldbeschlagene Tür neben dem Eingang. Die Geisha, die ihn vorher eingelassen hatte, öffnete ihm auch jetzt. Sie verbeugte sich tief und Hayden trat ein. Er atmete den Geruch der Unterwelt ein. Es roch nach Opium und nach den Sünden, denen man in den Hinterzimmern frönen konnte.

»Zimmer fünf. Wollen Sie vorher noch etwas rauchen?« Die Geisha deutete auf die Diwane, die sich locker im Raum verteilten. Hier herrschte ein Flair wie in den Opiumhöhlen des 19. Jahrhunderts. Die Atmosphäre war düster und die weiteren Zimmer, die einzig durch Vorhänge abgetrennt waren, untermalten das verruchte Flair. An der Decke hingen rote Lampions, die ihr spärliches Licht auf die langen Opiumpfeifen warfen, die neben den Diwanen auf Kundschaft warteten. Hayden lauschte den Geräuschen, die durch die Vorhänge zu ihm drangen. Schmerz- und Lustlaute vermischten sich miteinander. Er wurde hart.

»Ich möchte gleich in Zimmer fünf«, sagte er.

»Wie Sie wünschen.« Die Geisha ging voraus und zog den schweren Samtvorhang zur Seite.

»Danke.« Hayden befreite sich von seiner Krawatte und wartete, bis der Vorhang hinter ihm zufiel. Dann schritt er durch den Raum, um zu begutachten, was Lee Shin für ihn vorbereitet hatte.

Drei junge asiatische Frauen waren kunstvoll gefesselt und geknebelt worden. Alle trugen Augenbinden und hingen nackt in verschiedenen Positionen von der Decke. Hayden hörte an ihrer Atmung, dass sie dabei Schmerzen hatten. Das war perfekt. Endlich mal kein Blümchensex, sondern etwas, bei dem es kein ›Nein‹ und nicht einmal Codewörter gab. Nur ihn und alles, was ihm gefiel.

Er ging zu einem der Mädchen und schob ihr drei Finger in die Vagina. Sie zuckte zusammen. »Wehr dich nicht«, sagte er. Das hatte er auch zu Naila gesagt, doch ihre Gegenwehr hatte er hinnehmen müssen. Hier dagegen war er frei. Er konnte tun und lassen, was er wollte. Die Mädchen waren ihm ausgeliefert und das törnte ihn an. Er war nicht stolz darauf, die gleichen Triebe zu besitzen wie sein Vater, aber im Gegensatz zu Bren Barrack kannte er Grenzen. Er brachte niemanden halb um und missbrauchte auch keine Kinder. Trotzdem brauchte er diesen Raum, um das auszuleben, was in ihm schlummerte. Denn es bereitete ihm schlaflose Nächte und verlangte ihm unglaubliche Disziplin ab, Nailas Traummann glaubhaft zu spielen. Er stand nicht einmal auf sie. Deshalb bestimmte er auch, was sie anziehen und essen sollte. Damit sie ein wenig an die Frau hinreichte, der keiner das Wasser reichen konnte.

Der Vorhang flog auf und sie trat ein. Hayden leckte sich über die Unterlippe und drehte sich langsam um. Emu Shin war das, was Hayden begehrte wie nichts sonst. Sie war Lees Tochter. Unerreichbar. Mächtig. Gefährlich. Und der eigentliche Grund, warum Hayden dieses Geschäft unbedingt zum Abschluss bringen wollte. Er musste beweisen, wie fähig er war. Wie einflussreich in dieser Stadt, die er von seinem Vater übernommen hatte.

»Schon bei der Sache?« Sie kam mit wiegenden Hüften auf ihn zu. An diesem Abend trug sie ein rotes Seidenkleid und kniehohe Stiefel mit Lochmuster. Ihre langen Haare fielen ihr wie flüssige, schwarze Jade über die Schultern und ihre mandelförmigen Augen durchbohrten ihn.

»Hayden«, gurrte sie. »Ist alles zu deiner Zufriedenheit?«

»Nein.« Mit einem Satz war er bei ihr und drängte sie gegen die Wand. Ihr Lachen verhöhnte ihn.

»Wenn mein Vater herausfindet, dass wir ficken, wird er dir den Tod der tausend Schnitte zufügen.«

»Und ich werde ihn ertragen«, knurrte Hayden und biss ihr in den Hals. So fest, dass sie aufstöhnte. Mit einer Bewegung riss sie ihm das Hemd auf. Die Knöpfe flogen in alle Richtungen davon.

»Nicht heute.« Ihre kirschroten Lippen machten ihn so heiß, dass er es kaum noch aushielt. Sie trieben es leider viel zu selten miteinander, eigentlich nur dann, wenn Emus Vater in China war. Doch ihre bisherigen Treffen waren an Heftigkeit nicht zu überbieten gewesen. Hinterher hatte Hayden sich für zwei Wochen von Naila fernhalten müssen bis alle Kratz-, Beiß- und Schürfwunden verheilt gewesen waren. Emu fickte hart und wollte ebenso hart gefickt werden. Bei ihr gab es kein Tabu. Schmerz machte sie an, sie lebte ihn aus und war damit Haydens perfekte Partnerin. Ihn befriedigte Sex nur dann, wenn er andere dabei leiden ließ.

»Ich will sehen, wie du's machst.« Emus Fingernägel krallten sich in seine Eier. »Sei unnachgiebig. Sie sollen weinen.«

»Kein Problem.« Es war ihm noch nie gelungen, Emu zum Weinen zu bringen, aber die chinesischen Sexsklavinnen taten es jedes Mal, wenn er mit ihnen fertig war.

Sie ging in die Knie, um ihn von seiner Anzughose zu befreien, und er musste sich zusammenreißen, um sie nicht zu packen und all die Dinge mit ihr zu tun, von denen er ständig träumte. Seit er Emu vor sieben Jahren bei einem Treffen zwischen seinem Vater und Lee Shin das erste Mal gesehen hatte, war er von ihr fasziniert gewesen. Sie war älter als er, doch ihr jungenhafter Körper erregte ihn derart, wie es keine Frau zuvor geschafft hatte. Umso mehr, da er wusste, dass Lee Shin ihn bei lebendigem Leib kastrieren würde, wenn er erfuhr, dass Hayden seine Tochter begehrte. Es war ein Spiel mit dem Feuer. Ein Spiel, nach dem er süchtig war und das ihn dazu veranlasst hatte, seinen eigenen Vater aus dem Weg zu räumen, um dessen Geschäft zu übernehmen. Das war die beste Entscheidung seines Lebens gewesen, obwohl es Barbara, Sebastians Mutter, bei der Explosion ebenfalls erwischt hatte. Sie war das Opfer, um das Hayden während der Beerdigung aufrichtig getrauert hatte. Sie hatte es nicht verdient gehabt zu sterben und hätte an dem Tag eigentlich mit Sebastian am Strand sein sollen. Warum sie es vorgezogen hatte, bei seinem Arschloch von Vater zu bleiben, konnte sich Hayden nicht erklären. Er bedauerte ihren Verlust bis zum heutigen Tag und kompensierte sein schlechtes Gewissen dadurch, dass er seinem Bruder half, obwohl sie nicht einmal miteinander verwandt waren. Dennoch fühlte er sich verpflichtet, Sebastian unter die Arme zu greifen. In seinen Augen bekämpfte sein Bruder das Schlechte in sich, anstatt es zuzulassen. Wobei das auch seine guten Seiten hatte. Keiner beherrschte die Kunst des langweiligen 0815-Sex so gut wie Sebastian. Wenn er heute Nacht mit Naila fertig war, würde sie vor lauter schlechten Gewissens wieder fügsam sein und es wäre ein Leichtes, sie entsprechend zu manipulieren.

»Weiß dein Vater, dass du hier bist?« Er legte den Kopf nach hinten und genoss Emus Hände auf seinem Körper.

»Wüsste er es, wärst du bereits tot.« Sie richtete sich wieder auf. »Aber ich weiß, dass die Gefahr dich antörnt.« Ihre Fingernägel schlugen sich in seinen Schwanz. »Wie läuft es mit deiner Verlobten?«

Er verkniff sich ein Stöhnen und packte Emu an den Haaren. »Meine Verlobung ist bald wieder beendet«, murrte er. »Ich will dich. Und das weißt du.«

Ihre weißen Zähne fletschten ihn an. »Bring das Geschäft zu Ende. Mein Vater mag keine Looser.«

»Ich bin kein Looser.« Er schlug ihren Kopf gegen die Wand und ihre Finger krallten sich noch fester in seinen erigierten Schwanz.

»Fick die Schlampen, bevor ich gehen muss.«

Er wollte Emu ficken, verdammt! Es nicht zu dürfen, machte ihn wütend. Ihre Fingernägel in seinem Schwanz machten ihn wütend. Energisch umfasste er ihre Kehle. Beim letzten Mal hatte er sie so fest gewürgt, dass sie nach ihrem Orgasmus fünf Minuten nach Luft gerungen hatte, bevor sie es sich von ihm anal hatte besorgen lassen. Emu liebte Grenzerfahrungen, ebenso wie er selbst. Gemeinsam waren sie wie Dynamit, das in die Luft flog. Man wusste nie, was dabei zerstört wurde.

Mit einem letzten Blick in ihre dunklen Augen wandte er sich ab und ging zu einem der chinesischen Mädchen. Sie hing rücklings von der Decke, die Beine derart gespreizt, dass es völlig unnatürlich aussah. Ohne sie vorzuwarnen, packte Hayden die Fesseln, zog sie zu sich heran und rammte seinen Schwanz in ihre Vagina. Ihr überraschtes, schmerzerfülltes Schreien erfüllte den Raum. Hayden hörte Emus Klatschen in seinem Rücken und machte weiter. Er ließ seine Wut über die unerfüllte Lust in seinem Leben an dem anonymen Mädchen aus. Bren Barrack hatte ihn verachtet und Emu verachtete ihn ebenfalls. Noch. Aber er würde ihr zeigen, dass er ebenso mächtig war wie ihr Triaden-Vater. Eines Tages würde sie vor ihm kriechen und ihn anbetteln, sie zu ficken.

»Ich muss gehen!« Emu drängte sich von hinten an ihn heran. Dieses Mal bohrten sich ihre Krallen in seinen Nacken. »Viel Spaß!« Er hörte das Klacken ihrer hohen Absätze, als sie den Raum verließ. Das ließ ihn schäumen vor Wut. Er stieß und stieß und verlor sich schließlich in einem Rausch, der ihn völlig gefangen nahm.

———

EINIGE STUNDEN später lag er entspannt auf einem der Diwane und saugte Opium in seine Lungen. Er war zufrieden. Blut, Tränen und Gewimmer hatten ihn davongetragen und ihm jene Ekstase beschert, von der er wieder tagelang zehren würde. Nun war er geduscht und gönnte sich einen betäubenden Rausch, der ihn allmählich in einen sanften Dämmerschlaf hinübertrug. Er döste vor sich hin, rauchte und ließ seine Gedanken treiben, bis es draußen hell wurde. Gegen sieben Uhr stand er auf, duschte erneut und putzte sich die Zähne. Sein Anzug hing gebügelt für ihn bereit und die Knöpfe an seinem Hemd waren wieder angenäht worden. Er zog sich an und ließ sich einen Kaffee bringen, bevor er ins Freie trat und einen der Bediensteten bat, sein Auto vorzufahren.

Als ihm der Cayenne gebracht wurde, stieg Hayden ein, bedankte sich mit einem großzügigen Trinkgeld und brauste davon. Auf halbem Weg zurück nach Los Angeles rief er Sebastian an. Sein Bruder meldete sich verschlafen, was Hayden zum Grinsen brachte.

»Anstrengende Nacht gehabt?«, fragte er süffisant.

»Fuck you«, erklang es mürrisch.

»Hast du das Material?«

»Hm.«

»Und? Ist sie noch da?«

»Nein, sie ist in ihrer Wohnung.«

»Weshalb? Hast du's versaut?«

»Sie kann deine Villa nicht ausstehen. Hast du das noch nicht gecheckt?«

»Hättest du sie ordentlich gefickt, wäre es ihr egal gewesen, wo sie ist.«

»Halt die Klappe!«

»Ist ja gut«, beruhigte ihn Hayden. »Ich fahre zu ihr und überrasche sie. Vielleicht sollte ich Frühstück mitbringen, was meinst du?«

»Bagels mit Frischkäse.«

»Wie bitte?«

»Du bringst ihr immer Süßkram mit, aber sie isst gerne Bagels mit Frischkäse zum Frühstück.«

»Woher weißt du das?«

»Ich habe sie eine halbe Ewigkeit für dich beobachtet, schon vergessen?«

»Richtig.« Hayden rieb sich sein raues Kinn. Er hatte sich an diesem Morgen nicht rasiert und hoffte, das würde Naila nicht auffallen. »Sonst noch was?«

»Tulpen.«

»Ich hasse Tulpen.«

»Sie aber nicht.«

»In Ordnung. Danke für den Tipp.«

»War umsonst.«

Hayden lachte. Nach dieser Nacht und mit der Wirkung des Opiums im Blut war er besonders gutgelaunt. »Grüße an Sora«, sagte er. »Ihr habt noch etwas Zeit, bis ich nach Hause komme.«

»Ich ficke sie auch, wenn du daheim bist.«

Hayden lachte und legte auf. Sein Bruder war viel zu ehrlich. Ein schlechter Charakterzug. Damit würde er nicht weit kommen. Er bog an der nächsten Ampel rechts ab und hielt zuerst bei einem Blumenladen, in dem er einen Strauß rosa Tulpen kaufte. Anschließend machte er einen Abstecher zu *Cake Monkey*. Dort besorgte er zwei Spice Latte to go, zwei Bagels mit Frischkäse und eine Limetten-Himbeer-Torte mit einem Überzug aus weißer Schokolade. Rote Marzipanrosen verzierten das Kunstwerk und als Hayden vor dem Wohnkomplex am Hancock Park hielt, hatte er Mühe, all die Köstlichkeiten aus dem Auto zu balancieren.

Er schaffte es gerade so zum Hauseingang und klingelte. Es dauerte einige Sekunden, bevor Naila sich meldete. Natürlich hatte sie ihn bereits über die Besucherkamera gesehen und er hielt Kartons und Blumen in die Höhe und lächelte brav.

»Ich habe schon gefrühstückt«, hörte er ihre Stimme anstatt einer Begrüßung.

»Darf ich trotzdem hochkommen?« Er setzte seinen charmantesten Blick auf und der Summer ertönte. Mit der Schulter drückte er die Tür auf, ging zum Aufzug und fuhr in den fünften Stock. Als er ausstieg, stand Nailas Wohnungstür bereits offen. Er lief über den mit Teppich ausgelegten Flur und trat ein.

»Hey, Schneckchen!« Mit dem Fuß ließ er die Tür ins Schloss fallen und lud die Kartons und Tulpen auf der Küchentheke ab. Nailas Appartement war nicht besonders groß. Es gab eine Wohnküche, ein Schlaf- und ein Arbeitszimmer. Hayden hatte jedes Mal das Gefühl, in ein Mauseloch zu kommen, wenn er sie besuchte, obwohl die Ausstattung sehr hochwertig und die Aussicht auf die Hochhäuser von L.A. recht ansprechend war.

»Wie war dein Arbeitsmeeting?« Naila kam aus dem Bad. Ihr Blick war kühl. Anders als er erwartet hatte.

»Viel Arbeit.« Er ging auf sie zu und zog sie in seine Arme. »Wie war dein Abend?«

»Ich war hier und habe ferngesehen.«

»Tatsächlich?« Er küsste sie. »Wie schrecklich langweilig.«

»Eigentlich nicht.« Sie entzog sich ihm und schlenderte zur Küchentheke, um in die Kartons zu schauen.

»Du hast Frischkäsebagels mitgebracht.«

»Die magst du doch so gerne.«

»Ja.« Es klang erstaunt und Hayden musterte sie. Sah er da endlich so etwas wie ein schlechtes Gewissen?

»Ich habe dir auch Tulpen gekauft.«

»Du hast mir noch nie Tulpen gekauft.«

»Es gibt für alles ein erstes Mal.«

Sie blinzelte und er spielte seinen Trumpf aus. »Es tut

mir leid wegen unseres Streits«, sagte er geknickt. »Mein Bruder geht mir auf die Nerven. Es ist jedes Mal dasselbe. Ich weiß nicht, warum ich ihm immer wieder erlaube, bei mir zu wohnen. Aber das sollte sich nicht auf uns auswirken.«

Naila nahm sich einen Bagel und biss hinein. »Mir tut es auch leid«, murmelte sie, bevor sie ihn ansah. »Warum gibst du deinem Bruder Geld, obwohl du das gar nicht müsstest? Eure Eltern waren nie verheiratet.«

»Er hat's dir erzählt, was?« Hayden zuckte gespielt dramatisch die Schultern. »Ich fühle mich für ihn verantwortlich. Er hat seine Mutter verloren und hat sonst niemanden. Ich dagegen habe das Erbe meines Vaters und bin erfolgreich.«

»Keats sagte, er arbeitet für dich. Was tut er denn? Macht er Immobilienfotos?«

»Du nennst ihn Keats?«

Sie zuckte merklich zusammen und Hayden musste sich ein Lachen verkneifen. »Er hat gesagt, seine Freunde nennen ihn so.«

»Und ihr seid jetzt Freunde? Seit wann?«

Naila senkte den Blick. »Ich hatte nur das Gefühl, er möchte so genannt werden, das ist alles.«

Hayden ging auf sie zu. »Ist okay, dass du mit meinem Bruder befreundet bist. Wirklich.«

Sie legte ihm die Arme um den Hals und er spürte, dass ihr Widerstand schmolz. Sie hatte sich mit Sebastians Spitznamen verplappert und das wollte sie jetzt überspielen.

»Ich hab dich vermisst«, sagte sie leise. »Und das sind die verdammt nochmal leckersten Frischkäsebagels, die ich seit langem gegessen habe.«

»Ich habe dich auch vermisst«, flüsterte er in ihr Ohr. »Deshalb musste ich zu dir fahren.«

»Das ist schön.« Sie hob den Kopf und er küsste sie auf die Nase.

»Wollen wir heute Abend ins *Little Door* gehen?«, schlug er vor.

»Du hast ein schlechtes Gewissen, was?«, neckte sie ihn und er grinste, allerdings weil er wusste, dass es absolut nicht so war.

»Ich streite nicht gerne mit dir«, sagte er so reumütig wie möglich.

»Ich auch nicht mit dir.« Sie küsste ihn und berührte seine Wange. »Hast du dein Rasierzeug vergessen?«

»Ich hatte es eilig«, log er. »Ich wollte zu dir, bevor ich ins Büro fahre. Kann ich mich hier rasieren?«

»Natürlich.« Sie küsste ihn erneut. »Danke.«

»Wofür?«

»Dass du gekommen bist, um dich zu entschuldigen. Die Torte ist der Wahnsinn.«

»Es ist nur eine Kleinigkeit.« Er räusperte sich. »Hast du schon über deine Kündigung nachgedacht?«

Naila wiegte den Kopf hin und her. »Ich denke, du hattest recht«, meinte sie. »Ich will nicht vorschnell handeln. Der Fall reizt mich.«

»Dann wirst du bleiben?«

»Ja.« Sie nickte. »Ich werde meinem Vater und meinem Bruder in den Arsch treten.«

»Das ist mein Mädchen!« Hayden bemühte sich, sie so innig zu küssen wie es ihm nur möglich war. »Du wirst ihnen zeigen, was in dir steckt.«

»Das werde ich.« Sie sah auf ihre Uhr. »Ich muss los, aber du kennst dich ja aus. Wir sehen uns heute Abend.«

»Bis heute Abend. Ich hole dich um sieben Uhr ab.« Er zog sie ein letztes Mal zu sich heran, bevor er sie gehen ließ und ins Bad schlenderte. Dort holte er sein Rasierzeug aus dem Spiegelschrank und klapperte damit herum. Währenddessen stellte Naila die Tulpen in eine Vase, zog sich ihre Schuhe an und schnappte sich einen Spice Latte. Dann verschwand sie winkend aus der Haustür. Als diese ins Schloss fiel, legte Hayden das Rasierzeug zurück in den Schrank und grinste breit. Das war einfacher gewesen, als gedacht!

NAILA

Auf der anderen Seite der geschlossenen Bürotür läuteten die Telefone und Naila sah die Schatten ihrer Kollegen durch das Milchglas hindurch. Bei ihr war alles still. Sie saß völlig bewegungslos da, die Hände vor sich auf dem Tisch.

Hayden hatte gelogen. Die Erkenntnis bohrte sich in ihr Innerstes und sie versuchte, ruhig zu atmen, während sie ihre Gedanken ordnete. Sie hatte es gefühlt, im wahrsten Sinne des Wortes. Zuerst die Kratzer in seinem Nacken. Genau dort, wo sein Hemdkragen begann. Dann seinen Bart. Hayden vergaß niemals, sich zu rasieren. Es war für ihn wie Zähneputzen, ein tägliches Ritual, das er nicht ausließ. Nicht einmal während ihres Urlaubs auf Hawaii. Das hatte Naila misstrauisch gemacht. Ebenso wie die Bagels. Hayden hatte keine Ahnung, dass sie gerne Frischkäsebagels aß. Sie waren ein morgendliches Ritual gewesen, als sie noch in Boston studiert hatte, und sie konnte sich nicht erinnern, ihm jemals davon erzählt zu haben. Außerdem interessierte ihn ohnehin nicht, was sie gerne aß.

Und dann der Strauß Tulpen. Warum kaufte er ihr plötzlich Tulpen, obwohl er ihr zwei Jahre lang immer Rosen geschenkt hatte? All diese widersprüchlichen Dinge hatten dazu geführt, dass sich Naila vor dem Haus versteckt und darauf gewartet hatte, bis Hayden erschien. Es hatte nur fünf Minuten gedauert. Zu wenig Zeit, um sich ordentlich zu rasieren. Besonders, wenn man dazu sein Hemd ausziehen musste, um es nicht mit Rasierschaum zu besudeln. Verwundert war Naila Hayden gefolgt und hatte beobachtet, wie er in den Cayenne gestiegen und davongefahren war. Ein weiteres Fragezeichen. Den Porsche Cayenne fuhr Hayden nur, wenn er nicht auffallen wollte, was selten vorkam. Zu den meisten Geschäftsmeetings oder ihren gemeinsamen Dates nahm er den Audi R8 oder den Mercedes-AMG. Auf dem Weg zur Arbeit hatte Naila daraufhin einen riesigen Umweg in Kauf genommen, um Haydens Villa zu passieren. Der Cayenne parkte direkt vor der Haustür. Ihr Verlobter war demnach nicht zur Arbeit gefahren, sondern nach Hause. Was hatte das zu bedeuten?

Sie drehte unschlüssig den Diamantring an ihrem Finger. Alles, woran sie die letzten zwei Jahre geglaubt hatte, geriet ins Wanken. Über ihren sexy Traummann Hayden legte sich ein Schatten und sie fragte sich, woher die Kratzer in seinem Nacken stammten. Gleichzeitig spürte sie das schlechte Gewissen wegen der Sache mit Keats. Und all die Gefühle, die er in ihr entzündet hatte. Mal wieder. Es war ein Fehler gewesen, ihn zu küssen und ihn all das tun zu lassen, was er getan hatte. Er war zu gut darin. Er bescherte ihr Orgasmen, von denen sie mit Hayden immer geträumt hatte. Außerdem konnte sie toll mit ihm reden. Naila schämte sich für den Gedanken und rief sich zur Ruhe. Sie wünschte sich, sie könnte Keats einfach vergessen, aber es gelang ihr nicht. Ganz im Gegenteil. Sie war verwirrt und im Moment verspürte sie zusätzlich Wut auf ihren Verlobten, der offenbar ein Geheimnis vor ihr hatte. Die Tatsache schlug ihr auf den Magen.

Es klopfte und ihr Bruder Zak steckte den Kopf zur Tür herein. »Störe ich beim Nichtstun?«, fragte er.

Naila schluckte und bemühte sich um Fassung. »Ich bin gerade erst gekommen«, murmelte sie.

»Und deshalb sitzt du jetzt hier und meditierst?«

»Ich habe überlegt, womit ich anfangen soll.«

»Sicher schwierig, wenn man so beschäftigt ist wie du.«

»Halt die Klappe, Zak! Was willst du?«

»Dich sehen.« Er setzte sich unaufgefordert wie immer und studierte ihr Gesicht. »Alles okay? Du bist ganz blass.«

»Mir geht's gut.«

»Sag bloß, meine Rede vor zwei Tagen hat dir die Augen geöffnet.«

»Träum weiter.«

»Hattest du schon Zeit, um einen Blick in die Prozessakte zu werfen?«

»Dad sagte, ich solle mich bis Freitag einarbeiten. Heute ist erst Mittwoch.«

»Gott bewahre, dass du eher fertig bist.«

»Ehrlich gesagt wollte ich bis gestern noch kündigen.«

Die Nachricht ließ Zak stutzen. »Warum das denn?«

»Weil ich euer Machtgehabe so satt habe! Du und Dad tut, als seid ihr die Könige dieser Kanzlei. Dabei gibt es noch andere Partner. Und es gibt mich! Ich bin nicht so blöd, wie ihr immer annehmt.«

»Beweise es uns.«

Naila öffnete die Schublade ihres Schreibtisches, zog den Aktenordner heraus und knallte ihn auf den Tisch. »Ich bin dran, okay? Ich werde mich tiefer einarbeiten und ich werde bereit sein, vor Gericht aufzutreten.«

»Das ist gut.«

»Tatsächlich?«

»Ja, denn du sollst schon nächste Woche das erste Mal vor Gericht für uns sprechen.«

»Wirklich?« Sie setzte sich aufrecht hin. »Warum?«

»Weil Dad es so möchte. Er will seine Strategie ändern. Wir brauchen mehr Substanz, um glaubhaft zu argumentieren, dass der Investor Greenberg sein Grundstück nicht grundlos abgab. Nur wenn wir das realistisch darlegen können, wird es uns gelingen, das Tauschgeschäft als Umgehungsgeschäft hinzustellen, mit dem die Huang Corporation das bekam, was sie schon immer haben wollte. Aber uns fehlen momentan Beweise.«

»Ach, und wie sollte ich euch da helfen können?«

»Du weißt, wie es in Prozessen läuft. Neue Gesichter, neue Chancen. Der Richter ist ein alter Knacker, vielleicht steht er auf dich und schenkt dir mehr Gehör trotz schwacher Argumente.«

»Na toll.« Naila verdrehte die Augen. »Ich bin also gut genug, um meine Beine vor Gericht herzuzeigen und mit dem Richter zu flirten.«

»Es ist ein Anfang.«

»Ich fühle mich geschmeichelt.« Ihre Stimme triefte vor Sarkasmus.

»Kein Grund zur Euphorie.« Zak grinste. »Ich muss geschäftlich nach Chicago und komme erst am Wochenende zurück. Ich habe ein paar Informationen über den Investor gesammelt. Bohr da mal nach, vielleicht findest du noch mehr heraus.« Er zog eine zusammengefaltete Heftmappe unter seinem Arm hervor und reichte sie ihr.

»Das ist alles, was ihr bisher in der ganzen Zeit an Recherche betrieben habt?« Sie blätterte durch die wenigen Seiten. »Sollte das nicht eure Hauptstrategie sein? Den Investor zu zerlegen? Wofür hab ich denn die ganzen Immobilienverträge zusammengetragen, wenn ihr sie bis jetzt nicht einmal durchgesehen habt?«

»Dad hat bisher immer auf die Huang Corporation und deren Verbindung zu den Triaden geschielt. Das hatte die größte Pressewirksamkeit. Hat uns aber nicht weiter gebracht. Da will keiner reden. Ganz im Gegenteil. Unsere Informanten fordern hohe Summen, um anschließend untertauchen zu können. Das dürfen wir nicht bezahlen, aber es zeigt uns, wie brisant das Ganze ist. Schade, dass wir uns hier im Zivilrecht und nicht im Strafrecht befinden. Da sind uns leider bei vielen Punkten die Hände gebunden. Und jetzt in der heißen Endphase des Falles wird die Luft langsam dünn. Wir müssen was vorlegen!«

»Und da gebt ihr mir ein paar Tage Zeit, um etwas herauszufinden? Das ist wirklich zu großzügig von euch.«

»So sind wir eben. Dad erwartet am Freitag einige Vorschläge zur Argumentationsstrategie von dir.«

»Das weiß ich bereits. Und ehrlich gesagt hätte ich gerade wieder große Lust zu kündigen«, murmelte Naila.

Zak stand auf und kam zu ihr. »Hör mal«, sagte er. »Es hat nie jemand behauptet, dass es leicht werden würde.«

Naila sah zu ihrem Bruder auf. »War das tröstlich gemeint? Verzeih, wenn ich mir da nie ganz sicher bin.«

Er grinste. »So funktioniert das Anwaltsgeschäft. Man reibt sich aneinander. Manipuliert mit Worten. Fickt die Gehirne der Gegner. Es ist ein Krieg, den man ganz legal führen darf, aber man muss hart genug sein, um ihn zu gewinnen. Das ist es, was du hier lernst.«

»Danke für die Info.«

»Immer wieder gerne.« Er drehte sich um und hob die Hand. »Wir sehen uns.«

»Besser nicht«, murmelte sie, als die Tür hinter ihm ins Schloss fiel.

Dann seufzte sie und schlug den Aktenordner auf. Eine gute Sache hatte der Fall zumindest. Er lenkte sie von ihren Gedanken an Hayden und Keats ab.

ALS NAILA am Abend das Büro verließ, dröhnte ihr Kopf. Sie hatte den ganzen Tag Unterlagen gewälzt, Recherche betrieben und sich Notizen gemacht. Der Fall war umfangreicher, als sie angenommen hatte, und es war schwierig, sich immer nur auf den zivilrechtlichen Teil zu konzentrieren. Es gab so viele Aspekte in der Sache, die eigentlich auch strafrechtlich verfolgt werden müssten, dass sie sich die ganze Zeit fragte, warum die Staatsanwaltschaft sich nicht schon längst eingeschaltet hatte.

Die Huang Corporation war tatsächlich wasserdicht, was ihre Geschäfte in den USA betraf. Was immer ihre Verbindung zu den Triaden sein mochte, es waren nur Vermutungen, die Zak und ihr Vater zusammengetragen hatten. Nichts davon hatte Hand und Fuß und konnte demnach auch nicht in den Fall eingebracht werden. Interessanter war dagegen der Investor, ein gewisser Peter Greenberg, der das Grundstück jahrelang gehalten hatte. Über ihn war nur wenig bekannt. Laut Zaks Recherche war er bereits in Rente, lebte zurückgezogen in Palos Verdes. Welchen Vorteil er durch den Tausch des Grundstücks gehabt hatte, blieb ein Rätsel. Doch genau das mussten sie für ein Umgehungsgeschäft nachweisen, ansonsten würde das Gericht den Tauschvertrag als rechtens ansehen. Naila wollte morgen mehr darüber herausfinden. Sie drückte den Knopf des Aufzugs und wartete.

»Schon fertig für heute?« Ihr Vater stellte sich neben sie.

Naila verkniff sich einen bissigen Kommentar. »Ich bin mit Hayden zum Abendessen verabredet«, erwiderte sie ruhig.

»Wohin führt er dich aus?«

»Ins *Little Door.*«

»Französisch, wie nett.«

»Was machst du heute Abend, Dad? Lädst du Mum auf einen deiner Traktoren und kutschierst sie über euer Grundstück?«

Die Aufzugtüren sprangen auf und Naila stieg ein. Ihr Vater folgte ihr.

»Du musst lernen, dich ein bisschen besser unter Kontrolle zu haben«, sagte er gelassen und drückte den Knopf zum Erdgeschoss. »Richter können Sarkasmus nicht leiden.«

Naila schüttelte aufgebracht den Kopf. »Warum hat jedes unserer Gespräche ausschließlich mit der Arbeit zu tun? Kannst du mir nicht einfach einen schönen Abend wünschen?«

»Hast du das denn getan?«

»Und wieder eine Gegenfrage.« Sie lächelte gequält. »Damit bin ich aufgewachsen, Dad. Meine Kindheit fand quasi im Gerichtssaal statt, selbst wenn wir zuhause waren.«

Er sah sie an und schwieg. Als sich die Aufzugtüren wieder öffneten, ließ er sie aussteigen.

»Ich möchte, dass du besser wirst«, sagte er und Naila blieb stehen.

»Und wenn ich besser bin, bin ich immer noch nicht gut genug für dich.«

»Man kann nie gut genug für seine Gegner sein. Die Welt dort draußen wartet nur darauf, dich zu zerreißen.«

»Und du willst mich davor schützen?«

»Einen schönen Abend«, grummelte ihr Vater, bevor er den Knopf zur Tiefgarage drückte und Nailas Blicken entschwand.

Sie trat ins Freie und atmete tief durch. Haydens Audi R8 wartete bereits im Halteverbot am Straßenrand und Naila ging zu ihm. Er stieg aus, um ihr die Tür zu öffnen, und sie sank in den tiefen Sitz des Sportwagens. Hayden schloss die Tür, ging um die Motorhaube herum und nahm auf dem Fahrersitz Platz. Dann beugte er sich zu ihr hinüber, um sie zu küssen.

»Wie war dein Tag?«, fragte er.

»Ganz okay.« Sie roch sein vertrautes Kilian Aftershave und fuhr ihm über die Wange. »Frisch rasiert«, kommentierte sie den Zustand seines Gesichts.

»Um dir zu gefallen.«

»Hm.« Sie lehnte sich zurück und Hayden gab Gas. Der Audi R8 röhrte auf und ordnete sich in den Verkehr ein.

»Warst du heute gar nicht im Büro?« Er trug nicht seinen üblichen Anzug, sondern ein teures Poloshirt zu einer dunklen Chinohose.

»Nur kurz. Die meiste Zeit war ich zuhause.«

»Hast du dir freigenommen?«

»Ich bin mein eigener Chef, Schneckchen. Manchmal brauche ich eine Auszeit.«

Das erklärte den Porsche Cayenne vor seiner Haustür. Naila war ein wenig erleichtert, auch wenn Hayden in der Früh kein Wort darüber verloren hatte.

»Ich werde in nächster Zeit eher keine Auszeit bekommen. Der Huang-Fall hat es in sich.«

»Wirklich? Was gibt es Neues?«

»Nichts Besonderes. Aber ich werde bald zum ersten Mal vor Gericht auftreten müssen.«

»Hast du schon neue Fakten gesammelt?«

Sie musterte ihn von der Seite. »So schnell geht das nicht. Außerdem darf ich ohnehin nicht darüber reden.«

Er berührte ihr Knie. »Auch nicht, wenn ich ganz lieb darum bitte?«

Sie drehte sich von ihm weg. »Warum solltest du das tun?«

»Es war nur Spaß!« Er sah sie an. »Was ist los?«

»Gar nichts. Ich bin müde. Es war anstrengend. Und ich habe ganz zum Schluss auch noch meinen Vater getroffen.«

»Lass dich doch nicht immer von ihm ärgern.« Seine Hand wanderte zu ihrem Nacken und massierte sie. »Ich werde dafür sorgen, dass du deinen Tag vergisst.«

Sie versuchte, sich auf seine Berührung einzulassen, aber es gelang ihr nicht. »Was weißt du über Peter Greenberg?«, wollte sie wissen. Die Frage war heraus, bevor sie es verhindern konnte.

»Er war ein Geschäftspartner meines Vaters.«

»Kennst du ihn?«

»Wer im Immobiliengeschäft unterwegs ist, kennt sich immer.«

»Hast du noch Kontakt zu ihm?«

»Nein.« Seine Finger verharrten in ihrem Nacken. »Warum fragst du?«

»Ist es nicht merkwürdig, dass du solches Interesse an dem Huang-Fall bekundest, in dem Peter Greenberg eine nicht unwesentliche Rolle spielt?«

»Tut er das? Das war mir neu.«

»Du liest doch Zeitung oder nicht?«

»Das solltest du wissen.«

»Die groben Fakten des Falles sind bekannt. Peter Greenberg hielt das Grundstück, bevor er es mit der Huang Corporation gegen ein anderes getauscht hat. Warum hat er das getan?«

»Woher soll ich das wissen?« Er nahm seine Hand von ihrem Nacken weg und legte sie ans Steuer.

»Du bist im Immobiliengeschäft tätig. Wieso hättest du ein so aussichtsreiches Grundstück gegen ein anderes getauscht?«

»Um keinen Verlust zu machen. Wenn die Stadt ihr Vorkaufsrecht geltend gemacht hätte, hätte Greenberg zum üblichen Marktpreis an sie verkaufen müssen. Damit hätte er auf eine Menge Geld verzichtet.«

»Und warum hat er es nicht einfach selbst bebaut?«

»Ich habe keine Ahnung.«

Naila drehte den Kopf und musterte ihn. »Du bist Geschäftsmann. Welche Gründe gibt es, um ein Grundstück einfach brachliegen zu lassen?«

»Vielleicht hatte Greenberg kein Geld mehr, um zu investieren.« Hayden verengte die Augen und schien sich auf den Verkehr zu konzentrieren.

»Aber er hielt es über Jahre. Kommt dir das nicht merkwürdig vor?«

»Wird das jetzt die nächsten Wochen so weitergehen?« Er warf ihr einen genervten Seitenblick zu. »Du sagst mir im einen Moment, dass du über den Fall nicht sprechen darfst und horchst mich im nächsten Moment aus.«

»Ich habe dich nicht ausgehorcht. Ich habe um deinen Expertenrat gebeten.«

»Das klang aber anders.«

»Wie klang es denn?«

»Wie ein Verhör.«

Naila atmete bewusst ein und wieder aus. Sie wusste, sie bewegte sich auf dünnem Eis, aber sie konnte nicht schweigen.

»Wo wir gerade dabei sind ...« Sie zögerte. »Was sind das für Kratzer in deinem Nacken?«

Er runzelte die Stirn und betastete die Haut unterhalb des Haaransatzes. »Was meinst du?«

»Du weißt, was ich meine. Als ich dir heute Morgen die Arme um den Hals gelegt habe, habe ich es gespürt.«

Hayden schüttelte ungläubig den Kopf. »Vielleicht habe ich mich beim Sport gekratzt, was weiß ich.« Er hielt mit quietschenden Reifen am Straßenrand, um sich ihr zuzuwenden. »Haben dein Vater und dein Bruder dir irgendwelchen Unsinn über mich in den Kopf gesetzt?«

»Nein.« Sein intensiver Blick ließ sie die Lider senken.

»Ich glaube dir kein Wort! Du bist seltsam, seit wir aus Hawaii zurück sind. Was ist passiert?«

»Gar nichts!«

»Hey«, er streckte die Hände aus und umfasste ihr Gesicht, »ich bin's, Hayden. Dein Verlobter. Der Mann, der dich für das Wertvollste in seinem Leben hält. Warum vertraust du mir auf einmal nicht mehr?«

»Ich vertraue dir«, murmelte sie, auch wenn sie sich hin- und hergerissen fühlte.

»Dein Vater hat dich in die Mangel genommen, habe ich recht? Er hat dir Dinge über mich erzählt, die dich durcheinanderbringen. Welche waren das?«

Naila verneinte erneut und Hayden zog sie zu sich heran.

»Hat er dir irgendwelche Lügen über meine Geschäfte erzählt, war es das?«

»Was für Lügen?« Naila sah ihm in die Augen.

»Ich weiß es nicht.« Haydens Stimme wurde sanfter. »Ich hatte nur das Gefühl, dass es ihm ganz und gar nicht gefiel, von unserer Verlobung zu hören.« Er wirkte aufrichtig besorgt und ihr Misstrauen schmolz.

»Das hat es auch nicht.«

»Kann es sein, dass er die Hoffnung hegte, das wäre nichts Ernstes mit uns?«

»Vermutlich war es so.«

»Aber das ist es! Mit dir ist es mir so ernst wie nie zuvor.« Er küsste sie und Nailas Widerstand schwand. Sie atmete Haydens vertrauten Geruch ein und ignorierte das ungeduldige Hupen der anderen Autofahrer, die sie durch ihr plötzliches Stehenbleiben behinderten.

»Es war mein Bruder«, flüsterte sie. »Zak sagte einige Dinge über deinen Vater.«

»Was sagte er?«

»Dass dein Vater sadistische Neigungen hatte. Und dass er ein paar krumme Geschäfte gedreht hat.«

»Okay.« Hayden lehnte seine Stirn gegen die ihre. »Du weißt, dass ich nicht gerne über meinen Vater rede, aber dir zuliebe werde ich es tun. In Ordnung?«

»Ja.« Nailas Stimme war heiser vor Rührung und er küsste sie wieder. Dieses Mal so sanft, dass sie dahinschmolz. Dann löste er sich von ihr, hob entschuldigend die Hand in den Rückspiegel und fuhr weiter.

Eine Viertelstunde später hielten sie direkt vor dem Restaurant. Hayden machte Naila die Tür auf und half ihr beim Aussteigen, bevor er den Autoschlüssel an den Mitarbeiter des Parkservice weiterreichte, der ihm dafür eine Marke mit einer Nummer gab. Dann nahm Hayden Nailas Hand und gemeinsam betraten sie das Restaurant.

Nachdem der Kellner sie zu ihrem Tisch in einer ruhigen Ecke des Lokals geführt hatte, rutschte Hayden Naila den Stuhl zurecht und nahm ihr gegenüber Platz.

»Es ist schön hier«, bemerkte er und sah sie über die beiden Kerzen hinweg an. »Sehr romantisch. Wir hätten eher herkommen sollen.«

»Du wolltest ja nicht.« Naila lächelte und Hayden senkte verlegen den Kopf.

»Ich bin ein Rindvieh«, bemerkte er. »Ich bin manchmal so in Gedanken, dass ich gar nicht merke, was mit dir los ist. Verzeihst du mir?«

»Natürlich.«

Er deutete mit dem Kinn auf die Speisekarte. »Du bestellst heute. Überrasch mich.«

Allein diese Aussage erstaunte Naila. Sie berührte Haydens Hand. »Ich bin so froh, dass wir reden«, gestand sie ihm. »Unser Streit vorgestern hat mich fertig gemacht. Seitdem war ich komplett durcheinander.« Sie dachte kurz an Keats, bevor sie ihn aus ihren Gedanken drängte. Sie war so dumm gewesen. So dumm! Zärtlich küsste sie Haydens Finger. Das schlechte Gewissen wurde übermächtig.

»Ist ja gut.« Hayden fuhr ihr liebevoll mit dem Daumen über die Wange. »Ich habe keine Familie. Ich weiß nicht, wie es ist, wenn jemand versucht, einen emotional zu manipulieren. Was hat dein Bruder genau gesagt?«

»Er hat behauptet, dein Vater hätte der chinesischen Mafia durch den An- und Verkauf von Luxusimmobilien dabei geholfen, Geld zu waschen.«

»Das ist richtig.«

»Tatsächlich?« Naila war verdutzt, dass er es nicht abstritt. Bisher hatte Hayden jegliche Gespräche in diese Richtung abgeblockt.

»Ich bin nicht stolz darauf, der Sohn von jemandem zu sein, der solche illegalen Geschäfte abgezogen hat. Es fällt mir schwer, darüber zu reden. Und es fällt mir schwer, diesen Schatten, der über meiner Firma liegt, abzuschütteln.«

»Ich verstehe das.«

»Nein, ich denke, das tust du nicht.« Haydens Kiefermuskulatur zuckte. »Mein Vater war ein ...« Er brach ab.

»Es ist okay.« Naila drückte seine Hand. »Ich bin hier. Ich höre dir zu.«

Hayden sah auf, als der Kellner an ihren Tisch trat. »Meine Verlobte bestimmt heute über mich«, scherzte er. »Sie wird Ihnen sagen, was wir essen.«

Naila beeilte sich, die Speisekarte zu überfliegen und bestellte schließlich gegrillte Lammkotelettes für sich und in Kräuter marinierten Seebarsch für Hayden. Dazu einen perlenden Weißwein aus Frankreich.

»Eine gute Wahl.« Hayden lächelte ihr zu, nachdem der Kellner gegangen war. Sie sahen einander in die Augen und Naila ließ ihm Zeit. Er wirkte anders als sonst und sie war froh, zu sehen, dass er bereit war, sich ihr zuliebe zu öffnen.

»Mein Vater hat die Bezeichnung Vater nicht verdient. Erzeuger trifft es wohl besser«, sagte er nach einer Weile. »Ich habe allen immer gesagt, er sei okay, aber das war er nicht. Er war krank.«

»Inwiefern?«

»Er fügte anderen gerne Schmerzen zu.«

»Dir auch?«

»Besonders mir.« Hayden sprach langsam, so als würde er jedes Wort bewusst wählen. »Es gab da diesen Raum in unserem Haus ... ich weiß gar nicht, wann er mich zum ersten Mal dorthin gebracht hat. Es war dort wie in einer Folterkammer. Keine Fenster. Überall Werkzeuge. Messer, Peitschen, Fesseln, Knebel. Ich fürchtete mich in diesem Raum zu Tode.«

Naila war entsetzt. »Warum hat er dich dorthin gebracht?«

»Was denkst du?«

Sie hielt den Atem an. Dieses Geständnis war heftiger als

alles, was sie je erwartet hätte. »Hat er ... hat er dich missbraucht?«

Hayden zuckte die Schultern. »Er nannte es Erziehung. Wenn du mich fragst, ging ihm dabei einer ab. Tat ich etwas, das ihm nicht gefiel, züchtigte er mich in diesem Raum. Meistens knebelte er mich, ab und zu fesselte er mich. In aller Regel schlug er mich dann. Allerdings nur an Stellen, die von der Kleidung überdeckt wurden.«

»Warum hast du nie jemandem davon erzählt?«

»Wem hätte ich es denn erzählen sollen?«

»Deinem Vertrauenslehrer aus der Schule. Der Polizei.«

»Damit mein Vater alles leugnet und sich dann freikauft, so wie er es immer getan hat?«

»Es gab andere Fälle?«

»Von Frauen. Er hatte manchmal Frauen im Haus.« Hayden verstummte und sah dem Kellner dabei zu, wie er ihnen den Wein servierte. Er nahm einen Probeschluck, nickte und wartete ab, bis sie wieder allein waren.

»Warum wurde dein Vater nie verhaftet?«, wollte Naila wissen.

»Weil er Geld hatte.«

»Aber es gibt Gesetze!«

»Schneckchen, in diesem Land steht das Geld oft über dem Gesetz. Mein Vater beschäftigte ein Heer von Anwälten. Keine der klagenden Frauen kam je gegen ihn an. Er konnte jeden Vorwurf mit dem Argument aushebeln, dass sie es nur auf sein Geld abgesehen hätten. Außerdem waren es allesamt Pornosternchen oder Callgirls und du weißt, wie es um deren Glaubwürdigkeit vor Gericht bestellt ist.«

»Aber du ...«

»Ich war sein Sohn. Er wollte mich zu seinem Ebenbild machen. Deshalb musste ich ab und an zusehen.«

»Oh mein Gott!« Naila schlug sich die Hand vor den Mund. »Sag mir, dass das nicht wahr ist!«

»Das ist es. Leider.« Sein Blick huschte durch den Raum. »Ich schäme mich dafür, aber als Sebastians Mutter zu uns zog, wurde es besser. Sie litt für mich. Das werde ich ihr nie vergessen.«

»Und Sebastian?«

»Er musste dasselbe erleben wie ich. Allerdings weitaus seltener.«

»Aber warum hat seine Mutter all das zugelassen?« Naila war außer sich. »Sie hätte euch beschützen müssen.«

»Sie war ein guter Mensch!« Haydens Stimme erhob sich, bevor er sich räusperte. »Sie war meine Rettung. Durch sie wurde alles besser. Alles.«

»Aber ...«

»Kein aber! Sie hatte diese Neigungen, wenn auch nicht so ausgeprägt wie mein Vater. Das, was er mit ihr machte, war gezieltes Quälen. Bis zum Schluss weiß ich nicht, ob sie es wirklich wollte oder ihn verabscheute. Vielleicht war es eine Mischung aus beidem. Doch am Ende war sie stark für uns. Sie ertrug all das, um ihn von uns fernzuhalten. Dafür lebte sie im Luxus. Es war ein Arrangement aus Schmerz und Reichtum.«

Naila schluckte schwer. »Ich weiß nicht, was ich sagen soll.«

»Das ist der Grund, warum ich es nie erwähnt habe. Ich will kein Mitleid oder die Empfehlung, einen Therapeuten aufzusuchen. Mein Vater ist tot und dieser Tod war meine Befreiung.«

»Aber es gibt so viel, was du noch verarbeiten musst.«

»Oh nein!« Er hob eine Augenbraue. »Das ist genau das, was ich nicht hören will. Es war meine Entscheidung, meinen

Vater nicht anzuzeigen. Es war meine Entscheidung, seine sterblichen Überreste verbrennen zu lassen und seine Asche in den Mülleimer zu kippen. Nur Sebastians Mutter hat ein Grab bekommen. All das waren meine Entscheidungen. Und ich habe damit abgeschlossen. Es ist vorbei. Für immer.«

»Okay«, flüsterte Naila. Sie war geschockt. Als die Lammkoteletts serviert wurden, starrte sie ihr Essen an. Der Appetit war ihr gehörig vergangen.

Hayden umschlang ihre Finger mit den seinen. »Es tut mir leid«, sagte er. »Ich habe bisher noch niemandem davon erzählt. Und ich will es auch nicht mehr tun.«

»Ich verstehe.« Sie sah ihn an. »Zak ist so ein Idiot!«

»Er will dich nur beschützen.« Hayden zerteilte seinen Fisch und begann zu essen.

Naila schüttelte den Kopf. »Er will mich gegen dich aufbringen.«

»Hat er denn etwas gegen mich in der Hand?«

Sie verneinte. »Er hat da diese Theorie … egal. Vergessen wir's.

»Was für eine Theorie?«

»Das hat mit dem Fall zu tun. Darüber darf ich nicht sprechen.«

»In Ordnung. Aber lass dich nicht noch mehr von ihm verwirren. Am Ende will er nur erreichen, dass du deine Verlobung mit mir löst.«

»Ja.« Sie war völlig benommen von all den Informationen. »Wie kommt er nur auf die Idee, dass das funktionieren könnte?«

Hayden schob seinen Teller und die Kerzen zur Seite und beugte sich über den Tisch, um sie zu küssen. »Das hat es nicht, Schneckchen«, flüsterte er. »Du und ich gehören zusammen. Wir werden heiraten und glücklich sein.«

Nailas Lippen verharrten vor den seinen. »Ich fühle mich so schrecklich, weil ich an dir gezweifelt habe. An uns. Das wird nicht wieder vorkommen.«

»Du musst dich nicht schlecht fühlen. Ich hätte dir längst davon erzählen sollen.«

»Ich verstehe, wie schwer dir das gefallen sein muss. Danke für dein Vertrauen.«

»Ich danke dir.« Er küsste sie erneut, bevor er sich wieder zurücklehnte. »Warst du gestern eigentlich mit Keats unterwegs?«

Die Frage traf sie wie ein Dampfhammer. Naila nahm einen Bissen von ihrem Lamm und kaute konzentriert darauf herum.

»Ja«, gab sie schließlich zu. »Er wollte mir zeigen, wie er arbeitet. Wir haben uns bei der Walt Disney Concert Hall getroffen.«

»Und dort hast du ihm beim Fotografieren zugesehen?«

Sie nickte, ihr Herz klopfte heftig. Auf keinen Fall durfte Hayden erfahren, was zwischen ihr und Keats vorgefallen war! Nicht nach seinem Geständnis, das er ihr gerade gemacht hatte. Es würde ihn bis ins Mark treffen, wenn er erfuhr, dass sein Bruder sie zum Orgasmus gebracht hatte. Wieder einmal. Naila spürte, wie sie vor Nervosität heiße Wangen bekam.

»Magst du den Unsinn, den er Kunst nennt?« Hayden aß weiter, als würde er nichts bemerken.

»Nein.« Sie hoffte, dass man ihr nicht anhörte, dass sie log.

»Du solltest mal seine Galerie sehen. Das ist so ein Loch inmitten von SoHo. Keine Ahnung, wer sich dorthin verirrt.« Er warf ihr einen Blick zu. »Wir sind so verschieden und doch verbindet uns unsere Jugend. Manchmal habe ich ihn dafür gehasst, dass er eine Mutter hatte und ich nicht. Und dass sie ihn vergöttert hat, obwohl er schon als Junge ein Verlierer war.

Und trotzdem war da diese Verbindung zwischen uns. Bis heute. Aber ehrlich gesagt würde ich ihn umbringen, wenn ich wüsste, dass er sich an dich ranmacht.«

»Wie bitte?« Naila nahm einen großen Schluck Wein. »Wieso sollte er sich an mich ranmachen?«

»Weil du genau sein Typ bist. Du erinnerst ihn an seine Mutter. Sie hatte auch blonde Locken. Sebastian kann die Vergangenheit nicht loslassen. Das ist seine größte Schwäche.«

»Keine Sorge«, murmelte Naila. »Dein Bruder und ich haben absolut keinen Draht zueinander.«

»Zum Glück. Als du gesagt hast, du nennst ihn Keats, war ich eifersüchtig. Niemand nennt ihn so.«

»Aber er sagte, seine Freunde ...«

»Sebastian hat keine Freunde. Noch eine Tatsache, die uns verbindet. Wir vertrauen den meisten Menschen nicht.«

»Umso schöner, dass du mir vertraust.« Naila hoffte, das Thema auf diese Weise abschließen zu können, und war erleichtert, dass Hayden offenbar keinen Verdacht geschöpft hatte. Er wirkte gelöst und lobte den Fisch.

»Du solltest öfter unser Essen auswählen. Und das Restaurant. Warst du schon mal in Frankreich?«

»Nein, aber es war immer mein Traum, Paris zu sehen. Vielleicht klappt es ja eines Tages.«

»Warum verbringen wir unsere Flitterwochen nicht dort?«

»Was?« Naila riss die Augen auf. »Aber du sagtest doch, du willst zu den Cook Inseln segeln.«

»Na und? Pläne können sich ändern. Warum fängst du nicht mit der Planung an? Was denkst du, wann ist dein Fall abgeschlossen?«

»Vermutlich in einem halben Jahr.«

»Dann lass uns endlich über unsere Hochzeit reden. Ich kann es kaum noch erwarten, mit dir vor den Altar zu treten.«

»Ist das dein Ernst?« Naila wurde ganz aufgeregt.

»Und ob das mein Ernst ist.«

»Ich freue mich so! Danke Hayden. Dafür, dass du bist wie du bist. Ich bin glücklich, deine Verlobte zu sein.«

»Und ich bin froh, dass ich dich gefunden habe.«

Den Rest des Abends schmiedeten sie Pläne, die Naila in den siebten Himmel katapultierten. Da mutete es gleich viel weniger schlimm an, dass Hayden ihr beim anschließenden Sex in seiner Villa eine seiner Krawatten umlegte und sie herrisch im Doggy Style fickte.

KEATS

*R*astlos tigerte Keats durch die Villa seines Bruders. Er hatte Hayden und Naila vor einer Stunde nach Hause kommen gehört und war zu dem Platz im Garten geschlichen, wo er den perfekten Ausblick auf Haydens Bett hatte. Doch dieses Mal genoss er nicht, was er sah. An dem Tag, als Naila ihn in der Villa getroffen und realisiert hatte, wer er war, hatte sie ihn die ganze Zeit durch das Fenster hindurch angestarrt. Das hatte ihn angemacht, selbst wenn er seinen Bruder am liebsten umgebracht hätte. Aber heute hatte sie sich völlig auf Hayden konzentriert. Allein ihr aufgedrehtes Gekicher, das ihr Heimkommen untermalt hatte, hatte ihm signalisiert, dass Hayden mal wieder ganze Arbeit geleistet hatte. Und dann hatte er Naila gefickt, während er sie wie ein Pferd mit seiner Krawatte im Zaum hielt.

Keats schlug vor Wut gegen die Wand. Er sollte trainieren gehen, stattdessen hatte er getrunken. Das tat er sonst nie. Es hatte eine Zeit gegeben, in der er gesoffen hatte wie ein Loch. Kurz nach dem Tod seiner Mutter hatte er nicht gewusst, wohin mit sich. Alkohol schien die einzige Lösung zu sein. Ein

Ausweg, ein Freund, eine Flucht ins Vergessen. Mittlerweile war Sport seine Droge. Aber in Kombination mit Alkohol würde er das Training nicht lange durchhalten.

Während er noch in der abgedunkelten Küche verharrte und darüber nachgrübelte, was er tun sollte, hörte er Schritte, die die Treppe hinunterkamen. Es war Naila. Er hielt den Atem an und beobachtete, wie sie einzig mit einem übergroßen T-Shirt bekleidet in seine Richtung schlenderte. Es dauerte, bis sie ihn im schwachen Licht erkannte, und das brachte sie unvermittelt zum Stehen.

»Ich wollte mir nur etwas zu trinken holen. Ich wusste nicht ...« Sie trat den Rückzug an.

»Dass ich hier bin?« Er ging ihr nach, schnitt ihr den Weg ab.

»Lass das, Keats!« Sie versuchte, ihn abzuwehren, ohne ihn dabei zu berühren.

»Warum? Spürst du noch meine Zunge zwischen deinen Beinen?« Er bedrängte sie mit voller Absicht, weil er danach gierte, ihr nahe zu sein. »Denkst du an mich, wenn du mit Hayden zusammen bist?«

»Nein!« Ihre Hände stemmten sich in seine Brust. »Das war ein Fehler. Ich liebe deinen Bruder.«

»Liebt er dich auch?« Keats wich keinen Zentimeter zurück. »Hat er es dir je gesagt?«

»Natürlich hat er das.«

»Bullshit!« Er sah, wie sie heftig atmete, und ärgerte sich, dass sie ihr Hirn nicht einschaltete. Dabei hatte er seinem Bruder absichtlich die Tipps mit den Tulpen und den Bagels gegeben. Aber aus irgendeinem Grund wollte sie das nicht verstehen.

»Es tut mir leid«, wisperte sie. »Ich war durcheinander. Aber Hayden hat mir alles erzählt.«

»Alles?« Keats stützte seine Hände rechts und links von ihrem Kopf gegen die Wand.

»Was sein Vater euch angetan hat.«

»Mhm.« Sein Gesicht näherte sich dem ihren. »Und was war das gleich wieder?«

»Hör auf damit!« Ihre Gegenwehr verstärkte sich. »Ich weiß, was du ertragen musstest. Es tut mir leid.« Ihre Hand fuhr über seine Wange. »Es tut mir so leid. Aber auch wenn ich deiner Mutter ähnlich sehe, du musst mich vergessen.«

»Ich muss ...?« Er lachte auf. »Das hat er gesagt, der verdammte Arsch? Dass du meiner Mutter ähnlich siehst? Gottverdammter Scheißkerl!« Seine Faust sauste neben ihrem Kopf gegen die Wand. »Und was hat er noch gesagt? Dass Bren Barracks Erziehung ihn zu dem gemacht hat, der er ist? Hat er dir weisgemacht, dass er leidet, anstatt zuzugeben, dass ein manipulativer Drecksack aus ihm geworden ist?«

Sie schüttelte verängstigt den Kopf. »Lass mich gehen, Keats. Bitte!«

»Jeder hat seine Geschichte, Babe, sieh endlich, welche Haydens ist.«

»Was redest du denn da?«

Sein Kopf sank gegen den ihren. Er war betrunken und das machte ihn ehrlich. »Sagt er dir eigentlich, dass du wunderschön bist?«

Sie erstarrte.

»Wenn du nur wüsstest ...«, flüsterte Keats. Seine Finger spielten mit einer ihrer Locken.

»Was?«

»Ich will dich.« Er legte seine Lippen unendlich sanft auf die ihren. »Und ich weiß, du willst mich auch.«

»Nein!«

»Sieh mir in die Augen und sag mir, dass du nichts empfindest, wenn wir zusammen sind.«

»Ich empfinde nichts.« Ihre Stimme war kaum hörbar.

»Sieh mich dabei an!«

Sie tat es und er spürte wieder die Spannung zwischen ihnen, die unter der Oberfläche seiner Haut zu brodeln schien. Er wollte sie ficken und ihr dadurch ihre verdammten Zweifel nehmen, die sein Bruder ihr eingeredet hatte. Jetzt gleich. Hier. Er wusste, dass sie es auch wollte. Er fühlte es.

»Da ist nichts«, flüsterte Naila in diesem Moment. »Ich werde Hayden heiraten.«

»Schön zu hören.« Die Stimme seines Bruders ließ sie auseinanderfahren und Naila flüchtete sich zu ihm. Keats straffte die Schultern. Er konnte den Anblick der beiden kaum ertragen.

»Was ist hier los?« Hayden fixierte ihn.

»Gar nichts.«

»Hast du getrunken?«

»Und wenn schon?«

»Geh nach oben, Schneckchen.« Hayden schob Naila in Richtung Treppe ohne Keats aus den Augen zu lassen. »Wir müssen hier noch was klären.«

»Es ist nichts passiert«, beteuerte Naila, doch ein Blick seines Bruders genügte, um sie zum Schweigen zu bringen. Sie schlich nach oben. Kaum hörte man die Schlafzimmertür ins Schloss fallen, schon schoss Hayden nach vorne.

»Was zum Teufel ist los mit dir?«, knurrte er, seine Nase dicht vor der von Keats. »Willst du unseren Plan auffliegen lassen?«

»Du solltest vorsichtig sein. Vielleicht lauscht die Kleine.«

Haydens Wut verstärkte sich. Mit einer zackigen Bewegung seines Kinns forderte er Keats auf, ihm zu folgen. Sie durchquerten das Wohnzimmer und gelangten in die Bibliothek, in der Hayden sämtliche Werke der großen amerikanischen Schriftsteller sammelte. Ernest Hemingway, Mark Twain, John Steinbeck, William Faulkner und viele andere wetteiferten in den Regalen um Beachtung.

Hayden drückte einen verborgenen Knopf an der Wand und eines der Buchregale bewegte sich. Er schob es zur Seite und forderte Keats auf einzutreten. Es war nicht das erste Mal, dass Keats das versteckte Kino betrat, aber wie die Male zuvor fühlte er sich auch jetzt in die fensterlose Folterkammer von Bren Barrack zurückversetzt, obwohl es hier völlig anders aussah. Ein Dutzend weiße Ledersessel reihten sich vor einer riesigen Filmleinwand aneinander, um für ein perfektes Kinoerlebnis zu sorgen. Die Wände waren schallgedämpft, um den Klang der Dolby Surround Anlage optimal auszunutzen. Keats hatte keine Ahnung, ob Hayden hier je einen Film angesehen hatte.

»Also, schieß los!« Sein Bruder verschloss die Tür hinter ihnen und stemmte die Hände in die Hüften. Seine Stimme war lauter geworden. »Was war das gerade für eine Show? Bist du bescheuert?«

»Du hast ihr von deinem Vater erzählt. Und dem, was er uns angetan hat.« Keats ging nicht auf die Frage ein und schnaubte aufgebracht. »Machen wir jetzt Seelenstriptease oder was?«

»Sie hat keine Ruhe gegeben. Und du weißt doch, wie wir's handhaben: so nah an der Wahrheit wie nötig, so weit weg von der Lüge wie möglich. Wer zu viel lügt, fliegt auf.« Hayden verzog den Mund. »Du hättest sehen sollen, wie sie vor Mitleid zerflossen ist. Das war perfekt.«

»Ich dachte, du scheißt auf das Mitleid anderer.« Keats kickte ein heruntergefallenes Kissen zur Seite.

»Das tue ich auch, aber sie fing an zu nerven. Ständig diese Fragerei über Peter Greenberg. Das begann, mir auf den Sack zu gehen.«

»Was ist, wenn sie was rausfindet?«

»Ist mir egal. Dann zünden wir die Bombe. Ich kann es kaum noch erwarten, bis das Material online geht. Die brave Anwaltstochter beim Sex in der Öffentlichkeit. Und das gleich zweimal. Einmal sogar während ihrer Verlobung mit mir. Damit bin ich endlich raus aus der Nummer.« Er warf Keats einen Blick zu. »Wo ist der USB-Stick?«

»Auf deinem Schreibtisch.«

»Ich hoffe, du hast einen hübschen Winkel gewählt, als du's ihr besorgt hast.«

»Alles wie immer.« Die Worte verursachten bei Keats einen bitteren Beigeschmack. »Wir haben nicht gefickt.«

»Was dann?«

»Ich hab sie geleckt.«

»Du bist mein Held.« Hayden lachte dreckig. »Das musst du hervorragend gemacht haben, denn sie hat sich aus lauter schlechtem Gewissen gewunden. Aber zum Glück wird sie nicht kündigen.« Er amte Nailas Stimme nach: »Ich werde meinem Vater und meinem Bruder in den Arsch treten.«

Die Aussage versetzte Keats einen Stich. »Du wirst mit diesen Videos ihre Karriere ruinieren.«

»Welche Karriere?« Hayden grinste bösartig. »In der Hinsicht ist sie wie du, kleiner Bruder. Ihr seid so voller Idealismus, dass es wehtut. Sie hätte niemals Karriere gemacht. Dazu ist sie viel zu sensibel. Sie hat keinen Biss. Wenn sie endlich mal angreifen würde, hätten ihr Vater und ihr Bruder auch Respekt vor ihr, aber so wissen sie ganz genau, was sie sagen müssen, damit Klein-Naila weint.«

»Du bist ein Wichser, Hayden!«

»Und du ein verfluchter Frauenversteher! Hör auf, so widerlich verständnisvoll zu sein, wenn es um Naila geht. Sie ist dein Auftrag. Stell dich nicht so an! Am Ende des Tages wandern etliche Millionen Dollar auf dein Konto. Das sollte doch reichen, um endlich mal professionell zu sein.«

Keats ballte die Hände zu Fäusten. Er hatte seinen Bruder noch nie geschlagen, aber eines Tages, das schwor er sich, würde er es tun. Und es würde ihm eine verdammte Genugtuung sein!

»Was?« Hayden starrte ihn an. »Hast du ein Problem?«

»Du bist mein verdammtes Problem. Das warst du schon immer.«

»Krieg dich wieder ein. Du bist nur sauer auf dich selbst, weil du deinen alkoholverseuchten Arsch nach dem Tod deiner Mutter nicht in die Höhe bekommen hast. Während ich die Firma meines Vaters wiederaufgebaut habe, bist du in Selbstmitleid versunken. Wenn ich dir nichts zu tun gegeben hätte, würdest du jetzt auf der Straße leben.«

Keats zwang sich zur Ruhe und sein Bruder bedachte ihn mit einem abfälligen Blick. »Alles, was du hast, hast du wegen mir. Sieh es ein, du tust, was ich dir sage und das schon seit Jahren. Ich bin jetzt dein Herr.« Die Worte schienen den Raum zu entzünden und Keats hechtete nach vorne. Er stieß Hayden zu Boden und verpasste ihm eine. Es tat gut. Er setzte nach, bis er seinen Bruder lachen hörte.

»Mach nur weiter«, ächzte Hayden und leckte sich über seine blutende Lippe. »Du kannst die Scheiße aus mir rausprügeln, aber es wird doch nichts ändern. Du bist ein Schwächling, kleiner Bruder. Naila hört auf mich. Alle Frauen haben auf mich gehört. Selbst deine Mutter.«

Ein weiterer Schlag traf ihn, dann zog sich Keats schweratmend zurück. »Wenn wir das hinter uns haben, will ich dich nie wiedersehen«, keuchte er.

»Ist klar.« Hayden erhob sich und hielt sich die blutende Nase. »Das war genial! Dafür wird Naila dich hassen.« Er grinste immer noch. »Egal, was du tust, du schaffst es einfach, mir durch deine Fehler einen Vorteil zu verschaffen. Ich kenne dich so gut, kleiner Bruder. Du bist wie ein streunender Hund. Wenn du Hunger hast, kommst du zurück. Darauf verwette ich meinen Arsch.«

»Ich werde niemals zurückkommen!«

»Oh doch, das wirst du! Weil du es vermissen wirst. Du brauchst jemanden, der dir die Frauen ranschafft. Du liebst dieses anonyme Spiel, bei dem du keine Gefühle investieren musst, weil alles in dir bereits tot ist. Mein Vater hat dich gebrochen und du hast es zugelassen. Ohne mich bist du nichts weiter als eine leere Hülle, die ihr Leben auf starre Fotos bannt.«

Keats wandte sich ab. Er hatte genug gehört.

»Was ist?«, rief Hayden ihm hinterher. »Tut die Wahrheit weh?«

»Eines Tages wirst du fallen wie ein Engel, dem man die Flügel abgeschnitten hat. Und ich hoffe, du landest dort, wo dein Vater ist.«

Hayden lachte. »So poetisch, kleiner Bruder? Glaub mir, niemandem wird es je gelingen, mir die Flügel zu stutzen. Ich bin zu schlau für euch alle. Jeder meiner Schritte ist geplant. Es gibt nichts, was mich aufhält!«

»Schmor in der Hölle!« Keats drückte die Tür auf und verließ das Kino. Das war das verdammt nochmal letzte Mal, dass er etwas für seinen Bruder getan hatte! Er würde das Geld nehmen, seine Galerie in New York verkaufen, untertauchen und nicht zurückblicken. Aufgebracht ging er ins Fitnessstudio, verband sein Handy mit der Soundanlage und wählte *Roll Me Away* von Bob Seger. Zu den immer lauter werdenden Klängen des Songs begann er, den Boxsack zu bearbeiten. Er ließ seine gesamte Wut raus, bis er nur noch Nailas Gesicht vor sich sah. Da gab er auf und sank schweißgebadet zu Boden.

———

AM NÄCHSTEN MORGEN erwachte Keats mit einem gewaltigen Brummschädel. Er wälzte sich im Bett herum und entdeckte eine halbleere Whiskeyflasche auf seinem Nachttisch. Er stöhnte und verfluchte sich, dass er so bescheuert gewesen war, sich in den Schlaf zu saufen. Damit hatte er seinem Bruder nur recht gegeben. In allem. Er setzte sich auf und hielt sich den Kopf. Dann erhob er sich, griff nach der Flasche und ging ins Badezimmer, um den restlichen Inhalt im Klo hinunterzuspülen. Anschließend starrte er sich im Spiegel an. Seine Augen waren blutunterlaufen, seine Haare standen ihm zu Berge und sein Bart ließ ihn aussehen wie einen Schwerverbrecher. Keats drehte den Wasserhahn auf, um zu trinken und seinen Kopf darunter zu halten. Er prustete und strich sich das Wasser aus dem Gesicht. Seine Fingerknöchel schmerzten. Von den ungeschützten Schlägen gegen den Boxsack und in die Visage seines Bruders. Er hoffte, Hayden hatte ebenfalls Schmerzen.

Die Dinge, die er ihm gesagt hatte, saßen tief und weil sie stimmten, fühlte sich Keats miserabel. Er war ein gefühlskalter Arsch, das ließ sich nicht leugnen. Bren Barrack hatte alles in ihm abgetötet. Nur deshalb hatte er die Aufträge seines Bruders ausführen können. Doch Naila war so anders. Ihr ganzes Wesen, ihre Art ... er wollte in ihrer Nähe sein. Und bleiben. Sie zu beobachten war eine Sache gewesen. Es war anonym. Er nahm an ihrem Leben teil, ohne es wirklich zu tun. Doch jetzt konnte er sie berühren und mit ihr zusammensein. Das war etwas völlig anderes. Mit ihr zu reden fühlte sich wie das Normalste der Welt an, obwohl er normalerweise nie mit jemandem sprach. Zumindest nicht über sich. Sein Alltag in New York war einsam, weil er es genauso wollte. Er führte seine Galerie, pflegte Kontakte zu Künstlern, doch wirkliche Freundschaften hatte er nicht. Dafür gab es einfach zu viele Geheimnisse in seinem Leben, zu viele Dinge, die niemand verstehen würde. Hayden war der Einzige, der verstand, und doch wusste Keats, dass es ihn zerstören würde, wenn er länger bei ihm blieb. Er musste weg, aber der Gedanke an Naila hielt ihn zurück. Zum ersten Mal wollte er nicht der gefühlskalte Arsch sein, der nur das Geld einsackte, um anschließend wieder für einige Monate entspannt zu leben und zu vergessen. Er konnte die drei Jahre, in denen Naila ein unsichtbarer Teil seines Lebens gewesen war, nicht einfach aus seinem Kopf streichen. Und noch viel weniger konnte er mit der Schuld leben, was er und Hayden ihr antaten.

Keats ignorierte die bohrenden Kopfschmerzen, sprang unter die Dusche und zog sich an, bevor er nach unten ging. Die Villa schien verlassen zu sein, in der Spüle standen zwei benutzte Teller und zwei Kaffeetassen. An einer davon waren Lippenstiftabdrücke. Keats fuhr mit dem Finger darüber und fragte sich, was Naila wohl gedacht hatte, als Hayden blutend zu ihr zurückgekehrt war. Vermutlich hatte sie seinen Bruder liebevoll verarztet, während er sie mit seinem vordergründigen Charme weiter um den Finger gewickelt hatte. Keats wollte sich nicht vorstellen, was in ihr vorgehen würde, wenn Hayden die Bombe platzen ließ und sie bloßstellte. Im Gegensatz zu ihnen hatte Naila Freunde. Und eine Familie. Und

Arbeitskollegen, die sich ab diesem Moment das Maul über sie zerreißen würden.

»Guten Morgen.« Sora kam um die Ecke. »Schlecht geschlafen?« Sie sah ihn kurz an, bevor sie zur Spüle ging, um Teller und Tassen in die Geschirrspülmaschine zu räumen.

»Zu viel getrunken.« Er sank auf einen der Barhocker, die vor der Theke standen.

»Du trinkst?«

»Nur gestern.«

»Streit mit deinem Bruder gehabt?«

»Kannst du hellsehen?«

Sie lächelte und öffnete den Kühlschrank. Dann notierte sie etwas auf einem Zettel und nahm ein paar Eier, Paprika, Zucchini und Zwiebeln heraus. »Omelett?«, erkundigte sie sich.

»Immer. Ich liebe deine Omeletts.«

Sie schlug die Eier schweigend in eine Schüssel, verrührte sie und schnitt das Gemüse. »Wann ist die Hochzeit?«, fragte sie beiläufig.

Keats zuckte die Schultern. »Ich bezweifle, dass ich eingeladen bin.«

Sora hob den Kopf. »Es ist das erste Mal, dass du Naila siehst. Was hältst du von ihr?«

»Ich kenne sie kaum.«

Sora hob einen Mundwinkel, als wollte sie ihm nicht glauben.

»Sie ist okay«, murrte Keats. »Wie Anwältinnen eben so sind.«

»Hätte nicht gedacht, dass dein Bruder auf Anwältinnen steht.«

Keats grinste. Sora war alles andere als eine typische Haushälterin. Genaugenommen war sie zu direkt und zu clever. Er hatte keine Ahnung, weshalb sie diesen Job machte. Vermutlich brauchte sie das Geld. Sein Bruder bezahlte nicht schlecht.

»Hast du Angst, dass sie ihn dir wegnimmt?« Sora goss die Eimasse in die Schüssel und Keats schüttelte den Kopf.

»Hast du Angst, dass er sie dir wegnimmt?«, formulierte sie die Frage um.

»Es wird nicht lange gutgehen mit den beiden«, knurrte er und bereute den Satz augenblicklich. Sora reagierte nicht.

Als das Omelett fertig war, ließ sie es auf einen Teller rutschen und reichte ihn Keats. »Guten Appetit.«

»Danke.« Er aß und beobachtete, wie Sora die Küche aufräumte. »Was machst du eigentlich, wenn du nicht hier arbeitest?«, fragte er.

»Warum interessiert dich das auf einmal?«

»Wir sehen uns nicht sehr oft, ich wollte nur höflich sein.« Er legte Messer und Gabel zur Seite. »Hast du irgendwelche Hobbys?«

»Ich habe einen Menschen in meinem Leben, den ich hasse.«

»Tatsächlich? Das ist dein Hobby?« Er lachte. »Da haben wir ja was gemeinsam.«

»Wir haben mehr gemeinsam, als du denkst.« Sie fuhr mit einem Lappen über die schwarze Marmorplatte. »Deshalb freue ich mich jedes Mal, wenn wir uns sehen.«

»Ist das so?« Er mochte Soras freche Art. »Unsere Begrüßung hat mir sehr gefallen.«

»Mir auch.« Sie kam zu ihm und drückte seine Knie auseinander. Ihre Hand wanderte zielgerichtet zwischen seine Beine. »Also, wie sieht's aus? Stehst du auf die Verlobte deines Bruders?«

»Bist du eifersüchtig?«

»Kein bisschen.«

»Warum fragst du mich dann?«

»Ich habe beobachtet, wie du sie ansiehst.« Ihre Hand massierte ihn und Keats spürte, dass er darauf reagierte. Er wollte es nicht, aber nach der ganzen Sache von gestern Abend war er durcheinander. Für ein paar Minuten wollte er einfach an gar nichts mehr denken.

»Ich kann ansehen, wen ich will. Richtig?« Er zog sie zu sich heran und spürte, wie ihre Finger in seine Jogginghose glitten. Zischend zog er die Luft zwischen den Zähnen ein. Sora massierte ihn und er genoss es. Ihre Zunge spielte mit der seinen.

»Du magst sie.«

»Ich mag niemanden.«

»Ich denke, sie ist der Grund, warum du nicht wiederkommen möchtest. Du erträgst es nicht, deinen Bruder mit ihr zu sehen.«

Keats lachte auf. »Nein«, murmelte er zwischen ihren Küssen. »Das ist nun wirklich nicht der Grund.«

»Gibt dein Bruder dir kein Geld mehr?« Ihre Hand massierte ihn so geschickt, dass er kurz davor war zu kommen.

»Ich bekomme das verdammte Geld nicht umsonst.« Er stöhnte und fuhr mit beiden Händen über ihr T-Shirt, um ihre großen Brüste zu umschließen.

»Dann habt ihr einen Deal?«

Ihre Fragen verwirrten ihn, aber ihre intensive Massage tat es noch viel mehr. »Mein gesamtes Leben ist ein einziger Deal«, ächzte er und legte den Kopf in den Nacken. »Doch damit ist jetzt Schluss.« Er spürte das Kribbeln in seinen Lenden.

»Das denke ich auch.« Sie hörte abrupt auf, zog etwas aus

ihrer Hosentasche und knallte es auf den Tisch. Keats blinzelte.

»FBI«, hörte er Sora sagen. »Sebastian Keats, ich verhafte Sie wegen des Verdachts der Beihilfe zur Erpressung und dem Erschleichen von Leistungen. Sie haben das Recht zu schweigen, denn alles, was Sie sagen, kann später vor Gericht gegen Sie verwendet werden. Außerdem haben Sie das Recht, zu jeder Vernehmung einen Verteidiger hinzuzuziehen. Wenn Sie sich keinen Verteidiger leisten können, wird Ihnen einer gestellt. Haben Sie das verstanden?«

»Was soll der Scheiß?« Er fixierte den Ausweis vor sich und versuchte, seinen Atem zu beruhigen, während sein Schwanz noch immer in seiner Hose pulsierte.

»Sorry.« Sora zuckte die Schultern. »Ich konnte nicht länger warten.«

»Du holst mir einen runter und nimmst mich dann fest?« Er schlug wütend auf den Küchentresen.

»Es ist zu deinem Besten.« Sora trat einen Schritt zurück. »Dachtest du, die Behörden sind so dumm, dass sie nicht dahinter kommen, mit welch miesen Tricks Hayden an Grundstücke kommt? Und was deine Rolle dabei ist?«

Keats lachte auf und sah sich um. »Ist das ein Scherz?«

»Ganz sicher nicht. Wir wollen dir einen Deal vorschlagen.« Sie zog Handschellen aus ihrem Hosenbund und sein Lachen wurde lauter.

»So ist das. Du willst mich also fesseln. Warum hast du das nicht gleich gesagt, anstatt hier so eine Show abzuziehen?«

Sora verzog keine Miene. »Ich arbeite seit drei Jahren undercover in diesem Haus. Das war die beschissenste Zeit meines Lebens.«

»Danke vielmals.«

»Nicht wegen dir.« Sie legte ihm die Handschellen an und

sah durchs Fenster nach draußen. »Meine Kollegen werden jeden Moment hier sein.«

»Was zum Teufel ...?« Keats' Erregung schlug in Wut um. »Du beschissenes Miststück! Du hast mich gelinkt!«

»Eigentlich ist das Beamtenbeleidigung, aber das Miststück habe ich wohl verdient.« Sora richtete ihren BH. »Hör dir einfach an, was meine Kollegen dir zu sagen haben. Es geht uns nicht um dich. Wir wollen Hayden.«

»Hier sind überall Überwachungskameras. Er wird sehen, dass ihr mich festnehmt.«

»Denkst du, ich bin ein Amateur? Wir haben diese Kameras längst unter Kontrolle. Nicht umsonst weiß ich auch, wie heiß du auf die kleine Naila bist.«

Keats fluchte. »Ich werde meinen Bruder nicht hinhängen«, knurrte er.

»Ach nein?« Ihr Blick bohrte sich in den seinen. »Selbst dann nicht, wenn du Naila McDermott damit helfen könntest?«

Sein Fluchen wurde lauter und Sora foderte ihn auf, mit ihr zu kommen. Sie gingen in den Flur und Sora öffnete das Tor der Villa über den Touchscreen an der Wand.

»Mach endlich einmal einen Deal, den du nicht bereust«, sagte sie und führte ihn ins Freie.

10

HAYDEN

ie Ruderblätter tauchten ins Wasser ein und Hayden streckte Hüfte und Knie gleichzeitig. Er brachte seinen Körper aktiv nach hinten und hängte sein Gewicht in das Ruder. Die Blätter zogen durchs Wasser und Hayden winkelte die Arme an, bevor er die Blätter abdrehte und sich wieder nach vorne beugte, um sie erneut ins Wasser zu tauchen. Sein Atem war eins mit dem Rhythmus des Ruderboots, das wie ein Pfeil durch die Bucht von Marina del Rey schnellte.

Er liebte die Kontrolle, die er über das Boot hatte. Die Geschwindigkeit und die Präzision, mit der sein Körper arbeitete, versetzte ihn in einen rauschartigen Zustand. Er war der Motor, der alles antrieb. Der Motor, der Kraft und Performanz in sich vereinigte und auf Höchstleistung aus war. Das gefiel ihm so am Rudern. Er brauchte kein Team, um erfolgreich zu sein, er brauchte nur sich selbst. Wieder und wieder zog er die Ruderblätter durchs Wasser, bis er kurz vor dem Clubhaus aufhörte und das Boot ausgleiten ließ. Er genoss das Gefühl seiner brennenden Muskeln und sog die Luft tief in seine

Lungen. Dann hielt er inne. Am Bootssteg erkannte er eine Gestalt. Er verengte die Augen. Emu.

Gemächlich ruderte er zu ihr. Als er anlegte, stellte sie sich breitbeinig an den Rand des Stegs, sodass er unter ihren enganliegenden Rock sehen konnte. Was er sah, gefiel ihm. Ihre gepiercte und rasierte Muschi lachte ihm entgegen und er musste sich konzentrieren, um keine Erektion zu bekommen. Sein hautenges Trainingsdress hielt nichts verborgen.

»Was tust du hier?«, fragte er und erklomm den Steg. Dann winkte er einen der Angestellten heran, der sein Boot an Land hievte.

Dezent trat Emu einige Schritte zur Seite, blickte auf das Wasser und setzte die dunkle Sonnenbrille ab. »Mein Vater schickt mich.«

»Dein Vater?« Er stellte sich neben sie. Emu hatte ihn noch nie aufgesucht. Wenn Lee Shin ihn sprechen wollte, schickte er einen seiner Männer. Und wenn Emu ficken wollte, reservierte sie ein Hotelzimmer und brachte ihr Spielzeug mit.

»Eine Familienangelegenheit.«

Er stutzte. »Um was geht es?«

»Das sollten wir an einem Ort besprechen, an dem wir unter uns sind.«

»Woran hast du gedacht?«

»Hast du hier kein Büro? Immerhin bist du im Vorstand.«

»Du weißt genau, warum ich das bin.«

»Natürlich.« Sie setzte die Sonnenbrille wieder auf. »Lass uns gehen.«

Hayden gab den Weg vor und Emu folgte ihm. Sie gingen den Steg hinunter, passierten das Beachside Café am Strand und betraten das langgestreckte Gebäude des Ruderclubs. An diesem Nachmittag war nicht viel los. Die meisten Leute trainierten in der Früh oder am Wochenende. Die Hitze des Tages schätzten die wenigsten. Hayden checkte die Büros des Vorstands und entschied sich für das am Ende des Gangs. Er war nur selten vor Ort, denn eigentlich war er mehr Geldgeber als Entscheider. Die Vorteile, die er aus seiner Funktion als Vorstandsmitglied zog, waren rein geschäftlicher Natur.

Er ließ Emu vor sich eintreten und schloss die Tür hinter ihnen. Sie schritt durch den Raum, sah sich alles an und drehte sich schließlich zu ihm um. Die Spitze ihres hochhackigen Schuhs wippte auf und ab.

»Es gibt Probleme«, sagte sie.

»Und die wären?«

»Das FBI interessiert sich für uns.«

»Tun die das nicht immer?«

»Mein Vater hat Grund zu der Annahme, dass sie jemanden auf dich angesetzt haben.«

»Auf keinen Fall.« Hayden rollte sein Trainingsdress bis zur Hüfte nach unten. »Ich bin sauber.«

»Was ist mit den Papieren für die Lagerräume?«

»Die sind ebenfalls sauber. Was denkst du, weshalb ich in diesem gediegenen Ruderclub verkehre? Sämtliche Boote und das Zubehör, das sie benötigen, wird über meine Räumlichkeiten abgewickelt oder lagert dort. Dass ab und an auch Container mit Menschen durchgeschleust werden, bekommt niemand mit. Das FBI interessiert sich nicht für Ruderboote.«

»Aber für Menschenhandel.«

»Davon weiß ich nichts.« Er grinste, doch Emu verzog keine Miene.

»Was ist mit den anderen Sachen?«

»Welche Sachen?«

»Die Art, wie du an all diese Grundstücke gekommen bist.«

»Ach das.« Hayden grinste. »Keine Sorge, das ist eine Geschäftsidee, die mein Bruder und ich entwickelt haben. Da wird niemand plaudern. Das könnte zu unangenehmen Enthüllungen führen.«

»Du bist dir ja sehr sicher.«

»Natürlich bin ich das.« Er ging auf sie zu. Ihre arrogante Art machte ihn an. Inzwischen konnte er seine Erregung auch nicht mehr verbergen. »Seit wann lässt dich dein Vater in meine Nähe?«

»Seit ich seine rechte Hand geworden bin.«

Er zog eine Augenbraue nach oben. »Du bist also aufgestiegen. Interessant.«

Sie bremste ihn ab, indem sie den Arm ausstreckte und ihn auf Abstand hielt. Ihre schwarzen Augen blitzten ihn an. »Mein Vater will, dass du diese FBI-Sache aus der Welt schaffst. Es könnte dich jemand in deinem direkten Umfeld bespitzeln.«

»Und wer sollte das sein? Wenn ich nicht einmal weiß, worum es geht, kann ich nichts tun. Es könnte eine Fehlinformation sein.«

»Wir bekommen keine Fehlinformationen.«

»Dann brauche ich mehr Anhaltspunkte.«

»Du solltest lernen, auf kleine Dinge zu achten.«

»Ich werde nicht bespitzelt. Das ist völlig unmöglich.«

»Hm.« Emu kräuselte verächtlich ihre Lippen. »Du weißt, was passiert, wenn wir dieses Grundstück nicht bekommen. Das Kasino kann nur dort gebaut werden. Sollten wir verlieren ...« Sie machte eine bedeutungsvolle Pause und Haydens Erektion wurde übermächtig. Er wollte Emu ficken. Die Begierde zerriss ihn beinahe.

»Schickt er dich dann, um mich zu töten?«, fragte er leise und sah sie nicken.

»Würdest du es tun?«

»Ohne mit der Wimper zu zucken.«

Er hob einen Mundwinkel, packte sie blitzschnell am Handgelenk und drückte zu. Obwohl es wehtun musste, zeigte sie keinerlei Reaktion.

»Genug jetzt«, knurrte er. »Meine Geschäfte sind wasserdicht. Der Prozess ist wasserdicht. Ihr habt nichts zu befürchten.«

»Wenn das FBI dich hochnimmt, werden wir alles vernichten, was wir je miteinander aufgebaut haben.«

»Willst du mir Angst machen?«

»Ich habe noch nicht einmal damit angefangen.«

Ohne sie loszulassen, griff er nach einem Paddel, das an der Wand hing. »Dafür werde ich dich versohlen müssen.« Er ließ das Ruderblatt auf ihren Hintern klatschen und Emu lächelte boshaft.

»Ich freue mich auf den Tag, an dem mein Vater erfährt, was du mit mir tust.«

»Warum?«

»Weil ich dann dabei zusehen darf, wie er dich foltert.«

»Zuerst werde ich dich foltern.« Er zog sie zu sich heran und küsste sie. Sie erwiderte seinen Kuss so heftig, dass ihre Zähne auf die seinen prallten. Ihre Nägel pflügten hitzig über seine Brust und hinterließen blutende Striemen.

»Kleines Miststück!« Hayden stieß sie von sich, drehte sie um und drängte sie gegen den Schreibtisch. Gewaltsam zerrte er ihr den Rock über den Hintern und zog ihr das Paddel über die blanken Pobacken. Wieder und wieder. Das Klatschen törnte ihn an. Ihr Stöhnen törnte ihn an. Emu spreizte ihre Beine, bot ihm mehr Angriffsfläche. Er zielte auf ihre Schamlippen. Brutal sauste das Ruderblatt darauf nieder. Hayden kannte kein Erbarmen. Erst, als Emus Haut feuerrot war, legte er das Paddel auf den Schreibtisch und befreite sich vollständig aus seinem Trainingsdress.

»Du kleine Schlampe bist ganz feucht«, murmelte er, als er in sie eindrang. »Hat dich das angemacht?« Er packte ihre Haare und zog ihren Kopf nach hinten. Sex mit Emu glich stets einer Vergewaltigung. Wie ein Besessener stieß er sie, so unbeherrscht, dass sie den Schreibtisch von der Stelle rückten. In quietschendem Rhythmus bewegte er sich durch den Raum, bis er gegen die Wand stieß.

»Du Fotze«, flüsterte Hayden in ihr Ohr. »Du drohst mir nie wieder, hast du verstanden?«

Er angelte nach dem Paddel und nahm es zwischen seine Hände, damit er es Emu um den Hals legen konnte, um sie zu würgen. Sie röchelte, während er sie so rasend fickte, dass er glaubte, sein Schwanz würde gehäutet werden. Der Orgasmus überkam ihn explosionsartig und so unvermittelt, dass er mitten in der Bewegung innehielt. Seine Pobacken verkrampften sich und die zuckenden Wellen schossen ihm die Wirbelsäule bis in den Nacken hinauf.

»Scheiße!« Er lockerte das Paddel.

Emu würgte und rang nach Luft. Ihre Finger rieben ihre Klitoris. Sie zuckte und wand sich unter ihm, verdrehte die Augen und fiel vornüber auf den Tisch.

Minuten später, als sie wieder zu Atem gekommen waren, löste sie sich von ihm und zog ihren Rock nach unten. »Das war nett«, sagte sie. Ihr Make-up und der tiefrote Lippenstift sahen immer noch so aus, als wäre nichts geschehen.

»Nett.« Hayden lachte auf. »Du weißt, dass es mehr als nett war.«

Emu bedachte ihn mit einem abschätzigen Blick. »Klär das mit dem FBI. Wir brauchen keine Probleme.«

»Ihr hattet durch mich noch nie Probleme. Alle unsere Geschäfte laufen seit Jahren reibungslos. Ich will dieses beschissene Kasino ebenso wie ihr.«

»Dein Vater war ein Risiko. Es war gut, dass du ihn aus dem Weg geräumt hast. Aber wir brauchen kein neues Risiko.«

Hayden schnaubte genervt. »Hab ich euch nicht schon bewiesen, dass ich anders bin?«

»Mit dir zu ficken fühlt sich kein bisschen anders an.«

»Wie bitte?« Hayden sah auf und Emu entblößte ihre weißen Zähne.

»Denkst du etwa, du bist der Erste, mit dem ich solche Erlebnisse hatte? Ich fand es schon immer erregend, die Geschäftspartner meines Vaters zu testen.«

Er schluckte hart und sie registrierte es mit einem Lächeln.

»Du bist ersetzbar, Hayden. In jeder nur erdenklichen Art und Weise.«

Sie ging zur Tür und schwebte hinaus. Hayden lauschte auf das Verklingen ihrer Absätze auf dem Flur, bevor er das Paddel ergriff und es durch den Raum schleuderte.

———

Einige Stunden später kraulte Hayden durch den Pool seiner Villa. Er zog eine Bahn nach der anderen, obwohl er sich bereits beim Rudertraining verausgabt hatte. Trotzdem konnte er weder arbeiten, noch irgendwo ruhig sitzen. Die Worte von Emu gärten in seinem Inneren. Wie konnte sie es wagen? Er war ganz und gar nicht ersetzbar! Seit dem Tod seines Vaters tat er alles, um das Geschäft mit den Triaden voranzutreiben. Durch geschickte Investments und dem Aufkaufen sämtlicher Firmen öffentlicher Lagerräume, gehörten ihm mittlerweile riesige Flächen in Los Angeles. Viele davon waren inzwischen mit hochpreisigen Wohnimmobilien oder Bürogebäuden bebaut worden, andere wurden nach wie vor als Lagerräume vermietet und halfen Lee Shin beim Einschleusen illegaler Einwanderer, die zum Zwecke der Zwangsarbeit und Zwangsprostitution reingeschmuggelt wurden. Ohne ihn wäre Lee Shin längst nicht so mächtig in dieser Stadt. Er war es nur, weil Hayden es ihm erlaubte. Weil er es gewesen war, der Peter Greenberg gezwungen hatte, das Tauschgeschäft mit der Huang Corporation abzuschließen, in dessen Vorstand Lee Shins Cousin saß. Nur so hatten sie das Grundstück vor der Übernahme der Stadt Los Angeles retten können. Hayden schnaubte und krallte sich am Beckenrand fest. Er zog die Fäden in diesem Spiel und er würde nicht zulassen, dass Emu ihn derart von oben herab behandelte.

Aus den Augenwinkeln sah er eine Bewegung und drehte den Kopf. »Wo warst du?«, rief er seinem Bruder zu, der nach draußen geschlendert kam.

»Nicht hier«, erhielt er die knappe Antwort.

»Hast du deine Wunden geleckt?« Hayden zog sich aus dem Wasser und setzte sich an den Beckenrand.

Sebastian deutete mit dem Kinn auf die Kratzer, die Haydens Brust zierten. »Du warst wohl auch nicht untätig«, murrte er.

»Das bin ich nie.« Hayden strich sich die nassen Haare aus dem Gesicht. »Also, wo warst du zwei Nächte lang?«

»Woanders.«

»Hast du in einem einsamen Hotelzimmer geweint?«

»Ich habe nachgedacht.«

»Worüber denn?«

»Dass du recht hattest.«

Hayden horchte auf. »Hast du schon wieder getrunken?«

»Nein.« Sebastian ging in die Hocke und fuhr mit den Fingern durchs Wasser. »Ich will nicht länger der Typ im Hintergrund sein.«

»Sondern?«

»Ich will mitspielen.«

Hayden krauste die Stirn. »Weshalb?«

»Ich will mehr Geld.«

»Auf einmal? Was ist los? Bist du auf den Kopf gefallen oder was?«

»Dein Vater hat mich nicht gebrochen!« Der Blick seines Bruders bohrte sich in den seinen. »Und ich kann mehr haben als diese beschissene Galerie in SoHo.«

Hayden hob einen Mundwinkel. »Endlich kommst du zur Vernunft. Wurde auch langsam Zeit.«

»Du bist nicht mein Herr. Ich bin mein eigener.«

»Was immer du sagst, kleiner Bruder.« Hayden amüsierte sich. Er hatte stets daran geglaubt, dass er Sebastian eines Tages knacken würde. Diese ewige Gegenwehr war ermüdend. Sein Bruder hatte so viel Potential, das er nicht ausschöpfte, und von dem sich Hayden wünschte, es endlich in die richtigen Bahnen lenken zu können. Trotz ihrer nicht enden wollenden Streitigkeiten vertraute er Sebastian wie keinem anderen Menschen sonst. Sie verband ihre gemeinsame Vergangenheit. Das, was sie miteinander erlebt hatten, war der Kleber, der sie zusammenhielt. Sie könnten zusammen viel erreichen. Ein Imperium aufbauen.

Sebastian nickte ihm zu. »Lass mich wissen, was ich für dich tun kann«, sagte er.

»Für den Anfang könntest du mir Naila von der Pelle halten.« Hayden fuhr mit den Fingern über die Striemen auf seiner Brust. »Das führt nur wieder zu Fragen, die ich nicht beantworten will.«

»Was ist passiert?«

Hayden musterte seinen Bruder. Niemand wusste von Emu und er war unsicher, ob er schon bereit war, Sebastian alles von seinem Leben zu offenbaren. »Ist nicht wichtig«, murmelte er. »Kriegst du das mit Naila hin?«

»Wie lange soll ich sie von dir fernhalten?«

»Vier, fünf Tage. Lass dir was einfallen.«

»Warum sagst du ihr nicht, du seist auf Geschäftsreise?«

»Weil ich sehen will, wie erfinderisch du bist, kleiner Bruder.«

Sebastian federte zurück auf die Beine. »Kein Problem«, erwiderte er. »Bist du heute mit ihr verabredet?«

»Nein, sie macht Überstunden wegen des Falls und fährt dann in ihre Wohnung.«

»Willst du was essen?«

»Klar.« Hayden erhob sich ebenfalls. »Ich zieh mich nur kurz um.«

Er ging nach oben, trocknete sich ab und schlüpfte in eine bequeme Jogginghose und ein T-Shirt. Das war ein ungewohntes Outfit für ihn, aber vor seinem Bruder musste er nichts darstellen. Als er wieder nach unten kam, ließ ihn der Anblick des gedeckten Tisches im Innenhof neben dem Pool kurz verharren.

»Willst du mich verführen?«, fragte er spöttisch und nahm Platz.

»Wärst du endlich bereit dazu?« Sebastian grinste.

»Wer weiß.« Haydens Blick schweifte über die Schüsseln, die sein Koch vorbereitet hatte. Es gab Fischcarpaccio im Ceviche-Style, Couscous-Salat, Flusskrebse in Safranbutter und gedämpftes Gemüse im Reisblatt. »Du sollst ja ein wahrer Don Juan sein.«

Sebastian setzte sich ihm gegenüber und schaufelte sich Essen auf seinen Teller. »Was tut man nicht alles für die Ladys.«

»Soll ich dich eigentlich Keats nennen?« Hayden musterte ihn.

»Wenn's dir gefällt.«

»Hab gehört, deine Freunde nennen dich so.« Er verzog den Mund. »Welche Freunde?«

»Hab dieselben wie du.«

»Richtig.« Jetzt musste er lachen. »Wir waren ja schon immer mit Unmengen von Freunden gesegnet.«

»Immerhin konnte man zu zweit Billard spielen.«

»Oder Basketball.«

»Oder Videospiele.«

»Oder Tennis.«

»Es gab genug, was wir ohne Freunde tun konnten.«

»Du sagst es, Bruder.« Hayden hielt ihm die Faust hin und Keats schlug seine dagegen. »Wer braucht schon Freunde?«

»Drauf geschissen«, stimmte Keats zu. »Wir waren ein gutes Team.«

»Das sind wir noch.« Hayden sah ihn an. »Ich bin froh, dass du nicht aussteigen willst.«

»Du hast mir den Kopf gewaschen. Das brauchte ich.«

»Ich weiß.« Hayden nickte nachdrücklich. »Ich war echt sauer auf dich. Vor allem, weil ich den Gedanken nicht ertragen konnte, dass du gehst. Und alles nur wegen einer Frau.«

»Du dachtest, ich gehe wegen Naila?« Keats schüttelte amüsiert den Kopf. »Unsinn!«

»Warum? Du kannst sie gut leiden, richtig? Bei ihr geht dir einer ab.«

»Und wenn schon? Es ist ohnehin bald vorbei.«

»Du kannst vorher noch ein wenig Spaß mit ihr haben. Hey, ich bin ganz sicher nicht sauer deswegen.« Hayden häufte sich Essen auf seinen Teller. Er merkte erst jetzt, wie viel Hunger er hatte.

»Es fängt an, mich zu langweilen.« Keats schob sich einen Flusskrebs in den Mund. »Wird Zeit, dass die Sache über die Bühne geht.«

Hayden grunzte. »Das sind ja ganz neue Worte.«

»Ey, Mann, drei Jahre sind echt harter Tobak.«

»Was soll ich da sagen? Ich muss die Tussi jeden Tag ertragen. Du musstest sie wenigstens nur beobachten und mich mit Informationen füttern.«

Keats nickte. »Mein Beileid, Bruder.« Er deutete auf das Essen. »Schmeckt echt gut! Erinnerst du dich an unsere Barbecues am Strand?«

Hayden lächelte. »Und ob! Deine Mutter hatte immer ziemlich ausgefallene Ideen, was unser Grillgut anging.«

»Du meinst die Seeigel?«

»Oh Gott, ja! Oder dieser Tang, den sie in einem Asia-Laden gekauft hat.« Hayden schüttelte amüsiert den Kopf. »Das Zeug war grausam.«

Keats fiel in sein Gelächter ein. »Das hat geschmeckt wie abgestandenes Hafenwasser der übelsten Sorte.«

»Da hat auch die Sesampaste nichts geholfen.«

»Mum war eben experimentierfreudig.«

»In jeder Hinsicht.« Sie verstummten und blickten einander an.

»Warst du an ihrem Grab?«, fragte Hayden und sah seinen Bruder nicken. »Hast du deshalb deine Meinung geändert? Geld hat dich doch noch nie interessiert.«

»Du magst dich für intelligent halten, aber manchmal unterlaufen dir echt Denkfehler. Nur weil ich nicht ständig in L.A. lebe und mit Immobilien jongliere, heißt das nicht, dass mir Geld nicht wichtig ist.«

»Du willst also bei mir einsteigen?« Hayden ließ sich das Fischcarpaccio auf der Zunge zergehen. Die Aussicht, dass sein Bruder von nun an enger mit ihm zusammenarbeiten wollte, führte dazu, dass ihm das Essen noch viel besser schmeckte.

»Das kommt darauf an, was du mir zu bieten hast. Ich will in Zukunft nicht nur Frauen flachlegen.«

»Ach nein? Ich hätte da wieder ein Grundstück in Aussicht. Der Eigentümer will nicht verkaufen. Aber wir könnten unser übliches Spiel abziehen. Du verführst seine Frau und wir zeigen ihr das Video. Vielleicht wird sie ihren Mann dann zum Verkauf überreden. Oder wir zeigen es gleich ihm und drohen damit, es online zu stellen und ein paar Gerüchte über seine nicht vorhandene Libido zu streuen, die seine Frau am Ende in die Arme eines anderen getrieben hat. Männer und ihr verflixter Stolz, wenn es um die Leistungsfähigkeit des eigenen Schwanzes geht.« Hayden lachte. »Das macht sie so verwundbar.«

Keats schüttelte den Kopf. »Meine Tage als Casanova sind vorbei. Ich will bei den großen Sachen mitwirken.«

»Ich verstehe. Du möchtest mehr Verantwortung.« Hayden rieb sich die Hände. »Was stellst du dir vor?«

»Ich kenne dein Geschäft nicht.«

»Weil du dich nie dafür interessiert hast.«

»Ich tue es jetzt.«

»Du überraschst mich, kleiner Bruder.« Hayden schmunzelte. »Mein Vater würde sich im Grab umdrehen, wenn er eins hätte. Wir beide als Könige von Los Angeles. Das hätte er sich nicht vorgestellt, als er uns Knebel angelegt hat, der blöde Wichser.« Hayden hob sein Gesicht zum Himmel. »Siehst du das, Dad? Wir führen dein Geschäft fort. Mit meinem Bruder an meiner Seite werde ich so viel erfolgreicher sein, als du es jemals warst!« Sein Blick wanderte zurück zu Keats, der ihn anstarrte, als wäre er verrückt geworden. Dann hoben sich seine Mundwinkel.

»Ich bin also dabei?«, fragte er.

Hayden hielt ihm die Hand hin. »Und ob du dabei bist! Willkommen in meinem Unternehmen, kleiner Bruder.«

11

NAILA

*L*achend lehnte sich Naila zurück und hielt sich den Bauch. »Ach, Süße, es ist so schön, mal wieder einen Abend mit dir zu verbringen!«, sagte sie zwischen weiteren Lachanfällen.

Jen trank ihren Cocktail leer und stach sich mit dem Schirmchen beinahe das Auge aus, was Naila noch mehr zum Kichern brachte. Sie saßen in einer Loungeecke des *Citrin*, wo sie zuerst etwas gegessen hatten, bevor sie zum lustigen Teil des Abends übergegangen waren.

»Wir sollten bald mal wieder ein Mädelswochenende planen. Wie wär's mit einem Spa-Hotel in Monterey? Ich liebe die Gegend.«

»Ich bin für alles zu haben, wenn dieser Fall abgeschlossen ist.« Naila hob die Hand und bestellte zwei weitere *Night Flights*. »Vorher hab ich dafür einfach keine Zeit.«

»Wolltest du dann nicht heiraten?«, neckte Jen sie. »Erzähl mal, was deine ganze Planung macht. Nach Paris soll es jetzt also in euren Flitterwochen gehen, richtig?«

»Oh mein Gott, Jen, diese Stadt ist so fantastisch! Jede freie

Minute bin ich im Internet und suche nach Hotels. Momentan schwanke ich zwischen dem *Le Bristol* und dem *Peninsula*.« Naila zückte ihr Handy und zeigte ihrer Freundin ein paar Fotos von den Webseiten der Hotels. »Ich wollte schon immer mal nach Frankreich. Ich kann gar nicht fassen, dass Hayden plötzlich so aufgeschlossen ist.«

»Vielleicht liegt es an Keats«, mutmaßte Jen. »Kann es sein, dass dein Macho eifersüchtig ist?«

»Nein«, wiegelte Naila ab. Sie hatte Jen nichts von ihrem Gespräch mit Hayden erzählt. Ebenso wenig wie sie erwähnt hatte, was zwischen Keats und ihr im Bradbury Building geschehen war. Das war etwas, das sie am liebsten rückgängig machen würde.

»Dann hat er gar keinen Grund dazu?«, bohrte Jen nach und nahm Naila mit diesem Blick ins Visier, den nur eine beste Freundin haben konnte, die eine Ahnung hatte.

»Natürlich nicht«, lachte Naila und hörte, dass sie unglaubwürdig klang. Vor Gericht würde die gegnerische Partei sie jetzt auseinandernehmen. Jen tat dasselbe.

»Du lügst doch«, sagte sie und nahm einen der Cocktails entgegen, die der Kellner ihnen servierte.

Naila wand sich unter ihrem prüfenden Blick. »Selbst wenn es so wäre, dass ich etwas für Keats empfinde«, sie machte eine kurze Pause, bevor sie betonte: »Und ich sage nicht, dass ich es tue!«

»Selbstverständlich nicht.« Jen stieß mit ihr an und lehnte sich erwartungsvoll zurück. »Was wäre dann?«

»Dann ist es noch immer so, dass ich Hayden liebe und ihm ein Versprechen gegeben habe. Außerdem ist Keats gar nicht mein Typ. Dieser Worker-Look und die Tatsache, dass er als Fotograf kein Geld verdient ...«

»Hoppla, Süße, outest du dich etwa gerade als Snob?«

»Meine Güte, sind wir Mädels nicht alle Snobs? Wer mag es denn nicht, in einem Luxusschlitten durch die Gegend kutschiert zu werden, in tollen Hotels Urlaub zu machen und fette Klunker an den Finger gesteckt zu bekommen?«

Jen lachte. »Wahre Worte, Baby!«

»Hattest du ...« Naila stockte. »Hattest du je Gefühle für einen Mann, der nicht Eddie war?«

»Du meinst, während ich mit ihm zusammen war?«

»Mhm.«

»Nein.«

»Okay.« Naila versteckte ihr Gesicht hinter dem Glas, aber sie entkam Jen nicht.

»Was ist passiert?«, fragte ihre Freundin.

»Ich habe Keats an dem Abend getroffen. Ich war einfach sauer auf Hayden, weil er mich so abserviert hat und dann eine Nacht nicht nach Hause gekommen ist. Angeblich hatte er ein Geschäftsmeeting.«

»Und das glaubst du?«

»Ich will es glauben. Das klingt schräg, nicht wahr?«

»Gar nicht. Manchmal will man Dinge glauben. Die Frage ist nur, tust du es wirklich oder hast du einfach Angst, etwas herauszufinden, dass dich fertig machen könnte?«

Naila legte nachdenklich den Kopf schief. »Es gibt einige Dinge, die merkwürdig sind. Nach der Nacht, die Hayden nicht daheim war, hatte er Kratzer im Nacken. Er war nicht rasiert. Und er hat mir Tulpen und Frischkäsebagels mitgebracht.«

»Uh, was für ein mieser Verlobter«, scherzte Jen, bevor sie wieder ernst wurde. »Waren es Kratzer von Fingernägeln?«

»Ich weiß es nicht. Kann sein. Ich habe ihn darauf angesprochen und er wurde wütend. Er hat gesagt, mein Vater hätte mir irgendeinen Unsinn über ihn in den Kopf gesetzt.«

»Ist das so?«

»Natürlich ist es so, aber das erklärt nicht alles.«

»Und was war mit Keats?«

Naila grinste. »Ich hab schon gehofft, dass du diese Sache nicht mehr erwähnst.«

»So einfach kommst du mir nicht davon!«

»Wir haben uns getroffen, haben über seine Fotografie geredet, sind ins Bradbury Building gegangen und ...« Naila verbarg ihr Gesicht in den Händen. »Oh Gott!«

»Was?«

»Ich weiß nicht, was er immer tut, aber er ist ein verfluchtes Genie. Seine Zunge ist ein Muschigott.«

»Ich dachte, das wären seine Finger.«

»Die auch.«

»Dann habt ihr ...?«

»Nein ... ja ... nein. Irgendwie schon. Nicht richtig.«

»Süße, würdest du mal etwas konkreter werden?«

Naila senkte ihre Stimme. »Er hat mich geleckt und es war *so* gut. So verdammt gut! Wenn er mich berührt, stehe ich in Flammen. Ich kann es nicht erklären. Er bringt mich durcheinander. Ich weiß, ich sollte all das nicht fühlen. Ich darf es nicht. Und doch tue ich es. Ich bin ein Miststück! Ich betrüge meinen Verlobten mit seinem eigenen Bruder! Wer tut denn sowas?«

»Hey!« Jen beugte sich vor und griff nach Nailas Arm. »Hör auf, dich so schlecht zu machen.«

»Aber ich *bin* schlecht!«

»Okay, fassen wir mal zusammen: Du warst sauer auf Hayden, hattest ein kleines Abenteuer mit seinem Bruder, das nicht einmal Sex beinhaltet hat ...« Jen machte eine bedeutungsvolle Pause, bevor sie fortfuhr: »Und dein Verlobter kommt mit Kratzern im Nacken und vielen Geschenken nach

Hause, die eindeutig ein schlechtes Gewissen signalisieren. Ich bin mir nicht sicher, ob du dich wirklich so miserabel fühlen solltest.«

»Dann denkst du, Hayden hat eine andere?«

»Hast du Keats danach gefragt?«

»Nein! Ich will ihn eigentlich gar nicht mehr sehen. Er hat Hayden eine verpasst.«

»Waaaaas?« Jen quietschte und wedelte aufgeregt mit den Händen vor Nailas Gesicht herum. »Zwei Männer haben sich wegen dir geprügelt?«

»Ich bin mir nicht sicher, ob es wegen mir war.«

»Natürlich war es wegen dir! Wie aufregend! Vielleicht weiß Keats etwas, das du nicht weißt, und das hat ihn sauer gemacht.«

»Denkst du?«

»Ich bin mir sicher. Du solltest dich auf jeden Fall mit Keats treffen, um das herauszufinden. Frag ihn aus. Er hat doch selbst gesagt, du sollst dir deine Neugierde behalten.«

»Das ist echt keine gute Idee.« Naila trank ihren Cocktail leer. »Wie soll ich denn meine Hochzeit planen und mich über meine Zukunft mit Hayden freuen, wenn ich die ganze Zeit alles tue, um sie zu verhindern?«

»Süße!« Jen drückte Nailas Hand. »Du bist durcheinander und ich verstehe, warum du das bist. So kannst du nicht heiraten. Nicht, bevor du weißt, ob Hayden mit falschen Karten spielt und was das zwischen dir und Keats ist.«

»Aber du hast gesagt, Keats sei dir suspekt.«

»Nun ja, das ist er auch. Doch Hayden verspielt auch gerade mein Vertrauen.«

»Scheiße.« Naila atmete schwer aus. »Ich weiß nicht, was ich tun soll.«

»Was ist denn mit dem Fall, an dem du arbeitest? Du

hattest doch Bedenken, Hayden könnte daran besonderes Interesse haben.«

»Mein toller Bruder Zak hatte diese Bedenken.« Naila schüttelte den Kopf. »Ich bin an dem Investor dran, Peter Greenberg. Momentan gerät die Sache ins Stocken. Ich habe meinem Vater neue Details vorgelegt, aber es ist noch nicht das dabei, wonach wir suchen. Nächste Woche muss ich vor Gericht, das heißt, ich werde dieses Wochenende arbeiten müssen.«

»Du Arme!« Jen blinzelte ihr mitleidig zu. »Immerhin haben wir uns diesen Abend gestohlen.«

»Niemand hätte mich davon abbringen können.«

»Was macht Hayden heute?«

Naila zuckte mit den Schultern. »Ich denke, er ist zuhause, doch wer weiß das schon?«

»Oh je, da hat aber jemand größere Zweifel, als gedacht.«

»Eigentlich hatte ich die gar nicht. Hayden und ich hatten vor ein paar Tagen ein richtig gutes Gespräch. Er hat sich zum ersten Mal geöffnet und das hat mich so berührt. Doch dann gibt es eben noch all diese anderen Dinge ... Wenn ich darüber spreche, kommt alles zurück.«

Jen rutschte neben Naila und nahm sie in den Arm. »Alles wird gut, Süße«, murmelte sie. »Lass dein Herz entscheiden.«

»Sehr witzig, Jen, sehr witzig.«

»Hätte klappen können«, lachte ihre Freundin. »Wer kann schon ahnen, dass dein Herz herumhüpft wie Popcorn in der Pfanne?«

»Apropos Popcorn ...« Nailas Finger deutete auf die Menükarte, die auf dem Tisch lag. »Ich brauche dieses Salzkaramell-Popcorn, bevor wir gehen.«

»Und noch einen Drink?«

»Bist du irre?«

»Alkohol ist keine Lösung, aber ein Anfang.«

»Da hast du auch wieder recht. Dann los!«

AM NÄCHSTEN TAG saß Naila bereits um acht Uhr morgens im Büro, obwohl sie erst gegen zwei Uhr früh im Bett gewesen war. Vor ihr auf dem Tisch stand ein Glas Wasser, in dem eine Kopfschmerztablette sprudelte. Daneben lag ein Sesambagel ohne Füllung. Sie hatte ihn nur gekauft, um etwas im Magen zu haben, aber momentan hatte sie überhaupt keinen Hunger. Der Abend mit Jen hatte ihr gutgetan. Die Gespräche waren befreiend gewesen, auch wenn sie erneut Fragen aufwarfen, denen sie sich eigentlich nicht stellen wollte.

Naila trank das Glas leer, verzog den Mund und öffnete den Aktenordner. Dann schaltete sie ihren PC ein. An diesem Tag war im Büro nicht viel los, ihre Tür stand offen. Naila arbeitete konzentriert, machte sich Notizen und bekam kaum mit, wie die Zeit verflog. Es war bereits Mittag, als jemand in ihrem Türrahmen stehenblieb. Sie sah auf und erstarrte.

»Keats! Wie bist du hier reingekommen?«

»Durch die Tür.« Er lehnte sich mit der Schulter gegen die Wand. »Du solltest an einem Samstag nicht so viel arbeiten.« In seinem Rücken erschien Judith Foster.

»Verzeihung, Naila, ich habe den jungen Mann hereingelassen. Er sagte, er sei der Bruder deines Verlobten.«

»Das ist richtig. Danke, Judith«, murmelte Naila und ordnete die Notizzettel auf ihrem Schreibtisch.

Keats schloss die Tür hinter sich und blieb mitten im Raum stehen. Er sah heiß aus und Naila schämte sich für diesen Gedanken. Anders als sonst trug er an diesem Tag schwarze Cargopants, die seine Knöchel freiließen, und ein hochgekrempeltes, weißes Hemd mit Hosenträgern. Die Kombination war gewagt, aber verdammt, er konnte einfach alles tragen. »Was willst du hier?«, fragte sie so kühl wie möglich.

»Mich entschuldigen.«

»Wirklich?« Erstaunt erwiderte sie seinen Blick.

»Ich war betrunken.« Er hielt den Kopf gesenkt und sah sie von unten her an, die Hände in den Hosentaschen vergraben. »Und wenn ich trinke, bin ich ein Vollarsch.«

»Dagegen habe ich keine Einwände.« Naila trommelte mit den Fingern auf den Schreibtisch. »Du hast Hayden geschlagen.«

»Das war ein Unfall.«

»Warum hast du das getan?«

»Eine Sache unter Brüdern.«

»Das waren merkwürdigerweise auch Haydens Worte.«

»Siehst du, so ist das eben mit uns. Wir hassen und wir lieben uns.«

»Zu mir warst du aber auch nicht besonders nett.«

»Ich war betrunken.«

»Das sagtest du bereits.«

»Sagte ich auch, dass ich dann ein Vollarsch bin?«

»Jap.«

»Okay, dann hast du es ja verstanden.«

»Nicht wirklich.«

»Du machst es einem nicht leicht, sich zu entschuldigen.«

»Das ist Absicht.«

Er grinste. »Ich hätte ein Friedensangebot.«

»Und das wäre?«

»Ich lade dich ins Museum ein. Im *Annenberg Space* läuft eine Fotoausstellung, die ich gerne sehen würde.«

»Ich weiß nicht.« Naila konnte ihm nicht länger in die

Augen blicken. Er sollte gar nicht hier sein und sie sollte gar nicht mit ihm reden.

»Doch du weißt es«, lockte er und sie ärgerte sich, dass er sie derart durchschaute. Sie wollte zusagen, weil sie Museen liebte. Hayden interessierte sich nicht dafür, deshalb ging sie meistens allein. Allerdings war die Vorstellung, mit Keats ein Museum zu besuchen ebenso verlockend wie verstörend.

»Ich denke, das ist keine gute Idee«, erwiderte sie und dachte dabei an Hayden.

»Hayden ist unterwegs.« Keats schien ihre Gedanken zu erraten. »Er ist an einem Grundstück dran. Du weißt, wie er dann ist.«

Genaugenommen wusste sie es nicht, weil er ihr nie etwas über seine Arbeit erzählte. Gott, sie musste aufhören mit all diesen Gedanken! Sie wollte nicht mehr darüber nachgrübeln, dass Hayden ihr immer nur sagte, wie wertvoll sie für ihn war, aber nicht, dass er sie liebte. Ebenso wenig wie er ihr je gesagt hatte, dass sie wunderschön war. Keats säte all diese Zweifel in ihr und das musste enden!

»Du bist immer noch wütend auf mich«, stellte er fest.

»Nein, das ist es nicht.« Sie deutete auf ihre Unterlagen. »Ich muss arbeiten, das ist alles.«

»Es ist Samstag. Gönn dir etwas Abwechslung.«

»Lieber nicht.« Wenn er nur wüsste! Alles, was er ihr vorschlug, war perfekt. Perfekt falsch.

Keats kam zu ihrem Schreibtisch, stützte die Hände darauf und beugte sich zu ihr. Seine Augen blickten sie herausfordernd an. »Es sind nur ein paar Stunden«, sagte er. »Anschließend kannst du wieder arbeiten.«

Naila schluckte. Jedes Mal, wenn er ihr nahekam, wollte sie ihn berühren. Auch jetzt sehnte sie sich danach, ihn am Kragen seines blütenweißen Hemdes zu packen, um seinen

Kopf zu sich heranzuziehen und seine Lippen zu küssen, die sie elektrisierten.

»Keine Sorge«, brummte er. »Ich weiß, dass du Hayden heiraten wirst.«

Naila lachte auf. Sie fühlte sich ertappt. Bloßgestellt. Das Spiel, das sie hier spielte, war gefährlich. Sie spürte es. Und trotzdem wollte sie es spielen.

»In Ordnung.« Sie nickte. »Ein bisschen Ablenkung kann nicht schaden. Mein Kopf raucht schon.« Das tat er nicht, aber es war eine Entschuldigung.

Keats hob einen Mundwinkel. »Ich wusste, dass du mitkommst.«

Die Bemerkung ärgerte und freute sie gleichermaßen, weil es bedeutete, dass er sie kannte. Sie wünschte sich, sie würde ihn auch kennen, doch in Wahrheit war er ebenso rätselhaft wie Hayden. Naila stand auf und schnappte sich ihre Tasche. An diesem Tag trug sie kein Kostüm, sondern eine beigefarbene Skinny-Jeans und eine weiße, ärmellose Bluse sowie einen bunten Schal gegen die kalte Luft aus der Klimaanlage.

»Sollen wir mein Auto nehmen?«, fragte sie.

»Ich wusste gar nicht, dass du eins hast.«

»Meistens steht es auch in irgendeiner Garage. Entweder hier im Gebäude oder bei meiner Wohnung.«

»Ich bin mit dem Porsche da.« Keats hielt die Schlüssel in die Luft und sie verließen gemeinsam das Büro.

»Du fährst also Haydens Porsche«, bemerkte Naila, während sie auf den Aufzug warteten.

»Es war der Porsche meiner Mutter.«

»Also eigentlich der von Haydens Vater.«

»Dass Anwälte immer solche Pedanten sein müssen.«

»Weil du einfach nicht aufhören kannst, mir zu widersprechen.«

Die Aufzugtüren öffneten sich und sie traten ein. Dann schlossen sich die Türen und der Lift fuhr nach unten. Kaum waren sie allein auf engstem Raum, spürte Naila wieder jene Spannung zwischen ihnen, die ihr die Härchen auf den Armen zu Berge stehen ließ.

»Was ist das für eine Ausstellung, in die wir fahren?«, fragte sie, um der Unruhe zu entkommen, die sie überfiel.

»Sie nennt sich *Walls*.«

»So wie Mauern?«

»Genauso.« Keats sah sie an. »Ich dachte, es hilft uns vielleicht dabei, unsere Mauern zu überwinden.«

»Haben wir denn welche errichtet?«

»Hunderte.«

»Tatsächlich?«

»Spürst du sie nicht?«

Naila spürte so viel, sie wusste gar nicht, wo sie anfangen sollte. Allerdings wollte sie die Mauern, die sie von Keats trennten, lieber nicht einreißen, denn das Unbekannte, das dahinter lauerte, erschreckte sie.

»Das heißt, wir werden auf allen Fotografien im Museum nur Mauern sehen? Wie aufregend.«

»Finde ich auch.« Seine tiefe Stimme machte sie an. Zum Glück hielt der Lift und die Türen öffneten sich. Einige Leute warteten bereits darauf, nach oben fahren zu können, und Naila passierte sie mit freundlichem Kopfnicken. Auf der Straße angekommen, blickte sie in den tiefblauen Himmel über sich.

»Eigentlich ist das ein Tag, um an den Strand zu fahren«, sagte sie.

»Was immer du willst, Babe.«

»Hör auf, mich Babe zu nennen!«

»Warum?« Er warf ihr einen verschmitzten Seitenblick zu.

»Macht dich das nervös?«

»Es ist nicht ... angebracht.«

»Sorry, ich vergesse einfach immer wieder, was zwischen uns angebracht ist.«

Das Blut schoss ihr in die Wangen und sie bereute augenblicklich, zugesagt zu haben. Was dachte sie sich nur bei dieser Aktion?

»Ich beiße nicht, versprochen.« Keats zwinkerte ihr zu. »Außer du willst es.« Nailas Blut pulsierte durch ihre Adern und sie bemerkte sein Grinsen.

»Du blöder Arsch«, murmelte sie.

»Das Auto steht da drüben.« Er gab den Weg vor und Naila ging neben ihm her. Sie betrachtete die tätowierten Schlangen auf seinem Unterarm, die Lederarmbänder, die sich um seine Handgelenke wanden und die feinen Adern, die sich über seine Hände zogen. *Er ist nicht dein Typ*, ermahnte sie sich, und beobachtete, wie er sich über den Bart strich.

»Denkst du, ich sollte mich mal rasieren?«, fragte er.

»Nein.« Die Antwort kam zu schnell und amüsierte ihn.

»Tatsächlich?«, hakte er nach. »Ich dachte, das magst du. Haydens Gesicht ist so glatt wie der Arsch einer asiatischen Hure.«

»Ein Bart würde ihm nicht stehen. Ebenso wenig wie dir ein komplett rasiertes Gesicht.« Naila runzelte die Stirn. »Wieso haben asiatische Huren glatte Ärsche?«

»Weil Asiaten dafür bekannt sind, wenig Körperbehaarung zu haben.«

»Gott, ich liebe unsere Gesprächsthemen.« Naila wartete, bis Keats die Verriegelung des Porsche entsichert hatte, und fasste nach dem Türgriff. Doch Keats kam ihr zuvor.

»Babe.« Er öffnete die Tür für sie und Naila glitt mit einem verschämten Lächeln auf den Beifahrersitz. Durch die Frontscheibe sah sie, wie er um die Motorhaube des Autos herumging und mit den Fingern dabei über den Lack fuhr. Es war wie eine zärtliche Geste und Naila stellte sich vor, wie seine Finger dasselbe bei ihr taten. Schwungvoll öffnete er die Tür, setzte sich neben sie und startete den Motor. Der Innenraum vibrierte und Naila wurde bewusst, dass sie zum ersten Mal in diesem Auto saß. Hayden fuhr den Porsche so gut wie nie und sie fragte sich, warum das so war.

Während Keats den Sportwagen gekonnt in den Verkehr einfädelte, ertönte der Song *Like A Rock* von Bob Seger aus den Lautsprechern.

Naila drehte den Kopf zur Seite. »Du musst mir jetzt mal erklären, was es mit dieser Bob Seger-Manie auf sich hat.«

»Meine Mutter.« Keats trommelte den Rhythmus auf dem Lenkrad mit. »Sie zog mich allein groß und das war nicht einfach, wie du dir vorstellen kannst. Wir lebten im Valley, in Boyle Heights. Wenn über uns nicht wegen irgendeines Verbrechens die Polizeihubschrauber kreisten, dann wiegten einen die Sirenen von Feuerwehr oder Krankenwagen in den Schlaf. Es war ein übles Viertel, aber die Miete war erschwinglich. Um all dem Chaos um uns herum zu entkommen, drehte meine Mutter oft die Musik ganz laut auf. Sie liebte die Songs von Bob Seger und tauchte dann in eine andere Welt ein, alberte mit mir herum, animierte mich zum Mitsingen. Bei uns ging es des Öfteren zu wie in einer Karaoke-Bar.«

»Das klingt schön.«

»Das war es.«

Naila verstummte. Sie dachte an all das, was Hayden ihr erzählt hatte und fragte sich, wie Keats' Mutter auf der einen Seite so lebenslustig und auf der Seite so zerstörerisch hatte sein können.

»Hast du dich schon entschieden?«

»Wie bitte?« Sie blinzelte.

»Ob du die Kanzlei deines Vaters verlassen möchtest.«

»Ja, ich habe mich entschieden. Ich werde bleiben.«

»Das freut mich für dich.«

»Ich bin mir noch nicht sicher, ob die Entscheidung richtig war. Warten wir's ab.«

»Sieh es als Sprungbrett.«

»Wofür?«

»Für deine weitere Karriere.«

»Du denkst, ich hätte so etwas wie eine Karriere vor mir?«

»Und ob ich das denke! Hör auf, immer an dir zu zweifeln. Wenn es bei deinem Vater nicht klappt, dann woanders.«

Naila wurde es warm ums Herz. »Du bist der Einzige, der denkt, ich könnte etwas erreichen.«

»Das bin ich nicht.«

»Ach nein?«

»Ich bin mir sicher, irgendwo in dir drin gibt es eine optimistische Naila, die derselben Meinung ist. Greif ihr mal ein wenig unter die Arme. Sie verdient es, gesehen zu werden.«

»Du weißt, dass du manchmal echt süß sein kannst?«

»Klappe!«

Naila presste lächelnd ihre Lippen aufeinander, während der nächste Song von Bob Seger erklang, *Turn The Page*.

»Die Version von *Metallica* gefällt mir besser. Sie klingt brachialer«, sagte sie, nachdem die ersten Takte des Songs vorüber waren. »Vielleicht solltest du auch mal nach dem optimistischen Keats in deinem Inneren suchen, der endlich bereit ist, sich von seiner Vergangenheit zu lösen.«

Er gab Gas, überholte zwei langsam fahrende Fahrzeuge und reihte sich dann wieder in den Verkehr ein. »Selbst wenn ich mich von ihr löse, werde ich kein anderer Mensch«, sagte er und schaltete die Musik aus.

»Tut mir leid.« Naila griff nach seiner Hand, doch er wehrte sie ab.

»Ich weiß, dass dir Haydens Gelaber über das, was uns Bren Barrack angetan hat, im Kopf herumschwirrt. Aber ich will dein Mitleid nicht.«

Sie zuckte zurück und Keats fluchte leise. »Das wollte ich nicht«, murmelte er. »Aber so bin ich nun einmal. Ich verletze Menschen. Zwangsläufig. Immer. Ist wie ein Fluch.«

»Mich hast du noch nicht verletzt.« Naila warf ihm einen Blick zu, den er so lange erwiderte, dass sie glaubte, er würde gleich gegen ein anderes Auto prallen. Als er sich wieder auf die Straße konzentrierte, bemühte sie sich, ihr heftig pochendes Herz zu beruhigen. Was war nur los mit ihr?

Naila holte ihr Handy hervor und studierte das Display. Keine Nachricht von Hayden. Seit gestern Nachmittag nicht mehr. Sie wusste nicht, ob sie darüber sauer oder erleichtert sein sollte, und steckte das Handy zurück in ihre Tasche.

»Denkst du, Hayden hat eine andere?«, platzte es aus ihr heraus und sie sah, wie Keats eine Augenbraue hob.

»Warum sollte er?«

»Was weiß ich.« Naila starrte aus dem Seitenfenster. »Warum habt ihr Männer für gewöhnlich Affären?«

»Weil wir Schweine sind?«

»Ganz genau.« Sie wandte sich ihm wieder zu und konnte nicht verhindern, dass sie Angst vor seiner Einschätzung hatte. »Also, was denkst du? Geht Hayden fremd?«

»Keine Ahnung.«

»Das ist alles?«

»Was erwartest du von mir?«

»Ich weiß nicht ... ich ...« Sie atmete heftig aus. »Du stehst ihm am nächsten. Du wüsstest es, richtig?«

»Das kann ich ganz klar verneinen. Hayden macht sein eigenes Ding.«

»Du hast ihn also nicht geschlagen, weil du etwas weißt, das er vor mir verheimlicht?«

Stille folgte und Naila runzelte die Stirn. »Was?«, hakte sie nach. »Hab ich etwa recht?«

»Wir sind da.« Keats fuhr auf einen öffentlichen Parkplatz, steuerte die erste freie Parklücke an und stellte den Motor aus.

»Willst du überhaupt noch mitkommen?«, wollte er wissen und drehte sich zu ihr.

»Ich weiß nicht.« Sie lächelte schief. »Ich bin wirklich ziemlich verwirrt.«

»Hör zu«, er sah ihr in die Augen, »ich stehe ungern zwischen dir und meinem Bruder.«

»Ich weiß, es ist nur …«

»Nein.« Er legte ihr den Finger an die Lippen. »Wenn du mit mir in dieses Museum gehst, dann ist das unsere Zeit. Verstanden?«

Sie nickte zaghaft. Er konnte ziemlich überzeugend sein. Und seine Finger, die über ihre Lippen fuhren, bevor sie ihr Kinn umfassten, machten es nicht besser. Sie wollte nicht länger darüber nachdenken, ob Hayden fremdging.

»Okay.« Keats schien zufrieden mit ihrer Reaktion zu sein. »Dann lass uns gehen.«

Naila nickte erneut, dieses Mal energischer. »Ich freu mich auf die Ausstellung.« Das war tatsächlich so. Sie war schon seit Ewigkeiten nicht mehr im Museum gewesen.

Keats lächelte, streifte ein letztes Mal ihre Haut, bevor er sie losließ. Naila fühlte sich ganz benommen. Sie stiegen aus und querten die Straße, um zum Annenberg Space zu gelangen. Die Schlange vor der Kasse hielt sich in Grenzen und eine Viertelstunde später betraten sie das Innere.

»Hier entlang.« Keats legte seine Hand auf ihren Rücken, um ihr die Richtung zu weisen. Sofort begann Nailas Haut an der Stelle zu kribbeln, an der er sie berührte.

»Die Ausstellung ist in sechs Sektionen unterteilt. Die erste nennt sich Abgrenzung«, erklärte er ihr in gedämpftem Tonfall. Sie gingen in einen Raum, in dem riesige Fotografien hingen. Man sah Grenzzäune mit Stacheldraht, Backsteinmauern, die märchenhafte Gärten umgaben und mittelalterliche Städte, die ein Burggraben einrahmte.

»Das hier gefällt mir«, hauchte Naila und las, was auf dem kleinen Schild unter einem der Fotos zu lesen war. »Carcassonne, Languedoc, Südfrankreich.«

»Du siehst aus, als hättest du gerade deinen Prinzen entdeckt.« Keats stellte sich neben sie und studierte das Bild. »Sitzt er etwa dort auf der Mauer und winkt dir zu?«

»So ungefähr«, gestand Naila mit leuchtenden Augen. »Seit ich als Kind diesen 3D-Film über Frankreich in Disney World gesehen habe, will ich dorthin.«

»Und warum warst du nicht schon längst dort? Geldmangel scheint es nicht gewesen zu sein.«

Sie knuffte ihn in die Seite. »Auf der Uni hatte ich sogar ein Stipendium für ein Auslandssemester in Frankreich. Mein Vater hat mir nicht erlaubt zu gehen.«

»Oh, da hatte wohl jemand Angst um sein Töchterchen.«

»Ich denke eher, es hat ihm nicht gepasst, dass ich ganze sechs Monate außerhalb seines Einflussbereichs gewesen wäre.«

»Und warum hast du es nicht einfach trotzdem getan? Du warst doch schon volljährig.«

»Weil ich ein Angsthase bin und mein ganzes Leben gemacht habe, was Daddy wollte.«

»Außer im Flugzeug.«

»Richtig.« Die Hitze schoss ihr in sämtliche Körperteile und sie ging weiter.

Je länger sie durch die Räume schlenderte, desto mehr zog die Ausstellung sie in ihren Bann. Besonders in der Sektion, in der es um Verteidigung ging, gab es verstörende Fotos. Dann wieder wurde einem die pure Harmonie geboten. Diese krassen Gegensätze waren es, die Naila faszinierten. Keats folgte ihr wie ein Schatten. Sie spürte seine Gegenwart. Manchmal tauschten sie Blicke über den Raum hinweg und ab und zu ging er an ihr vorbei, während sie ein Bild studierte, und seine Finger streiften wie zufällig die ihren. All das setzte Naila unter Strom. Es schien, als würden sie sich inmitten all der Besucher lieben, obwohl sie es gar nicht taten. Es hatte etwas Erregendes an sich, dem sie sich nicht entziehen konnte.

Vor dem letzten Bild der Ausstellung trafen sie sich wieder. Es war die Sektion der unsichtbaren Mauern und auf dem Foto sah man einen Mann und eine verschleierte Frau, die an den Fenstern zweier gegenüberliegender Häuser standen und sich ansahen.

»Sie sind verliebt«, stellte Keats fest.

»Woher willst du das wissen?«

»Fühlst du das nicht? Es ist die Art, wie sie sich ansehen. Vermutlich ist sie verheiratet oder einem Mann versprochen, doch in Wirklichkeit liebt sie ihren Nachbarn auf der anderen Straßenseite.«

»Vielleicht hatten sie aber auch Streit und sie ist zu ihrer Mutter geflüchtet und starrt ihn von dort aus böse an.«

»Sie schaut gar nicht böse.«

»Sie ist verschleiert, da sieht man doch gar nicht, wie sie schaut.«

»Ich glaube eher, er hat sie verlassen, weil sie eine nervige

Zicke ist, und hat sich ein Appartement auf der anderen Straßenseite genommen, um sie zu ärgern.«

»Oder sie hat einfach einen Bad Hair Day und traut sich nicht, sich mit ihm zu treffen.«

»Vielleicht hat er zu viel Kebab mit Knoblauch gegessen …«

Ein Räuspern unterbrach ihre Vermutungen. Ein älterer Mann deutete auf das kleine Schild unterhalb des Fotos. »Das ist die unsichtbare Grenze zwischen Israel und Palästina«, sagte er und hob den Zeigefinger. »Diese beiden Menschen werden niemals zusammen sein.«

»Wie traurig«, entfuhr es Naila, bevor sie in Keats' erstauntes Gesicht sah und sich wegdrehen musste, damit der ältere Mann ihr Lachen nicht bemerkte. Kaum war er weg, wischte sie sich die Lachtränen aus den Augen. »Das ist wirklich traurig«, beteuerte sie.

Keats grinste, bevor er wieder ernst wurde. »Wenn diese Frau wüsste, wie der Kerl tatsächlich ist, würde sie gar nicht mit ihm zusammensein wollen.« Mit einem letzten Blick auf das Bild wandte er sich zum Gehen und Naila folgte ihm. Zurück im Freien sahen sie einander an.

»Was jetzt?«, erkundigte er sich und die Frage brannte unter ihrer Haut. Alles, was sie antworten wollte, würde es nur schlimmer machen. Blieb sie mit ihm zusammen, konnte sie für nichts garantieren, ging sie zurück zur Arbeit, würde sie ständig an ihn denken.

Sie zog ihr Handy aus der Tasche und checkte ihre Nachrichten. Zwei von Jen, eine von ihrer Mutter, keine von Hayden. Naila steckte das Handy wieder ein.

»Wie wär's mit Strand?«, schlug sie vor und Keats legte verblüfft den Kopf zur Seite.

»Ich dachte, du wolltest arbeiten.«

»Das dachte ich auch.«

»Und was hat deine Meinung geändert?«

»Du.« Ihre Blicke verhakten sich für Sekunden und es war wie ein Eingeständnis, das Naila ihm eigentlich nicht hatte machen wollen.

»In Ordnung.« Seine Stimme war rau und er hob die Hand, um ihr eine ihrer widerspenstigen Locken aus dem Gesicht zu streichen. Diese fürsorgliche Geste machte er nicht zum ersten Mal und Nailas Herz tat einen Sprung. Vielleicht war es egoistisch, aber sie war gerade glücklich und das wollte sie nicht so schnell aufgeben.

»Okay ... dann ...« Er legte den Kopf in den Nacken und überlegte.

»Los Angeles hat so viele Strände und du musst nachdenken?«

»Ich kenne sie alle«, antwortete er. »Aber sie haben alle eine Vergangenheit.«

»Verstehe. Wir suchen also einen Strand für diesen Moment.«

»So sieht's aus.«

»Lass uns doch einfach die Küste in Richtung Norden hinauffahren. Wir werden sehen, wohin uns der Weg führt.«

»Du bist also auf Abenteuer aus. Alles klar.« Er lächelte und forderte sie mit einer Drehung seines Körpers auf, ihm zu folgen.

Zurück im Auto stellte Keats das Radio an und fuhr los. Kurz bevor sie den Highway 1 erreichten, hielt er an einem Supermarkt.

»Ich bin gleich wieder da.« Er stieg aus.

»Was hast du vor?«, rief sie ihm hinterher.

»Überraschung.«

Naila beobachtete, wie er über den Parkplatz joggte und

freute sich innerlich. Es war lange her, dass sie einfach mal so in den Tag hineingelebt hatte. Ihr Beisammensein mit Hayden war stets durchorganisiert. Herumgammeln war nicht das Ding ihres Verlobten. Er wollte Essen gehen, Sport machen, Shoppen. Wenn Naila es sich am Pool seiner Villa gemütlich machte, verzog er sich, um zu arbeiten. Die Woche auf Hawaii war die einzige Auszeit gewesen, die er sich in ihrer zweijährigen Beziehung gegönnt hatte. Und selbst in dieser Woche waren ihre Tage mit Aktivitäten vollgequetscht gewesen. Sie waren segeln gegangen, hatten eine Rafting-Tour sowie Helikopter Sightseeing unternommen, waren zum Tauchen gegangen und hatten dreimal auf dem hoteleigenen Golfplatz gespielt. Naila mochte es, beschäftigt zu sein. Sie mochte es auch, sich hübsch anzuziehen, aber viermal am Tag ihr Outfit zu wechseln, weil sie ständig die Location wechselte, war ihr zu anstrengend.

Sie knetete ihre Finger und ihr Blick verharrte auf ihrem Verlobungsring. Sich diese Dinge einzugestehen, mutete wie ein Verrat gegenüber Hayden an. Schnell verdeckte sie den Ring mit der Hand, dann checkte sie erneut ihr Handy. Immer noch keine Nachricht von ihm. Sie schüttelte den Kopf, bevor sie spontan seine Nummer wählte. Nach dem fünften Klingeln ging er ran.

»Hallo Schneckchen, was gibt's?«

»Hey, ich wollte nur mal wieder deine Stimme hören.«

»Was machst du gerade?«

»Ich war in der Arbeit und habe mir gedacht, ich fahre jetzt noch spontan an den Strand.«

»Okay, viel Spaß.«

»Was treibst du so?«

»Ich arbeite, aber mach dir eine schöne Zeit.«

»In Ordnung.« Sie zögerte. »Wann sehen wir uns?«

»Heute auf keinen Fall und morgen vermutlich auch nicht. Tut mir leid. Ich habe viel zu tun momentan.«

»Nicht einmal ein gemeinsames Dinner?«

»Das werde ich nicht schaffen. Es tut mir leid.«

»Ich könnte bei dir übernachten.«

»Ich habe wirklich keine Zeit, sorry.«

»Aber ich wollte dir so gerne die Hotels für Paris zeigen.«

»Ich bin mir sicher, du wählst das schönste aus.«

»Ja, aber willst du gar nicht …«

»Sorry, Schneckchen, ich muss aufhören, ich bekomme gerade einen weiteren Anruf.«

»Alles klar. Bye.« Sie hatte es kaum ausgesprochen, da wurde die Verbindung unterbrochen. »Dir auch einen schönen Tag«, fügte sie enttäuscht hinzu und ließ ihr Handy zurück in ihre Tasche gleiten.

Kurze Zeit später kam Keats wieder aus dem Supermarkt, eine große, braune Tüte im Arm.

»Machen wir ein Picknick?«, wollte sie wissen, als er zu ihr ins Auto stieg.

»Ich weiß ja nicht, wie's dir geht, aber ich kann nicht den ganzen Tag nur Lichtnahrung zu mir nehmen.«

»Lichtnahrung?« Sie lachte auf. »Was ist das denn?«

»Du hast keine Ahnung, wen man in der Künstlerszene so kennenlernt. Bei mir war mal eine Frau in der Galerie, die behauptet hat, bei einem Guru in der Lehre gewesen zu sein, der ihr beigebracht hat, sich allein von Lichtenergie zu ernähren. Angeblich nahm sie keine Lebensmittel mehr zu sich.« Keats fuhr vom Parkplatz. »Sie war dünn wie ein Strich.«

»War sie grün?«

»Warum das denn?«

»Na, wenn sie sich von Lichtenergie ernährt, müsste sie doch Photosynthese betreiben wie die Pflanzen. Oder nicht?«

Er fiel in ihr Lachen ein. »Das ist richtig. Nein, grün war sie nicht. Eher ziemlich bleich.«

»Sie hätte vielleicht mehr in die Sonne gehen sollen.« Naila kicherte. »Dann hätte das mit der Lichtnahrung auch besser geklappt.«

Keats warf ihr einen amüsierten Blick zu und gab Gas. Sie fuhren auf den Highway 1 und cruisten dahin. Naila ließ das Fenster herunter und genoss den Fahrtwind. Endlich musste sie sich mal keine Gedanken um ihre Frisur machen, denn sie wusste, dass Keats ihre Locken mochte. Ihre Finger surften durch den Luftwiderstand. Sie lehnte den Kopf zurück und ließ die Schönheit der Küste an sich vorüberziehen. Das Schweigen, das zwischen ihnen herrschte, war entspannt, und Naila stellte fest, wie sehr ihr selbst das gefiel. Die letzte Woche war der Huang-Fall ständig durch ihren Kopf gegeistert. Zusätzlich zu all den anderen Dingen, die sie beschäftigten. Einfach nur dazusitzen und zu schweigen war herrlich.

Erst, als Keats den Porsche oberhalb der Küste zum Stehen brachte, sah sie ihn wieder an.

»Hast du geschlafen?«, fragte er und stellte den Motor aus.

»Geträumt.« Sie blickte sich um. »Wo sind wir?«

»Irgendwo zwischen Ventura und Santa Barbara.«

»Du warst noch nie hier?«

»Nein.« Er stieg aus. »Und das ist gut.«

Naila schnappte sich die Tüte, die auf der kleinen Ablage hinter ihren Sitzen stand und lugte hinein.

»Was soll das, Babe?« Keats öffnete die Beifahrertür und sah sie streng an. »Bist du etwa neugierig?«

»Ein bisschen.« Sie blinzelte unschuldig. »Außerdem habe ich langsam Hunger.«

»Pfoten weg!« Keats nahm ihr die Tüte ab und wartete, bis sie ausgestiegen war.

»Und jetzt?«

»Die Treppen dort führen nach unten.« Er deutete auf einige Holzstufen am Ende des Parkplatzes, die zwischen den zerklüfteten Felsen zum Strand hinabführten. Naila blinzelte. Es war Nachmittag und die Sonne spiegelte sich im Meer, das sich unter ihnen ausbreitete. Die Wellen ließen seine Oberfläche im gleißenden Licht wie geriffelten Stahl erscheinen. Die silbrige Fläche erstreckte sich bis zum Horizont.

»Das war genau das, wonach ich mich gesehnt habe.« Sie seufzte.

»Man möchte meinen, ihr Angelenos seid häufiger an den Stränden. Stattdessen hockt ihr an euren Pools.«

»Das klingt, als würdest du dich nicht mehr als Angeleno sehen.«

»Das stimmt.«

»Wer bist du dann?«

»Muss man denn immer irgendwer sein? Ich lebe in New York. Keine Ahnung für wie lange. Dieses Land ist groß.«

»Manchmal beneide ich dich, weißt du das?« Naila ging voraus und stieg die steilen Stufen hinab.

»Das solltest du nicht tun.«

»Weshalb?«

»Aus tausend Gründen.«

»Oh, so rätselhaft?« Sie warf ihm einen Blick über die Schulter zu.

»Das eigene Leben ist alles, was zählt. Nicht das der anderen.«

»Das klingt einsam und egoistisch.«

»Sind wir das nicht alle?«

»Ich hoffe nicht.« Naila blieb auf der letzten Stufe stehen und winkelte ihr linkes Bein an, um sich von ihrer Sandalette zu befreien. Dann wiederholte sie die Prozedur auf der anderen Seite, bevor sie in den feinen Sand sprang und wohlig ihre Zehen krümmte. Die Wellen brachen sich an den vorgelagerten Felsen und der Wind wehte die kühlende Gischt zu ihnen herüber. Naila schmeckte das salzige Meer auf ihren Lippen. Sie breitete die Arme aus.

»Es ist herrlich!«, rief sie und tanzte ausgelassen über den Strand. Es waren nur ein paar Surfer da, obwohl Wochenende war. Vermutlich tummelten sich alle an den Hauptstränden der Gegend, wo man seine mühevoll trainierten Körper herzeigen konnte und wo Rettungsschwimmer dafür sorgten, dass die Strömung keinem Badegast zum Verhängnis wurde. An diesem Strand jedoch gab es niemanden, der den angespülten Tang forträumte und sich um die Sicherheit der Badenden kümmerte, dieser Strand war so wild wie das Meer, das sich vor der Küste brach.

Keats lief barfuß durch die auslaufenden Wellen und Naila fand sich an seiner Seite ein.

»Wohin gehen wir?«, fragte sie.

»Zu dem Baum dort drüben.«

»Gute Wahl.« Auf dem gesamten Strand stand nur ein einziger Baum. Es war eine verkrüppelte Küstenpinie, wie es sie in dieser Gegend haufenweise gab. Direkt im Sand wuchsen sie jedoch nur selten.

Keats setzte sich unter die ausladenden Äste, die ihnen Schatten spendeten, und Naila plumpste neben ihn.

»Jetzt zeig schon, was du eingekauft hast«, forderte sie ungeduldig.

Er kramte in der Tüte. »Du hast gesagt, du magst Frankreich. Ich meine, ich kann nicht zaubern, aber ich habe alles besorgt, was der Supermarkt hergegeben hat. Voilá!« Er zog ein längliches Brot hervor. »Das soll ein Baguette sein. Wir müssen einfach daran glauben.« Er grinste. »Und das hier sind

Camembert, Weintrauben, Schinken, Salami und Oliven. Und natürlich Salzbutter. Und Macarons.« Er hielt inne, bevor er eine Flasche aus der Tüte zauberte. »Darauf bin ich besonders stolz. Das ist Champagner für Kinder. Aus Traubensaft. Für einen Abstecher in den *Liquor Shop* hatte ich keine Zeit mehr.«

»Das ist perfekt.« Naila war überwältigt. »Du hast dir so viel Mühe gegeben!«

Keats breitete die Tüte auf dem Sand aus und bettete die Sachen darauf. »Hier ist ein Messer.« Er zog ein kleines Schweizer Taschenmesser aus der Hose. »Den Champagner müssen wir stilvoll aus der Flasche trinken.«

»Ich kann mich nicht erinnern, wann ich zuletzt ein Picknick gemacht habe.« Naila schob sich eine Weintraube in den Mund. »Ich glaube, da war ich noch ein Kind.«

»Tatsächlich?«

»Ja, das war der Sommer, in dem mein Vater ein riesiges Wohnmobil gemietet hat, um mit uns an den Grand Canyon zu fahren. Es war das erste und das letzte Mal, das wir so eine Art von Urlaub gemacht haben.«

»Warum?«

»Meine Mum mochte die Campingplätze nicht. Mein Dad hat sich ständig über die Rücksichtslosigkeit der Autofahrer aufgeregt, die uns begegnet sind, und wollte sie alle verklagen. Mein Bruder fürchtete sich vor Spinnen und Schlangen. Und ich hab mich zu Tode gelangweilt.«

»Und wohin seid ihr sonst in Urlaub gefahren?«

»Bahamas, Karibik, Florida, manchmal zum Skifahren nach Colorado. Mein Vater hatte jedes Jahr nur genau zwei Wochen Urlaub. Die mussten wir uns irgendwie aufteilen. Deshalb waren unsere Urlaube kurz und intensiv.«

»Aber dein Vater hat seine eigene Kanzlei. Warum hat er sich nicht mehr Zeit mit seiner Familie gegönnt?«

»Er sagte immer, er sei unentbehrlich.«

»Und was denkst du?«

»Dass er seine Arbeit lieber mochte als uns. Aber hey, man gewöhnt sich an alles.« Sie kostete von dem Camembert. »Hm, lecker.«

»Ich war noch nie im Urlaub.« Keats schnitt die Salami in Scheiben.

»Wirklich?«

»Tatsache. Als ich klein war, konnten wir uns keinen leisten und später hatten wir andere Probleme.« Er sah ihr in die Augen.

»Ich frage nicht weiter nach, keine Sorge.« Naila knabberte an dem Baguette.

»Vielleicht will ich, dass du weiter fragst.«

»Aber du sagtest ...«

»Ich kann ein ziemlicher Arsch sein, Babe, ich weiß das«, unterbrach er sie. »Doch bei dir will ich es nicht sein.« Er nahm ihre Hand und Naila erstarrte.

»Momentan finde ich dich gar nicht so arschig«, murmelte sie.

Er schnaubte belustigt. »Das Valley, wo wir wohnten, hat viele Spitznamen, wusstest du das?«

»Nein.« Sie starrte auf ihre ineinander verschlungenen Finger.

»San Pornando Valley, Silicone Valley oder nur kurz Porn Valley.« Er wartete die Wirkung ab, die diese Aussage auf sie hatte. Als sie nichts erwiderte, lächelte er. »Du bist so unverdorben.«

»Ich bin mir nicht sicher, ob das ein Kompliment war.« Naila schluckte ihre zunehmende Verunsicherung hinunter.

»Das war es.« Er klang heiser. »Im Valley werden die

meisten Sexfilme der USA gedreht. Die gesamte Pornoindustrie Kaliforniens ist dort ansässig.«

Naila ahnte, was er ihr damit sagen wollte, doch sie konnte es nicht aussprechen. Keats tat es für sie.

»Meine Mutter war eine Pornodarstellerin.«

Scheiße! Sie sah ihn an. »Wusstest du das als Kind?«, wollte sie wissen.

»Sie hat es mir nie erzählt, aber irgendwann kam ich von selbst drauf. All ihre Freundinnen mit den engelsgleichen Gesichtern und den prallen Titten ... als Junge kommst du dir vor wie im Paradies. Allerdings wusste ich lange nicht, welche Art von Filmen sie genau dreht.«

Naila spürte, wie er ihre Hand immer fester drückte. »Bren Barrack sah einen Streifen mit meiner Mutter. Daraufhin wollte er sie unbedingt kennenlernen. So begann alles.«

»Wusste Hayden davon?«

»Klar. Bren Barracks Frauen kamen alle aus dem Business.« Keats zögerte. »Ich denke, Hayden war froh, dass meine Mutter die Aufmerksamkeit seines Vaters von ihm abzog.«

»Aber sie brachte dich in Gefahr.«

Er drehte den Kopf und starrte aufs Meer. »Ich habe sie nie gefragt, warum sie diese Entscheidung traf. Nach dem Einzug in die Villa wurde unser Verhältnis zueinander anders. Manchmal habe ich sie sogar dafür verachtet, dass sie bei Barrack geblieben ist. Es gab Zeiten, da konnte ich sie nicht einmal mehr anfassen, weil ich immer daran denken musste, was er mit ihr getan hat. Ich wandte mich von ihr ab und verbrachte meine Zeit mit Hayden, um ihr zu zeigen, dass ich sie nicht länger brauchte. Am Ende denke ich ...«, er machte eine Pause, »ich *hoffe*, dass sie es aus Liebe zu mir und Hayden getan hat. Bren Barracks Übergriffe auf uns wurden weniger, je mehr Zeit sie mit ihm im Keller verbrachte.«

»Ich kann mir einfach nicht vorstellen, wie jemand so etwas aushalten kann«, flüsterte Naila. Sie erwiderte den Druck von Keats' Hand. Er wandte sich ihr wieder zu und fragte: »Verstehst du jetzt, warum ich ein Problem damit habe, wenn man sich versklavt, um jemand anderen glücklich zu machen?«

»So ist es nicht«, erwiderte sie automatisch. »Hayden versklavt mich nicht.«

»Wer sagt, dass ich von Hayden und dir gesprochen habe?«

Sie spürte wieder jene Spannung, die sich zwischen ihnen aufbaute und die durch jedes Wort und jeden Blick, den sie miteinander wechselten, nur verstärkt wurde. »Worüber sprechen wir dann?«, fragte sie.

Er verengte die Augen. »Warum hast du mich heute begleitet?«

»Du hast mir keine andere Wahl gelassen.«

»Ist das so?« Er saß so nah neben ihr, dass seine Schulter die ihre berührte.

»Ich war froh, mal etwas anderes zu machen.« Ihre Stimme wurde immer leiser.

Er löste die Umklammerung seiner Hand und beugte sich vor. Naila beobachtete, wie er zwei Oliven nahm. Eine aß er selbst, die andere legte er sanft an ihre Lippen. Sie öffnete ihren Mund, umschloss die Olive und berührte dabei seine Finger. »Dann bin ich eine Ablenkung?«, wollte er wissen.

Sie schüttelte den Kopf. »Du bist mehr als das«, flüsterte sie, überrascht von ihrer eigenen Ehrlichkeit. »In deiner Nähe vergesse ich alles. Wer ich bin, was ich denken soll ...« Sie verstummte, als seine Finger weiter über ihr Gesicht wanderten. »... was ich besser nicht tun sollte.«

»Hm.« Er sah sie einfach nur an und Naila glaubte, unter seinem Blick zu schmelzen.

»Ich hätte nie über deinen Koffer fallen dürfen«, scherzte sie.

»War der beste Tag meines Lebens.« Seine Augen lächelten, während sein Mund ernst blieb. »Und irgendwie auch der beschissenste.«

Naila drückte ihre Wange in seine Hand. Sie sehnte sich nach ihm, lechzte nach allem, was er bereit war, ihr zu geben. »Wir sind wie die beiden Menschen auf der letzten Fotografie«, murmelte sie.

»Wir werden nie zusammensein.«

»Denkst du das wirklich?«

»Du nicht?«

»Doch, aber Hayden und ich ...« Weiter kam sie nicht, denn Keats beugte sich vor, um sie zu küssen. Nailas Finger krallten sich sofort in den Kragen seines Hemdes. Das hatte sie schon die ganze Zeit über tun wollen. Seine Berührungen waren wie Elektrizität, sie setzten alles in ihr unter Spannung und sie konnte sich nicht mehr von ihm lösen. Doch der Kuss dauerte nur kurz.

»Was ist?« Sie rückte an ihn heran. Sein Gesicht war ihrem so nah. Sie spürte seine Wärme, seinen rauen Bart und hörte sein Brummen. »Ich kann alles ertragen, aber nicht deinen Hass, wenn du es hinterher bereust.«

»Das werde ich nicht.« Das war eine Lüge. Sie würde es bereuen. In dem Moment, in dem sie Hayden gegenüberstand. Gleichzeitig *wollte* sie es bereuen. Denn das, was sie in Keats' Nähe fühlte, war so richtig und so falsch. So erhebend und so verstörend. So himmlisch und so zerstörerisch.

»Ich will nicht denken«, wisperte sie. »Ich will einfach nur hier sein.«

Seine Hände umschlossen ihr Gesicht und sie sah die stumme Zustimmung in seinen Augen. Ganz sachte zog er sie auf seinen Schoss, seine Finger wanderten über ihren Hals abwärts. Als sie sich erneut küssten, war es wie eine Explosion. Wie ein Nachhausekommen nach langer Zeit. Vertraut und gleichzeitig faszinierend neu. Naila erschauerte unter seinen Berührungen und er formte die Rundungen ihres Körper nach, als wollte er sie modellieren. Er machte alles so verdammt richtig, dass sie aufstöhnte.

Unendlich langsam öffnete er ihre Jeans, schob das Höschen zur Seite und ließ seine Hand hineingleiten. Naila bewegte sich, genoss die sanften Bewegungen seiner Finger, während er sie behutsam in den Hals biss. Er stimulierte sie, überließ ihr den Rhythmus und sie verlor sich völlig in dem erregenden Gefühl. Es war wie ein Tanz, in dem sich ihrer beider Atem zu einem vereinigte und sich ihre Lippen und Zungen das sagten, was sie nicht auszusprechen wagten. Irgendwann übernahm Keats die Führung. Seine Finger wurden schneller. Naila spürte das Kribbeln, das sich in ihrem Becken ansammelte. Nichts war mehr wichtig. Nicht die Surfer weiter unten am Strand oder die Tatsache, dass man sie jederzeit erwischen konnte. Einzig das Jetzt in Keats' Armen war von Bedeutung. Er brachte sie an die Grenzen dessen, was sie je gefühlt hatte und setzte eine prickelnde Flut in ihr frei. Wimmernd wand sie sich auf seinem Schoß, während er sie unaufhörlich dem Orgasmus entgegenpeitschte. Als es so weit war, sackte sie nach vorne, ließ sich von ihm halten und erzitterte. Es war so erschreckend intensiv, aufwühlend und süchtig machend. Nailas Finger machten sich an seiner Hose zu schaffen.

»Du willst es tatsächlich tun?« Er hielt ihre Hände fest. »Hier, mitten am Strand?«

»Ja.«

Er lachte leise. »Ich muss sie auf die Risiken hinweisen, Frau Anwältin.«

»Du bist mein einziges Risiko.« Sie verschloss seinen Mund mit einem Kuss. Niemals zuvor hatte sie sich so sehr nach einem Mann gesehnt.

»In Ordnung.« Mit einer geschickten Drehung seines Oberkörpers brachte er sie zu Fall und sie landete auf dem Rücken im Sand. »Aber dann machen wir's so, wie ich es sage.« Er sah sich prüfend um und zog ihr mit einer fließenden Bewegung die Hose aus.

»Den Slip behältst du an, falls jemand kommt«, befahl er und Naila spürte, wie ihre Erregung übermächtig wurde.

»Hauptsache, du fickst mich endlich«, brach es aus ihr heraus und zum ersten Mal wurde sie nicht rot dabei.

Keats knöpfte seine Hose auf und ließ sich nach vorne auf seine Arme fallen. Er schwebte über ihr und Nailas Knie klappten auseinander. Es war, als wenn er sie bewusst mit seiner Nähe provozierte, während sich sein Blick in den ihren bohrte. Sie öffnete die Knöpfe seines Hemdes, einen nach dem anderen. Anschließend senkte er sich sachte auf sie herab und das Gewicht seines Körpers lastete auf ihr. Sie fuhr unter sein Hemd, umarmte ihn, roch seine warme Haut, spürte seine angespannten Muskeln und seinen heißen Schwanz, der gegen ihr Höschen drängte.

»Ich will dich auf jede Art, auf die ich dich nur haben kann«, hörte sie seine raue Stimme an ihrem Ohr. »Aber jetzt gibt es kein Zurück mehr. Das weißt du, oder?«

»Ja.« Sie hob ihr Becken und spürte seine Hand, die ihr Höschen beiseiteschob. Dann drang er so heftig in sie ein, dass Schmerz und Lust sich vereinten. Naila biss ihm überrascht in die Schulter und krallte sich in seinen Rücken. Keats füllte sie so tief aus, dass sie glaubte, es nicht mehr auszuhalten. Dann begann er, sich zu bewegen, und sie hatte das Gefühl, sie müsste unter ihm verglühen. Er war wie Lava, die alles versengte, mit dem sie in Berührung kam. Mit seiner Umarmung hielt er sie wie in einer Schraubzwinge gefangen, sie war ihm hilflos ausgeliefert, während er seine Hüften kreisen ließ. Seine Stöße waren unbarmherzig, seine Hand presste eins ihrer Knie zu Boden, spreizten sie so weit, wie es nur ging. Schon nach kurzer Zeit war sie gefangen in dem harten Rhythmus, der etwas in ihr entfesselte, das sie in den Wahnsinn trieb. Sie wand sich unter Keats, stöhnte, küsste ihn und konnte nicht glauben, was gerade mit ihr geschah.

»Lass dich gehen, Babe.« Seine Augen waren dunkel und hielten sie fest. Seine Hüften hämmerten unnachgiebig gegen ihr Becken.

Ihre Fingernägel zerfurchten seinen Rücken, hilflos wegen des Prickelns, das sich in ihrem Inneren anstaute. Als es ausbrach, schrie sie auf und ergab sich den Schauern, die sich wellenartig in ihr ausbreiteten. Doch Keats hörte nicht auf. Wieder und wieder stieß er in sie, hielt unnachgiebig ihre Pobacken fest und dirigierte sie in Position. Es war wie ein Kampf, den sie miteinander ausfochten. Um das, was sie wollten und das, was sie nicht haben konnten. Naila spürte, dass Keats ebenso zerrissen war wie sie selbst, auch wenn sie keine Ahnung hatte, warum. Er fickte sie mit einer Leidenschaft, die ihr die Tränen in die Augen trieb. Sie lieferte sich ihm aus, kapitulierte vor all den Gefühlen, von denen sie bis zu diesem Moment nicht einmal gewusst hatte, dass sie sie in sich trug.

»Hör nicht auf«, keuchte sie. »Hör bitte nicht auf.«

Er tat es nicht, bescherte ihr einen weiteren Orgasmus, ebenso intensiv wie den ersten, und nahm schließlich wieder ihr Gesicht in seine Hände.

»Dieser Moment ist echt. Vergiss das nie«, sagte er mit einem dunklen Unterton, der ihr eine Gänsehaut bescherte.

Sie versank in seinen Augen und fühlte die Anspannung, als er kurz davor war zu kommen. Er presste seine Lippen auf die ihren und krümmte den Rücken. Naila nahm seinen heftigen Atem in sich auf und umschlang ihn mit den Beinen. Seine wohlige Wärme erfüllte sie und sie kämpfte mit ihren Empfindungen.

Keats streichelte ihr Gesicht. »Kommt schon jemand, um uns festzunehmen?«, hauchte er in ihren Mund.

»Ich sehe nichts.« Naila kicherte aufgedreht. »Und wenn, dann hätte ich gerade kein Problem damit, verhaftet zu werden.«

»Dein Vater würde dich enterben.«

»Wunderbar. Dafür hat es sich gelohnt.«

»Wir müssten verarmt unter einer Brücke leben.«

»Wenn es eine Brücke in Paris ist, bin ich dabei.«

Er küsste sie innig und hielt sie so fest, dass Naila kaum noch Luft bekam. Eine Weile blieben sie einfach liegen, genossen Wind und Sonne auf der Haut und das Gefühl, sich nah zu sein.

Doch ganz plötzlich löste sich Keats von ihr und setzte sich auf seine Knie. »Wir müssen gehen.« Er sah sich um.

Naila rappelte sich auf. »Was ist denn los?«

Er knöpfte wortlos sein Hemd und seine Hose zu.

Sie zog sich ebenfalls an. »Hier ist niemand«, stellte sie fest. »Kein Mensch hat bemerkt, was wir getan haben.«

»Umso besser.« Er packte das Essen ein und Naila war enttäuscht.

»Warum bleiben wir nicht noch? Ich hab jetzt *wirklich* Hunger.«

»Ich kann nicht bleiben.« Er federte zurück auf die Beine.

»Tu das nicht.« Sie erhob sich ebenfalls und hielt ihn an einem seiner Hosenträger fest. »Lass es nicht so enden.«

»Wie soll es denn dann enden?« Er sah sie aufgebracht an. »Soll ich dich zu Hayden fahren, damit du ihm erzählen kannst, was wir getan haben?«

»Nein.« Sie schluckte. »Ich will nicht ...«

»Was?«

»... dass du abhaust wie damals am Flughafen!« Sie kämpfte gegen die Tränen an, die plötzlich hinter ihren Augenlidern brannten.

Er wirkte überrascht, bevor sich seine Gesichtszüge verhärteten und er den Kopf senkte. »Ich hab dir gesagt, dass ich Menschen verletze.«

»Aber du müsstest es nicht tun.« Sie ging zu ihm, doch er wich zurück.

»Lass uns gehen«, erwiderte er tonlos.

Naila schüttelte den Kopf, doch er drehte sich einfach um. Enttäuschung und nachhallende Erregung vermischten sich und betäubten sie. Was hatte sie nur falsch gemacht?

Wortlos liefen sie nebeneinander über den Strand, stiegen die Treppen zum Parkplatz hinauf und blieben am Auto stehen.

»Wohin soll ich dich fahren?«, fragte Keats.

Naila schüttelte fassungslos den Kopf. »War das eine ernstgemeinte Frage?«, wollte sie wissen. »Was steht denn zur Wahl? Wollen wir in Haydens Villa fahren, um dort noch eine Runde in seinem Pool zu vögeln, bevor er nach Hause kommt?«

»Wenn ich nochmal ficken will, dann sage ich es einfach. Ich wollte wissen, ob ich dich in deine Wohnung oder die Kanzlei fahren soll.«

Sie biss sich auf die Unterlippe. Jetzt war er gemein und sie hatte keine Ahnung, weshalb. »Ich kann heute nicht mehr arbeiten«, erwiderte sie. »Fahr mich zu meiner Wohnung am Hancock Park.«

»Okay.« Keats entriegelte die Tür und sie stiegen ein.

Nach einer schweigsamen Dreiviertelstunde hielt er vor ihrer Wohnanlage. Naila griff nach dem Türöffner, doch Keats hinderte sie am Aussteigen. Sie drehte den Kopf und sah ihn an.

»Hör zu«, sein eindringlicher Blick traf sie, »ich weiß, ich hab's versaut. Aber auch, wenn du jetzt enttäuscht bist, es ist besser so.«

»Ich verstehe nicht …« Naila stockte. *Warum bist du so abweisend, Keats? Du bist nicht mein Typ und doch empfinde ich so viel für dich …*

»Eines Tages wirst du es.« Er lächelte, aber sein Gesichtsausdruck blieb reserviert. »Und dann wirst du froh sein, dass ich gegangen bin.«

»Und wenn du nicht gehst? Wenn du bleibst und wir …«

Er schüttelte entschieden den Kopf. »Die Wahrheit ist, Babe: Schlangen kann man nicht zähmen. Du kannst eine Schlange füttern. Du kannst sie sogar lieben, aber am Ende bleibt sie eine Schlange. Und sie wird dich früher oder später beißen.« Er beugte sich über sie, um die Beifahrertür zu öffnen.

Naila verstand die unausgesprochene Aufforderung. Sie stieg aus und wartete am Straßenrand, bis der Porsche losfuhr. Sie starrte noch immer auf die Straße, als er längst nicht mehr zu sehen war und ihr Blickfeld durch Tränen getrübt wurde.

KEATS

»*W*as sollte das, verdammt?« Sora fixierte Keats über den Küchentresen hinweg. »Das war nicht unsere Abmachung!«

»Was war denn unsere Abmachung?« Er trank seinen Kaffee und erwiderte ihren wütenden Blick.

»Das weißt du ganz genau.« Sie stemmte die Hände in die Hüften. »Du solltest bei deinem Bruder bleiben und für uns Informationen sammeln. Stattdessen vögelst du seine Verlobte. Wenn unser Deal wegen deines Schwanzes platzt, dann hänge ich dich persönlich an ihm auf.«

»Wieder mal eifersüchtig?« Keats blieb gelassen.

Sora schnaubte und warf einige Fotos auf die blankpolierte Marmorplatte. »Wie soll ich das jetzt meinem Vorgesetzten erklären?«

Keats verzog keine Miene, obwohl es ihn entsetzte, dass das FBI ihn überwachte und Fotos von ihm und Naila geschossen hatte. Und das auch noch in einer Situation, in der kein Mensch heimlich fotografiert werden wollte. Er hatte es geahnt, verdammt! Warum war er nur so blöd gewesen und hatte sich zu einer Nummer mit ihr hinreißen lassen? »Mein nackter Arsch ist gut getroffen«, meinte er und schob die Bilder zu Sora zurück. »Vergrößer dir doch eins und häng es über dein Bett.«

»Du blöder Dreckskerl.« Sie musterte ihn. »Was hast du vor, Sebastian? Denkst du, du kannst uns verarschen? Denkst du, du kannst *mich* verarschen? Wenn du nicht spurst, dann sorge ich dafür, dass du hinter Gitter wanderst.«

»Wäre sicher nicht förderlich für deine Karriere, wenn du nur den kleinen Fisch fängst und den großen davon-schwimmen lässt.«

»Leck mich doch! Hast du überhaupt vor, deinen Bruder zu beschatten?«

»Wenn ich zu sehr klammere, wird er misstrauisch. Hayden ist nicht blöd. Er muss mein Interesse erst einmal überdenken, dann kommt er von selbst. Das braucht Zeit.«

»Und in dieser Zeit versuchst du, seine Verlobte zu retten? Wie ehrenvoll. Hast du ihr etwas erzählt?«

»Natürlich nicht.«

Sora hob eine Augenbraue. »Kein Geflüster beim Sex? Über das, was ihr bevorsteht?«

Keats spürte die Wut, die beständig in ihm brodelte, seitdem er wusste, dass Sora ihn hintergangen hatte. Das war genau der Grund, warum er keinem Menschen vertraute. »Ihr braucht Naila nicht, um Hayden zu bekommen.«

»Niedlich.« Sora grinste. »Du setzt dich mal wieder für sie ein. Aber darüber haben wir doch schon gesprochen. Wir brauchen einen Beweis, dass Hayden den Huang-Fall manipu-lieren wollte. Zusätzlich zu den Beweisen über seine Mitwir-kung am Menschenhandel und seinen Kontakten zu Lee Shin. Wir wollen das gesamte Paket. Und du wirst es uns besorgen.«

Keats funkelte sie an. »Lasst Naila da raus! Sie hat nichts

damit zu tun und diese Videos, die Hayden veröffentlichen will, werden ihr Leben ruinieren.«

»Hm, diese Fotos könnten es ebenfalls, nicht wahr?« Sora zerwühlte den Stapel Bilder vor sich und legte den Kopf schief. »Du weißt, dass wir ihr helfen wollen, aber zuerst brauchen wir Beweise. Und bisher hast du uns nichts geliefert.«

»Das geht nicht so schnell.«

»Hör auf zu jammern, Sebastian! Manchmal müssen Opfer gebracht werden, um großen Arschlöchern das Handwerk zu legen. Die Triaden werden zu mächtig in dieser Stadt. Das gefällt niemandem. Den Finanzbehörden sind in ausführender Hinsicht die Hände gebunden, aber der Bürgermeister und der Bezirksstaatsanwalt haben erklärt, dass sie alles in Kauf nehmen, was wir vorschlagen. Hauptsache, diese chinesischen Mistkerle und ihr Vorarbeiter Hayden Barrack kacken nicht länger in ihren Vorgarten. Menschenhandel ist verdammt schlechte Presse für diese Stadt und ein paar Aasgeier von Reportern bohren schon wieder zu tief. Eines Tages kommt etwas heraus und wir werden dafür sorgen, dass wir vorher zuschlagen. Naila wird Schutz erhalten, sobald wir genug Beweismaterial von dir bekommen, um Hayden und seine Triaden-Brut hochzunehmen.«

»Sie hat ein Recht darauf, zu erfahren, was hier gespielt wird.« Keats ballte die Hände zu Fäusten.

»Damit sie überreagiert und uns mit ihren hysterischen Gefühlsausbrüchen einen Strich durch die Rechnung macht? Nein, danke!«

»Sie ist nicht so.«

»Du musst es ja wissen.«

»Verflucht nochmal!« Keats knallte die Kaffeetasse derart heftig auf die Theke, dass der Inhalt überschwappte. »Ich hoffe, sie verklagt das FBI im Nachhinein.«

Sora lachte auf. »Um noch mehr Aufmerksamkeit auf ihr öffentliches Gerammel zu lenken? Ihr Vater wird sie hoffentlich davon abhalten. Je schneller Gras über die Sache wächst, umso besser für sie. Außerdem sollte sie am Ende des Tages dankbar sein, dass wir sie davor bewahrt haben, einen großen Fehler zu begehen. Du und dein Bruder werdet für immer aus ihrem Leben verschwinden und das ist eigentlich schon Belohnung genug.«

»Treue, Tapferkeit und Integrität, hm?« Keats verzog angewidert den Mund. »Euer FBI-Motto könnt ihr euch in den Arsch schieben.«

»Zum Glück bist du ja so viel besser, Sebastian Keats«, entgegnete Sora sarkastisch. »Du bist nichts anderes als ein armseliger Wurm, der sich von den Abfällen ernährt, die ihm sein Stiefbruder überlässt. Eine männliche Hure, die Frauen verführt, damit man sie oder ihren Ehemann auf billige Art und Weise mit Sex-Videos erpressen kann. Du hast Beziehungen zerstört und deinem Bruder geholfen, zum Ebenbild seines Vaters zu werden.«

»Vom Hurensein hast du ja Ahnung«, brummte Keats. »In Wahrheit hast du hier undercover gearbeitet, weil du an Hayden ranwolltest, hab ich recht? Aber dein billiger, asiatisch anmutender Sexappeal hat ihn leider nicht angetörnt. Du musstest die männliche Hure nehmen. Was für eine Schmach.«

»Noch eine Beleidigung und ich nehme dich fest.«

»Mach doch!« Provozierend baute er sich auf der anderen Seite der Theke auf. »Nimm mich fest und geh das Risiko ein, dass mein Bruder jeden Moment nach Hause kommt. Was erzählst du ihm dann?«

»Dass wir das tun, was wir immer tun.«

»Das hättest du wohl gerne.« Er lachte verächtlich. »Vermisst du die Orgasmen, die du mit mir hattest?«

»Ganz sicher nicht.«

»Es muss dich in den Wahnsinn treiben, weiterhin Haydens Haushälterin spielen zu müssen und ihm zu dienen, während du bei der ganzen Sache auf meine Gunst angewiesen bist.«

»Ich schwöre dir, Sebastian, wenn all das vorbei ist, bin ich die Einzige, die darüber lacht. Und ich werde ausgiebig lachen.«

»Warten wir's ab.« Er bemühte sich um Ruhe und hob sein Kinn. »Was ist, wenn ich mich weigere?«

Für einen kurzen Moment stutzte Sora, bevor sie sich wieder fing. »Was soll das heißen?«

»Wenn ihr Naila keinen umfassenden Schutz bietet und verhindert, dass diese Videos über sie in Umlauf kommen, dann werde ich nicht dafür sorgen, dass ihr die Informationen über Hayden erhaltet, die ihr braucht.«

Sora funkelte ihn an. »Du willst für diese kleine Schlampe tatsächlich unsere Abmachung gefährden? Sie ist eine Frau, die es mit zwei Männern treibt. Oder willst du nur nicht, dass sie erfährt, welch schmutziges Spiel du mit ihr gespielt hast?«

»Das hätte sie ohnehin erfahren. Damit kannst du mich nicht unter Druck setzen.« Er erwiderte ihren Blick.

»Denkst du wirklich? Wir könnten dafür sorgen, dass sie zusätzlich jedes Video zu sehen bekommt, dass du von all den Frauen gemacht hast, die du und dein Bruder erpresst habt.«

Keats knurrte vor Zorn und starrte Sora an. Die lächelte.

»Mach deinen Job, Sebastian! Dann können wir der Kleinen helfen. Vorher läuft die Operation weiter wie bisher.«

»Nehmt Naila raus, bevor die Sache über die Bühne geht.« Er blieb hartnäckig.

»Auf keinen Fall! Wir brauchen sie. Sie sorgt dafür, dass Hayden nicht misstrauisch wird. Sie ist der Köder. Dieses Mal darf nichts schiefgehen. Jedes schmutzige Detail muss ans Licht kommen und wir haben den Auftrag, dafür zu sorgen, dass nicht alles in Flammen aufgeht wie damals bei Bren Barrack.«

»Ich mache da nicht mit.« Er drehte sich um und hob die Hände. »Nimm mich fest!«

»Hör auf den verdammten Helden zu spielen, Sebastian! Diese Tussi ist es nicht wert.«

»Das entscheide ich allein.«

»Verflucht nochmal!« Sora kam aus der Küche und baute sich vor ihm auf. »Ich werde nicht zulassen, dass meine Undercover-Arbeit hier umsonst war.«

»Nimm. Naila. Aus. Dem. Spiel.« Er betonte jedes Wort.

»Was ist los mit dir?« Sie schüttelte den Kopf. »Du willst wegen einer Muschi die ganze Sache gefährden? Denkst du allen Ernstes, sie empfindet auch nur das Geringste für dich? Du bist doch nur ein kleines Abenteuer. Der Bruder des Millionärs und damit des Mannes, den sie eigentlich will. Ich kenne solche Frauen, Sebastian. Du hast ihr nichts zu bieten. Sie spielt nur mit dir, bis sie wieder die Aufmerksamkeit deines Bruders erhält. Geld ist hier das Einzige, was zählt.«

»Holt euch Hayden allein.« Keats starrte stur geradeaus. Er hatte keine Lust mehr auf Soras Spielchen.

»Ah, das ist es.« Sora sah ihn wissend an. »Es geht eigentlich um deinen Bruder. Du willst nicht, dass wir ihn schnappen. Damit würde deine Geldquelle versiegen und du würdest das einzige Familienmitglied verlieren, das dir noch geblieben ist.«

»Fuck you«, murmelte er. »Nimm mich endlich fest.«

»Soll ich dir was sagen?« Sie trat ganz nah an ihn heran.

Am liebsten hätte er ihr ins Gesicht gespuckt. Er verachtete sich dafür, dass er diese Frau je hatte ficken können. Doch ihre Worte brachten ihn aus dem Konzept. »Dein Bruder ist schuld daran, dass deine Mutter nicht mehr lebt.«

»Wie bitte?« Er verengte die Augen. »Was redest du da für einen Scheiß, du blöde FBI-Schlampe?«

»Noch eine weitere Beleidigung und ich taser dich.« Ihr Lächeln war hinterhältig. »Du hast richtig gehört, wir vermuten, dass Hayden hinter der Gasexplosion steckt, die seinen Vater und deine Mutter getötet hat.«

»Das ist Bullshit. Es war ein Leck!«

»So lautet das offizielle Statement. Intern gehen wir von bewusster Manipulation aus.«

»Das sagst du mir jetzt?« Keats schnaubte. »Ich vermute, um mich wieder auf eure Seite zu ziehen. Ihr FBI-Ratten spielt mit allen Mitteln, nicht wahr?«

»Das sage ich dir, weil wir es nie beweisen konnten. Wir wollen Hayden wegen anderen Dingen drankriegen, um den Triaden das Handwerk legen zu können, aber wenn du deinen Bruder auch noch dazu bewegen könntest, einen Mord zu gestehen, umso besser.«

»Er hätte meiner Mutter niemals etwas angetan.« Keats spürte, wie er innerlich vor Zorn erbebte. »Niemals!«

»Du scheinst dir ja sehr sicher zu sein.« Soras Stimme wurde weicher. »Vielleicht war es ein Unfall, wer weiß?«

Keats zwang sich, ruhig zu atmen. Seine Mutter hatte an diesem Tag mal wieder seit langer Zeit mit ihm an den Strand fahren wollen, aber in letzter Minute hatte sie sich anders entschieden. Sie hatte Kopfschmerzen gehabt und wollte sich ausruhen.

»Du denkst nach.« Sora nickte. »Das ist gut.«

In diesem Moment fuhr ein Auto vor dem Haus vor und Keats erwachte aus seiner Trance. »Hayden ist hier.«

»Vergiss nicht, was ich gesagt habe.« Sora schlenderte zurück in die Küche, steckte die Fotos ein und begann, den Geschirrspüler auszuräumen. »Wir können noch nichts für Naila tun, aber *du* kannst etwas für sie tun. Beschaff uns die Beweise. Sorge für Gerechtigkeit. Deiner Mutter und Naila zuliebe.«

Die Haustür ging auf und Hayden trat ein. Sein Blick schweifte über Sora und Keats. »Störe ich euch in meinem eigenen Haus?«, wollte er wissen und zog sein Jackett aus. Er war nicht rasiert und war über Nacht nicht zuhause gewesen. »Wir müssen reden.« Mit einer Bewegung seines Kinns gab er Keats zu verstehen, dass er ihm folgen sollte.

Sie stiegen die Treppe nach oben und gingen in Haydens Schlafzimmer. Kaum fiel die Tür hinter ihnen ins Schloss, zerrte Hayden an seiner Krawatte. »Was hast du mit Naila gemacht?«, wetterte er und warf den Schlips aufs Bett. »Sie hat mir eine aufgewühlte Nachricht auf der Mailbox hinterlassen. Es klang, als würde sie unsere ganze Beziehung infrage stellen.« Er fluchte. »Du solltest sie von mir fernhalten und sie nicht um den Verstand ficken.«

»Sorry, wenn ich das besser kann als du, *Bruder*.« Keats legte die Betonung auf das letzte Wort.

»Was ist? Hat Sora dir keinen geblasen oder warum hast du schlechte Laune?«

»Hab ich gar nicht.« Keats setzte sich in den Ledersessel, in dem Naila schon so viele Male nackt vor Hayden gekniet hatte. Ihm kam beinahe die Galle hoch.

»Wunderbar, dann verrat mir, was mit meiner dämlichen Verlobten los ist.«

»Wir waren in einer Fotoausstellung.«

»Uh, wie unglaublich beeindruckend.« Hayden zog sein Hemd aus. Die Kratzer auf seiner Brust waren noch immer zu sehen. »Und weiter?«

»Dann waren wir am Strand und haben gefickt.«

»Und wie habt ihr gefickt?«

»Was soll das?«, knurrte Keats. »Soll ich dir jedes Detail beschreiben?«

»Hast du die Missionarsstellung durchgezogen? Oder gar Löffelchen?«

Keats erwiderte nichts und Hayden schüttelte genervt den Kopf. »Du bist ein Schwachkopf! Du weißt doch, wie sie drauf ist. Sie steht auf diese ganze Scheiße und ist momentan völlig durcheinander von dem Müll, den ihr dämlicher Bruder Zak ihr eingepflanzt hat. Sie sucht Trost bei dir, denkt, dass du sie verstehst. Erstaunlich, wenn man bedenkt, dass sie eigentlich sauer sein sollte, weil du mich geschlagen hast.« Er kratzte sich am Kinn. »Wenn wir nicht aufpassen, verliebt sie sich in dich und mein ganzer Plan geht nach hinten los.«

»Du schaffst es sicher, sie mit deiner unglaublich charmanten Art zurückzugewinnen«, murrte Keats.

»Und ob ich das schaffe, aber dafür muss ich verdammt nochmal bluten!« Hayden zog sich nackt aus und stieg unter die verglaste Dusche, die mitten im Raum stand und als Raumteiler zum Bad diente. Ihre Wände bestanden aus Switchglas, das man per Sprachsteuerung von durchsichtig in undurchsichtig ändern konnte, um mehr Privatsphäre beim Duschen zu haben, aber Hayden ließ alles, wie es war. Er seifte sich ein und sah Keats dabei an. »Sie wird essen gehen wollen. In irgendein verdammtes Froschfresser-Restaurant. Und dann muss ich mir ihre Hotelvorschläge für Paris ansehen und mir all ihre schrecklichen Pläne anhören, was sie in den Flitterwochen besichtigen möchte. Dabei werde ich sie niemals heiraten! Und ganz bestimmt werde ich niemals nach Frankreich fliegen.«

»Was immer du sagst.« Keats lehnte sich zurück und fragte sich, was zum Teufel ihn eigentlich davon abhielt, seinen Bruder aus der Dusche zu zerren, um die Wahrheit über den Tod seiner Mutter aus ihm herauszuprügeln. So heftig, dass Haydens hübsches Gesicht über Wochen nicht vorzeigbar sein würde. Nach Soras Worten hatte er Lust dazu.

»Wirst du Naila heute wiedersehen?« Hayden griff nach dem Körperrasierer und rasierte sich rund um seinen Schwanz, damit alles so glatt und haarlos blieb, wie es war.

»Nein.«

»Das ist gut, denn du kommst mit mir.«

»Wohin?«

»Dorthin, wo ich die Nacht verbracht habe. Du lernst heute Abend meine Geschäftspartner kennen.«

»Die Triaden?«

»Lee Shin. Er ist der Vertreter des Drachens.«

»Muss ich das verstehen?«

»Das solltest du, kleiner Bruder.« Hayden spülte sich den Schaum vom Körper. »Die Black Shadows sind eine Triaden-Gruppierung, die ihre Geschäfte vor allem hier in Kalifornien und an der Westküste Kanadas betreiben. Der Drache, das Oberhaupt dieser Gruppierung, sitzt in Hong Kong. Niemand kennt sein Gesicht. Niemand kennt seinen Namen. Aber alle Befehle kommen von ihm. Er zieht die Fäden im Hintergrund. Er verteilt die Gelder. Und eines Tages werde ich ihm die Hand schütteln.«

»Und was dann?«

»Was wohl?« Hayden stieg aus der Dusche. »Dann ist unser Imperium perfekt. Dann werden wir mehr Geld machen, als du es dir vorstellen kannst. Wir kaufen uns die Justiz, so wie Dad es getan hat, und machen uns diese Stadt Untertan.«

»Du klingst wie Saruman.«

»Wie wer?«

»Einer der Zauberer aus *Der Herr der Ringe*.«

»War er einer der Bösen?«

»Kann man so sagen.«

Hayden griff nach einem der Handtücher, die zusammengelegt auf einer Ablage neben der Dusche lagen, und trocknete sich ab. »Du bist ab jetzt Sarumans Gehilfe.«

»Wünsch dir das lieber nicht«, flüsterte Keats und blickte auf. »Wann fahren wir?«

»Heute Abend gegen neun.«

»Und was erzählst du Naila?«

Hayden winkte ab. »Ich rufe sie später an. Die Kleine ist gerade nicht mein Problem.«

»Wer ist es dann?«

»Emu Shin.«

»Und wer bitte ist das?«

Hayden grinste breit. »Das heißeste Geschöpf auf diesem verdammten Erdball. Von ihr stammen die Kratzer. Sie fickt wie ein Hurrikan. Aber in letzter Zeit ist sie mir zu aufsässig. Wir müssen unseren Deal endlich über die Bühne bringen. Die Triaden werden ungeduldig.«

»Der Gerichtsprozess zieht sich seit Jahren hin und jetzt auf einmal soll es schnell gehen? Ich glaube, du wirst übermütig, Bruder.«

»Niemand will ein schnelles Ende.« Hayden warf ihm einen stechenden Blick zu. »Wir wollen ein katastrophales Ende. Eines, das die Presse ausschlachten kann. Eines, das die Kanzlei, welche die Stadt Los Angeles vertritt, in den Schmutz zieht. Eines, bei dem es am Ende nicht mehr um den Fall geht, sondern um den guten Ruf von McDermott, Jones & Wardwell. Niemand wird mehr über das Tauschgeschäft reden oder über Geschäfte mit den Triaden spekulieren, stattdessen wird sich alles um Naila McDermott drehen, der es anscheinend wichtiger war, in der Öffentlichkeit zu vögeln, als sich um den Fall zu kümmern. Wir hebeln die Strategie, die ihr Vater seit Jahren sorgsam aufbaut, mit nur einem gezielten Hammerschlag aus. Die Anwälte der Gegenseite werden das ausschlachten, ebenso wie die Presse. Kein konservativer Richter wird die Argumentation einer solchen Kanzlei mehr ernst nehmen und jetzt ist es zu spät für die Stadt Los Angeles, noch einmal ihre Anwälte zu wechseln. Das war's. Game over. Mein Plan geht auf.«

»Man sollte seinen Sieg nie zu früh feiern.« Keats stand auf.

»Du musst lernen, mehr an dich selbst zu glauben.« Hayden ging zu einer Tür an der Längsseite des Zimmers und öffnete sie allein durch eine wischende Handbewegung. Leise fuhr sie zurück und das Licht in seinem begehbaren Kleiderschrank sprang an. »Wer den Gegner und sich selber kennt, wird in hundert Schlachten siegreich bleiben. Chinesisches Sprichwort. Merk es dir, Bruder.« Hayden verschwand im Schrank, um sich anzuziehen, und Keats verließ den Raum.

»Bis später«, rief er über seine Schulter, bevor die Zimmertür hinter ihm ins Schloss fiel.

DIE STRAßE SCHLÄNGELTE sich in Serpentinen eine Anhöhe außerhalb von Ventura hinauf und Keats blickte in die Dunkelheit. Er war sich nicht sicher, ob es eine gute Idee war, Hayden zu begleiten. Die bescheuerte Sora hatte Zweifel in ihm geweckt, was seinen Bruder betraf. Wenn Hayden tatsächlich für das Gasleck verantwortlich gewesen war, warum hatte er ihm nie etwas davon erzählt? Keats wäre der Letzte gewesen, der ihn abgehalten hätte, die Villa mitsamt Bren Barrack in die Luft zu jagen. Allerdings hätte er dafür gesorgt, dass seine Mutter nicht daheim gewesen wäre. Hatte Hayden ihren Tod womöglich in Kauf genommen?

Die Verunsicherung nagte an ihm und Keats schüttelte kaum merklich den Kopf, um ihr zu entkommen. Er wusste nicht mehr, was er glauben sollte, aber er wusste, dass er mächtig in der Scheiße saß. Wütend schlug er gegen das Armaturenbrett des Cayenne.

»Was ist los?« Hayden lenkte den Wagen um die nächste Kurve. »Hast du plötzlich Schiss oder was?«

»Ich bin sauer.«

»Auf wen?«

»Auf mich selbst. Weil ich erst jetzt verstehe, wie du dein Geld verdienst.«

»Manches dauert seine Zeit, kleiner Bruder. Ich bin froh, dass du endlich auf meiner Seite stehst.«

»Was ist, wenn ich dich in Schwierigkeiten bringe?«

»Wie kommst du darauf?«

»Ich bin nicht wie du. Die Triaden könnten mich ablehnen.«

»Lee Shin lehnt jeden ab. So läuft das Spiel. Wir winden uns umeinander wie Schlangen und machen unsere Geschäfte. Es wird dir dort gefallen, keine Sorge.«

Keats dachte an seinen Auftrag und daran, dass er all das nur tat, um Hayden beim FBI hinzuhängen. Aus dem Deal, in dem sein Bruder die Zügel in der Hand zu haben glaubte, wurde nun ein Deal, in dem Keats die Macht hatte. Die Macht, um zu vernichten. Und die Macht, um Naila zumindest eine

251

Chance zu geben, ihre Demütigung zu verkraften. Er tat all das nur wegen ihr. Sie trieb ihn in den Wahnsinn. Mit ihr auf diese Art zu schlafen und dabei sein Hirn auszuschalten, war das Beste gewesen, was er je getan hatte. Und das Bescheuertste. Denn die Art, wie sie ihn angesehen hatte, hatte ihm verraten, was sie für ihn empfand und auch er hatte seine Mauern für kurze Zeit fallengelassen. Das war ein Fehler gewesen, denn am Ende würde er sie verlieren. Das war von Anfang an klar gewesen.

Er hatte immer gewusst, wie es enden würde. Mit der Veröffentlichung der Videos und Nailas Einsicht, welches Spiel Keats mit ihr gespielt hatte. Und dann würde von all ihren Gefühlen nur noch blanker Hass übrigbleiben. Keats hatte Erfahrung damit. Hass war ihm vertraut. Doch das Wissen, dass Naila ihn bald ebenso hassen würde wie er Bren Barrack gehasst hatte, setzte ihm zu. Das war auch der Grund gewesen, warum er am Strand so plötzlich gegangen war. Wäre er geblieben, hätte er sich nur in die Hoffnung geflüchtet, dass Nailas Gefühle für ihn vielleicht stärker waren als das, was ihr bevorstand. Aber nichts war stark genug, um zu verzeihen, was er getan hatte. Diesen Verrat würden sich Liebende niemals antun. Und genau das waren sie nicht. Keats versuchte, seine Emotionen unter Kontrolle zu bringen.

Immerhin würden Sora und das FBI jetzt die Wahrheit ans Licht bringen und durch diese Wahrheit würde Naila die Möglichkeit erhalten, sich in der Öffentlichkeit zu rehabilitieren. Sie würde begreifen, weshalb Hayden sie benutzt hatte. Vielleicht würde sie dann auch Keats' Rolle verstehen. Vielleicht.

»Wir sind da.« Hayden stoppte am Sicherheitszaun und gab über die Sprechanlage ein Codewort durch. Das automatische Tor wurde zur Seite gefahren und sein Bruder steuerte den Cayenne auf ein Grundstück. Keats sah auf.

»Was ist das hier, ein Puff?« Er betrachtete das rötliche Licht, das durch die Fenster drang.

»Besser, viel besser.« Hayden grinste und stieg aus.

Keats folgte ihm zögerlich. Er war nicht besonders scharf darauf, in Haydens verborgene Welt einzutauchen. Sie gingen zum Eingang, der von zwei goldenen Drachen flankiert wurde, und warteten einen Moment, bevor ihnen eine Frau, die wie eine Geisha geschminkt und gekleidet war, die Tür öffnete und sie wortlos hineinbat. Sie kamen in einen gedämpft beleuchteten Flur und Keats sah sich um. Auf dem Boden lagen bunte Teppiche, brusthohe Vasen standen in den Ecken und an den Wänden hingen gerahmte Werke chinesischer Seidenmalerei. All das hatte etwas von einem Chinarestaurant an sich. Nur die zwei Bodyguards, die nun erschienen und sich seitlich vom Flur aufbauten, passten nicht ins Bild. Einer davon öffnete die Tür am Ende des Gangs und sie folgten der unausgesprochenen Aufforderung und betraten ein weitläufiges Arbeitszimmer mit einem Schreibtisch aus Ebenholz.

»Lee Shin.« Hayden machte eine Verbeugung und Keats war so erstaunt darüber, seinen Bruder derart demütig zu erleben, dass er ihn anstarrte, anstatt sein Gegenüber ebenfalls zu begrüßen.

»Das ist also Sebastian. Dein Bruder. Oder sollte ich lieber sagen: der Bastard der Familie?«

»Ich bin kein Bastard.« Keats wandte den Kopf und musterte Haydens Geschäftspartner. Lee Shin wirkte wie eine asiatische Kopie von Elvis, was dazu führte, dass Keats beinahe gelächelt hätte. Doch dann spürte er die Gefahr, die hinter Lee Shins harmlosem Äußeren lag.

»Wie nennt man Kinder sonst, die während eines Pornodrehs gezeugt wurden?«, fragte der mit schneidender Stimme und beobachtete Keats' Reaktion. »Es muss erbärmlich sein mit dem Wissen aufzuwachsen, dass die eigene Mutter Schwänze gelutscht hat, um einen am Leben zu halten.«

Keats spürte die Wut, die in ihm hochkochte, doch Hayden legte ihm beruhigend eine Hand auf die Schulter. »Mein Bruder ist in Ordnung. Du musst ihn nicht testen, Lee.«

»Ach nein?« Der Triadenboss umrundete Keats und blähte die Nasenflügel. »Er stinkt. Irgendwas hat er zu verbergen.« Mit einem kaum merklichen Nicken gab er seinen Bodyguards ein Zeichen. Sie packten Keats und warfen ihn zu Boden.

»Was zum Teufel ...?« Keats wehrte sich, doch die beiden Männer waren stärker. Mit roher Gewalt verdrehten sie ihm die Handgelenke, bis er still lag. Direkt vor seinem Gesicht sah er die Schuhspitzen von Lee Shins Schlangenlederstiefeln.

»Ist er verkabelt?«

Keats wurde grob abgetastet. »Nein.«

Er spürte den Lauf einer Waffe an seiner Stirn. »Du solltest trotzdem reden«, knurrte Lee Shin. »Mein Instinkt sagt mir, dass du nicht ohne Grund hier bist.«

Keats brach der Schweiß aus, aber er schüttelte den Kopf. »Ich habe nichts zu sagen«, presste er hervor und stöhnte auf, als ihm jemand in die Rippen trat.

»Wir kennen Mittel und Wege, um dich zum Reden zu bringen.«

»Was soll das?«, mischte sich Hayden ein. »Ich wollte dir meinen Bruder vorstellen. Er ist mein Geschäftspartner. Seit wann bist du so wenig gastfreundlich, Lee?«

»Seit sich das verfickte FBI an mich ranpirscht. Ich habe ein ungutes Gefühl und du solltest das aus der Welt schaffen!« Der Druck des Waffenlaufs verstärkte sich. »Stattdessen bringst du einen Fremden hierher. Was denkst du dir dabei, verdammt?«

»Mein Bruder ist kein Fremder. Und ganz bestimmt steckt er nicht mit dem beschissenen FBI unter einer Decke.«

»Du verbürgst dich also für ihn?«

»Natürlich tue ich das!«

Keats wurde wieder nach oben gezerrt und starrte nun direkt in den Lauf der Waffe.

»Was hält mich davon ab, dir jetzt und hier das Gehirn wegzupusten, Bastard?« Lee Shins Augen waren nur noch zwei Schlitze.

»Gar nichts.« Keats fuhr sich mit dem Handrücken über den Mund und der Triadenboss lachte heiser.

»Wer war dein Vater, hm?«

»Ich habe keine Ahnung.«

»Du hast keine Ahnung.« Nun lachte er lauter. »Vielleicht war es irgendein dahergelaufener Straßenköter. Bei Nutten weiß man das nie so genau.«

Keats ballte seine Hände zu Fäusten.

»Es ist gemein, wenn Mami jemand wehtut, nicht wahr?« Lee Shins Lachen ging in ein bösartiges Grinsen über. »Aber deine Mutter wollte es so. Und sie war nicht nur Bren Barrack gegenüber so fügsam. Auch seine Geschäftspartner durften sie mal ficken.«

»Du verdammtes ...!« Keats schoss nach vorne. Im selben Augenblick entsicherten die Bodyguards ihre Waffen und Hayden hielt ihn am Oberarm fest.

»Reiß dich zusammen«, raunte er ihm zu. »Er will dich nur testen.«

Keats atmete heftig und sah die Genugtuung in den Augen des Triadenbosses.

»Mami war ein fleißiges Mädchen. Wir hatten viel Spaß

zusammen.« Lee Shin fuhr Keats mit dem Waffenlauf über die bärtige Wange. »Eine Schande, dass sie umgekommen ist.« Lee Shins Blick wechselte zu Hayden. »Es war ein Unfall, richtig?«

»Warum reden wir nicht endlich übers Geschäft?«, murrte Hayden. »Die Vergangenheit ist lange vorbei.«

»Und doch schwebt sie immer über der Gegenwart.« Lee Shin hob die Waffe und drehte sich um. »Geschäftspartner sollten stets ehrlich zueinander sein, Hayden.«

»Ich bin ehrlich zu dir, Lee.«

»Ich meinte dich und deinen Bastard-Bruder. Weiß er, wie seine Mutter ums Leben kam?«

Keats drehte den Kopf und sah Hayden an. Für einige Sekunden blickten sie einander in die Augen und Keats erkannte die Bestätigung darin. Sora hatte recht gehabt und nun begriff Keats es endlich. Hayden hatte seinen Vater nicht aus dem Weg geräumt, weil er ihn gehasst hatte, sondern, um das Geschäft mit den Triaden zu übernehmen! Seine Mutter war nur deshalb gestorben, weil Hayden ein raffgieriger, selbstsüchtiger und skrupelloser Arsch gewesen war. Daran hatte sich bis heute nichts geändert. Keats glaubte, an der Erkenntnis zu ersticken, aber es gelang ihm, sich unter Kontrolle zu behalten. Sein Instinkt sagte ihm, dass er nur diese eine Wahl hatte.

»Natürlich weiß ich, wie sie ums Leben kam«, erwiderte er. »Kann man nicht ändern.« Der Satz kostete ihn Überwindung, doch auf Lee Shin zeigte er Wirkung.

Der Triadenboss steckte die Waffe ein und deutete auf eine schwarze Ledercouch, die gegenüber des Schreibtisches stand.

»Setzt euch!« Mit dem Kinn gab er seinen Bodyguards zu verstehen, dass sie nicht mehr gebraucht wurden. Nachdem sie das Zimmer verlassen hatten, schenkte Lee Shin Keats und

Hayden Reiswein aus einem goldfarbenen Krug ein. Beide nahmen ihm gegenüber Platz.

»Auf unsere zukünftigen Geschäfte.« Lee Shin hielt sein Glas in die Höhe und Hayden und Keats stießen mit ihm an. Sie tranken und setzten ihre Gläser ab. Der Triadenboss nahm Keats ins Visier.

»Du weißt, warum ich das tun musste?«, wollte er wissen.

Keats schüttelte den Kopf.

»Das FBI bohrt sich in dein Gehirn. Sie pflanzen dir Dinge ein, die dich wütend machen und dich deinen Glauben verlieren lassen. Deshalb wechselst du auf ihre Seite. Ich dachte, das wäre vielleicht ihr Druckmittel bei dir gewesen. Aber du wusstest die Sache mit deiner Mutter bereits. Deine Wut galt nur mir, nicht deinem Bruder.« Sein Fuß wippte auf und ab. »Sollte das FBI dich in der Hand haben, dann aus einem anderen Grund.«

Keats zwang sich, Lee Shins prüfendem Blick nicht auszuweichen. Nach einer gefühlten Ewigkeit wandte sich der Triadenboss von ihm ab und nickte Hayden zu. »Wann soll die Sache nun endlich über die Bühne gehen?«, fragte er.

»Wir dürfen auf den letzten Metern keine Fehler machen.« Hayden langte in seine Tasche und schob einen USB-Stick über den Tisch. Keats vermutete, dass sich darauf die Filmaufnahmen befanden, die Naila kompromittieren sollten. »Die Kleine wird kommende Woche vor Gericht auftreten. Damit erregt sie die Aufmerksamkeit der Presse. Warten wir ab, was so über sie geschrieben wird. Und über den Fall. Ich melde mich, wenn der richtige Zeitpunkt gekommen ist, um die Bombe platzen zu lassen.«

»Bestimmst du jetzt schon unser Geschäft?« Lee Shin nahm den Stick an sich. Er wirkte amüsiert und verärgert zugleich.

»Ich *bin* euer Geschäft.« Hayden warf Keats einen Blick zu. »Wir sind euer Geschäft.«

»Interessant.« Lee Shin schnaubte. »Eines Tages werden wir über deine Selbstgerechtigkeit sprechen müssen.«

»Eines Tages wirst du das nicht mehr tun wollen.«

Der Triadenboss verzog keine Miene. »Hast du deinen Bruder hergebracht, damit er unsere Ware testen kann?«

Hayden nickte nachdrücklich. »Ich möchte meinen, dass ihm nach dieser Begrüßung eine Entschädigung zusteht.«

Lee Shin schnalzte mit der Zunge. »Unsere letzte Ware war nach deiner Benutzung ziemlich ... nun ja ... beschädigt. Du solltest dich ein wenig zurückhalten und meine Gastfreundschaft nicht überstrapazieren.«

»Keine Sorge, mein Bruder ist ein *Ladies' Man*.«

»Davon hab ich schon gehört.« Ein letztes Mal nahm der Triadenboss Keats ins Visier, bevor er sich erhob und seine Gäste mit einer einladenden Geste entließ. »Einen angenehmen Abend.«

Keats folgte Hayden auf den Flur. Kaum waren sie unter sich, drehte sich sein Bruder zu ihm um.

»Woher wusstest du es?«, fragte er mit gedämpfter Stimme.

Keats zuckte die Schultern. »Es war eine Ahnung.« Er schluckte hart. »Du hättest es mir sagen müssen!«

»Damit du noch mehr trinkst und am Ende tatsächlich einsam in der Gosse landest?« Hayden schüttelte entschieden den Kopf. »Du magst nicht mein leiblicher Bruder sein, aber wir hatten nur noch uns.« Er zog Keats am Nacken zu sich heran. »Ich wollte es nicht. Das musst du mir glauben!«

»Wenn du mich eingeweiht hättest, hätte ich dafür gesorgt, dass meine Mutter tatsächlich nicht im Haus ist.« Er spürte, wie alte Wunden wieder aufrissen. »Du hast sie umgebracht, verdammt! Du blöder Arsch!« Er packte Hayden am Kragen. »Ich sollte dir dafür die Fresse polieren.«

»Hör auf!« Hayden schielte in Richtung Lee Shins Büro. »Nicht hier.«

»Doch! Genau hier!«

»Verflucht nochmal, du hättest mich damals davon abgehalten und das weißt du. Aber dieser Wichser musste weg«, zischte Hayden aufgebracht.

»Weil du sein Geschäft übernehmen wolltest! Das war der einzige Grund.«

»Ich bin besser, als er es je war! Außerdem hätte es uns allen nur Vorteile gebracht. Es war eine Win-win-Situation.«

»Meine Mutter sieht das sicher anders.« Keats machte sich von seinem Bruder los. »Du hast sie getötet.«

»Und es vergeht kein Tag, an dem ich es nicht bereue«, erwiderte Hayden eindringlich. »Du weißt, dass ich sie mochte.«

»Verdammt!« Keats stieß ihn von sich. Er fühlte sich mit einem Mal völlig ausgelaugt. »Du hättest sie beschützen müssen. Nach all dem, was sie für dich getan hat, warst du ihr das schuldig!«

»Ich weiß.« Hayden klang demütig. »Ich weiß das.«

Keats starrte ihn an. »Was verschweigst du mir sonst noch?«

»Nichts, kleiner Bruder, das musst du mir glauben. Ich habe dich hergebracht, weil ich es ernst meine mit unserem gemeinsamen Geschäft.«

»Lee Shin wird dir eines Tages das Genick brechen. Das ist dir bewusst, oder? Der Typ ist irre.«

»Ich bin ihm gewachsen, keine Sorge.«

»Scheiße, Hayden, steig aus, bevor es zu spät ist.« Keats verstand nicht, wie sein Bruder so blind sein konnte. Er mochte sich für besser als seinen Vater halten, aber in Wahrheit war er ebenso machtbesessen wie er. Und das machte ihn unvorsichtig.

»Ich werde niemals aussteigen! Und jetzt hör auf, dir wegen Lee Shin so dermaßen ins Höschen zu pissen. Wir leben noch, richtig? Und wir werden es auch in Zukunft tun. Ich habe zu viel gegen ihn in der Hand und das weiß er ganz genau. Er wird mir Goldbarren auf den Schreibtisch schaufeln, wenn die Sache mit dem Grundstück über die Bühne ist. Das ist meine Freikarte bis ganz nach oben. Der Himmel ist nicht die Grenze, kleiner Bruder, denn mit dir an meiner Seite werde ich ihn erobern!«

Wenn du wüsstest. Keats senkte den Kopf. Sein Innerstes blutete. Er war so zerrissen. Auf der einen Seite wollte er Gerechtigkeit für Naila und seine Mutter, auf der anderen Seite war Hayden sein Anker, der ihn stets gehalten hatte. Diesen Anker zu kappen, würde bedeuten, dass er aufs offene Meer hinaustrieb. Guter Gott, wohin würde ihn das am Ende bringen?

»Lass uns gehen.« Hayden zog ihn mit sich. »Du solltest jetzt nicht länger grübeln, sondern dich amüsieren.« Er klopfte an eine goldbeschlagene Tür neben dem Eingang. Die Geisha, die sie vorher eingelassen hatte, öffnete ihnen und bat sie hinein. Keats traute seinen Augen kaum. Er kam sich vor wie in China Anfang des 19. Jahrhunderts.

»Willkommen in meiner Welt.« Hayden breitete die Arme aus. »Opium oder Frauen?«

»Opium«, erwiderte Keats und war erleichtert, dass er sich ins Vergessen flüchten konnte.

13

HAYDEN

»Auf die Königin unter den Anwälten!« Hayden hob sein Champagnerglas, um mit Naila anzustoßen. Sie saßen in der Polo Lounge des Beverly Hills Hotels und genossen einen entspannten Sonntagsbrunch auf der Terrasse. Zumindest hätte er entspannt sein können, doch Naila war zickig. Hayden hatte Mühe, seine gute Laune aufrecht zu erhalten.

»Die Los Angeles Times überschlägt sich mit Komplimenten. Sie bezeichnen dich als Katharine Hepburn des Gerichtssaals.«

»Ich kann lesen.« Naila nahm einen Schluck Champagner und ignorierte ihn. Stattdessen konzentrierte sie sich auf ihre Eggs Benedict. »Und es nervt mich, dass man mich auf mein Äußeres reduziert. Das ist so typisch! Die LA Times würde keinen Anwalt je als Humphrey Bogart des Gerichtssaals bezeichnen. Oh nein, bei einem Mann würde man auf seine Argumentation eingehen und sein Auftreten, seine Souveränität oder auch sein Versagen. Aber ich werde zur Katharine Hepburn und dabei sehe ich ihr nicht einmal ähnlich!«

Hayden verkniff sich eine Antwort, denn Nailas Locken waren sogar noch schlimmer als die von Katharine Hepburn. Er hatte keine Ahnung, warum sie sie auf einmal nicht mehr glättete. Dabei wusste sie doch, dass ihm das lieber war. Sein Bruder hatte wirklich größeren Schaden angerichtet als erwartet.

»Es ist ein Kompliment. Genieß es doch einfach.« Er lächelte ihr zu.

»Soll ich es auch genießen, dass sie mehr über mein Privatleben berichtet haben als über den Fall? Du prangst quasi überlebensgroß auf der dritten Seite. Mich sieht man nur im Hintergrund.«

»Das ist L.A., Schneckchen, du weißt doch, wie es hier läuft. Alle interessieren sich mehr für das Privatleben der Leute als für ihre Karrieren.«

»Ich weiß, es ist nur …«

»Was?«

»Ich habe so viel Arbeit in den Fall gesteckt! Die Leute sollten ihre Aufmerksamkeit auf das Krankenhaus richten, das auf dem Grundstück errichtet werden soll. Ist denen ihre Gesundheit denn weniger wert als ihr Vergnügen?«

»Natürlich. Noch so ein Punkt in L.A.«

»Was ist, wenn die Presse tiefer nachbohrt? Wenn sie herausfinden, dass mein Verlobter über fünf Ecken etwas mit dem Fall zu tun hat?«

»Das habe ich doch gar nicht.«

»Dein Vater unterhielt Geschäftsbeziehungen zu Peter Greenberg.« Sie sah sich um und senkte die Stimme. »Ich weiß nicht, warum du so dermaßen kühl bist. Interessiert es dich nicht, dass die Presse auch dein Geschäft unter die Lupe nehmen könnte?«

»Besser schlechte Presse als gar keine Presse. Am Ende ist alles Werbung.«

Naila legte ihr Besteck zur Seite. »Was hast du eigentlich die ganze Woche über gemacht?«, wollte sie wissen.

»Ich habe mich um genau das Geschäft gekümmert, von dem du gerade gesprochen hast.« Langsam war er genervt. »Denkst du, man bildet mich ohne Grund auf Seite drei als deinen Verlobten ab? Ich habe einen Namen in dieser Stadt und den habe ich nicht umsonst.«

»Nur dass du jetzt nicht mehr der Playboy von L.A. bist, sondern mein Verlobter.«

»Und?« Herausfordernd sah er sie an. Verflucht, er durfte sich nicht so gehen lassen! Noch nicht. Irgendwann in den nächsten Wochen, wenn die Videos online waren, konnte er ihr endlich sagen, was er von ihr hielt, aber vorher musste er sich um jeden Preis zurückhalten.

»Gibt es eine andere?« Die Frage traf ihn nicht unerwartet.

»Hättest du gerne, dass es so wäre?«

Sie runzelte die Stirn. »Wie kommst du denn darauf?«

»Deine Nachricht auf meiner Mailbox letzte Woche klang recht verwirrt. Was ist los mit dir?«

»Was ist los mit *dir*?« Sie schüttelte erbost den Kopf. »Du lässt mich seit einer Woche schmoren! *Keine Zeit, Schneckchen.* Was anderes höre ich nicht mehr von dir. Warum darf ich dich nicht einmal besuchen? Bis vor kurzem wolltest du noch, dass ich meine Wohnung aufgebe und bei dir einziehe!«

»Und wenn ich mich recht entsinne, wolltest du das nicht.« Er bemühte sich um Ruhe. »*Du* hältst *mich* auf Abstand, also gib jetzt nicht mir die Schuld.«

»Ich war beschäftigt mit dem Fall.«

»Und ich mit meiner Arbeit.« Er seufzte und griff nach ihrer Hand. »Warum machen wir es uns so schwer?«

»Ich weiß nicht.« Sie schüttelte den Kopf und starrte in den palmengesäumten Garten des Hotels.

»Willst du mich noch heiraten?« Er fuhr mit dem Daumen über ihr Handgelenk, so wie er es immer tat, um sie zu beruhigen. »Was ist mit Paris?« Das magische Wort ließ ihre Augen funkeln.

»Ich hab das Gefühl, du möchtest da überhaupt nicht hin.« Nailas Blick richtete sich auf den Tisch und er ergriff ihr Kinn, um sie zu zwingen, ihm in die Augen zu sehen.

»Doch, das will ich«, sagte er. »Willst du es denn noch?«

»Natürlich.«

»Das klingt, als wenn jetzt ein Aber käme.«

Sie atmete tief durch. »Vielleicht gehen wir das alles zu schnell an«, murmelte sie. »Ich hab momentan so viel im Kopf.«

»Du bist das Wertvollste auf der Welt für mich. Das weißt du hoffentlich.«

Auf ihrer Stirn bildete sich eine Falte. »Liebst du mich eigentlich?«, wollte sie wissen.

Hayden schwieg eisern.

»Warum sagst du es nie?« Sie ließ nicht locker und er spürte dieses aggressive Ziehen in der Brust. Frauen und Gefühle, das war so gar nicht sein Ding.

»Wenn du so aufgewachsen bist wie ich, dann ist Liebe etwas, das man nur schwer empfinden kann«, flüchtete er sich in die einzige Entschuldigung, die er vorbringen konnte.

»Oh.« Sie schien zu überlegen. »Dann hast du noch nie geliebt?«

Hayden ließ sie los und zwang sich, die boshafte Erwiderung, die er ihr geben wollte, hinunterzuschlucken. »Ich weiß es nicht«, erwiderte er so gelassen wie möglich. »Ist das denn wichtig, wenn du der einzige Mensch bist, den ich in meiner Nähe haben möchte?«

Der Satz beruhigte sie, er merkte es an ihrer Reaktion. Sie senkte die Lider und ihre Anspannung wich. »Es tut mir leid«, sagte sie. »Ich weiß, was du durchmachen musstest und dass du nicht gerne darüber sprichst. Manchmal ist mir nicht bewusst, welches Trauma du noch immer durchlebst.«

Herrgott! Er wollte losbrüllen und ihr endlich ins Gesicht schreien, dass sie das einzige Trauma war, das er ertragen musste, doch irgendwie gelang es ihm, stattdessen ein verkrampftes Lächeln aufzusetzen. »Deshalb sitze ich mit dir hier«, presste er hervor. »Weil du mich verstehst. Und das bedeutet mir viel.«

»Ich weiß ja, dass du ständig arbeiten musst.« Endlich ruderte sie zurück. Hayden war erleichtert. Lange hätte er nicht mehr durchgehalten. Naila lächelte entschuldigend. »Nur deshalb bist du erfolgreich. Ich bewundere das. Vielleicht habe ich manchmal einfach Angst, dass es mit uns wie mit meinen Eltern werden könnte. Mein Vater hat quasi sein Leben im Büro verbracht. Ich habe es mir so oft anders gewünscht. Auch für meine Mutter. Und jetzt stehe ich kurz vor der Hochzeit mit jemandem, der ein ebensolcher Workaholic ist wie mein Dad. Das ist schwierig für mich. Ich bekomme Zweifel. Und das bringt mich durcheinander.«

»Und das ist gut so.« Er beugte sich vor und strich ihr über die Wange. »Es ist völlig normal, dass man sich Gedanken macht.«

»Meinst du wirklich?«

»Natürlich. Ich habe wochenlang mit mir gerungen, bevor ich mich getraut habe, dir den Antrag zu machen.«

»Echt?« Jetzt begannen ihre Augen zu leuchten.

Hayden setzte noch einen drauf: »Mein Vater war nie verheiratet. Ich wollte ebenfalls nie heiraten.«

»Und trotzdem hast du mich gefragt?« Naila wirkte gerührt. »Das ist sehr süß von dir.«

»So bin ich eben.« Er küsste sie, bevor er sich wieder zurücklehnte. »Ich respektiere deine Bedenken. Warum sollten wir uns hetzen? Wir haben Zeit, nicht wahr?«

»Ja, das haben wir.« Es klang erleichtert. »Ich bin so froh, dass ich mit dir reden kann.«

»Und du solltest nie aufhören, das zu tun.« Er war beruhigt, dass die Stimmung endlich besser wurde, doch dann sah er auf und erstarrte.

Emu Shin erschien in Begleitung eines älteren Herrn auf der Terrasse. Sie trug ein königsblaues, hautenges Lackleder-kleid und so hohe High Heels, dass sie wie eine Ballerina anmutete, die über das Tanzparkett schwebte. Hayden konnte nicht aufhören, sie anzustarren.

»Was ist das denn für eine?« Naila hob eine Augenbraue und sah ihn an. »Kennst du die?«

»Nein.« Rasch senkte er den Blick und aß etwas von seinem Räucherlachs.

»Wie die Leute schauen.« Naila kicherte. »Als wäre sie irgendein Star. Dabei sieht sie eher nach Z-Promi aus.«

»Hm«, brummelte Hayden. Aus den Augenwinkeln bemerkte er, dass Emu und ihr Begleiter zu dem Tisch seitlich von ihnen geführt wurden. Sie nahmen Platz und der Kellner reichte ihnen die Speisekarten.

»Die ist ja eine ganz schlechte Bai Ling-Kopie«, murmelte Naila.

Hayden drehte den Kopf und sah Emu direkt in die Augen. Sie musterte ihn so unverblümt, dass er wütend wurde. Was sollte das, verdammt?

»Warum guckt sie denn so?« Naila trank ihr Champagnerglas leer.

»Vielleicht hat sie den Zeitungsartikel über dich gelesen.«

»Sie sieht nicht *mich* an.« Er hörte den Unterton heraus, der weiteren Ärger bedeutete und darauf hatte er nun gar keine Lust.

»Ignorieren wir sie.« Hayden widmete Naila seine Aufmerksamkeit, obwohl er weiterhin Emus glühenden Blick auf sich gerichtet fühlte. Ihm wurde heiß vor Zorn und Erregung.

»Wir könnten nachher noch zu dir fahren«, schlug Naila vor. »Oder ist dein Bruder daheim?«

»Keine Ahnung.« Seine Antwort fiel ruppiger aus, als er vorgehabt hatte. »Da weißt du vermutlich mehr als ich.«

»Warum sollte ich?« Sie wurde rot und das machte sie so durchschaubar.

»Warst du nicht mit ihm am Strand?«

»Er hat dir davon erzählt?« Sie wirkte ehrlich entsetzt und er freute sich, dass er sie ein wenig quälen konnte.

»Natürlich hat er das.«

»Das wusste ich nicht.«

»Sollte es ein Geheimnis zwischen euch bleiben?«

»Nein!« Sie nahm die Serviette von ihrem Schoß und legte sie neben ihren Teller. »Ich war mir nur nicht sicher, ob …«

»… ich sauer sein würde? Warum sollte ich das sein?« Er tat, als ob er grübelte. »Vielleicht weil er mich geschlagen hat und du dir kurz darauf einen netten Tag am Strand mit ihm machst?«

»Ja … nein …« Sie bekam die typischen roten Flecken am Hals.

Hayden ließ sie schmoren, genoss es, dass sie nicht wusste, wie viel Details Keats ihm offenbart hatte. Schließlich grinste er gönnerhaft. »Hey, es ist mein Bruder«, sagte er. »Ich vertraue ihm zwar nicht, aber ich vertraue dir. Ist doch okay, wenn ihr einen schönen Nachmittag am Strand hattet. Wo wart ihr denn?«

»Keine Ahnung«, murmelte Naila. »Es war irgendein wilder Strand vor Santa Barbara.«

»Wow, ihr seid weit gefahren.«

»Ja.« Sie versuchte vergeblich, ihr schlechtes Gewissen zu überspielen, und Hayden genoss den Moment.

»Und was habt ihr an diesem wilden Strand getan?«

»Wir haben geredet.« Ihre Stimme wurde immer leiser. »Er hat mir von seiner Kindheit erzählt und warum er ständig diese Bob Seger Songs hört.«

»Die alte Leier.« Er bemerkte, dass Emu aufstand und in Richtung Toilette ging. Hayden blickte ihr nach, bevor er sich wieder Naila zuwandte: »Entschuldigst du mich kurz? Ich hab zu viel Kaffee getrunken.«

»Klar.« Man sah ihr die Erleichterung förmlich an und Hayden schob seinen Stuhl zurück, um aufzustehen.

Zügig durchschritt er das Restaurant und bemühte sich, nicht allzu gehetzt auszusehen. Ohne zu zögern, betrat er den Bereich für die Damen. Emu stand vor dem Spiegel und zog sich den Lippenstift nach.

»Du bist hier falsch«, sagte sie kühl.

Hayden ließ den Blick schweifen und lauschte. Niemand sonst befand sich im Toilettenraum. Er schloss die Tür hinter sich und sperrte ab.

»Mit wem bist du hier?«, fragte er.

»Das geht dich nichts an.«

»Ein Geschäftspartner deines Vaters, den du testest?«

Sie lächelte abfällig. »Das geht dich nichts an«, wiederholte sie.

»Du bist wegen mir hier.« Er ging auf sie zu.

»Und wenn es so wäre?«

»Das ist schon das zweite Mal, dass du mich in der Öffentlichkeit aufsuchst. Warum?«

Sie drehte sich um und lehnte sich gegen den Toilettentisch. »Peter Greenberg«, sagte sie und Hayden runzelte die Stirn.

»Deine Kleine da draußen hat ihn angerufen. Wenn sie ihn dazu bringt, dass er redet, kann das fatale Folgen für den Fall haben.«

»Sie wird nicht mit Greenberg reden. Seit zwei Jahren interessiert sich in der Kanzlei keiner für ihn.«

»Weil alle nach den großen Körnern picken. Die Huang Corporation gilt als der Feind, doch in Wahrheit ist Greenberg die Verbindung. Die Verbindung zu dir. Du solltest dafür sorgen, dass deine Kleine ihn nicht befragt.«

»Er wird nicht reden.«

»Und das weißt du, weil ...?« Sie verschränkte die Arme vor der Brust.

»Weil ich dafür gesorgt habe, dass er für die Wartezeit und den Tausch angemessen entschädigt wird. Er wird die Klappe halten. Er ist alt, genießt sein Leben im Luxus und wird den Teufel tun, uns auffliegen zu lassen. Das brächte ihn nur selbst vor Gericht und er ist zu bequem, um seinen hämorrhoidenverseuchten Arsch hochzukriegen und das Risiko einzugehen, den Rest seines Lebens im Gefängnis zu verbringen.«

»Du bist dir wie immer so sicher.« Sie stieß sich vom Toilettentisch ab und kam ihm provozierend langsam entgegen. »Mein Vater ist der Meinung, wir sollten dir in der Sache nicht länger die Führung überlassen. Du wirst nachlässig.«

Hayden schnaubte. »Bullshit! Warum vertraut mir dein

Vater nicht? Ich habe dafür gesorgt, dass Greenbergs Verbindung zu mir sauber ist.«

»Mein Vater«, gurrte Emu und blieb vor ihm stehen, »schätzt die Sicherheit. Er vertraut dir nicht, weil du deinen Bruder mit in unser Haus gebracht hast.«

»Na und? Ihr wisst, dass ich einen Bruder habe.« Er fixierte ihre knallroten Lippen.

»Er war nie im Geschäft. Warum ist er es jetzt?«

»Weil er sich dazu entschlossen hat.«

Emu umrundete ihn und ihre Schuhe machten dabei klackende Geräusche auf dem Fliesenboden. Eine Hand umfasste seinen Nacken, als sie vor ihm stehenblieb, und er musste sich zusammenreißen, um sie nicht hier und jetzt auf den Boden zu werfen und zu ficken.

»Er entschließt sich also dazu. Genau in dem Moment, in dem wir darüber informiert werden, dass das FBI hinter uns her ist. Ist das nicht merkwürdig?«, wisperte sie, ihre Lippen dicht vor den seinen.

»Nein«, knurrte er. »Mein Bruder ist kein Verräter.«

»Lass mich raten. Weil du ihn gut dafür bezahlt hast?«

Hayden packte Emu am Handgelenk und drehte ihr den Arm auf den Rücken. »Weil er mein Bruder ist«, zischte er.

»Genaugenommen ist er das nicht.« Emu lachte ihm ins Gesicht. »Bei den Triaden sagt man: Vertraue jemandem erst, wenn er für dich Blut vergossen hat.«

»Sebastian hat mit mir gemeinsam Blut vergossen!«

»Im Keller deines Vaters? Wie traurig.« Sie biss ihm so fest in die Unterlippe, dass er zusammenzuckte.

»Schluss damit.« Er drängte sie rückwärts gegen den Toilettentisch.

»Nein, es fängt jetzt erst an! Ich habe dir die Chance gegeben, die Sache mit dem FBI aus der Welt zu schaffen, aber das hast du nicht getan. Ganz im Gegenteil. Du bringst den Spitzel auch noch in unser Haus.«

»Sebastian arbeitet nicht fürs FBI!«

»Doch das tut er. Mein Vater bekam einen Hinweis.«

»Halt die Klappe! Wenn das so wäre, hätte dein Vater ihn erschießen können, als wir bei euch waren. Warum hat er es nicht getan?«

»Das«, Emus Pupillen weiteten sich, »ist nicht seine Aufgabe.« Sie hob ihr Kleid und zog eine Pistole aus der Innenseite ihres Strumpfbandes. »Du wirst das für uns erledigen.«

Hayden starrte die Waffe an.

»Nimm sie«, befahl Emu.

»Nein.« Er schüttelte den Kopf. »Ich habe bereits für euch geblutet. Ich habe meinen Vater ermordet.«

»Du hast Bren Barrack nicht für uns umgebracht, sondern nur für dich selbst.« Sie legte die Pistole zur Seite und schmiegte sich an ihn. »Das war das erste Mal, dass ich dich wahrgenommen habe. Es hat mich scharf gemacht.« Sie führte seine Hand zwischen ihre Beine und er stellte fest, dass sie kein Höschen, sondern nur ihre Strapse trug. »Doch jetzt wirst du für unsere gemeinsame Sache bluten. Töte deinen Bruder, bevor er dem FBI sagt, was er weiß.«

Hayden schluckte hart. Er war hin- und hergerissen zwischen Erregung und Entsetzen. »Und wenn ich mich weigere?«, fragte er.

»Dann werden wir dafür sorgen, dass du nicht länger im Geschäft bist.«

Hayden ließ zwei Finger in Emus heiße, feuchte Muschi gleiten. »Ohne mich riskiert ihr, den Fall zu verlieren.«

»Oh nein.« Emu spreizte ihre Beine und glitt nach unten, um ihn tief in sich aufzunehmen. »Wir verfügen bereits über das gesamte Material, um die Kleine dort draußen bloßzustellen. Wir werden das Grundstück bekommen und unser Kasino errichten, aber für dich wird kein Stück vom Kuchen mehr abfallen. Deine Lagerräume wären nicht länger von Bedeutung von uns. Wir drehen dir den Geldhahn zu.«

»Das wirst du nicht zulassen!« Er stieß so hart mit den Fingern in sie, dass sie heftig den Atem ausstieß.

»Es liegt nicht länger an mir.« Sie befreite seinen Schwanz aus der Anzughose und Hayden packte sie an den Hüften. Er nahm sie so brutal und erbarmungslos auf dem Toilettentisch, dass das silberne Tablett mit den teuren Parfum- und Cremeproben, die den Gästen kostenlos zur Verfügung gestellt wurden, zu Boden fiel. Seine ganze aufgestaute Wut über das, was die Triaden von ihm forderten, brach aus ihm heraus. Er packte Emus Kopf und schlug ihn wieder und wieder gegen den Spiegel, während er seinen Schwanz in sie hämmerte. Zum ersten Mal ging es ihm nicht um Befriedigung, sondern darum, seine Macht zu demonstrieren. Er tat ihr nicht aus Lust weh, sondern er wollte, dass sie litt. Dass sie endlich weinte und schrie und ihm damit zu verstehen gab, dass er ihr Herr war. Dass sie nicht über ihn bestimmte, sondern er über sie. Und dass sie ihren bescheuerten Befehl zurücknahm und die Waffe wieder einsteckte.

»Was ist?« Sein Gesicht war direkt vor ihrem. Er hörte, wie sie zischend die Luft einsog. »Hast du genug von mir?«

Ihre knallroten Lippen entblößten ihre Zähne. »Denkst du, du brichst mich?«, fauchte sie. »Ich habe dir gesagt, dass du ersetzbar bist. Du magst meinen Vater mit deinen arroganten Sprüchen beeindrucken, aber mich ganz sicher nicht. Ich durchschaue jeden, den ich ficke. Deshalb tue ich es.«

Hayden knurrte und stieß härter zu. Mit jedem Stoß krachte Emus Rücken gegen den Wasserhahn. Sie gab keinen Ton von sich. Es war wie ein Kampf, den sie miteinander ausfochten. Er war mehr schmerz- als lustvoll und keiner von ihnen gab nach.

»Hallo?«, hörte man auf einmal eine Frauenstimme. Jemand rüttelte von außen an der Tür. »Ist alles in Ordnung? Die Tür geht nicht auf.«

»Es wird einen ziemlichen Tumult geben, wenn man dich hier mit mir erwischt. Was wird dann deine Kleine sagen?« Emus Nägel krallten sich in sein Hinterteil. Er spürte die blutigen Spuren, die sie hinterließen.

»Ist mir scheißegal.« Er stieß und stieß, heftiger als zuvor, bis er endlich in ihr kam. Dabei sah er ihr in die Augen und sie erwiderte seinen Blick mit einer Stärke, die ihn überraschte. Keuchend lösten sie sich voneinander.

Emu drehte sich um, als wäre nichts gewesen, zog ihr Kleid nach unten und richtete im Spiegel ihr Make-up, während Hayden seinen Reißverschluss hochzog und sich die Haare glattstrich.

Dann schlenderte sie an ihm vorbei zur Tür. »Einen Moment«, rief sie. »Mir geht es nicht so gut.«

»Soll ich einen Arzt holen?«, fragte die Frauenstimme auf der anderen Seite.

»Nein, es ist alles in Ordnung. Geben Sie mir noch eine Minute.«

»Kein Problem.«

Emu drehte sich lächelnd zu Hayden um. »Nimm die Pistole oder ich erzähle der Dame vor der Tür, dass du mich vergewaltigt hast.« Auffordernd nickte sie ihm zu.

Hayden nahm zähneknirschend die Waffe an sich und ließ sie in der Innenseite seines Jacketts verschwinden.

»So ist es brav.« Emu baute sich vor ihm auf und griff ihm mit einer schnellen Bewegung in den Schritt. Ihre Finger massierten ihn derart kunstfertig, dass er sofort wieder hart wurde.

»Wenn du nicht tust, was wir dir befehlen, dann haben wir heute zum letzten Mal gefickt.« Sie zeigte ihm den Hauch eines Lächelns. »Du verlierst dein Geschäft, dein Ansehen und deine Verbindungen zu uns.« Sie ließ ihn los. »Du wirst zu einem Geist.«

Er wusste, was das bedeutete. Geister waren Menschen, die in den Augen der Triaden bereits tot waren. Solche, deren Karrieren und Leben völlig ruiniert wurden. Das einzige, was sie von den Triaden noch bekamen, war ein Päckchen. Und in dem befand sich ein Strick. Wer den Mut hatte, erhängte sich selbst und holte sich damit zumindest seine Ehre zurück. Alle anderen wurden früher oder später exekutiert und lebten fortan in ständiger Angst.

»Warum?«, flüsterte er. »Ich habe euer Geschäft vorangebracht. Die Idee, wie wir das Grundstück behalten können, stammt von mir. Seit drei Jahren arbeite ich darauf hin. Wir könnten gemeinsam Großes erreichen, Emu!«

Sie presste ihre Hand auf die Stelle, an der er die Waffe verborgen hielt. »Das werden wir«, erwiderte sie. »Wenn du uns beweist, dass du hinter uns stehst.«

»Aber ...«

Sie unterbrach ihn, indem sie ihm zwei Finger an die Lippen legte. »Dein Bruder muss sterben.« Mit diesen Worten drehte sie sich um, ging zur Tür und schloss auf. Eine ältere Dame wich erschrocken zurück, als Emu die Tür aufriss.

»Was ist?«, herrschte sie die Frau an.

»Waren Sie hier etwa mit einem Mann ...?« Die Dame starrte Hayden an und wirkte pikiert.

Emu warf ihm ebenfalls einen Blick über die Schulter zu und grinste. »Das ist ein Transgender«, fuhr sie der Dame über den Mund. »Schauen Sie in seinen Pass! Bei seiner Geburt war er weiblich und laut kalifornischem Gesetz dürfen Transgender die Toiletten ihres ursprünglichen Geschlechts benutzen. Haben Sie damit etwa ein Problem?«

»Oh, nein, natürlich nicht.« Die Dame schüttelte peinlich berührt den Kopf und Hayden zwängte sich an ihr vorbei.

Emu lief mit wiegenden Hüften zurück ins Restaurant, während er verharrte und sich mit einer fahrigen Bewegung das Jackett glattstrich. Was für eine Scheiße! Zum ersten Mal in seinem Leben hatte man ihn in der Hand und er hasste dieses Gefühl der Schwäche. Er atmete tief durch, bevor er ebenfalls zurück zu seinem Platz ging.

»Du hast ewig gebraucht.« Naila musterte ihn. »Ist alles okay?« Es klang misstrauisch und er wusste, dass sie sich fragte, warum Emu genauso lange fortgewesen war.

»Ja, alles okay.« Er sah sie an. »Lass uns fahren, ja?«

»Mhm.« Sie stand auf und folgte ihm zum Ausgang.

Während sie darauf warteten, dass der Parkservice mit seinem Auto vorfuhr, ließ Naila ihn nicht aus den Augen.

»Möchtest du mir was sagen?«, fragte sie.

»Nein.« Hayden straffte die Schultern.

Das Auto wurde gebracht und er hielt ihr die Tür beim Einsteigen auf, bevor er selbst Platz nahm.

»Fahr mich bitte in mein Appartement.« Naila hatte den Kopf abgewandt.

»In Ordnung.« Er gab Gas und war froh, dass sie nicht weiter nachbohrte, denn in diesem Moment war er nicht fähig, eine gespielte Konversation mit ihr zu führen.

Alles, was in seinem Kopf existierte, war ein einziger Satz: *Dein Bruder muss sterben.*

14

NAILA

»Du hast einen Termin mit Greenberg?« Zak lachte ungläubig. »Peter Greenberg?«

»Natürlich Peter Greenberg, was denkst du denn?« Naila grinste. Es war ihr eine Genugtuung, ihren Bruder dermaßen zu überraschen.

»Wie hast du das hinbekommen? Mit uns wollte er nicht reden.«

»Ich bin eben ein cleveres Mädchen.« Sie sonnte sich in ihrem Coup und sah sogar ihren Vater lobend nicken. Das führte dazu, dass sie innerlich um etliche Zentimeter wuchs. »Ich habe ihn angerufen und sagte, ich sei Hayden Barracks Verlobte und würde ihn gerne sehen. Er willigte ein.«

»Das ist alles?« Zak und ihr Vater wechselten einen Blick.

»Ja.« Naila runzelte die Stirn. »Was ist?«

»Du weißt, dass du verpflichtet bist, ihm von deiner anwaltlichen Tätigkeit in dem Fall zu berichten, bevor du ihm dahingehend Fragen stellst? Und er muss sie nicht beantworten. Wir haben Einblick in die Grundstücksakten. Das ist alles, was uns zusteht, sofern es keinen weiteren begründeten Verdacht gibt.« Ihr Vater sah sie aufmerksam an.

»Das weiß ich, aber wir brauchen Beweise. Unsere Argumentation beruht einzig auf Vermutungen, die wir versuchen, so glaubhaft darzulegen, dass der Richter am Ende auf ein Umgehungsgeschäft und damit zu unseren Gunsten entscheidet. Aber vielleicht hat Peter Greenberg mir etwas zu berichten.«

»Seine Konten wurden überprüft. Er ist in Ordnung. Nichts deutet darauf hin, dass er geschmiert wurde.« Ihr Vater schüttelte den Kopf. »Warum sollte sich der Mann selbst belasten? Das wäre ziemlich dumm von ihm.«

»Ich weiß es nicht.« Naila wollte noch nicht aufgeben. Sie hatte in der letzten Woche Blut geleckt. Es hatte etwas Berauschendes an sich, vor Gericht zu argumentieren und die Gegenseite allein mit Worten in Bedrängnis zu bringen. Allerdings war ihr auch klar geworden, dass nur bewiesene Tatsachen zu einem sicheren Sieg führen würden. Und genau daran mangelte es ihnen.

»Ich finde es toll, dass du dich so engagierst«, sagte Zak in diesem Moment. »Aber erhoffe dir nicht zu viel davon. Peter Greenberg ist ein alter Mann. Angeblich ist er sogar krank. Er hat bis jetzt jeden unserer Annäherungsversuche zurückgewiesen. Ich fürchte, er wird dich vor die Tür setzen, kaum dass er erfährt, warum du ihn besuchst.«

»Oder er weiß es längst.« Nailas Vater wiegte den Kopf hin und her. »Immerhin warst du in der Zeitung. Die neue Waffe von McDermott, Jones & Wardwell.« Er wirkte zufrieden und diese unerwartete Anerkennung ging Naila runter wie Öl.

»Ich gebe mein Bestes«, versprach sie.

»Du bist jetzt schon weiter, als wir je gekommen sind.« Zak nickte ihr zu. »Viel Glück, Schwesterlein.«

»Danke.« Sie standen vom Besprechungstisch auf.

»Wann triffst du ihn?« Ihr Vater sortierte seine Unterlagen.

»Morgen Nachmittag.«

»Ruf mich gleich an, wenn du sein Haus verlässt.«

»Okay.« Sie biss sich vor Freude auf die Unterlippe. Es war noch nie vorgekommen, dass ihr Vater sich so für etwas interessierte, das sie tat. Selbst wenn es nur wegen des Falls war, kostete sie diesen Moment aus.

»Triffst du dich jetzt mit Hayden?« Zak begleitete sie zur Tür und trat mit ihr auf den Flur.

»Nein, wir ...« Sie zögerte, bis ihr Vater außer Hörweite war. »Wir werden uns in nächster Zeit auf unsere Arbeit konzentrieren.«

Zak blieb stehen und sah sie an. »Hattet ihr Streit?«

»Nein, nicht wirklich. Aber wir haben viel zu tun.«

»Du weichst mir aus.« Er wurde ernst. »Liegt es an dem, was ich gesagt habe?«

»An all deinen Unterstellungen, Theorien und bösartigen Beschuldigungen bezüglich Haydens Geschäften meinst du?«

»Ausnahmsweise widerspreche ich nicht.«

»Weshalb?« Naila runzelte die Stirn.

»Du bist meine Schwester.« Er zuckte die Schultern. »Du bist anstrengend und empfindlich und ständig beleidigt, aber hey, du bist trotzdem meine Schwester. Und ich will, dass es dir gutgeht.«

Naila war überrascht. »Ich wusste ja gar nicht, dass du zu so einer Gefühlsregung fähig bist, Zak.«

»Erwähnte ich schon, dass mich dein ständiger Sarkasmus nervt?«

Sie musste lachen und rempelte ihn liebevoll an. »Du bist auch ein ziemlich bescheuerter Bruder.«

»Ich habe niemals das Wort *bescheuert* verwendet!«

»Okay, okay.« Naila blieb vor ihrem Büro stehen. »Es geht mir gut, Zak. Wirklich.«

Er wirkte, als wollte er noch was sagen, doch dann nickte er nur. »Alles klar. Melde dich, wenn du was brauchst.«

»Mach ich.« Sie verabschiedeten sich und Naila schloss die Tür hinter sich. Sie freute sich, dass sie endlich so etwas wie Achtung von ihrem Vater und ihrem Bruder erhielt. Die beiden nahmen sie wahr, besprachen Probleme mit ihr und behandelten sie nicht länger wie eine der Praktikantinnen, die ihnen zuarbeitete. So hatte sie es sich als Partnerin in der Kanzlei ihres Vaters immer vorgestellt.

Naila ging zu ihrem Schreibtisch und legte den Aktenordner ab, den sie mitgebracht hatte. Dabei fiel ihr Blick auf das Foto von Hayden, das dort stand, und sie spürte einen schmerzhaften Stich. Sie setzte sich und betrachtete das Bild, das sie selbst zu Beginn ihrer Beziehung aufgenommen hatte. Es war am Pool von Haydens Villa entstanden. Ihr Verlobter trug ein legeres Poloshirt und Shorts und lehnte entspannt an einem der Olivenbäume, von wo aus er ihr mit einem Glas Champagner zuprostete. Naila seufzte. Damals war alles noch perfekt gewesen. Doch inzwischen hatte ihre Beziehung tiefe Risse bekommen. Sie hatte Fehler gemacht und mittlerweile war sie sich sicher, dass Hayden auch welche gemacht hatte. Die Szene beim Sonntagsbrunch war bezeichnend gewesen und Nailas Instinkt sagte ihr, dass ihr Verlobter die asiatische Frau gekannt hatte. Auch wenn ihr Verstand sich zunächst weigerte zu glauben, dass er dieses Flittchen mal eben auf der Toilette gefickt hatte, während sie im Restaurant brav auf ihn gewartet hatte, glaubte sie allmählich, die Wahrheit zu kennen. Hayden war noch immer der Playboy, der er schon früher gewesen war. Er mochte verlobt sein, aber er hatte seinen Lebensstil niemals aufgegeben.

Naila drängte die Tränen zurück, die fließen wollten, weil sie so dumm gewesen war, auf Hayden hereinzufallen. Sie hatte so sehr daran glauben wollen, dass er ihr Traummann für die Ewigkeit war. Sie schniefte und schluckte den Kloß in ihrem Hals herunter. Was sollte sie jetzt nur tun? Die letzten Tage waren die Klatschblätter voll von ihnen gewesen. Alle hatten über die neue Anwältin im Huang-Fall berichtet. Dabei hatte niemanden interessiert, dass sie John McDermotts Tochter war, ein Abkömmling des legendären *Chunks*. Alles, was zählte, war ihre Verlobung mit Hayden Barrack, dem Immobilienkönig von Los Angeles. Das machte sie interessant. Und mächtig. Sie konnte sich jetzt keinen Skandal erlauben und ihn verlassen, denn auch wenn es absurd klang, aber genau nach solchen Dingen suchten die Anwälte der Gegenseite. Recht war nicht immer gleich Recht, das hatte sie schon im Studium gelernt. Jeder Fall war ein feines Geflecht aus harter Recherche, exzellenter Rhetorik und dem Bloßstellen der gegnerischen Seite, um sie als unglaubwürdig abzustempeln. Jeder Fehler, den sie jetzt in ihrem Privatleben beging, würde sich direkt auf den Fall auswirken.

Naila stand auf und stellte sich ans Fenster. Ihr war all das nicht wirklich bewusst gewesen, bevor sie sich unter die Hyänen gewagt hatte, wie ihr Vater es ausdrückte. Doch nun wurde ihr immer klarer, dass auch die Sache mit Keats purer Leichtsinn gewesen war. Sie hatte Verantwortung in der Kanzlei übernommen, bevor sie es geschafft hatte, Ordnung in ihr Liebesleben zu bringen. All die Dummheiten der letzten Tage konnten sich nun gegen sie wenden. Naila rieb sich die Stirn. Leider war es genauso schwer, Keats aus ihrem Kopf zu bekommen wie zu der Einsicht zu gelangen, dass er nur eine Dummheit gewesen war. Ihr Leben war in jeder nur erdenklichen Hinsicht kompliziert.

»Verdammt!« Naila holte tief Luft. Sie wusste absolut nicht, was sie tun sollte.

In diesem Moment ging die Tür in ihrem Rücken auf.

»Hier ist ein Besucher für dich.« Judith Foster, die Sekretärin ihres Vaters, nickte ihr freundlich zu. Keats! Naila erkannte seine Gestalt hinter der von Judith. Ihr Herz begann heftig zu klopfen.

»Danke«, sagte sie so beherrscht wie möglich und winkte ihn zu sich. Er trat ein und Judith Foster schloss die Tür hinter ihm.

»Was tust du hier?« Nailas Finger krampften sich in die Kante des Schreibtisches. Seit er sie vor ihrer Wohnung stehengelassen hatte, hatte sie ständig an ihn gedacht.

Er trug eine schwarze Vintage-Lederjacke, schwarze Jeans und schwere Boots. In dem Outfit wirkte er unnahbar, doch kaum traf sein Blick auf den ihren, flog ein Lächeln über sein Gesicht. »Gute Frage.« Er schüttelte den Kopf. »Ich habe keine Ahnung.«

»Du besuchst mich ohne Grund?«

»Eigentlich habe ich tausend Gründe.«

Naila schluckte. »Nenn mir einen.«

»Deine Locken.«

»Du bist wegen meiner Haare gekommen?«

»Und wegen deiner Augen.«

Sie ging um den Schreibtisch herum. Vorsichtig und voller Erwartung.

»Und wegen deines Mundes.« Er beobachtete ihr Näherkommen. »Und wegen all der Dinge, die da rauskommen.«

Naila blieb stehen und lachte. »Es fing gut an, aber jetzt wird es merkwürdig. Was kommt denn aus meinem Mund?«

»Kluge Worte.« Er rührte sich nicht von der Stelle. »Verflucht, ich hätte nicht kommen sollen.«

»Nein, das hättest du nicht«, flüsterte sie.

Mit zwei Schritten war er bei ihr, um sie zu küssen, und Naila klammerte sich an ihn. Sie hatte ihn vermisst. Es tat weh, dass er da war. Fast noch schlimmer, als wenn er es nicht war. Es war ein Schmerz voller Sehnsucht und des Wissens, dass sie gerade dabei war, eine erneute Dummheit zu begehen. Und trotzdem konnte sie nicht aufhören. Ihr Kuss wurde immer wilder und hitziger. Sie stolperten rückwärts in Richtung Schreibtisch, der ihre heftige Knutscherei abbremste.

Keats ließ schweratmend von ihr ab. »Ich hab gelesen, wie gut du vor Gericht warst«, murmelte er. »Herzlichen Glückwunsch.«

»Danke dir.« Nailas Lippen berührten die seinen, während sie sprach. »Bist du deshalb gekommen?«

»Nein.« Seine Stirn sank gegen die ihre. Er schloss die Augen, als wenn er den Moment festhalten wollte.

»Ist alles okay?« Nailas Finger fuhren unter seine Jacke. Sie spürte seine Wärme und eine gewisse Anspannung.

»Nein.«

»Was ist los? Ist es wegen Hayden?«

Er öffnete die Augen wieder und nahm ihr Gesicht in seine Hände. »Ich wollte mich verabschieden.«

Sie hatte es geahnt. Nach all dem, was sie von Keats wusste, war er nicht dafür gemacht, länger an einem Ort zu bleiben. Oder bei einer Frau. Trotzdem tat es weh.

»Geh nicht«, flehte sie. Sie brauchte ihn. In ihrem ganzen verkorksten und komplizierten Leben brauchte sie ihn. Er war nicht ihr Typ und er war der Bruder ihres Verlobten, aber das, was zwischen ihnen war, war so verdammt gut, dass sie herausfinden wollte, wohin es führte. Ungeachtet aller Konsequenzen.

»Ich breche dich in tausend Teile, Naila.« Seine Stimme klang heiser. »Egal, ob ich gehe oder bleibe.«

Sie verstand nicht und genoss die Berührung seiner Hände. Seine Nähe gab ihr so viel. »Ich spreche mit Hayden«, sagte sie. »Ich muss ehrlich zu ihm sein.«

Sein Daumen wanderte über ihren Mund und brachte sie zum Schweigen. »Warte noch ab«, flüsterte er. »Und denk immer daran: Es tut mir leid. Von ganzem Herzen.« Er küsste sie. So zärtlich und intensiv, dass Naila ein warmes Prickeln in den Unterleib schoss.

»Manchmal«, murmelte er zwischen seinen Küssen, »bekommen wir nicht, was wir uns wünschen. Und dann bleibt einem nur die Erinnerung an das, was niemals sein kann. Und der Traum an das, was sein sollte. Du bist der erste Mensch, der seit langer Zeit mein Herz betreten hat, Naila. Und du wirst dort für immer bleiben.«

Er wollte sich von ihr lösen, doch sie ließ es nicht zu. »Ich kenne deine Dämonen nicht, Keats, aber warum lässt du mich nicht versuchen, dich zu lieben?«

»Das ist ziemlich einfach.« Sein Mund verharrte vor ihrem. »Weil ich es nicht verdiene, Babe.«

Sie wollte ihn fragen, warum das so war, doch gleichzeitig fürchtete sie sich vor seiner Antwort. Sie spürte, dass er etwas vor ihr verbarg, dass sie tatsächlich in tausend Teile brechen würde. Und doch wollte sie nicht, dass es zu Ende ging. Die Endgültigkeit brach sie ebenfalls.

»Nur noch einen Moment.« Sie umarmte ihn, atmete ihn, fühlte ihn, um ihn nicht zu vergessen. Seine Hände hielten ihr Gesicht, während er sie verzweifelt küsste und sich ebenfalls Erinnerungen holte.

Und dann endete es, indem er einen Schritt zurücktrat und ihre Verbindung zerreißen ließ. Sein Blick fand zum letzten Mal den ihren, bevor er sich umdrehte und ging. Die Tür fiel hinter ihm ins Schloss und Stille senkte sich über den Raum. Naila blieb zurück. Aufgelöst, verwirrt und mit all den Gefühlen, die sie sich zu erklären versuchte, seitdem sie Keats zum ersten Mal am Flughafen begegnet war. Sie wollte ihm hinterherrennen und ihn aufhalten, völlig egal, ob es die ganze Kanzlei mitbekam. Sie wollte schreien, dass sie nicht versuchen konnte, ihn zu lieben, weil sie es bereits tat. Irgendwann war es passiert. Und das, obwohl sie verlobt war. Sie zerrte ihren Ring vom Finger und legte ihn auf den Schreibtisch. Schweratmend starrte sie ihn an, aber sie rannte nicht los, um Keats zu folgen. Stattdessen heftete sich ihr Blick auf die Akte und ihr Pflichtgefühl kehrte zurück. Sie trug Verantwortung für diese Kanzlei. Für den Fall und für das Ansehen ihrer Familie. Sie hatte so lange dafür gearbeitet, um das in den Augen ihres Vaters zu sehen, was sie heute gesehen hatte. Sie durfte ihn nicht in enttäuschen.

Nailas Kopf sank nach unten und die lange zurückgehaltenen Tränen begannen zu fließen. So heftig, dass ihre Schultern zuckten. Sie ließ es zu, denn es war alles, was ihr noch blieb. Ihre Beziehung mit Hayden war am Ende, aber der unendliche Schmerz, der ihr Innerstes erfüllte, kam nicht daher. Keats war fort und das tat mehr weh als alles andere.

AM NACHMITTAG des nächsten Tages fuhr Naila zur Villa von Peter Greenberg. Er lebte in Palos Verdes auf einem parkähnlichen Anwesen. Sein großflächiges Haus war im Stil einer mexikanischen Hacienda gehalten, mit weiß geschlämmten Wänden und Dachziegeln aus Adobe. Naila meldete sich am Eingang an und wurde gebeten, direkt vor dem Haus zu parken. Als sie ausstieg, erschien ein bulliger Wachmann, der sie um Erlaubnis fragte, sie abtasten und ihre Tasche durchsuchen zu dürfen. Naila war so erstaunt, dass sie nickte. Sie musste ihr Handy abgeben und wurde anschließend ins Innere der Villa gebeten. Der Wachmann führte sie durch mehrere Räume, bevor sie auf eine Terrasse kamen, von der aus man einen fantastischen Blick auf den Pazifik hatte.

»Nehmen Sie doch bitte Platz, Mr Greenberg ist gleich bei Ihnen.« Der Wachmann ließ sie alleine und Naila sah sich um.

Auf dem Tisch neben der Sitzecke aus Korbmöbeln stand ein Krug mit Eistee und mehreren Gläsern. Eine weiße Perserkatze lag schnurrend daneben. Naila setzte sich und wartete. Sie war nervös, weil sie nicht wusste, warum Peter Greenberg bereit gewesen war, sie zu empfangen. Angespannt knetete sie ihre Finger und blickte immer wieder auf die Uhr. Nach fünf Minuten schob eine ältere Dame einen Mann im Rollstuhl auf die Terrasse. In seiner Nase steckten die Schläuche einer Sauerstoffflasche, die an der Lehne des Rollstuhls befestigt war. Die Dame stellte den Rollstuhl gegenüber von Naila ab und betätigte die Bremse, bevor sie ihr freundlich zunickte und wieder verschwand. Die Augen des Mannes fanden die von Naila. Er wirkte alt. Sehr alt. Die wenigen Haare auf seinem Kopf waren schlohweiß und seine Nase stach überproportional groß aus seinem abgemagerten Gesicht heraus.

»Hm«, machte er und sein Adamsapfel hüpfte auf und ab. »Hm.«

»Es freut mich sehr, dass Sie mich empfangen, Mr Greenberg.« Naila bot ihm die Hand, doch er reagierte nicht.

»Sie sind das also«, krächzte er statt einer Begrüßung. »Diese Anwältin.«

»Das ist richtig. Mein Name ist Naila McDermott und ich bin Hayden Barracks Verlobte.«

»Mein Beileid.« Greenberg zog die Nase hoch. »Sind Sie nicht voreingenommen in diesem Fall?«

»Voreingenommen?« Naila lächelte. »Ich bin mir nicht sicher, worauf Sie anspielen.«

»Ach nein?« Der Alte hustete. »Sie sind sich nicht sicher? Dabei weiß doch die halbe Welt, dass ich das Grundstück von Bren Barrack erworben habe.«

»Nun, das ist kein Verbrechen und hat mit Hayden nichts zu tun. Von Voreingenommenheit spricht man nur ...«

»Verschonen Sie mich mit Ihrem Anwaltsgewäsch«, unterbrach er sie barsch. »Was wollen Sie?«

Naila blinzelte. Sie hatte gewusst, dass es schwierig werden würde, doch Greenberg war eine härtere Nuss als erwartet. Zumindest hatte er sie noch nicht rausgeworfen. »Ich würde Ihnen gerne einige Fragen stellen. Den Huang-Fall betreffend.«

»Und warum sollte ich Ihnen antworten?«

»Sie müssen mir nicht antworten. Aber Sie haben mich empfangen. Hat das einen Grund?«

»Hm.« Er musterte sie. »Wollte mal sehen, welches arme Ding sich Bren Barracks Spross geschnappt hat.«

Naila senkte verlegen die Augenlider. »Sie scheinen keine hohe Meinung von meinem Verlobten zu haben.«

»Haben Sie die denn?«, murrte er. »Sie sind Anwältin. Sie haben doch sicher was im Kopf.«

»Ich bin mir nicht sicher, ob ich verstehe ...«

»Sie verstehen ganz gut.« Greenberg zog erneut die Nase hoch und spuckte aus. »Beantworten Sie sich Ihre Fragen selbst.«

Naila bemühte sich, nicht angewidert den Mund zu verziehen. »Sie meinen, ich soll gehen?«

»Ich meine, dass Sie nicht umsonst zu mir gekommen sind. Was wollen Sie hören?«

»Ich will nichts hören, ich will …«

»Schluss!« Greenberg hob mahnend den Zeigefinger. »Ich bin alt und ich bin krank. Vermutlich nagen mich in ein paar Monaten schon die Würmer an, aber ich habe immer gehofft, dass ich noch erlebe, wie dieser beschissene Fall entschieden wird.«

»Warum?«

»Was denken Sie denn, Herzchen?«

Naila runzelte die Stirn. Greenberg ließ sie schmoren. Er würde nichts sagen, bevor sie ihm keine Vorlage lieferte. »Bren Barrack hat das Grundstück an Sie veräußert. Ich gehe davon aus, dass Sie damals dachten, es handele sich um ein gewinnbringendes Objekt, das sie lukrativ weiterveräußern können.«

»Hm.« Greenberg nickte und wedelte mit der Hand, damit sie fortfuhr. Naila überlegte.

»Sie bekamen die Baugenehmigung, aber dann verkauften sie es nicht weiter, so wie es Grundstücksspekulanten für gewöhnlich tun. Sie behielten es und bebauten es nicht, weil …« Sie stockte und sah Greenberg an. »… jemand Sie davon abhielt?«

»War das eine Frage oder eine Feststellung?«

»Ich denke, es war eine Feststellung.«

»Wenn Sie so vor Gericht auftreten, werden Sie den Fall verlieren.«

»Könnte Ihnen das nicht völlig egal sein?«, hakte Naila nach. »Was haben Sie davon, ob das Grundstück der Stadt Los Angeles zufällt oder einer Investmentheuschrecke, die dort ein Kasino errichten will?«

Greenberg lachte kratzig. »Clever«, kommentierte er. »Clever.« Mit einer zittrigen Handbewegung deutete er auf den

Krug Eistee. »Bedienen Sie sich. Sie sind interessant, Sie können noch ein Weilchen bleiben.«

Obwohl Naila keinen Durst hatte, schenkte sie sich ein. Die weiße Perserkatze erhob sich und sprang vom Tisch auf Greenbergs Schoß.

»Das ist Rockefeller«, erklärte Greenberg und strich dem Kater über das glänzende Fell. »Er hat lebenslanges Wohnrecht in diesem Haus, wenn ich mal nicht mehr bin. Haben meine Anwälte festgelegt. Anwälte sind nicht immer schlecht.«

»Oh, das hoffe ich doch.« Naila nippte an dem Eistee.

»In Ordnung.« Er nickte ihr zu. »Sie wollten wissen, warum ich Interesse an diesem Fall habe, aber das ist doch offensichtlich, nicht wahr?«

»Nun ja, nicht wirklich. Vor Gericht argumentieren wir, dass Sie von der Huang Corporation gedrängt wurden, ihr Grundstück zu tauschen, auch wenn wir das nicht beweisen können. Wir unterstellen Ihnen ein Umgehungsgeschäft, weil wir nicht glauben, dass Sie derart selbstlos gehandelt haben, sondern entweder dazu gezwungen wurden oder unter der Hand Geld dafür erhielten. Das Grundstück, welches Sie gegen Ihres tauschten, ist zwar objektiv gleichwertig, hat aber Baubeschränkungen, was den Wert subjektiv wieder mindert. Niemand hätte dieses Tauschgeschäft ohne irgendwelche Gründe vorgenommen.«

»Und was sagt die Gegenseite?«

»Dass Sie zu diesem Zeitpunkt nicht liquide genug waren, um zu bauen. Deshalb haben Sie getauscht. Doch das ist zu einfach.«

Greenberg lachte auf und es klang eher wie ein Husten. »Was sagen denn meine Konten, in die Sie ja so großzügig Einblick genommen haben?«

»Sie waren liquide. Nicht übermäßig. Ein Bau hätte ein Risiko dargestellt.«

»Und jetzt?«

»Jetzt sitze ich hier.« Naila lächelte gequält. »Und hoffe irgendwie auf ein Wunder.«

»Warum tun Sie das? Weil Sie unbedingt gewinnen wollen?«

»Oh nein, es geht nicht nur ums Gewinnen. Es geht darum, dass ich meinen Platz in der Kanzlei meines Vaters finde, um ehrlich zu sein.« Sie wusste nicht, warum sie so offen darüber sprach. Vermutlich, weil Greenberg ihre Worte mit ins Grab nehmen würde.

»So ist das.« Der Alte wurde ernst. »Das ist Ihre Bewährungsprobe.«

»Wenn man so will.« Sein intensiver Blick ließ sie die Lider senken und sie schämte sich ein wenig, dass sie einen Todkranken mit ihren Problemen belästigte.

»Hören Sie, Ms McDermott, ich will ehrlich sein.« Seine Stimme wurde ernst und sie sah auf. »Hayden Barrack ist vermutlich nur bedingt als Ehemann geeignet. Ich denke, es steht mir nicht zu, das zu sagen, aber wer wie ich Geschäfte mit seinem Vater machte, der weiß, dass Hayden dessen rücksichtsloses Verhalten geerbt hat.«

Naila schluckte. »Und das wissen Sie, weil …«

Er verzog den Mund. »Sprechen Sie es selbst aus, Herzchen.«

Sie wollte es nicht. Obwohl sie enttäuscht von Hayden war und ihre Verlobung mit ihm lösen wollte, konnte sie sich nicht eingestehen, dass sie zwei Jahre lang nicht gesehen hatte, was er tat. »Hat er sie bestochen? Oder gar gezwungen, das Grundstück zu tauschen?«, fragte sie leise.

Greenberg schwieg, doch seine Augen sagten ihr, dass sie recht hatte. Naila bemühte sich, den Schock wegzuatmen.

»Sind Sie tatsächlich überrascht?« Der Alte schüttelte den Kopf. »Kennen Sie denn gar nicht die ganzen Gerüchte um seinen Vater?«

»Doch, er hat mir einiges erzählt und ich weiß von Bren Barracks Verbindung zur chinesischen Mafia.«

»Sie wissen davon?« Nun wirkte Greenberg überrascht.

»Mein Bruder Zak hat mich ehrlich gesagt darauf gebracht und Hayden stritt es nicht ab, als ich ihn ansprach. Er meinte, es fiele ihm schwer, den Schatten, der über seiner Firma liegt, abzuschütteln.«

»Sagte er auch, dass er nichts mehr mit den Triaden zu tun hat?« Der Alte sah sie aufmerksam an.

»Nein ...« Naila hielt inne. »Sie meinen ...?«

»Sie werden mich nicht zu einer Aussage bringen, Herzchen. Ich habe nicht vor, mich die letzten Monate meines Lebens mit den Behörden rumzuschlagen. Sie finden hier gerade Antworten, die Sie sich selbst geben.«

»Aber ich brauche Beweise! Wenn wir vor Gericht gewinnen wollen, dann helfen mir keine vagen Theorien weiter.«

»Dann sollten Sie erreichen, dass die Staatsanwaltschaft gegen Ihren Verlobten ermittelt. Auf diese Weise werden seine Konten offengelegt.«

»Und ich finde Zahlungen, die man mit Ihnen in Verbindung bringt?«

Greenberg kicherte. »Natürlich nicht.«

»Weshalb sollte ich dann meinen Verlobten hinhängen, obwohl ich gar nicht weiß, ob all diese Dinge überhaupt stimmen?«

»Um ihren Hals zu retten, Ms McDermott. Bren Barrack

war ein Spieler. Bei ihm lief nichts auf wirklich legalem Weg. Und Hayden führt das Geschäft seines Vaters weiter, nur dass er weitaus cleverer vorgeht. Ich möchte nicht anmaßend sein, aber warum denken Sie, dass er sich ausgerechnet mit Ihnen verlobt hat?«

»Ich weiß nicht …« Naila fuhr sich unsicher durch die Locken. Es war nicht so, als hätte sie sich diese Frage noch nie gestellt. Allerdings hatte sie niemals in Erwägung gezogen, dass Hayden so skrupellos sein könnte, sie auf irgendeine Art zu benutzen.

»Es tut mir leid.« Greenberg hustete wieder. »Ich wollte damit nicht auf Ihr Äußeres anspielen, aber wenn Hayden auch nur ein kleines bisschen wie sein Vater ist, dann hat er Neigungen, von denen ich hoffe, dass Sie sie niemals erleben werden.«

Nailas Finger gruben sich in den Stoff ihres Kostüms. Sie hatte nicht gewusst, was sie bei Greenberg alles hören würde, doch nun hatte sie mehr gehört, als ihr guttat.

»Bei Hayden laufen die Fäden für Ihren Fall zusammen«, sagte der Alte eindringlich. »Und für alle anderen Fragen, die Sie sich je gestellt haben.«

»Haben Sie mich kommen lassen, um mir das zu sagen? Sie kennen mich doch gar nicht. Woher weiß ich, dass Sie sich nicht nur für etwas anderes rächen wollen? Vielleicht haben Hayden oder sein Vater Ihnen mal ein Geschäft versaut.«

»Hayden und sein Vater haben mir mehr als ein Geschäft versaut. Sie haben die gesamte Branche versaut. Ich möchte mich hier nicht als Heiligen hinstellen. Keiner in der Immobilienbranche ist ein Heiliger. Loyalität und Anstand sterben dort, wo das Millionengeschäft beginnt. Und trotzdem gibt es Dinge, die ich nie getan hätte.«

»Okay.« Naila stellte das Glas mit dem Eistee zurück auf

den Tisch. Sie hatte genug gehört. »Ich danke Ihnen für Ihre Offenheit.«

»Und nun?« Greenberg legte den Kopf schief. »Was stellen Sie jetzt mit Ihrem Wissen an, Herzchen?«

Sie wusste es nicht. Sie wusste es verdammt nochmal nicht! Was sie allerdings wusste, war, dass sie hier raus musste. Sie bekam kaum noch Luft.

Greenberg schien zu verstehen. Er nahm den Perserkater von seinem Schoss und drückte einen Knopf am Rollstuhl. Kurze Zeit später erschien die ältere Dame wieder.

»Ms McDermott möchte gehen«, sagte Greenberg und Naila stand auf.

»Vielen Dank, dass Sie mich empfangen haben«, murmelte sie.

»Finden Sie Antworten auf all Ihre Fragen«, sagte der Alte zum Abschied und ließ sich davon schieben. »Sorgen Sie dafür, dass Sie dieses Spiel gewinnen, Ms McDermott, sonst werden Sie es bitter bereuen.«

Naila hastete aus dem Haus und holte beim Wachmann ihr Handy ab. Vor ihrem Auto blieb sie stehen. Das weiße Mercedes C-Klasse Cabriolet entriegelte sich automatisch und Naila stieg ein. Bevor sie den Motor startete, legte sie ihre Hände aufs Lenkrad und atmete mehrmals tief durch. Noch vor ein paar Stunden hatte sie Hayden für einen Playboy gehalten und jetzt war er so viel mehr als das. Welche Rolle spielte sie in alldem?

Mit zitternden Fingern drückte sie den Startknopf und fuhr von Greenbergs Grundstück. Nach dem Tor hielt sie an, setzte den Blinker, bog jedoch nicht auf die Hauptstraße ab. Sie hatte ihrem Vater versprochen, sich bei ihm zu melden, aber sie war noch nicht in der Lage, das Gespräch mit Greenberg offenzulegen. Zuerst musste sie nachdenken, auch wenn sie wusste, dass sie in ihrer Verfassung keinen klaren Gedanken mehr fassen konnte.

Bleib ruhig, ermahnte sie sich selbst, sieh nur auf die Fakten. Nur auf die Fakten. Es dauerte einige Minuten, bis sie zu einem Entschluss kam. Dann setzte sie ihre Sonnenbrille auf und gab Gas.

15

KEATS

»Hast du verstanden, was wir dir gesagt haben?«
Sora beobachtete, wie er verkabelt wurde, und
Keats nickte mechanisch. Er hatte in der letzten Stunde so
viele Papiere unterschrieben, dass er sich im Nachhinein
fragte, ob das FBI ihn am Ende nicht linkte. Vielleicht hatte er
mit einer seiner Unterschriften seinen Tod besiegelt, anstatt
eventuelle Haftungsansprüche auszuschließen, falls ihm bei
dem Einsatz etwas zustieß.

»Versuch deinem Bruder zu entlocken, wo die Lagerräume
sind, in denen Lee Shin die illegalen Einwanderer
zwischenlagert.«

»Ist das Wort ›zwischenlagern‹ nicht etwas unangebracht
im Zusammenhang mit Menschen?« Keats beobachtete, wie
ein dünnes Kabel entlang seines Brustbeins mit durchsich-
tigem Tape befestigt wurde. Irgendwie hatte er gedacht, das
FBI hätte modernere Methoden, um andere abzuhören.

»Sorry, wenn ich nicht an deine ausgefeilte Rhetorik
heranreiche.« Sora grinste. Seit ihr Keats offenbart hatte, was
in Lee Shins Haus vorgefallen war und wie das Codewort fürs

Haupttor lautete, war sie bester Stimmung. Er selbst fühlte sich wie der Verräter des Jahrhunderts. Nicht einmal der Gedanke an Naila hielt ihn mehr aufrecht. Mit seinem letzten Besuch bei ihr hatte er sich selbst ein Messer ins Herz gejagt. Er hätte ihr fernbleiben sollen, aber dazu hatte er nicht die Kraft gehabt. Ebenso wenig wie ihr zu gestehen, was ihr alles bevorstand. Er war noch immer ein gefühlskalter Arsch, der nur an sich selbst dachte.

»Du tust das richtige.« Sora trat zu ihm und sah ihn eindringlich an. »Deine Mitwirkung wird sich positiv auf all deine Anklagepunkte auswirken. Zum ersten Mal in deinem Leben hast du dich für die gute Seite entschieden.«

»Drauf geschissen«, knurrte Keats. Aus ihm würde kein anständiger Mensch mehr werden. Dafür hatte er zu viel Mist gebaut. Er sah Sora an. »Was ist, wenn ich Hayden die Informationen entlocke? Ist Naila dann draußen?«

Sora zögerte und wechselte einen Blick mit ihrem Kollegen. »Wir tun unser Bestes«, versicherte sie.

»Ich will eine Absicherung.« Keats knöpfte sich das Hemd zu. »Sollte etwas schiefgehen, will ich Gewissheit haben, dass Nailas Leben nicht völlig auf den Kopf gestellt wird.«

»So arbeitet das FBI nicht. Wir können die Presse nicht kontrollieren, ebenso wenig wie wir das Internet kontrollieren können. Wenn die Videos viral gehen, sind uns die Hände gebunden.«

»Bullshit!« Keats schnaubte. »Ihr könnt alles kontrollieren, wenn ihr wollt. Aber ihr wollt gar nicht, habe ich recht?« Er hatte das Spiel längst durchschaut. Am Ende des Tages war dem FBI nur daran gelegen, den Deckel eines offenen Falles zu schließen, den sie zu Zeiten von Bren Barrack geöffnet hatten. Sein Tod hatte die Ermittlungen ins Stocken gebracht und jetzt, wo sie ganz nah dran waren, endlich einen Erfolg zu verzeichnen, würden sie alles dransetzen, um nicht erneut zu versagen.

»Es liegt an dir.« Soras Stimme klang gefährlich leise. »Du hast es in der Hand, Sebastian. Wir können jedes Wort hören, das dein Bruder sagt. Je mehr Dinge er dir offenbart, die wir überprüfen können, desto schneller können wir eingreifen. Unsere Teams stehen bereit. Ich kann jederzeit meinen Boss mit Informationen versorgen und er schickt unsere Leute los. Wir nehmen die Warenlager hoch, das Haus von Lee Shin und wir können dafür sorgen, dass unsere Cyber Task Force die Videos sicherstellt, sollten sie hochgeladen werden. Aber dann muss dein Bruder sie explizit erwähnen, verstehst du das, Sebastian? Er muss sich dazu äußern, wie und warum er den Huang-Fall sabotieren will. Wir brauchen die Zusammen-hänge.« Sora boxte ihn gegen die Schulter. »Verstanden?«

Keats ließ den Kopf hängen und nickte. »Verstanden«, murmelte er.

»Dann legen wir los!« Sie klatschte in die Hände und Keats erhob sich. Er hatte immer geglaubt, dass er seinen Bruder eines Tages verlassen würde. Ihn zu verraten, war nie sein Plan gewesen.

16

HAYDEN

»Fuck!« Hayden warf die leere Whiskeyflasche in den Pool und beobachtete, wie sie sich allmählich mit Wasser füllte und im Azurblau versank. Auf dem Tisch neben der Loungeecke lag die Waffe, die Emu ihm gegeben hatte. Er starrte sie an und fluchte erneut. Die letzten achtundvierzig Stunden hatte er so viel nachgedacht, dass er schon glaubte, wahnsinnig zu werden. Doch gleichgültig, welche raffinierten Lösungen er zu finden versuchte, es endete immer mit der einen Entscheidung: er oder sein Bruder. Es war wie das Ende einer Achterbahnfahrt. Die Tatsache, dass selbst nach all den Loopings und dem Thrill noch alles wie immer war, war ernüchternd.

Deshalb hatte er getrunken und das, obwohl es gerade einmal Nachmittag war und er sich noch nie bewusst abgeschossen hatte. Er behielt gerne die Kontrolle, die ihm der Alkohol nahm, aber an diesem Tag hatte er in seiner Verzweiflung gehofft, der Whiskey würde ihm den erlösenden Einfall bringen. Das war nicht so. Ganz im Gegenteil. Der Rausch machte ihn wütend. Weil er endgültig begriff, dass er viel zu tief in dem Geschäft mit den Triaden drinsteckte, um sich ihnen zu widersetzen. Emu hatte sich klar ausgedrückt. Brachte er Keats nicht um, wurde er zu einem Geist. Er verlor alles. Am Ende auch sein Leben.

»Scheiße!« Hayden trat gegen den Stamm eines Olivenbaums. Es tat weh und das wollte er. Alles, wofür er sich je hatte begeistern können, war Geld. Es verlieh ihm Macht. Und Ansehen. Aber vor allem begeisterte ihn die Art, es zu verdienen. Es zu vermehren. Es war wie ein Rausch. Jeder Deal, den er abschloss, gab ihm dieses besondere Gefühl, etwas erreicht zu haben. Er wollte mehr davon. Immer mehr. Er wollte besser sein als sein Vater. Cleverer. Bedeutender. Einflussreicher. Und genau an dem Punkt, an dem er kurz davor war, seinen größten Coup zu feiern, stellten ihn die Triaden auf die Probe. Er wusste nicht, auf wen er wütender war. Auf Lee Shin, weil er ein undankbares Schlitzauge war. Auf Emu, weil sie ihm so wenig vertraute. Oder auf Keats, der offensichtlich etwas getan hatte, das die Aufmerksamkeit der Triaden erregt hatte.

Hayden verfluchte seinen Bruder und haderte mit sich selbst, ob er Emus Worten trauen sollte oder ob die Vergangenheit, die er mit Keats teilte, mehr wert war. Doch die Zweifel verhakten sich in seinem Kopf. Keats hatte geahnt, dass seine Mutter nicht zufällig bei der Gasexplosion ums Leben gekommen war. Doch wie lange hatte er diese Ahnung schon? Und warum wollte er plötzlich in Haydens Geschäft einsteigen? Es gab zu viele Fragezeichen, zu viel Ungereimtheiten. Haydens Blick fiel wieder auf die Waffe. Es war eine Sache gewesen, Bren Barrack durch die Manipulation der Gasleitung auszuschalten, eine andere war es jedoch, seinen Bruder eiskalt abzuknallen. Hayden schnaubte. Er war korrupt und er liebte brutalen Sex, aber er hielt sich nicht für einen Mörder. Zumindest nicht für einen, der seinem Opfer ins Gesicht sah, wenn er es auslöschte. Verflucht nochmal!

»Hey!« Keats' Stimme ließ ihn herumfahren. Hayden schwankte unter dem Einfluss des Alkohols und hatte Mühe, seinen Bruder zu fixieren.

»Hey«, entgegnete er. »Alles okay? Wo warst du?«

»Hast du getrunken?« Keats beobachtete ihn besorgt und kam näher.

Hayden hob die Hand. Er wollte nicht, dass Keats die Waffe sah. Nicht, bevor er eine endgültige Entscheidung getroffen hatte.

»Wo warst du?«, wiederholte er. »Hast du die Kleine gefickt?«

»Nein, ich war am Strand.«

Hayden lachte schrill. »Warum bist du eigentlich immer so versessen auf den Strand? Findest du den Sand nicht nervig? Überall dieses Zeug, das an deinem Körper klebt ...« Er spuckte aus. »Ich bin immer nur deiner Mutter zuliebe mitgefahren.«

»Das glaub ich dir nicht.« Keats blieb stehen. »Du hattest Spaß. Du hast gelacht und warst ein anderer Junge in diesen paar Stunden, die wir unter uns waren.«

»Blödsinn!« Hayden hielt sich am Olivenbaum fest. »Alles, woran ich Spaß habe, ist mein Geschäft.«

»Damals warst du ein Kind. Du hattest noch gar kein Geschäft.«

»Ich war niemals ein Kind. Ebenso wenig wie ich einen Vater hatte. Du weißt einen Scheiß!«

»Ich weiß, dass du meine Mutter geliebt hast. Sie war der erste Mensch, den du an dich herangelassen hast.«

»Halt dein blödes Maul«, brüllte Hayden und wankte zum Tisch. »Deine Mutter war eine Nutte. Ein billiges Pornosternchen. Ich war froh, dass sie da war, weil ich dann nicht länger im Mittelpunkt meines Erzeugers stand. Ich war erleichtert, dass sie in diesem Raum mit ihm war und nicht ich!« Hayden lachte auf, als er Keats' aufgebrachten Blick bemerkte. »Was?«, zischte er. »Tut die Wahrheit mal wieder weh, kleiner Bruder?«

»Es ist nicht die Wahrheit.« Keats blieb ruhig. »Was ist los? Warum bist du so neben der Spur? Du trinkst sonst nie.«

»Das ist richtig.« Hayden stellte sich vor die Waffe. »Ich habe ein Problem. Ein verdammt großes Problem.«

»Hat es mit den Triaden zu tun?«

»Verflucht gut geraten.« Hayden lachte auf. »Ich muss mich entscheiden und das ist …« Er brach ab und senkte den Kopf. »Sag mir, dass du auf meiner Seite stehst.«

»Ich stehe auf deiner Seite.«

Hayden atmete tief durch. Eine Hand griff nach der Waffe in seinem Rücken. »Woher weiß ich, dass du nicht lügst?«

Keats verengte die Augen. »Ich habe keinen Grund dazu. Wir ziehen seit Jahren unser Ding durch. Was soll sich geändert haben?«

»Alles.« Hayden richtete die Waffe auf seinen Bruder. »Alles hat sich geändert. Du wolltest aussteigen und jetzt willst du es nicht mehr.«

»Wow!« Keats hob die Hände. »Was soll der Scheiß, Hayden?«

»Ich kann dir nicht mehr vertrauen.«

»Doch, das kannst du, Bruder. Das konntest du immer und das weißt du.«

»Ich habe dich bezahlt. Deshalb hast du geschwiegen.« Hayden hatte Mühe, die Waffe in seinem Zustand ruhig zu halten.

»Aber ich habe dich nie im Stich gelassen. Nie!«

»Tust du es jetzt?« Hayden fixierte ihn.

Es dauerte einige Sekunden, bis Keats den Kopf schüttelte.

Hayden drückte ab.

NAILA

aila gab den Code für das Stahltor vor Haydens Grundstück ein und wartete, bis es zur Seite glitt. Langsam fuhr sie die Allee mit den kugelförmigen Buchsbäumen entlang, bis sie das niedrige Haus erreichte, das sich hinter die kunstvoll angelegte Felsenformation duckte. Alles war ruhig. Einzig der Porsche, den Keats immer fuhr, stand vor dem Hauseingang. Naila schaltete den Motor ihres Autos aus und spähte durch die verglaste Eingangsfront. Es war niemand zu sehen, aber sie wusste, dass Hayden daheim war. Sie hatte in seinem Büro angerufen, wo man ihr gesagt hatte, dass er heute von zuhause aus arbeitete. Deshalb war sie hergefahren. Doch nun, wo sie da war, wurde sie immer nervöser und fragte sich zum wiederholten Mal, ob es tatsächlich eine gute Idee war, Hayden mit all ihren Vermutungen zu konfrontieren, die sich immer mehr in ihrem Kopf verhärteten. Was war, wenn er alles abstritt? Wenn er plötzlich wieder so charmant war und ihr alles zu erklären versuchte? Könnte sie dann hart bleiben? Und was war, wenn Keats ebenfalls da war? Sie war sich nicht sicher, ob sie mutig genug war, beiden gegenüber zu treten.

Mit pochendem Herzen stieg sie aus, machte drei Schritte auf die Marmorstufen beim Eingang zu, bevor sie stehenblieb. War es nicht besser, in die Kanzlei zu fahren und zuerst mit ihrem Vater zu reden? Naila schluckte. Schluss damit, ermahnte sie sich, du bist erwachsen und kein kleines Mädchen mehr, das sich hinter ihrem Daddy verstecken muss! Es war an der Zeit, dass sie ihre Probleme selbst in den Griff bekam. Sie stieg die Stufen empor und legte ihren Daumen auf das Touchpanel neben der Tür. Das Schloss entriegelte und Naila trat ein. Das lichtdurchflutete Haus mutete an diesem Tag durch seine Stille noch mehr wie ein Museum an. Sie blieb stehen und lauschte. Waren das Stimmen, die sie in der Ferne hörte? Sie querte das Wohnzimmer, die Küche und gelangte schließlich zum Innenhof, wo sie wie angewurzelt stehenblieb.

Keats stand dort mit dem Rücken zu ihr, die Arme erhoben. Hayden stand ihm gegenüber, eine Pistole auf seinen Bruder gerichtet.

»Ich kann dir nicht mehr vertrauen.« Haydens Stimme klang, als hätte er getrunken. Die Waffe in seiner Hand zitterte.

»Doch, das kannst du, Bruder. Das konntest du immer und das weißt du.« Keats blieb ruhig und Naila vergaß beinahe zu atmen. Keiner der beiden Männer hatte sie bemerkt.

»Ich habe dich bezahlt. Deshalb hast du geschwiegen.«

»Aber ich habe dich nie im Stich gelassen. Nie!«

»Tust du es jetzt?« Hayden starrte seinem Bruder ins Gesicht.

Für einige Sekunden rührte sich Keats nicht, dann schüttelte er den Kopf.

Ein Schuss krachte und Naila schrie auf. Hayden hatte abgedrückt! Die Scheibe neben ihr zerbarst in tausend

Stücke und sie duckte sich, schützte ihr Gesicht mit den Händen.

»Naila!« Keats war mit einem Satz bei ihr, zerrte sie zu sich heran. »Alles okay?« Sein Blick flog hektisch über ihre Gestalt.

»Ja. Bist du verletzt?« Sie wartete Keats' Kopfschütteln ab, bevor sie Hayden fixierte, der die Waffe nun auf sie beide richtete.

»Scheiße«, fluchte der, offenbar entsetzt darüber, dass er tatsächlich geschossen hatte. Er fixierte Naila »Was tust du hier?«, fragte er mit schneidender Stimme. »Ich habe dir gesagt, dass ich arbeiten muss. Also was zum Teufel tust du hier? Du hast hier nichts verloren!«

Naila war zu geschockt, um etwas zu erwidern. Sie konnte nicht aufhören, die Pistole anzusehen. Niemals zuvor hatte sie jemand mit einer Waffe bedroht.

»Leg das Ding weg«, versuchte Keats seinen Bruder zu beschwichtigen. »Und lass uns reden.«

»Reden?« Hayden lachte höhnisch. »Worüber sollten wir jetzt noch reden?«

»Über uns. Und darüber, warum du getrunken hast und mich bedrohst.« Keats gab nicht auf.

»Ich bin dir keine Antworten schuldig.« Hayden schnaubte. »Nicht mehr.« Er winkte Naila zu sich heran. »Komm schon her, Schneckchen. Setz dich. Und sieh zu, was mit Leuten passiert, die sich gegen mich wenden.«

»Nein«, murmelte Naila und stellte sich vor Keats. »Das kann ich nicht zulassen.«

»Du willst für meinen Bruder sterben?«

»Niemand muss sterben. Hayden, bitte, nimm die Waffe runter!«

»Niemals! Es ist zu spät. Entweder du kommst jetzt her oder du endest wie er.«

»Du brauchst mich für den Huang-Fall.«

»Beweg deinen hässlichen Arsch hierher!« Hayden fuchtelte mit der Waffe herum und Naila spürte Keats' Hände auf ihren Oberarmen. Sie hatte schreckliche Angst und hoffte, dass sie nicht gerade dabei war, einen riesigen Fehler zu begehen. Das Blut rauschte in ihren Ohren und sie spürte kalten Schweiß auf ihren Handflächen.

»Weißt du, was du nicht berücksichtigt hast?«, fragte sie und bewegte sich keinen Millimeter von der Stelle. »Dein Auto zu verkaufen.«

»Was redest du für einen Müll?« Hayden wischte sich Schweiß aus dem Gesicht.

»Der Porsche Cayenne mit den roten Felgen.« Naila bemühte sich, sich trotz ihrer Angst zu konzentrieren. »Ich weiß nicht, warum ich nicht eher drauf gekommen bin. Vielleicht wollte ich es nicht sehen, es nicht wahrhaben, dabei war es die ganze Zeit vor meinen Augen.«

»Was denn?« Hayden machte einen Schritt nach vorne und Naila spürte, wie Keats hinter ihr die Muskeln anspannte.

»Das war das Auto, mit dem du deinen Bruder vor drei Jahren vom Flughafen abgeholt hast.« Sie sah, wie ihre Worte Hayden aufhorchen ließen, und fuhr fort: »Du wusstest das von ihm und mir, richtig? Hast du ihn womöglich beauftragt, mich zu vögeln? Gehörte das alles zu deinem Plan?«

»Ha«, schrie Hayden auf. »Keats, du verdammtes Arschloch! Du kannst eine Frau nicht einfach ficken, ohne ihr deine Seele zu offenbaren, was?« Er legte den Finger an den Abzug der Pistole.

Naila und Keats wichen zurück. »Er hat mir nichts gesagt«, erwiderte sie zittrig. »Du hast es mir mit deiner Reaktion gerade selbst verraten.«

Hayden fletschte die Zähne. »Was soll das hier? Machst du

jetzt eins auf Anwältin? Was willst du hören, hä?« Er war völlig außer sich.

»Alles«, hauchte Naila. »Das bist du mir schuldig.«

»Ich schulde dir einen Scheiß!« Hayden hob das Kinn. »Die Zeit mit dir war die größte Verschwendung meines Lebens. Jeder Fick mit dir war eine Überwindung. Warum glaubst du, wollte ich dich immer von hinten nehmen?« Er sah ihr direkt in die Augen. »Damit ich dein blödes Gesicht nicht ansehen musste!«

Der Schmerz über seine Worte fraß Naila beinahe auf. Sie hatte es geahnt. Irgendwo in ihrem Inneren. Doch es zu hören, tat weh. Sie schloss die Lider, drängte die Tränen zurück und bemühte sich, nicht zu weinen. Diese Genugtuung wollte sie Hayden nicht geben.

»Du warst tatsächlich nur wegen des Huang-Falls mit mir zusammen«, flüsterte sie. »Ich war so dumm.«

»Deshalb hab ich dich ausgewählt.«

Es stimmte also. Doch was hatte er davon? In Nailas Kopf ratterte es. »Du willst, dass das Grundstück nicht an die Stadt Los Angeles fällt.«

»Oh bravo!« Hayden machte eine auffordernde Bewegung mit der Pistole. »Na los, du Genie. Zeig mir, warum Daddy dich nie in die Öffentlichkeit lassen wollte. Du bist ein Witz als Anwältin.«

Wut und Enttäuschung schlugen über ihr zusammen. »Die Triaden«, erwiderte sie. »Sind sie deine Auftraggeber?«

»Meine Auftraggeber?« Es klang empört. »Oh nein, ich habe hier in L.A. das Sagen. Die Scheißtriaden sind ganz bestimmt nicht meine Auftraggeber!«

»Dann bist du ihr Geschäftspartner?«, mutmaßte Naila. »Du sorgst dafür, dass sie bekommen, was sie wollen.«

»Ich sorge dafür, dass *ich* bekomme, was ich will!«

»Du willst, dass meine Kanzlei den Fall verliert.« Sie überlegte. »Deshalb wolltest du, dass ich mehr Verantwortung übernehme. Dass ich mehr in die Öffentlichkeit rücke ...« Naila rieb sich die Stirn. »Du hast mich manipuliert. Mit deinem Bruder ...« Sie warf Keats einen Blick über die Schulter zu. Seine Worte kehrten zu ihr zurück. *Du kannst eine Schlange füttern. Du kannst sie sogar lieben, aber am Ende bleibt sie eine Schlange. Und sie wird dich früher oder später beißen.* »Das ist es. Dein Nebenjob. Das waren die Dinge, für die sich Hayden zu fein war, richtig? So hast du dir dein Geld verdient. Es gibt Fotos von uns. Etwas, das meinen Ruf schädigen kann. Damit ihr mich bloßstellen könnt und die Gegenseite sich wie die Aasgeier auf meine Verfehlungen stürzt. Das ist es, nicht wahr?« Sie bemühte sich, all die Puzzleteile zusammenzusetzen, die vor ihr lagen, obwohl sie wie Stiche waren, die sie quälten. »Ihr sabotiert meinen Ruf, den der Kanzlei und hofft darauf, dass der Richter damit zugunsten der Huang Corporation entscheidet.«

Hayden schlug sich amüsiert aufs Knie. »Jetzt hat sie dich, Bruder, jetzt hat sie dich!«

»Naila, ich wollte nie ...« Keats sah sie bittend an, aber Hayden unterbrach ihn grob: »Halt dein Maul, du Verräter!« Er schob die Waffe nach vorne.

»Ich war bei Greenberg«, sagte Naila schnell und bemerkte sofort, wie Hayden zusammenzuckte.

»Na und?« Er fixierte sie, als wollte er herausfinden, was sie wirklich wusste.

»Deshalb bin ich hier.« Sie sprach langsam, um ihre Gedanken besser ordnen zu können. »Weil ich jetzt alles weiß.«

»Oh nein!« Hayden kam auf sie zu, die Mündung der Waffe auf ihre Brust gerichtet. »Du weißt gar nichts.«

Naila spürte Keats in ihrem Rücken. Seine Hände umklammerten die ihren. Was immer er für eine Rolle in der ganzen Sache spielte, momentan war Hayden auf ihn ebenfalls nicht gut zu sprechen.

»Ich weiß, dass du Greenberg dafür bezahlt hast, damit er das Grundstück tauscht. Das ist der Beweis für ein Umgehungsgeschäft. Wir gewinnen den Fall. Ganz egal, wie sehr du meinen Namen in den Schmutz ziehst«, flüsterte sie. Ihr Atem ging schnell, sie konnte den Blick nicht von der Waffe abwenden.

»Oh nein, oh nein!« Haydens Stimme überschlug sich. »Greenberg hat nicht geplaudert!«

»Er ist krank«, sagte Naila eindringlich. »Er stirbt bald. Wusstest du das?«

»Dieses blöde Arschloch hat kein Recht, sein dummes, faltiges Maul aufzumachen und seine Seele zu erleichtern, bevor er den Löffel abgibt.« In Haydens Augen erkannte sie Entsetzen. Darüber, dass sie ihn durchschaut hatte und darüber, dass sein Plan vor seinen Füßen zu zerplatzen drohte. Die Waffe in seiner Hand vibrierte.

In diesem Moment stieß Keats Naila zur Seite und trat seinem Bruder mit voller Wucht in den Bauch. Er stürzte, ein weiterer Schuss löste sich. Naila ließ sich zu Boden fallen und sah, dass die beiden miteinander rangen. Sie krabbelte davon.

»Fuck!« Hayden befreite sich und sprang auf. Naila erkannte Blut auf seinem Hemd. Sie keuchte. Wo war die Waffe? Wo war die verdammte Waffe?

»Das hast du nun davon!« Hayden starrte auf seinen Bruder herab, der sich aufsetzte. Er hielt sich die Seite. Blut quoll zwischen seinen Fingern hervor. Mit der anderen Hand holte er aus und warf die Pistole in den Pool. Die Bewegung entlockte ihm ein Stöhnen.

»Die Triaden wollten, dass ich dich umbringe.« Hayden sprach so hektisch, dass er dabei spuckte. »Du arbeitest fürs FBI!«

»FBI?«, wiederholte Naila tonlos und sah, dass Keats zur Seite sackte. Sie robbte zu ihm.

»Denkst du das wirklich?«, ächzte Keats. »Wer hat dir diesen Scheiß in den Kopf gesetzt, Bruder?«

Haydens Augen weiteten sich. Zum ersten Mal schien er zu begreifen, was er gerade getan hatte. »Emu Shin. Sie wollte, dass ich dich töte. Dass ich Blut für die Triaden vergieße, damit ich im Geschäft bleibe.«

»Du hast uns zerstört.« Keats' Stimme wurde immer leiser. »Und wofür? Für ein bescheuertes Kasino!«

»Denkst du, es dreht sich tatsächlich nur um den Bau des Kasinos?« Hayden schnaubte. »Du hast keine Ahnung, wo ich sonst noch drinstecke.«

»Offenbar war es meinen Tod wert.«

»Du stirbst nicht!«

»Warten wir's ab.«

»Scheiße, Bruder, du verstehst das nicht.« Hayden ging in die Hocke. »Mein Geschäft ist alles, was ich habe. Die Grundstücke, die ich mit deiner Hilfe erworben habe, waren der Grundstein. Die Triaden schleusen Menschen durch meine Lagerräume. Weißt du eigentlich, wie viel Kohle ich damit mache? Ich kann das nicht aufgeben!«

Naila hörte atemlos zu. Sie bemerkte das Blut, das aus Keats' Wunde auf die weißen Steine tropfte. »Wir brauchen einen Arzt«, wimmerte sie und setzte sich so hinter Keats, dass er sich gegen sie lehnen konnte.

»Er stirbt nicht!« Hayden klang bestimmt.

»Du bist nicht der Herr über Leben und Tod.« Keats hustete. »Welche Lagerräume sind das? Federal Street?«

»Purdue Avenue.«

»Unauffällige Lage. Nicht schlecht.« Keats verzog schmerzvoll das Gesicht. »Ich habe dir gesagt, du sollst aussteigen und dass Lee Shin dir eines Tages das Genick brechen wird. Und genauso ist es gekommen. Du hast all ihre Geschäfte gedeckt. Und wofür? Dafür, dass du einen Mord in ihrem Namen begehen sollst. Hat der an deinem Vater nicht gereicht?«

Hayden schüttelte den Kopf. »Meinen Vater wollte ich töten, aber dich nicht.« Er umklammerte Keats' Faust. »Du bist meine Familie, verdammt.«

»Scheiße, das fällt dir spät ein.« Keats verzog den Mund zu einem Grinsen. Dann wurde er ernst. »Es tut mir leid.«

»Was?«

Schwerfällig stützte sich Keats auf dem Ellbogen ab und öffnete die oberen Knöpfe seines Hemdes. Naila erkannte ein winziges Mikrofon, das oberhalb seiner Brust platziert war. Ihr Blick flog zwischen Keats und Hayden hin und her, während sie realisierte, was hier vor sich ging.

»Hm.« Hayden fuhr sich fassungslos mit den Händen durch die Haare. Mehr sagte er nicht, doch sein Gesichtsausdruck sprach Bände.

Keats presste die Hand auf das Mikrofon. »Du hast mich einen gefühlskalten Arsch genannt und du hattest recht. Das sind wir beide. Jeder auf seine Art.«

»Hm.« Hayden wich von Keats zurück. Seine Augen waren glasig. »Du hast es durchgezogen«, murmelte er und nickte in bitterer Erkenntnis. »Alles wegen ihr.« Sein Blick war starr.

Naila hatte das seltsame Gefühl, als würden die beiden Brüder miteinander reden, obwohl sie gar nicht sprachen. Sie sahen einander an, schienen eine stumme Übereinkunft zu treffen. Naila war nur die unbeteiligte Zuschauerin.

»Geh«, sagte Keats nach einer Weile, die Hand immer

noch auf das Mikrofon gepresst. »Ich weiß nicht, wann sie hier sein werden.«

Hayden nickte erneut und erhob sich schwerfällig. »Pass auf ihn auf«, sagte er in Nailas Richtung und ging davon.

Ganz langsam erwachte Naila aus ihrer Starre. »Wo geht er hin?«, flüsterte sie aufgelöst und stützte Keats, der seinen Oberkörper nicht länger aufrecht halten konnte. Sein Gesicht war leichenblass.

»Er spielt sein Spiel zu Ende.« Keats löste die Hand vom Mikrofon. »Und ich verblute hier langsam, ihr Arschlöcher!«

»Nein, nein, nein!« Naila umschlang seine blutverschmierten Finger. »Alles wird gut.« Sie fühlte sich ohnmächtig, sah sich um und hoffte, dass bald Hilfe eintraf. Wie besessen presste sie die andere Hand auf Keats' Wunde.

»Ist okay.« Er hob den Kopf, um sie anzusehen. »Du hast alles selbst rausgefunden. Ich bin stolz auf dich.«

»Du hast gesagt, ich soll mir meine Neugierde behalten.« Sie gab auf. Die Blutung ließ sich nicht stillen. Sie musste etwas tun! »Mein Handy ist in der Handtasche. Und die liegt im Flur. Ich gehe sie holen. Du brauchst einen Arzt!« Panik schlich sich in ihre Stimme.

»Bleib hier«, bat er. »Nur noch einen Moment.«

»Aber ...«

»Bitte, Babe ...« Sein Kopf sank zur Seite und Naila schluchzte auf.

»Hilfe«, schrie sie in Richtung Mikrofon. »Helfen Sie mir!«

Sie zog ihr Bein unter ihm hervor und stand auf. Überall war Blut. Sie starrte auf ihre zitternden, klebrigen Finger und lief los. Kaum erreichte sie den Flur, schon wurde die Haustür aufgebrochen. Eine Frau, die ihr bekannt vorkam, kam mit erhobener Waffe herein. Ihr folgten mehrere schwarzgekleidete Männer mit Maschinengewehren und Schutzwesten. *FBI* stand in weißen Buchstaben darauf.

»Sora?« Naila blieb stehen.

»FBI! Hände hoch!« Die Frau kam auf sie zu. »Wo ist Hayden Barrack?«

»Ich weiß es nicht.« Nailas Stimme brach. »Keats liegt dort drüben am Pool. Er braucht Hilfe!«

»Wo ist Hayden Barrack?«

»Ich weiß es nicht!« Naila schrie ihre Ängste heraus. »Er ist weg. Helfen Sie Keats! Er wurde angeschossen.«

»Haus sichern!« Die Frau gab den Männern hinter ihr ein Zeichen. Sie formierten sich in Zweierteams und verteilten sich. »Ist Hayden noch bewaffnet?«

»Nein, die Waffe liegt im Pool.« Naila nahm ihre Hände herunter, doch Sora schüttelte entschieden den Kopf.

»Ich muss Sie durchsuchen.«

»Wenn Sie sich nicht augenblicklich um Keats kümmern, verklage ich Sie wegen unterlassener Hilfeleistung«, fauchte Naila. »Sie haben alles gehört! Warum tun Sie nichts?«

Sora hob erstaunt eine Augenbraue, griff nach ihrem Handfunkgerät und betätigte eine Taste. »Wo bleibt der Krankenwagen?«, fragte sie.

»Ist auf dem Weg«, erklang die verzehrte Antwort. »Und wir haben einen verdächtigen Porsche ausgemacht. Er flüchtet über den San Vincente Boulevard.«

»Dranbleiben!« Sora steckte das Walkie-Talkie wieder weg. »Wo liegt Keats?«, wollte sie wissen.

»Dort hinten.« Naila eilte voraus.

Als sie zum Innenhof kamen, waren zwei Männer des Einsatzkommandos bereits dabei, Keats zu untersuchen.

»Kein Puls«, hörte Naila einen von ihnen sagen. Sie begannen sofort mit den Wiederbelebungsversuchen.

»Oh Gott, bitte nicht.« Naila spürte, wie ihre Knie weich wurden. Im Hintergrund hörte sie das Martinshorn des Krankenwagens, der vor der Villa vorfuhr.

Sora warf ihr einen Blick zu. »Sie sollten vielleicht besser ...«

»Nein!« Naila drängte nach vorne, doch die Beamtin hielt sie fest.

»Er hat's für Sie getan«, sagte sie. »Er wollte verhindern, dass die Videos viral gehen.«

Naila begann zu weinen. Der Kreis der Wahrheit schloss sich, die Puzzleteile fügten sich zusammen.

»Wo ist der Verwundete?« Die Sanitäter drängten sich an Naila vorbei, stießen sie vor Eile grob zur Seite.

Das Bild vor ihren Augen verschwamm unter einem Tränenschleier. Die Männer des Einsatzkommandos traten zurück, machten Platz für die Rettungshelfer. Naila blickte auf eine Mauer aus Körpern. Sie hörte Rufe, sah, dass der Defibrillator bereit gemacht wurde. Ihre Finger krallten sich in Soras Arm.

»Warum sind Sie nicht eher eingeschritten?«, wisperte sie.

»Wir mussten alles hören. Die ganze verdammte Wahrheit.«

»Und die war Ihnen ein Menschenleben wert?« Sie wischte sich die Tränen fort, die sich nicht mehr stoppen ließen.

»Er hat es freiwillig getan. Wir wussten nicht, dass Hayden eine Waffe besaß.«

Naila presste die Lippen aufeinander. Die Sanitäter verpassten Keats einen Elektroschock, bevor sie mit der Herz-Lungen-Wiederbelebung weitermachten.

»Schwacher Puls«, hörte sie einen von ihnen sagen. Er setzte Keats eine Infusion, die einer der Einsatzkräfte hielt, dann hievten sie ihn auf eine Bahre und trugen ihn davon.

»Wie geht es ihm?«, fragte Sora einen ihrer Männer, als die an ihnen vorbeieilten.

»Vielleicht hat er Glück«, brummte er.

Naila erhaschte einen Blick auf Keats' lebloses Gesicht, bevor er auch schon an ihr vorüber war. »Ich fahre mit ihm.«

»Irrtum.« Sora hielt sie zurück. »Sie halten sich zu unserer Verfügung.«

»Aber ich muss ...«

»Nein!« Die Beamtin war bestimmt. »Sebastian Keats wird angeklagt und steht unter dem Gewahrsam des FBI. Ab diesem Zeitpunkt ist er nicht mehr Bestandteil Ihres Lebens. Ob er überlebt oder nicht.«

Naila spürte, wie sich alles in ihr verkrampfte. Durch die verglasten Wände der Villa beobachtete sie, wie Keats ins Innere des Krankenwagens geschoben wurde. Dann schlossen sich die Türen und er verschwand aus ihrem Blickfeld.

HAYDEN

Mit hoher Geschwindigkeit jagte Hayden den Porsche über die Allee auf seinem Grundstück. Das Stahltor fuhr zur Seite und ehe es ganz offen war, schoss Hayden hindurch und riss dabei den rechten Außenspiegel ab. Anschließend rammte er beinahe ein Auto, das von links kam, bevor er mit quietschenden Reifen Richtung Norden auf die Straße driftete und Vollgas gab. Das Adrenalin schoss durch seinen Körper und er genoss die Kraft des Sportwagens. Es war Schicksal, dass er nun ausgerechnet Barbaras Porsche fuhr. Er war ein Geschenk an sie gewesen. Sein Vater hatte es ihr zwei Tage nach jenem Erlebnis im Keller gemacht, bei dem er und Keats dabei hatten zusehen müssen, wie Bren Barrack Barbara auf die erniedrigendste Weise missbraucht und verletzt hatte, die man sich nur vorstellen konnte. Die Narben der Schnittwunden waren wie ein Mahnmal auf ihrem Körper zurückgeblieben und auch wenn sie versucht hatte, sie mit ihrer Kleidung zu verdecken, wusste Hayden doch, dass sie da waren.

Keats hatte recht gehabt. Barbara war der erste Mensch

gewesen, für den er tiefe Zuneigung empfunden hatte. Vielleicht waren manche Gefühle aus Eigennützigkeit entstanden, aber am Ende war auch vieles gut gewesen. Sie war gut gewesen und hätte es verdient gehabt, zu leben. Es war seine Schuld, dass sie es nicht mehr tat.

Im Rückspiegel bemerkte Hayden seine ersten Verfolger. Es war nicht die Polizei, sondern zwei schwarze Limousinen mit einem mobilen Blaulicht auf dem Dach. FBI. Vermutlich waren sie auf dem Weg zu seinem Haus gewesen, um ihn festzunehmen. Aber so leicht würde er es ihnen nicht machen. Dank Keats' Mikrofon wussten sie nun alles. Sie kannten den Ort, an dem die Container mit den illegalen, chinesischen Einwanderer ankamen und die Tatsache, dass Hayden seinen Vater getötet hatte. Außerdem war Keats ganz sicher schlau genug gewesen und hatte seinen eigenen Hals bereits aus der Schlinge gezogen, indem er den Beamten verraten hatte, wo Lee Shin sich aufhielt. Das Codewort wusste er auch. Hayden lachte auf. Und er hatte immer geglaubt, sein Bruder sei ein Looser. Wie sehr er sich doch geirrt hatte!

In diesem Moment gab es vermutlich überall Razzien. Man würde Lee Shin festnehmen und Emu. Die Lagerräume würden durchsucht werden und man würde sein Büro auf den Kopf stellen. Hayden knirschte mit den Zähnen. Die Schmach saß tief. Er schaltete einen Gang zurück, überholte drei Fahrzeuge, scherte vor einem Bus ein und jagte um die nächste Kurve. Schon hörte er das Geheul von Polizeisirenen. Fabelhaft! Das würde eine ganz große Show werden. Gekonnt schlängelte er sich durch den Verkehr, holte alles aus dem Auto heraus und fuhr über eine rote Ampel. Im Rückspiegel sah er, dass mehrere Fahrzeuge auf der Hauptstraße, die er gerade überquert hatte, miteinander kollidierten und seine Verfolger für kurze Zeit zurückfielen. Das nutzte er aus, um nochmal zu beschleunigen. Vier Häuserblocks weiter bemerkte er den ersten Hubschrauber, der über ihm kreiste. Entweder war das die Polizei oder das Fernsehen.

»Ihr kriegt mich nicht«, knurrte er und driftete um die nächste Kurve. Er war schon immer ein Spieler gewesen. Er hatte mit Menschen gespielt, mit Immobilien und nun spielte er mit seinem Leben. Mit voller Wucht stieg er auf die Bremse, als er eine Straßensperre bemerkte. Er legte den Rückwärtsgang ein, trat das Gaspedal ganz durch und jagte rückwärts durch die Straße, bis er an die nächste Kreuzung kam. Es war kaum noch Verkehr unterwegs. Vermutlich hatten die Behörden bereits weite Teile von Downtown Los Angeles abgeriegelt, während sie seinen König jagten. Das würde Schlagzeilen geben! Er lachte, streckte die Hand aus dem geöffneten Fenster und zeigte dem Hubschrauber den Mittelfinger. Dann riss er das Lenkrad herum, entlockte den Niederquerschnittsreifen ein gequältes Jaulen und positionierte den Porsche quer zur Straße. Er brauchte nur Sekunden, um sich zu orientieren, dann haute er den Gang rein und schoss mit durchdrehenden Reifen in die nächste Querstraße. Ein ganzer Pulk an Polizeifahrzeugen folgte ihm. Er fühlte sich wieder in seine Kindheit zurückversetzt. Damals hatte er zu gerne diese Reality-Sendungen geschaut, in denen Flüchtige gejagt wurden. Er hatte nie Mitleid mit der Polizei gehabt, sondern immer mit den Verbrechern. Wer hätte gedacht, dass er eines Tages selbst Teil einer Verfolgungsjagd werden würde?

In seiner Besessenheit stellte er sich vor, dass irgendwo dort draußen vor dem Fernseher in genau diesem Moment ein Junge saß, der, wie er damals, nicht seinen Verfolgern, sondern ihm die Daumen drückte. Der Gedanke gab Hayden Auftrieb und er ließ den Motor in den roten Bereich hochdrehen. Er kam in das Viertel mit den Hochhäusern. Der Business

District. Was für eine Ironie. Hierher war sein Vater früher jeden Tag zur Arbeit gefahren. Später er selbst. Er hatte das Bürogebäude seines Vaters behalten, denn er nahm die Herausforderung an, seinen Vater zu übertrumpfen. Von weitem sah er den verglasten Rundturm, der das gesamte Viertel überragte. Das war sein Imperium.

Hayden betätigte die Hupe, jagte ein paar unvorsichtige Passanten von der Straße und versank für kurze Zeit in den Erinnerungen. Er war der König von Los Angeles. Niemand würde ihm je vorwerfen können, dass er versagt hatte. Die Triaden würden keinen Geist aus ihm machen. Er hatte die Kontrolle.

Seine Verfolger im Rückspiegel kamen näher, in einiger Entfernung erkannte er die nächste Straßensperre. Lauter Polizeifahrzeuge mit Beamten, die sich mit gezückten Waffen hinter ihren Autos postiert hatten. Ein letztes Mal schaltete Hayden einen Gang nach unten, genoss das Drehmoment des Porsche und raste mit ihm auf die Straßensperre zu. Er dachte an Barbara und an Keats, an Emu und an Naila. Er hatte alles gewonnen und alles verloren. Aber er hatte bis zum Schluss die Zügel in der Hand behalten.

Einige Meter vor der Straßensperre lenkte er den Porsche nach links. Genau auf den Marmorpfeiler seines Bürogebäudes zu. Er hörte, wie die Felgen zerbarsten, als der Porsche mit hoher Geschwindigkeit über den Randstein schoss. Das Auto schlingerte, doch Hayden behielt stoisch das Lenkrad in der Hand. Er hatte sein Ziel vor sich. Das hatte er immer gehabt. Sein Fuß drückte das Gaspedal nach unten. Er schloss die Augen.

GAME OVER.

»Auf dich, Süße!« Jen hob ihr Champagnerglas und Naila blickte in lauter lachende Gesichter. Ihre gesamte Familie war da, Judith Foster, viele Kollegen aus dem Büro und natürlich Jen und Eddie. Alle stießen auf sie an.

Auch Naila hob ihr Glas und prostete ihren Gästen zu. Sie saßen auf Holzbänken an einem langen Tisch im Restaurant *République* in Central Los Angeles.

»Danke, dass ihr alle gekommen seid«, sagte sie. *Danke, dass ihr in der ganzen Zeit zu mir gehalten habt. Danke, dass es euch gibt.* Sie schluckte, konnte nicht aussprechen, was sie dachte.

»Ist okay«, flüsterte Jen ihr zu. »Trink einfach. Das wollen ja ohnehin alle.«

Naila nahm einen großen Schluck Champagner und stellte ihr Glas wieder ab. Sofort wurden die Gespräche fortgesetzt und sie stand nicht mehr im Mittelpunkt der Aufmerksamkeit.

»Danke.« Sie sah Jen an. »Ich dachte, das würde mir leichter fallen.«

»Abschiede sind immer schwer.« Jen drückte ihre Hand. »Ich kann mir nicht vorstellen, dass du weggehst.«

»Es ist ja nicht für lange.« Jetzt, wo ihre Abreise kurz bevorstand, hätte Naila am liebsten alles rückgängig gemacht. Aber sie wusste, dass sie diese Auszeit brauchte. Sie hatte sie sogar bitternötig, um endlich alles in Ruhe zu verarbeiten. Das letzte Jahr war der reinste Horror gewesen. Hayden hatte ihr von allen Zeitungen entgegengelacht. Erst wurde spekuliert, wie es zu seinem tragischen Tod gekommen war, dann drangen nach und nach mehr Einzelheiten an die Öffentlichkeit, bis schließlich mit einem großen Knall sämtliche Geheimnisse ans Licht kamen, die Hayden gehabt hatte. Ehemalige Grundstückseigentümer begannen zu plaudern, berichteten von Sex-Videos, mit denen Hayden sie erpresst hatte. Schwarzgeldkonten in Panama wurden entdeckt, Haydens Beziehungen zu den Triaden enthüllt. Es begann ein Shitstorm, eine Schlacht, wie sie nur die Boulevardpresse hinbekommen konnte. Einige feierten sogar Haydens Tod, nannten es das Sinnvollste, was er hatte tun können, nur um sich im nächsten Satz in Spekulationen über seine Verlobte zu ergehen. Sie hätte alles gewusst. Sie war mitschuldig. Sie hatte ihn nur wegen seines Geldes heiraten wollen. Es war alles dabei gewesen und obwohl die Videos über Naila nie online gestellt wurden, konnte das FBI sie auch nicht sicherstellen. Dieses Damoklesschwert schwebte seitdem über ihr und damit die Angst, dass die Presse irgendwann neues Futter erhalten könnte.

»Was wirst du zuerst tun, wenn du in Paris bist?« Eddie beugte sich zu ihr herüber. »Einen Franzosen daten?«

»Nein.« Naila lachte. »Ich glaube, Männer und ich sind wie Feuer und Wasser. Wir löschen uns gegenseitig aus. Ich stelle mich auf eine sehr lange Phase des Singledaseins ein.«

»Nun ja, der Flug dorthin dauert Stunden.« Jen zwinkerte

ihr zu, bevor sie den Mund verzog. »Tut mir leid, Süße, das war ein dummer Scherz.«

Naila bemühte sich, weiterhin zu lächeln, selbst wenn ihr Herz beim Gedanken an Keats schmerzte. So sehr sie es auch versucht hatte, sie hatte nie erfahren, was mit ihm passiert war. Diese Ungewissheit fraß sie seit einem Jahr auf.

»Ich kann einfach nicht ...« Sie blinzelte die Tränen fort und konnte den Satz nicht beenden. *Ich kann einfach nicht mehr lieben.* Sie hatte es getan. Zuerst hatte sie geglaubt, Hayden zu lieben, bevor sie festgestellt hatte, was für ein falsches Spiel er trieb. Und erst am Ende dieses Spiels hatte sie erkannt, wen sie eigentlich liebte. Keats. Doch die Wahrheit über ihn hatte auch diese Liebe getrübt. Und trotzdem ...

»Meine Arbeit ist das einzige, was mir etwas bedeutet«, sagte Naila tapfer.

Jen verdrehte die Augen. »Jetzt sag bloß nicht, du willst in Paris die ganze Zeit nur im Büro hocken.«

»Ich werde zwei Jahre in einer internationalen Wirtschaftskanzlei tätig sein. Natürlich werde ich meine Zeit im Büro verbringen.«

»Oh Mann!« Jen wandte sich mit einer dramatischen Geste an Eddie. »Mach du weiter, ich kann nicht mehr.«

»Jen und ich werden dich besuchen«, sagte er und Jen quietschte.

»Im Ernst?«, hakte sie nach. »Wann?«

»Im Herbst.«

»Du bist der Beste!« Sie fiel ihrem Mann um den Hals.

»Und wir nehmen dich mit nach Südfrankreich«, fuhr er fort und klang erstickt, weil Jen ihn so drückte.

»Aber ich kann doch nicht gleich nach ein paar Monaten Urlaub machen«, protestierte Naila.

»Du kannst!« Ihr Vater schlenderte hinter ihrem Rücken

vorbei und Jen rutschte automatisch zur Seite, um ihm Platz zu machen. Naila glaubte nicht, dass er sich setzen würde, doch er tat es. Im letzten Jahr war ihr Verhältnis zueinander anders geworden. Sie begegneten sich auf Augenhöhe. Manchmal war ihr Miteinander sogar herzlich.

Als John McDermott Naila ansah, fingen Jen und Eddie sofort ein Gespräch mit ihren Tischnachbarn an, um Naila und ihren Vater nicht zu stören. Obwohl sich Naila in seiner Nähe längst nicht mehr so befangen fühlte wie früher, wusste sie im ersten Moment trotzdem nicht, was sie sagen sollte.

»Wer fährt dich morgen zum Flughafen?«, wollte ihr Vater wissen.

»Jen und Eddie.« Naila kaute auf ihrer Unterlippe. Es war deutlich leichter, sich von ihrer Mutter zu verabschieden als von ihrem Vater.

»Ich bin froh, dass du nicht sauer bist, dass ich gehe«, murmelte sie.

»Warum sollte ich das sein?«

»Ich weiß nicht ... ich ...«

»Stotter nicht rum! Du warst die letzten Monate so tough. Warum bist du es bei mir nie?«

»Du bist *Chunks*.«

»Vor allem bin ich dein Vater.«

»Das hat nie einen Unterschied gemacht.«

»Das tut mir leid.«

Naila glaubte, sich verhört zu haben, und bemerkte den Hauch eines Lächelns im Gesicht ihres Vaters.

»Weißt du, warum ich damals nicht wollte, dass du nach Frankreich gehst?«

»Nein.«

»Du warst mein kleines Mädchen. Ich wollte dich aus rein egoistischen Gründen nicht gehen lassen. Dir hätte etwas zustoßen können. Aus denselben Gründen wollte ich auch nicht, dass du kurz nach deinem Führerschein allein Auto fährst.«

»Ich durfte drei Jahre lang nicht allein fahren!«

»Tatsächlich?« Er zupfte sich am Ohr. »Daran kann ich mich gar nicht mehr erinnern.«

Sie grinste. »Du hast also gar keine Angst, dass ich dich bei deinen Kollegen in Paris blamiere?«

»Ehrlich gesagt ist meine größere Angst, dass du einen Franzosen kennenlernst und dich dann nach kurzer Zeit mit ihm verlobst.«

»Keine Sorge, das habe ich hinter mir.«

»Hey.« Er sah ihr in die Augen und Naila musste sich zwingen, seinem stechenden Blick nicht auszuweichen. »Ich wollte nicht, dass das passiert«, sagte er. »Ich konnte Hayden nicht leiden, aber trotz allen Theorien, die Zak vorgebracht hat, wollte ich nicht glauben, dass er dich so verletzen würde.«

»Ist okay, Dad.« Da waren sie wieder, die Tränen. Dabei war ihr Vater der letzte, vor dem Naila weinen wollte.

»Ich denke nicht, dass es okay ist. Deine Mutter hat mir nach der ganzen Sache das Leben zur Hölle gemacht. Dein Bruder auch. Sie sind der Meinung, ich müsse dir sagen …«

»Wenn du nicht willst, dass ich hier mitten im Restaurant zu heulen anfange, dann bist du jetzt lieber still«, raunte Naila ihm zu und blinzelte heftig.

»Ich bin stolz auf dich.« Da war er. Der Satz, den sie schon ihr ganzes Leben lang hören wollte. Naila tupfte sich die Augenwinkel mit der Serviette ab.

»Hör auf, Dad!«

»Du hast es durchgezogen. Trotz der Presse, trotz all der Dinge, die deine Seele belastet haben, hast du weiter für den Fall gearbeitet und bist vor Gericht erschienen, obwohl du wusstest, dass alle nur darauf gewartet haben, dass du weinend zusammenbrichst. Nur wegen dir haben wir gewonnen. Ich bin sehr stolz, dein Vater zu sein.«

Nun flossen die Tränen endgültig und unaufhaltsam. Naila blickte verschämt zur Seite.

»Wenn ich in der Vergangenheit hart zu dir war, dann nur, weil ich wusste, was in dir steckt. Ich kenne es nicht anders. Mein Vater hat mich auch so behandelt. Und denk nie wieder, ich würde Zak bevorzugen. Das ist nicht so. Ich kann nur besser mit ihm reden, weil ... naja ... er ist ein Junge. Er ist härter. Er weint nicht gleich.«

Naila lachte und schluchzte gleichzeitig. Ihr Vater nahm sie in den Arm.

»Vermutlich werde ich dir das auch nie wieder sagen. Es ist nur so, dass du mir fehlen wirst.«

»Ach, Dad.« Naila lehnte ihren Kopf gegen seine Schulter. »Ich komme ja wieder.«

»Ohne Verlobungsring, bitte.«

»Natürlich.« Sie griff verstohlen in ihre Handtasche und fischte ein Taschentuch heraus.

»Und genieß das Leben, während du in Paris bist. Ich habe vor, dir eigene Fälle zu geben, wenn du wieder zurück bist.«

»Wirklich?«

»Ja, wir nehmen Zak einfach ein paar weg und geben sie dir.«

Naila kicherte. »Darauf freue ich mich schon.«

»Und solltest du da drüben einen Oldtimer-Traktor entdecken ...«

»Oh nein! Ich bringe dir ganz sicher keinen Traktor aus Frankreich mit.«

John McDermott lachte und Naila fragte sich, wann sie je

mit ihrem Vater gelacht hatte. Es fühlte sich gut an. Und es war ein Anfang.

»Jetzt möchte ich auch mal zu meiner Tochter!« Ayda McDermott drängte heran. »Bald hab ich sie nicht mehr. Aber wir telefonieren, Schätzchen, ja?«

»Platz da, ich will zu meinem Schwesterlein!« Zak und seine Frau Elise quetschten sich zwischen Naila und ihren Vater. Naila überkam ein Gefühl der Geborgenheit, das sie so bisher nicht gekannt hatte. Sie hatte eine Familie, auch wenn es manchmal schwer war, das zu erkennen.

Das Essen wurde serviert und sie redeten miteinander, wie sie es schon lange nicht mehr getan hatten.

AN ALL DAS musste Naila denken, als sie am späten Abend ihre Koffer packte. Der Fernseher lief und eine Politiksendung flimmerte über den Flatscreen. *Passionflix* hatte Naila schon lange abbestellt. Liebesfilme konnte sie nicht mehr ertragen. Sie war gerade fertig, als es an ihrer Tür klingelte. Naila runzelte die Stirn. Sie erwartete keinen Besuch und checkte die Sicherheitskamera. Sora.

»Was wollen Sie?«, meldete sich Naila über die Sprechanlage.

»Haben Sie kurz Zeit?«

»Eigentlich nicht.«

»Ich würde trotzdem gerne reinkommen.«

»Ist das ein offizieller Besuch oder ein inoffizieller?«

»Inoffiziell.«

Naila betätigte den Türöffner. »Appartement 5c«, sagte sie und unterbrach die Verbindung.

Fünf Minuten später klopfte es und sie öffnete. Sora trug

Jeans, ein dunkelblaues Sweatshirt mit FBI-Logo und ein Cappy in derselben Farbe.

»Sieht offizieller aus als gedacht«, bemerkte Naila und bat sie herein.

»Ich kann keine weißen Jeans und T-Shirts mehr sehen.«

»Verstehe.« Naila deutete auf ihre leere Küche. »Ich fliege morgen nach Europa und habe leider nichts daheim, was ich Ihnen anbieten könnte.«

»Davon habe ich gehört. Ist sicher gut, dass Sie eine Zeitlang untertauchen.«

»Ich habe nicht vor unterzutauchen. Aber ich brauche einen Ortswechsel.«

»Manchmal ist das dasselbe. Die Presse vergisst schnell.«

Naila schuf Abstand zu der Frau, die sie nie wirklich hatte leiden können. Dass sie nun hier mitten in ihrer Wohnung stand, machte sie misstrauisch. »Weshalb sind Sie gekommen?«, fragte sie.

»Ich habe etwas für Sie.« Sora zog einen USB-Stick aus der Hosentasche und legte ihn auf die Küchentheke.

Naila umschlang sich mit den Armen. »Ist es das, was ich denke?«

»Wir haben ihn endlich gefunden. Genaugenommen schon vor fünf Monaten, aber wir durften ihn nicht freigeben, bis die Beweislage gegen die Familie Shin noch in der Schwebe war.«

»Dann wurde das Material gesichtet?«

»Ja.« Sora sah sie an. »Sie wissen, dass dieser Stick eigentlich gar nicht hier sein dürfte.«

»Sie hätten ihn zusammen mit den anderen Beweismitteln einlagern müssen.«

»Das ist richtig.«

»Warum ...?« Naila runzelte die Stirn.

»Sagen wir mal, es gibt da jemanden, der uns das Leben zur Hölle gemacht hat und der Meinung war, dass die Entscheidung, was mit diesem Stick geschieht, niemand anderem außer Ihnen zustehen sollte. Für den Prozess gegen die Shins wird er nicht benötigt.«

Naila senkte den Kopf. In ihrem Magen kribbelte es. »Dann lebt er?«, flüsterte sie.

»Das letzte Mal, als ich ihn gesehen habe, tat er es noch.« Sora wandte sich zum Gehen. »Ich wünsche Ihnen alles Gute und viel Spaß in Europa.«

»Warten Sie.« Naila trat einen Schritt nach vorne. »Wo ist er?«

Sora schüttelte den Kopf. »Sie sollten das lassen. Wirklich. Hat Ihnen die ganze Geschichte nicht gereicht? Wollen Sie weiterspielen?«

»Ich entscheide einfach gerne selbst über mein Leben.«

Sora verzog den Mund zu einem Lächeln. »Er ist nicht länger in Gewahrsam. Mehr kann ich Ihnen nicht sagen. Ich habe keine Ahnung, wo er ist.«

»In Ordnung.« Naila bemühte sich, sich ihre Enttäuschung nicht anmerken zu lassen.

»Auf Wiedersehen.« Sora öffnete die Haustür.

»Einen schönen Abend.«

Kaum hatte die Beamtin die Wohnung verlassen, ging Naila zu dem USB-Stick und starrte ihn an. In ihr tobte ein innerer Kampf. Die letzten Monate waren kräftezehrend gewesen. Haydens Tod und das, was über ihn ans Tageslicht gekommen war, hatten ihr wehgetan. Gefühle konnte man nicht einfach ausknipsen. Selbst wenn am Ende Ohnmacht, Enttäuschung und Schmerz überwogen, blieben sie da wie Spuren im Sand, die man auch dann noch sah, wenn derjenige, der sie hinterlassen hatte, längst verschwunden war. Mit ihren Gefühlen für Keats war es dasselbe, nur dass die Spuren viel tiefer gingen. Sie wusste inzwischen, was er alles getan hatte. Welche Rolle er in den Erpressungsvideos von Hayden gespielt hatte. Dafür und für diesen bescheuerten USB-Stick, der vor ihr auf dem Tisch lag, hätte sie ihn hassen können. Aber sie tat es nicht.

Als sie den Stick in die Hand nahm, zitterten ihre Finger. Die Neugier, sich anzusehen, was Keats gefilmt hatte, wurde von ihrem eigenen Selbstschutz überlagert. Sie wollte damit abschließen. Ein Jahr lang hatte sie sich gequält. Sie hatte in Erinnerungen gelebt, hatte Albträume gehabt, in denen Hayden sie erschossen hatte, und bekam die Bilder des völlig zerstörten und ausgebrannten Porsches als auch die von Keats, der in seinem eigenen Blut lag, nicht mehr aus ihrem Kopf. Es musste enden. Heute.

Entschlossen ging sie in den kleinen Abstellraum hinter der Küche und holte einen Hammer. Dann legte sie den USB-Stick auf das hölzerne Schneidebrett in der Küche und zerschlug ihn. Bei jedem Schlag lachte sie auf. Es war befreiend. Sie hämmerte immer noch auf den Stick ein, als er bereits völlig zerstört war. Atemlos blickte sie auf die Einzelteile, kehrte sie in den Mülleimer und öffnete den Kühlschrank, um die Champagnerflasche herauszuholen, die dort im Innenfach stand. Eigentlich war sie für die Dame gedacht gewesen, die ab nächster Woche ihr Appartement bezog und hier zur Miete lebte, bis Naila wieder aus Paris zurückkam. Aber in diesem Moment beschloss sie, dass es an der Zeit war, ihren Neuanfang zu feiern.

»Geht's dir gut?« Jen drehte sich zu ihr um. »Du wirkst blass.«

»Alles gut.« Naila war froh, dass man durch die Sonnenbrille ihre Augen nicht sehen konnte. Sie hatte gestern Abend noch die gesamte Champagnerflasche geleert. Irgendwann war sie betrunken gewesen. So betrunken, dass sie Bob Seger Songs gehört hatte. Bei *We've got tonight* hatte sie dann geheult. So lange, bis keine Tränen mehr gekommen waren.

Jen ließ ihre Hand nach hinten wandern und Naila ergriff sie. »Ich kann nicht glauben, dass du ab morgen so weit weg sein wirst«, sagte ihre beste Freundin. »Wir waren zusammen auf der Schule, haben gemeinsam an der Ostküste studiert und ich habe gehofft, dass wir unsere Kinder in Los Angeles großziehen werden.«

»Ich komme doch wieder«, beteuerte Naila. »Zwei Jahre gehen rum wie nichts.«

»Aber dann wirst du so französisch sein. Du wirst dich europäisch kleiden und womöglich eine neue beste Freundin haben.«

»Das wird nicht passieren, Jen.«

»Ich werde dich jeden zweiten Tag anrufen, hörst du? Und es ist mir egal, ob es Zeitverschiebung gibt.«

»Alles klar.«

»Und wehe, du gehst nicht ans Telefon.«

»Ich gehe immer ans Telefon, wenn du anrufst.«

»Mädels!«, mahnte Eddie. »Ich will euch nicht noch mehr deprimieren, aber wir sind da.« Er hielt vor dem internationalen Terminal.

»Hast du alles?« Jen stieg aus und öffnete Naila die Tür. »Pass, Kreditkarte, Ticket, Erste Hilfe Make-up-Set?«

Naila lachte und hielt sich ihren brummenden Schädel. »Ich habe alles«, versicherte sie.

»Kondome?«

»Hör schon auf, Jen!«

»Du darfst dich nicht so gehenlassen, Süße. Mach ein bisschen Amore in Frankreich.«

»Ich glaube, Amore heißt das dort nicht.«

»Sondern?«

»*Faire l'amour.*«

»Uh, wenn das schon so heiß klingt, solltest du es dir auf keinen Fall entgehen lassen.«

Naila seufzte. Sie wusste, dass ihre Freundin sie nur aufheitern wollte, aber ihr Herz brauchte Zeit. Zeit, um zu heilen.

Eddie hatte einen Trolley organisiert und öffnete nun den Kofferraum, um die zwei Koffer herauszuheben. »Kommst du klar?«, wollte er wissen. »Sonst können wir noch mit reinkommen.«

»Nein, der Abschied hier draußen fällt mir schon schwer genug.« Naila spürte die Tränen unter ihren Lidern brennen. So viel, wie sie in letzter Zeit geheult hatte, hatte sie in ihrer ganzen Pubertät nicht geheult.

»Setz die Sonnenbrille ab, Süße.« Jen nahm sie in den Arm und schniefte. »Ich möchte deine verquollenen Augen sehen.«

Naila tat ihr den Gefallen und Jen lachte auf. »Setz sie wieder auf! Das ist ja schrecklich. Du vermisst mich jetzt schon, das ist der Beweis.«

»Das tue ich tatsächlich.« Naila drückte sie. Dann nahm sie Eddie in den Arm, dann wieder Jen, dann beide. Sie war froh, dass ihre Familie nicht da war, sonst hätte sie sich das mit der Reise vermutlich nochmal überlegt.

»Ich rufe dich an, wenn ich angekommen bin«, versprach sie.

»Geh nicht!« Jen klammerte sich an ihren Arm, bis Eddie einschritt.

»Hau ab«, sagte er zu Naila. »Sonst saugt sie sich an dir fest wie eine Zecke.«

»In Ordnung.« Naila hob die Hand, drehte sich um und ging.

Wie in Trance betrat sie das Flughafengebäude, begab sich zum Check-in, stellte sich bei der Sicherheitskontrolle an und passierte sie. Als sie endlich an ihrem Gate ankam, ging sie zum Fenster und betrachtete den A380, der für den Abflug nach Paris bereitgemacht wurde. Ihre Finger berührten das Glas, während sie an all das zurückdachte, was ihr widerfahren war. Sie war so in Gedanken, dass sie gar nicht mitbekam, wie neben ihr der Schalter geöffnet wurde.

»Wir bitten alle Passagiere der First Class, der Business Class, Familien mit kleinen Kindern und Personen die beim Einsteigen Hilfe benötigen zuerst zum Ausgang zu kommen«, erklang die Durchsage über die Lautsprecher und Naila zuckte zusammen. Dann atmete sie tief durch. Es ging los. Ihr Neuanfang stand kurz bevor.

Sie reihte sich in die Schlange der Wartenden ein, zeigte ihr Ticket vor und lief über die Fluggastbrücke in den oberen Bereich des Airbus. Das First Class Ticket hatte sie mit einem Teil des Erlöses gekauft, den sie durch den Verkauf von Haydens Verlobungsring erhalten hatte. Sie wollte dafür sorgen, dass dieser Ring am Ende einen Zweck erfüllte. Selbst wenn dieser Zweck nur ihrem eigenen Wohlbefinden diente.

Naila begrüßte die Stewardess, die sie zu ihrem Privatbereich brachte. Obwohl sie schon internationale Flüge in der First Class absolviert hatte, war sie positiv überrascht, wie komfortabel hier alles war. So ganz anders als auf den gewohnten Inlandsflügen. Naila nahm ihre Kabine ein, die aus zwei Sesseln bestand, aus denen man ein breites Liegebett machen konnte. Erleichtert über die ungestörte Atmosphäre richtete sie sich bequem ein. Erst jetzt merkte sie, wie fertig sie war. Es war, als ob ihre Anspannung mit einem Mal von ihr abfiel und eine tiefe Erschöpfung zurückließ. Sie fühlte sich ausgehöhlt und leer, ihr Herz schlug dumpf in ihrer Brust. Naila kuschelte sich in ihren Sessel, dämmerte weg, bevor sie überhaupt gestartet waren und wachte erst wieder auf, als die Stewardess sie zum Dinner weckte. Sie lehnte den Champagner und die Vorspeise ab und aß nur das Hauptgericht. Ganz allmählich wurde ihr bewusst, dass sie gerade dabei war, alles hinter sich zu lassen. Die Erleichterung darüber durchflutete sie.

Nach dem Essen ging sie ins Bad, um sich frisch zu machen. Die meisten Passagiere hatten sich bereits zurückgezogen und schliefen. Alles war im Nachtmodus beleuchtet. Naila schlenderte zurück zu ihrer Kabine und blieb stehen. War sie im falschen Gang gelandet? Jemand saß dort auf dem Rand ihres Bettes. Sie verengte die Augen.

»Naila.« Der Klang seiner Stimme stellte ihr die Härchen an den Armen auf.

Sie sah sich um. War das ein böser Scherz?

Keats stand auf und sie ging auf ihn zu. Langsam und vorsichtig. Sie konnte nicht glauben, dass er real war.

»Was tust du hier?« Ungläubig blickte sie in sein Gesicht. Er sah müde aus wie sie selbst. Sein Bart war auf einen Fünftagewuchs gekürzt, seine Haare länger als vor einem Jahr.

»Ich fliege.«

»Das sehe ich. Aber wohin?«

»Wenn sie mich nicht zwischendurch rauswerfen, dann hoffentlich bis Paris.«

Naila schüttelte ungläubig den Kopf. »Warum?«

Er ließ die Hände in den Hosentaschen verschwinden. »Ich wollte dich sehen.«

»Du buchst ein First Class Ticket nach Europa, um mich zu sehen?«

»Sieht so aus.«

Naila konnte nicht aufhören, ihn anzustarren, während sie gleichzeitig versuchte, ihre Gefühle zu ordnen. Er lebte. Er war hier. Nach all der Zeit. Sie wusste nicht, was sie denken sollte.

»Können wir reden?«

Sie nickte mechanisch und folgte ihm in die Kabine, wo sie sich nebeneinander aufs Bett setzten. Naila schluckte. »Warum kommst du erst jetzt?«

Keats erwiderte nichts. Er schien mit sich zu hadern. Seine Gesichtsmuskulatur zuckte. »Ich brauchte Zeit.« Er strich ihr eine Haarsträhne hinters Ohr und sie schloss die Augen bei der Berührung. »Um Dinge zu regeln und um zu verstehen, was ich getan habe. Ich kann nichts ungeschehen machen. Für den Rest meines Lebens werden mich die Konsequenzen meines Handelns verfolgen. Ich habe dich verletzt. Und Hayden. Und noch viele andere. Aber du ...« Er stockte. »Ich hätte nicht gedacht, wie tief du mich berührt hast.«

Warum sagte er all das? Sie hatte sich auf einen Neuanfang eingestellt und auf einmal kam ein Teil der Vergangenheit zurück zu ihr. Ausgerechnet der Teil, der sie durcheinanderbrachte. »Ich will dich hassen«, gestand sie ihm.

»Und?«

»Ich kann es nicht. Ich kann nicht einmal Hayden hassen. Letzte Woche stand ich an seinem Grab und habe geweint. Er war ein mieser Arsch und trotzdem ...«

»Er hatte seine guten Seiten. Irgendwo. Tief verborgen in

seinem Inneren.« Keats senkte den Kopf. »Er fehlt mir. So merkwürdig das klingt.«

»Es klingt nicht merkwürdig.« Naila nahm seine zur Faust verkrampfte Hand und legte sie an ihre Wange. »Ich hatte solche Angst um dich.«

Keats' Blick wirkte gequält. »Es tut mir leid, dass ich mich nicht schon eher gemeldet habe. Ich weiß schon seit einigen Wochen, dass du heute nach Paris fliegst.«

»Woher?«

»Ich habe in der Kanzlei angerufen und wollte einen Termin bei dir machen. Da sagte man mir, dass du bald nicht mehr da bist.«

»Du wolltest einen Termin bei mir?«

»Eigentlich wollte ich nur herausfinden, wann ich ungestört mit dir reden kann.«

»Niemand hat mir gesagt, dass du angerufen hast.«

»Denkst du wirklich, ich habe meinen richtigen Namen genannt?«

Naila schmunzelte. »Du spielst noch immer Spielchen, was? Sora hat mich gewarnt.«

»Hat sie dir den USB-Stick gegeben?«

»Ja. Und ich habe ihn zerschlagen.«

»Du hast dir nicht angesehen, was drauf ist?«

Naila schüttelte den Kopf und Keats atmete tief durch. »Das war auch besser so.« Seine Finger umschlossen die ihren. »Du musst damit abschließen.«

»Das ist nicht so einfach.«

»Ich weiß. Geht mir auch so.«

Das war das Band, das sie zusammenhielt. Deshalb war er hier. Weil er sie nicht vergessen konnte. Ebensowenig wie sie ihn.

»Ein Wiedersehen im Flugzeug, hm?«, neckte Naila ihn.

»Wie darf ich das verstehen? Ist das das Ende der Geschichte oder der Anfang?«

»Keine Ahnung.« Ein Lächeln flog über sein Gesicht. »Kommt darauf an, ob du die Flugsicherheit alarmierst.«

»Ich überlege noch.«

Das Lächeln vertiefte sich. »Du hast mir gefehlt. Jeden verdammten Tag.«

»Du mir auch.« Sie lehnte ihren Kopf gegen seine Schulter. »Es war eine beschissene Zeit.«

»Sie ist es noch.«

»Hm.« Naila schob den Ärmel seines Shirts nach oben, um das Tattoo zu entblößen. »Die Schlangen. Das sind du und Hayden, nicht wahr?«

Er nickte. »Und der Drache ist unser gemeinsamer Dämon.«

Naila schmiegte sich an ihn. Sie wusste, dass Keats' Dämon nicht verschwunden war. Ganz im Gegenteil. Er spuckte noch immer Feuer. Sie konnte es spüren.

»Wovon wirst du jetzt leben?«, wollte sie wissen.

»Es mag erstaunlich klingen, aber Hayden hat ein Testament hinterlassen. Ich habe seine Immobilien geerbt. Zumindest die, die er auf legalem Weg erworben hat.«

»Du bist jetzt reich?«

»Das würde dir so passen.« Er legte den Arm um sie. »Ich bin noch immer ein armer Fotograf.«

»Also nicht mein Typ.«

»Ich bin ganz und gar nicht dein Typ.«

»Wie schade.« Nailas Herz begann sich zu öffnen. »Dann muss ich mir ja keine Sorgen machen, dass ich mich verliebe.«

»Wir fliegen nach Paris, Babe. Das ist die Stadt der Liebe. Dort wirst du mir verfallen.«

»Träum weiter.«

Sein Gesicht näherte sich dem ihren. »Ich denke nicht daran.«

Naila sah ihm in die Augen. »Was ist, wenn du mich wieder beißt?«

»Ich wäre nicht hier, wenn ich das vorhätte. Aber du kennst mich …«

»Du verletzt Menschen.« Naila küsste ihn. Sie spürte seinen Widerstand, doch dann gab er nach. Sein Kuss erlöste sie, nahm ihr all die Zweifel, die sie noch gehabt hatte. »Aber ab heute musst du das nicht mehr.«

»Babe.« Keats umschloss ihr Gesicht mit den Händen. »Wir haben noch einen langen Weg vor uns.«

»Keine Flugzeugtoilette mehr?«

»Das nächste Mal hätte ich es gerne bequemer. Keine Flugzeugtoilette, kein Treppenhaus und kein Strand.«

Sie kicherte. »In Ordnung. Ich habe eine Wohnung in Paris gemietet. Sie hat ein großes Bett.«

»Hm.« Er seufzte genießerisch. »Ich habe das Gefühl, ich habe seit einem Jahr nicht mehr richtig geschlafen.«

»Ich hab nicht vom Schlafen geredet.« Gemeinsam sanken sie nach hinten und Naila kuschelte sich an ihn. »Oder hast du kein Interesse daran, jetzt wo du mich nicht mehr filmen musst?«

»Keine Sorge, ich werde dich filmen. Rein aus Gewohnheit. Und für meine Sammlung.«

»Hey!« Sie schlug ihn auf die Brust und er hielt ihre Hand fest.

»Wir haben Zeit. Und die werden wir mit Momenten füllen«, sagte er schläfrig. »Ich werde an mir arbeiten. Für dich. Keine Spielchen mehr.«

»Keine Spielchen mehr«, erwiderte Naila, bevor sie die

Augen schloss. Sie war unendlich müde, doch dieses Mal hatte sie keine Angst vor ihren Träumen.

Keats war wieder bei ihr. Wie lange er blieb, wusste sie nicht, aber sie wusste, dass er zurückkommen würde. Und irgendwann würde er bleiben. Wenn sein Dämon zur Ruhe gekommen war. Und dafür würde sie sorgen. Weil sie ihn liebte.

DANKSAGUNG

Liebe Leser/innen, ich freue mich sehr, dass ihr das Buch bis zu dieser Seite durchgelesen habt. Durch euch werden meine Geschichten erst lebendig. Ihr seid die Luft unter meinen Flügeln und ich freue mich, dass ihr Naila, Hayden & Keats in euren Köpfen und Herzen ein Zuhause gegeben habt!

Mein ganz besonderer Dank geht außerdem an meine Vorableser und Blogger - ich liebe unsere Unterhaltungen und ohne euch würde diese Geschichte viel weniger Leute erreichen. Euer Engagement und eure Arbeit sind einfach so wichtig und ich drücke euch ganz fest, weil ihr mich jedes Mal unterstützt! Ihr seid der Wahnsinn!

Last but not least bedanke ich mich auch bei meiner tollen Coverdesignerin Sabrina, die meine chaotisch-spontanen Mails immer mit stoischer Ruhe erträgt und sämtliche Änderungswünsche zu erahnen scheint. Danke, du bist die Beste!

Bonnie Sharp ist das Pseudonym der Autorin Alexandra Fischer, unter dem sie Dark Romance / Romance Thrill Romane veröffentlicht.
Wer mehr über zukünftige Projekte erfahren will, darf ihr auch gerne schreiben (bonnie.sharp@email.de) oder abonniert ihren Newsletter auf der Seite wortfischerin.com